16	3	2	13
5	10	11	8
9	6	7	12
4	15	14	1

JOHN MILTON

PARAÍSO PERDIDO

Tradução, posfácio e notas de Daniel Jonas
Texto em apêndice de Otto Maria Carpeaux
Edição de bolso com texto integral

editora■34

EDITORA 34

Editora 34 Ltda.
R. Hungria, 592 Jardim Europa CEP 01455-000
São Paulo - SP Brasil Tel/Fax (11) 3811-6777 www.editora34.com.br

Copyright © Editora 34 Ltda. (edição brasileira), 2020
Tradução © Daniel Jonas e Edições Cotovia Lda., Lisboa, 2006

A FOTOCÓPIA DE QUALQUER FOLHA DESTE LIVRO É ILEGAL e configura uma apropriação indevida dos direitos intelectuais e patrimoniais do autor.

Edição conforme o Acordo Ortográfico da Língua Portuguesa.

Capa, projeto gráfico e editoração eletrônica:
Bracher & Malta Produção Gráfica

Revisão:
Carlos Frederico Barrère Martin
Beatriz de Freitas Moreira

1ª Edição - 2020

CIP - Brasil. Catalogação-na-Fonte
(Sindicato Nacional dos Editores de Livros, RJ, Brasil)

> Milton, John, 1608-1674
> M819p Paraíso perdido / John Milton;
> tradução, posfácio e notas de Daniel Jonas;
> texto em apêndice de Otto Maria Carpeaux —
> São Paulo: Editora 34, 2020 (1ª Edição).
> 496 p.
>
> ISBN 978-65-5525-030-5
>
> Tradução de: Paradise Lost
>
> 1. Poesia inglesa - Século XVII.
> 2. Paradise Lost (1667/1674). I. Jonas, Daniel.
> II. Carpeaux, Otto Maria. III. Título.
>
> CDD - 821

Sumário

Sobre a tradução, *Daniel Jonas* 7
Sobre as notas 11

Paraíso perdido
O verso 17
Livro I 19
Livro II 59
Livro III 105
Livro IV 141
Livro V 183
Livro VI 219
Livro VII 255
Livro VIII 283
Livro IX 311
Livro X 359
Livro XI 405
Livro XII 445

Posfácio, *Daniel Jonas* 475
Cronologia de John Milton 483
Sobre o tradutor 489

"Sobre o *Paraíso perdido*",
    Otto Maria Carpeaux 491

Sobre a tradução

Daniel Jonas

Em 1667 vinham a público os dez livros de *Paradise Lost*. A esta edição sucedeu a de 1674, constituída por doze livros. O acrescento, no entanto, foi praticamente ilusório, uma vez que esta complementava aquela em apenas quinze versos, perfazendo, deste modo, os 10.565 versos que aqui se dão a ler. A sua cosmética duodecimal tinha como objetivo observar protocolos clássicos, basicamente homéricos. Relativamente a esta edição definitiva do texto de Milton, e desde as anotações de Patrick Hume (1695), Richard Bentley (1732) e Jonathan Richardson (1734), poucas adições têm sido levadas em conta. Os problemas são, aliás, tímidos e reduzem-se a pontuação, capitalização e normalização ortográfica.

As traduções portuguesas têm a sua gênese em Lisboa, em 1789, no *vulgar* de José Amaro da Silva, onde se incluem anotações de um dos mais fortes críticos setecentistas de Milton, Joseph Addison (Lisboa, Typographia Rollandiana, reeditada em 1830). Seguiram-se-lhe o verso, as notas e as reflexões do Visconde de São Lourenço, Francisco Bento Maria Targini, em 1823 (Paris, Typographia de Firmino Didot). Em 1840 vinha a lume a primeira edição do *Paraíso perdido* do Dr. Lima Leitão (Lisboa, Impr. de J. M. R. e Castro), *epopeia* reeditada em 1884, *revista, prefaciada, anotada e ampliada* por Xavier da Cunha, com ilustrações de Gustave Doré (Lisboa, David Corazzi), e em 1938 (Lisboa, Empresa Literária Universal). Entretanto, de 1868 a 1870, o *Paraíso perdido* era duplicado em folhetins no periódico lisbonense *A Nação*, em prosa e em verso, por João Félix Pereira. A última versão de que tenho notícia surge mais de um século depois, na prosa de Costa Soares e Raul Mateus (Lisboa, Chaves Ferreira, 2002).

As únicas edições a que tive acesso físico foram as de Corazzi e Chaves Ferreira e valem bem uma visita. O verso camoniano de Lima Leitão resultou num *Paraíso perdido* muito inflacionado. A falta de numeração de versos impede-me de saber ao certo em quanto, mas não andarei com certeza aquém da verdade se disser em pelo menos um terço. Apesar da inflamação laudatória a Milton, é interessante verificar nestas páginas trejeitos de ansiedade lusa. Não resisto a isolar um deles aqui. Reproduz o aparato introdutório, a certa altura, o *finíssimo critério* do Dr. Thomaz de Carvalho nas *colunas* do *Cosmorama Litterario* sobre a tradução em causa. Lê-se: "Sem comprometer a língua para que trasladou, sem a sacrificar, conservou-lhe o gênio ali onde a outros já o fora impossível sem a inglesarem, que não carece a nossa tão fértil e rica, e nobre, de se abaixar e bandear com fraseados bárbaros dos outros e especialmente da inglesa tão contrária e oposta em gênio à que falaram os Camões, os Barros e os Ferreiras". Ficamos então aqui a saber que *Paradise Lost* é, afinal de contas, *fraseado bárbaro*. Ideia, aliás, de outra maneira a seguir reforçada, quando aprendemos que o par Miguel e Adão dos últimos livros será um empobrecido Tethys e o Gama. Quanto à prosa de Soares e Mateus, está, por seu turno, condenada a ser assombrada por um eco de Milton. Em *The Reason of Church Government*, de 1642, Milton apresenta-se como "um poeta que usa a mão esquerda para escrever prosa". Terão os tradutores levado à letra a curiosa expressão de Hegel que vê na tradução o escravo *prosaico* do original?

Pareceu-me aconselhável uma tradução que tentasse operar uma correspondência verso a verso, que a um verso inglês ligasse um torso informativo equivalente em português. Este sistema tem algumas vantagens. O texto, sendo impedido de fugir das suas vizinhanças inglesas, permite o controle do potencial cotejador e obedece ao desenho do seu autor, muitas vezes fundamental, seja em termos numerológicos, seja em termos de transporte de sentido, tão habitual em Milton.

A pontuação de Milton é exótica e pode causar uma resistência inicial. Ela deve-se, além do mais, a um castigo editorial de que naturalmente resultou uma dispersão irrecuperável. De um modo geral, segui uma política conservadora, aliviando-a aqui ou ali. Este método preserva a sua idiossincrasia sintática, facilmente assimilada com um pouco de luta. O segredo passa, digamos assim, por uma leitura *andante*, ignorando, se preciso for, as marcas de pausa, mas atenta ao movimento do pensamento e com uma especial deferência pela sinalização retórica. O ponto-final é obrigatório e serve igualmente os propósitos de introduzir discurso direto. A capitalização e os itálicos foram no meu texto sujeitos a uma purga, à qual poupei apenas alguns casos excepcionalmente discriminados. Tenhamos em conta que o ideografismo miltoniano, para além das leituras atrás sugeridas, resulta de *Paradise Lost* ser em grande medida um ditado, essencialmente escrito entre 1658 e 1665, altura em que Milton era já totalmente privado de visão.

Uma palavra final para o meu moto. Inspirado no tipo de tradução a que Goethe chamou híbrido ou interlinear, o que implica que o tradutor abandone o *gênio* específico da sua nação e a semelhante emigração sujeite a voz do original, procurei desde logo chegar a um terceiro elemento compósito. Apercebi-me, porém, em retrospectiva, de que funcionei mais como Dryden a respeito de Virgílio, tentando que Milton, e obsessões com "fraseados bárbaros" à parte, falasse português, vivesse ele aqui e agora.

Sobre as notas

As notas à tradução têm como objetivo iluminar passos que se entendeu carecerem de comentário, seja parafraseando a tradução, seja clarificando um incômodo de contexto, seja ainda relacionando-os com os modelos a que aludem ou de que são êmulos. Visam sobretudo a uma explicação imediata e pretendem suprir a um primeiro nível o leitor inquieto, não sendo de modo algum exaustivas (desde logo porque a preocupação central deste trabalho foi dar a ler uma tradução de *Paradise Lost*). Para inquirições mais aprofundadas, sugiro a consulta das edições abaixo mencionadas, das quais em muito ficou devedora esta: *Paradise Lost*, ed. Alastair Fowler (Londres, Longman, 1998); *Paradise Lost*, ed. Christopher Ricks (Harmondsworth, Penguin, 1989); *Paradise Lost*, ed. John Leonard (Harmondsworth, Penguin, 2000); *Paradise Lost*, ed. Scott Elledge (Nova York, Norton, 1993); *The Major Works: John Milton*, ed. Stephen Orgel e Jonathan Goldberg (Oxford, Oxford University Press, 2003); *John Milton: The Complete Poems*, ed. John Leonard (Harmondsworth, Penguin, 1998).

As obras de Milton a que faço referência serão abreviadas do seguinte modo: *PL* (*Paradise Lost*); *RCG* (*Reason of Church Government*); *PR* (*Paradise Regained*). O leitor poderá fazer o cotejo em *The Major Works*, ed. Orgel e Goldberg, citado.

As restantes abreviaturas serão encontradas ao longo das anotações e correspondem às várias obras com que se entendeu dever relacionar *Paradise Lost*:

Conf. (Santo Agostinho, *Confissões*, 13ª ed., Braga, Livraria Apostolado da Imprensa, 1999);

En. (Virgílio, *Aeneid*, ed. R. Deryck Williams, Londres, Bristol Classical Press, 1996);

Il. (Homero, *Ilíada*, trad. Frederico Lourenço, Lisboa, Cotovia, 2005);

Inf. ("Inferno", em Dante, *A Divina Comédia*, trad. Vasco Graça Moura, Lisboa, Bertrand, 1996);

Lus. (Camões, *Os Lusíadas*, ed. Mariz Roseira, Lisboa, Guimarães Editores, 2001);

Met. (Ovídio, *Les Métamorphoses*, ed. e trad. Georges Lafaye, Paris, Les Belles Lettres, 1980);

Od. (Homero, *Odisseia*, trad. Frederico Lourenço, Lisboa, Cotovia, 2003);

Par. ("Paraíso", em Dante, *A Divina Comédia*, trad. Vasco Graça Moura, Lisboa, Bertrand, 1996);

Purg. ("Purgatório", em Dante, *A Divina Comédia*, trad. Vasco Graça Moura, Lisboa, Bertrand, 1996);

Rep. (Platão, *A República*, trad. Maria Helena da Rocha Pereira, Lisboa, Gulbenkian, 1996).

Do Velho Testamento: *Gn.* (Gênesis), *Êx.* (Êxodo), *Lv.* (Levítico), *Nm.* (Números), *Dt.* (Deuteronômio), *Js.* (Josué), *Jz.* (Juízes), *Rt.* (Rute), *Sm.* (Samuel), *Rs.* (Reis), *Cr.* (Crônicas), *Ed.* (Esdras), *Ne.* (Neemias), *Jó* (Jó), *Sl.* (Salmos), *Pv.* (Provérbios), *Ct.* (Cântico dos Cânticos), *Is.* (Isaías), *Jr.* (Jeremias), *Ez.* (Ezequiel), *Dn.* (Daniel), *Os.* (Oseias), *Am.* (Amós).

Do Novo Testamento: *Mt.* (Mateus), *Mc.* (Marcos), *Lc.* (Lucas), *Jo.* (João), *At.* (Atos dos Apóstolos), *Rm.* (Romanos), *Co.*

(Coríntios), *Gl.* (Gálatas), *Ef.* (Efésios), *Fp.* (Filipenses), *Cl.* (Colossenses), *Hb.* (Hebreus), *Pe.* (Pedro), *I Jo.* (Primeira Epístola de João), *Jd.* (Judas), *Ap.* (Apocalipse).

Finalmente, abrevio-me para tudo o que se provar omisso.

Daniel Jonas

Paraíso perdido

O VERSO

A medida é a do verso heroico sem rima, tal como o de Homero e o de Virgílio; a rima é complemento desnecessário ao bom poema e ao verso capaz e, enquanto ornamento, dispensável, especialmente nas obras mais longas, invenção afinal de uma idade bárbara, a fim de compensar argumentos pobres e métrica aleijada; agraciada desde então por um punhado de poetas modernos afamados, entusiasmados pela tradição, mas muito para sua própria vergonha, embaraço e constrangimento, impossibilitados de dizer as coisas de outra maneira, mais eficaz e ricamente expressiva. Não é sem razão, pois, que alguns poetas italianos ou espanhóis de exceção a tenham rejeitado, em obras longas e breves, como de há muito também as nossas tragédias, coisa trivial que é e musicalmente sensaborona para ouvidos judiciosos; as quais consistem apenas em ritmo apropriado, adequada quantidade silábica e um sentido que é diversamente transportado de um verso para outro, não por meio de tinidos de terminações semelhantes, erro evitado por antigos bem experimentados tanto na poesia como na boa oratória. Este negligenciar da rima tampouco deve ser entendido como defeito, embora o pareça eventualmente junto de leitores menores, mas antes como exemplo, o primeiro em inglês, da liberdade devolvida ao poema heroico da penosa escravidão moderna dos versejos.

Livro I

Argumento

Este livro propõe, primeiro em resumo, o assunto geral, a desobediência do homem, e a respectiva perda do Paraíso onde fora posto. Depois aborda a primeira causa da sua queda, a Serpente, ou antes Satanás na Serpente; o qual, rebelando-se contra Deus, e acompanhado por muitas legiões de anjos, foi por ordem de Deus expulso do Céu e lançado ao grande fosso. Ultrapassada esta ação, ocupa-se o poema com o meio das coisas, apresentando Satanás e os seus anjos agora caídos no inferno, descrito aqui não no centro (pois céu e terra ainda se dão como não criados, certamente não amaldiçoados) mas num lugar de trevas profundas, daí chamado Caos. Aqui Satanás, com os seus anjos boiando no lago de fogo, atordoados e atingidos por raios, recupera após certo tempo, como que de perplexidade, chama o seu imediato em hierarquia e dignidade e que também por perto jaz; conferenciam acerca da malograda queda. Satanás acorda todas as suas legiões, que até ali estavam igualmente aturdidas; levantam-se, seus números, ordem de batalha, os principais chefes chamados, de acordo com os ídolos conhecidos mais tarde em Canaã e nas terras adjacentes. A estes discursa Satanás, conforta-os na esperança de ainda reconquistarem o Céu, mas diz-lhes por último do novo mundo e nova criatura a serem criados, segundo uma antiga profecia ou relatos no Céu; pois que a existência de anjos era bem anterior à criação visível na opinião de muitos Pais da Igreja. Para saber da veracidade desta profecia, e o que deliberar em relação a ela, recorre a um conselho pleno. O que então empreendem os seus companheiros. Subitamente surge Pandemônio, o palácio de Satanás, erguido das funduras: os infernais pares lá se sentam em conselho.

Da rebelia adâmica,[1] e o fruto
Da árvore interdita, e mortal prova
Que ao mundo trouxe morte e toda a dor,
Com perda do Éden, 'té que homem maior[2]
Nos restaure, e o lugar feliz nos ganhe, 5
Canta, celestial Musa,[3] que no cume
Do Orebe, ou do Sinai lá, inspiraste
O pastor[4] que ensinou a casta eleita,[5]
De como no princípio céus e terra
Se ergueram do Caos; ou se o Monte Sião[6] 10

---

[1] Adão em hebraico significa "homem".

[2] Cristo, na teologia paulina o segundo Adão. Virgílio canta um só homem, ao passo que Milton vai cantar dois: um natural e um sobrenatural, promovendo deste modo um movimento desviante em relação à épica de tradição pagã. Há, no entanto, precedentes em Spenser e Tasso para o uso de dois heróis.

[3] Urânia, mais tarde identificada. Por via de Urânia a *Invocatio* é destinada à segunda pessoa da trindade, o *Logos*.

[4] Moisés.

[5] Filhos de Israel.

[6] Santuário, lugar de oráculos.

Mais te encanta, e de Siloé[7] o veio
Que corria p'lo oráculo de Deus,
Teu favor invoco à canção ousada,
Que em não mediano voo quer levar-se
Aos cimos de além Hélicon,[8] buscando 15
Coisas em prosa ou rima não tentadas.[9]
E máxime tu, ó Espírito, que escolhes
Nos templos[10] o coração reto e puro,
Instrui-me, pois conheces; no princípio
Presente eras, de hartas asas livres 20
Qual pomba no abismo vasto ideavas,
Emprenhando-o:[11] o que é treva em mim
Aclara, o que é torpe ergue e suporta,
P'ra que ao nível de tão grande argumento
Defender possa a eterna providência 25
E aos homens seus caminhos explicar.
  Conta, que nada o Céu te esconde à vista,
Nem o baixo trato do Inferno, conta

---

[7] Nascente a oeste do Monte Sião. Certamente Milton teve em conta os poderes curativos e purificantes do lago de Siloé, aludindo à passagem em que Jesus cura o cego (*Jo.* 9, 7), em óbvia analogia com o seu próprio estado.

[8] Monte sagrado das musas. Milton procura a sua fonte de inspiração nos cumes mais elevados, sugerindo assim uma rarefação do seu argumento com relação à restante épica e respectivos temas bem mais modestos.

[9] Tópico tradicional de abertura. O poeta busca a originalidade do seu discurso. No caso, Milton aproveita para glosar a fórmula ufana de Ariosto.

[10] Ideia paulina do corpo como templo (cf. *I Co.* 6, 19).

[11] Influência das doutrinas herméticas advogando o hermafroditismo de Deus.

O que levou os nossos pais do gozo,
Do bom favor dos altos, a cair
E a violar o querer do criador
Na restrição, senhores que eram no mais;
Quem os levou primeiro à transgressão?
A Serpente[12] infernal; pondo na astúcia
Vingança e inveja, enganou
A mãe da humanidade, quando o orgulho
Do Céu o expulsou, com sua hoste
De anjos rebeldes, co'eles aspirando
A assento sobranceiro sobre pares,
Julgando igualar o mais Magnânimo
Se o enfrentasse; e co'alvo ambicioso
No trono e na divina monarquia
Batalha ufana e ímpia guerra alçou
Com tentativa vã. A ele o altíssimo
Lançou flamejante do etéreo céu[13]
Com hedionda ruína e combustão
À perdição sem fundo, e a penar
Nas chamas em grilhões adamantinos
Por desafiar o onipotente a armas.
Nove vezes o espaço dia e noite[14]
Dos mortais, ele e sua acerba chusma

---

[12] Satã, daí a atribuição pronominal masculina a seguir, isto é, "o", "ele".

[13] Misturando alusão bíblica (*Lc.* 10, 18) com homérica (*Il.* I, 591).

[14] O *Exordium* que fornece a direção de cena da abertura. Abre com o tempo de nove dias durante os quais os anjos rebeldes permaneceram derrotados, imediatamente a seguir a igual período de nove dias de queda física no abismo. Também Hesíodo refere um período de nove dias para a queda

Jazeram voltos no lago de fogo
Confusos e imortais; porém a pena
Reservou-lhe ira maior: pois a ideia
De gozo perdido e dor perdurante   55
O mói; revolve os olhos perniciosos
Que farta aflição viram e terror
Num misto de ódio e orgulho inexoráveis:
'Té onde vai dos anjos a visão
Vê o mórbido estado seco e bravo,   60
Um cárcere horrível, curvo de cantos
Como inflamado forno, porém chamas
Sem luz, senão visível cerração
Revelando paisagens de lamento,
Regiões de dor, sombrias, onde paz   65
E descanso não restam, nem esperança
Que a todos no fim resta; mas tortura
Sem fim, e ígneo dilúvio, atiçado
Com sempre ardente enxofre inconsumido:
Tal lugar a justiça eterna deu   70
Aos rebeldes, e aí prisão votou
Em trevas exteriores, e o quinhão
Longe de Deus e luz celeste quanto
Do centro três vezes aquém do polo.[15]
Oh, tão distante de onde eles caíram!   75

---

dos Titãs. Este paralelo mitológico importa a Milton, pois as referências bíblicas, sendo neste ponto escassas, vão ganhar mais do que caráter alegórico.

[15] Enquanto Homero posiciona o Hades abaixo da terra em proporcionalidade direta com a distância desta ao Céu acima, e Virgílio o Tártaro duas vezes abaixo daquela, Milton estabelece uma relação geométrica através da qual chama a atenção para a proporção numérica de Céu/terra, terra/

Aí os seus sequazes, oprimidos
Com torrentes e fogo em turbilhão
Logo discerne, e junto a si revolto
Seu segundo no crime e no poder,
Na Palestina mais tarde chamado   80
De Belzebu.[16] A quem o arqui-inimigo,
Daí no Céu Satã,[17] com verbo audaz
Rompendo o atroz silêncio começou.
    Ele és, mas quão caído![18] quão diferente
Daquele, que nos reinos de luz álacres   85
Vestindo excelso brilho encandeaste[19]
Miríades brilhantes. Se esse aliança,
Pensamento e conselho, igual esperança
E iguais riscos na empresa gloriosa,
A mim uniu outrora, ao vil se uniu   90
Agora em ruína igual: o poço mede

---

inferno. A terra divide o intervalo entre Céu e inferno. "Três vezes" é apenas modo intensivo.

[16] "Senhor das moscas". Em *Mt.* 12, 24 é "príncipe dos demônios". São Jerônimo vê nas moscas um símbolo de pertinácia. Assim Belzebu nunca se cansa de infestar a raça humana de todas as maneiras possíveis.

[17] Depois da rebelião, o primeiro nome, Lúcifer, cairia também em desuso. Em hebraico Satanás significa "inimigo".

[18] Ecoa Eneias ante a aparição de Heitor durante a queda de Troia (*En.* XI, 274). Cf. igualmente a este propósito *Is.* 14, 12. O discurso de 41 versos com início no presente, constituindo o primeiro discurso no livro, equilibra o último, também de Satanás, e também com 41 versos (I, 622-62).

[19] A quebra da concordância gramatical reflete a hesitação de Satã em face da aparência irreconhecível de Belzebu. Em *PL* estas cólicas gramaticais são sempre reflexo de agitação no falante.

Alta a queda, tão forte provou ser
Ele e o seu trovão. Quem diria então
A força desses braços? Nem por esses,
Nem p'lo que o vencedor na sua ira   95
Possa ainda infligir, repeso ou mudo,
Mudado embora o lustre, a fixa mente
E desdém, do valor tido em mau preço
Que me sublevou contra o onipotente
E à bravia contenda trouxe força   100
Incontável de espíritos armados,
Que ousaram afrontá-lo, e a mim escolhendo,
À força força adversa apresentaram
Em dúbio choque, o trono lhe abalando[20]
Nos plainos do Céu. Que tem que a campanha 105
Se perca? Acaso a indômita vontade,
O estudo de vingança, o ódio infindo
E a insubmissa coragem se perderam?
E que mais será não ser subjugado?[21]
Tal glória jamais ira ou poderio   110
Extorquirão de mim. Implorar graça
Com joelho suplicante, deificar
Poder a quem por medo deste braço
Temeu p'lo seu império, vil seria,
Ignomínia e vergonha ante esta queda;   115
Pois que a força dos deuses por destino

---

[20] Falso, como se verá em VI, 834-5. É, na verdade, o carro do Filho que abala as fundações do Céu. De qualquer maneira, não seria plausível haver discurso diabólico sem mentiras.

[21] Vontade, vingança, ódio e coragem são, para Satã, sinal inequívoco de que os anjos rebeldes não foram subjugados.

E esta empírea substância jamais cessam,
Pois que pela experiência deste evento
Em não piores braços, em mira avançada,
Podemos empreender confiantes mais   120
Pela força e perfídia eterna guerra
Implacável ao nosso adversário
Que agora ganha e em gozo excessivo
Detém sozinho o Céu em tirania.
    Assim falou, co'alarde, o anjo apóstata,   125
Porém moído com fundo desespero.
E logo o seu igual lhe replicou.
    Ó príncipe de entronados poderes,[22]
Que levou bastilhados Serafins
À guerra, e que em façanhas tão medonhas,   130
Galhardo, o Rei perpétuo ameaçou,
E à prova pôs a alta prevalência,
Quer sustida por força, acaso ou sorte;
Bem vejo eu e lamento o duro fato
Que com triste derrube e vil derrota   135
Nos fez perder o Céu, e toda a hoste
Em horrível excídio assim prostrou,
No limite mortal de essências célicas
E divinas: pois espírito e mente
Invictos são, e o viço pronto volta,   140
Apesar de extinta a glória, e o gozo
Em lástima perpétua aqui engolido.
E se o conquistador (que eu por força
Onipotente julgo, pois não menos

---

[22] Evocando tronos e potestades, ordens angélicas.

Que toda a força a nossa excederia)	145
Intactos nos deixou poder e alento
P'ra podermos co'as penas e o sofrer,
Bastando isto à ira vingativa?
Ou escravos nos prefere e lhe prestemos
Por lei de guerra, prontos e ao dispor,	150
Laborando no fogo infernal,
Fazendo o frete neste fosso escuro.
De que nos aproveita que sintamos
Vigor igual, ou eternas essências
Se sujeitas a eterna punição?	155
Ao que o arcanjo mau veloz tornou.
   Querubim[23] caído, ser fraco é infeliz
Ação ou privação.[24] Mas certo sê,
O bem jamais será nossa tarefa,
Mas o mal nosso único prazer,	160
Como o oposto da altíssima vontade
Que combatemos. Se então a presciência
Propuser outro bem do nosso mal,
Deve ser mister nosso pervertê-lo,
E do bem achar meios para o mal,[25]	165

---

[23] Pertencente à segunda ordem de anjos, excelentes em conhecimento.

[24] Princípio de niilismo demoníaco. Para Horácio é a ambição que leva os homens à ação ou ao sofrimento, padecendo desejosos pelo caminho da virtude (cf. *Odes* III, 24-43).

[25] Versos 162-5: antecipa XII, 470-8, o pasmo de Adão ao verificar o revés através do qual Deus promove a Queda a uma ocasião para o bem, ou, em termos teológicos, a *felix culpa*. Empson vai aliás defender que os obje-

O que sucede amiúde, e assim talvez
O moleste, salvo erro, e desoriente
Seus íntimos conselhos do alvo quisto.
Mas vê que o vencedor conjurou rábido
Os ministros da vingança e propósito 170
Aos portões do Céu; a chuva sulfúrea,[26]
Contra nós desferida, dissipou
A vaga de fogo, que do abismo
Nos recebeu a queda, e o alado
Trovão de rubro raio e fúria acesa 175
Quiçá perdeu os dardos, e cessou
De bramir pelo vasto e incerto abismo.
Não percamos o ensejo, se escárnio
Ou raiva farta renda do inimigo.
Vês além o bravio e ermo plaino, 180
O assento do abandono, nu de luz,
Salvo o que a frouxidão da chama lívida
Faz pálido e medonho? Afastemo-nos
Destas ondas de fogo encapeladas,
Repousemos ali, se houver repouso, 185
E reunindo as dispersas potestades

---

tivos de Deus são os de Satã, já que o seu desígnio mais íntimo seria o de propiciar na Queda uma oportunidade afortunada para o homem, sem a qual não haveria lugar à encarnação e ressurreição do Filho.

[26] Versos 169-71: em VI, 880, o Messias será Único vencedor na expulsão dos rebeldes, e os seus anjos apenas observadores (cf. VI, 800 ss.). Se a discrepância é intencional, espelha a relutância de Satã em admitir a vitória de Cristo a sós. Os anjos rebeldes estão neste momento a acordar de um coma, pelo que a recordação é naturalmente imprecisa quanto ao período que vai da guerra até à libertação das correntes.

Apuremos um meio de atacar
O inimigo, compor a nossa perda,
Vencer esta feroz calamidade,
Que reforço da esperança adicionar,   190
Se não, que decisão do desespero.

Falava assim Satã com seu segundo,
Soerguendo da onda a fronte e olhos
Que chispantes ardiam, e outras partes
De borco na corrente, ao longo e ao largo   195
De muitas milhas, em tamanho porte
Como o que chamam fábulas de monstro,
Titânico ou gigante, dos que armaram
Contra Júpiter, Briareu[27] ou Tifeu,[28]
O da caverna em Tarso,[29] ou da besta   200
Dos mares Leviatã,[30] que Deus de todos
Os que cursam oceanos fez maior:
Ele no sono da espuma da Noruega
O piloto de um esquife entrevado[31]

---

[27] A serpente com pernas era um Titã.

[28] Um Gigante. Ambos filhos de Terra, opuseram-se a Júpiter. Foram eventualmente confinados abaixo do Etna. No verso 226 da sua *Nativity Ode*, Milton faz confluir o Tifeu serpentino com o da mitologia egípcia, representante do princípio cósmico do mal divisível. Na *Areopagitica* interpreta este Tifeu egípcio como um tipo dos que desmembram a verdade.

[29] Capital bíblica da Cilícia, e tanto Píndaro como Ésquilo descrevem o habitat de Tifeu como antro ciliciano.

[30] O monstro de *Jó* 41, identificado em *Is.* 27, 1 como a serpente tortuosa. É por vezes também identificado como uma baleia.

[31] Não só coberto por trevas mas por elas imobilizado.

Julga às vezes ilha, contam marujos, 205
E com âncora fixa nas escamas
Atraca a sotavento, quando a noite
Cerca o mar, e a manhã sonhada atrasa:
Alongado o imenso arcanjo mau
Nos grilhões do lago folhão, não mais 210
Erguera a cerviz, mas isso a vontade
E alto favor do Céu que tudo rege
Deixou à solta aos seus negros desígnios,
Que p'los recalcitrantes crimes viesse
Sobre si maldição, ao intentar 215
Mal p'ra outros, e visse enraivecido
Como o seu mal apenas promovera
Um bem infindo, graça e mercê vistas
No homem que tentou, contudo nele
Aguda confusão, ira e vingança.[32] 220
Com prontidão a prumo iça do lago
A rija compleição; nas mãos as chamas
Retesas inclinaram as agulhas
E cuspindo-as em anéis vales mirram.
Depois de asas abertas guia o voo 225
Nos altos, apoiado no ar fusco
Que acusou peso raro, até que pousa
Em seco chão, um chão que ardesse em fogo
Sólido, como o lago no que é líquido,

---

[32] Versos 211-20: cf. II, 856. É Deus quem permite mobilidade a Satã para fora do abismo e, nessa medida, promove a tentação do Homem e o pecado do iníquo, apesar de inocente em todo este processo. Santo Agostinho formula-o: *voluntatum malarum iustissimus ordinator*.

Vendo-se no matiz: como o poder 230
Do subterrâneo vento ao levar montes
Rasgados a Peloro,[33] ou o bordo
Do Etna troante, cujo combustível
E entranhas carburentes dando fogo,
Com fúria mineral sublimado,[34] asa 235
Ventos e o fundo deixa chamuscado
Envolto em podridão: tal pouso achou
A planta dos pés vis. Seguiu-o o outro,
Ambos cantando a fuga do Estige[35]
Quais deuses, renovando a força própria, 240
Não por nução de força supernal.[36]

   É esta a região, o solo, o clima,
Disse o arcanjo perdido, o assento
A trocar pelo Céu, as trevas tristes
Pela celeste luz? Seja, já que ele 245
Que agora é soberano usa e manda
O que entende; à parte está melhor
Quem lhe igualou razão, força fez súpera
Acima dos seus pares. Adeus campos
Que o gozo sempre habita, ave horrores, 250
Mundo infernal, e tu profundo Inferno
Recebe o novo dono, o que traz

---

[33] Cabo Faro, o promontório nordestino da Sicília nas imediações do Etna.

[34] Convertido diretamente do sólido ao gasoso pelo calor vulcânico, de tal forma que permite a reconversão em sólido após o arrefecimento.

[35] O lago do verso 52.

[36] Versos 240-1: ilusão, como se constata nos versos 210-20.

Mente por tempo ou espaço não trocável.
A mente é em si mesma o seu lugar,
Faz do inferno Céu, faz do Céu inferno.[37]   255
Que importa onde se eu o mesmo for,
Ou o que seja, logo que não seja
Inferior ao que deu fama ao trovão?
Aqui seremos livres; o magnânimo
Não alçou cá a inveja, nem daqui   260
Nos levará. A salvo reinaremos,
Que é digna ambição mesmo se no inferno:
Melhor reinar no inferno que no Céu
Servir. Mas por que deixarmos amigos,[38]
Os sócios e parceiros da falência,   265
No lago do letargo aturdidos,[39]
E não os chamar a dividir parte
Nesta infeliz mansão; ou uma vez
Sãos os braços malsãos, tentar ainda
O Céu reaver, ou mais perder no inferno?   270

---

[37] Que Céu e inferno sejam estados de espírito já o defendia o hermético medieval Amaury de Bene.

[38] Versos 263-4: proverbial. Cf. *Sl.* 84, 10 e *Od.* XI, 489-91. Suetônio diria a propósito de Júlio César: "Abalado por estes ataques e convencido — como lhe ouviram, ao que parece, repetir muitas vezes — 'que seria mais difícil fazê-lo descer do primeiro para o segundo lugar do Estado, que depois do segundo para o último' [...]" (Suetônio, *As vidas dos doze Césares*, vol. I, XXIX, Lisboa, Sílabo, 2005).

[39] Ao contrário do rio Letes, o do esquecimento, este lago infernal não lava dor nem memória. Em II, 606-14 os diabos são torturados por essa impossibilidade de beber do Letes.

Assim falou Satã, e Belzebu
Tornou. Líder de tropas áureas, fora
O Onipotente quem te tombaria?
Se um dia a voz te ouviram, o penhor
Da esperança nos receios e nos riscos, 275
Nos extremos do perigo amiúde ouvida,
E no gume da liça quando urrava,
Nas cargas seu garante, hão-de somar
Novo alento à coragem, muito embora
Se prosternem servis no lago ardente, 280
Como outrora nós, turvos e esmagados;
Não admira, caídos de tal auge!

 Mal cessara e já o alto Demônio
Dava à costa; seu escudo ponderoso
De etérea têmpera, curvo e maciço, 285
Fundido nele, a ampla circunferência
Nos ombros como a lua, cuja órbita
P'lo vidro óptico o artista toscano
Vê à noite dos cimos lá de Fiésole,
Ou em Valdarno, ao toscar novas terras, 290
Rios, serras no seu globo manchado.[40]

---

[40] Versos 284-91: Homero compara o escudo de Aquiles à Lua (*Il.* XIX, 373-4), mas pelo brilho, não pelo tamanho. Na *Areopagitica* Milton menciona ter visitado Galileu, o "artista toscano", que inaugurou o estudo da Lua através de um telescópio com potência suficiente para revelar as formas da sua superfície. Ao tempo Galileu fora sentenciado pela Inquisição a prisão domiciliar, perto de Florença, no vale do Arno (Valdarno), dando para as montanhas de Fiesole. Mais deste fascínio pelas descobertas de Galileu tratam os livros III, 588-90 e V, 261-4.

A lança, semelhante a um alto pinho
Talhado em montes noruegueses,[41] mastro
De um navio almirante, um caduceu
A que ele apoiava passos incertos   295
P'la ardente marga, não como esses passos
No azul do Céu, e o clima abrasador,
Apertando-o na cúpula de fogo.
Contudo persistia, e na praia
Desse fervente mar chamou seus anjos,   300
Legiões em transe, bastos como folhas
De Outono que percorrem cursos de água
Em Vallombrosa, onde etruscas sombras
Toucam pérgulas; ou junças à tona,[42]
Quando com cruéis ventos armado Órion[43]   305
Brandiu o Mar Vermelho,[44] a cujas ondas
Cedeu Busíris[45] e a carga menfita,
Ao perseguirem pérfidos em ódio

---

[41] Os mastros dos navios eram normalmente feitos a partir de abeto norueguês.

[42] Versos 301-4: cf. *Is.* 34, 4. Folhas caídas era imagem comum para mortos sem conta, como o mostram Homero, *Il.* VI, 146 ss., Virgílio, *En.* VI, 309-10, e Dante, *Inf.* III, 112-5.

[43] Órion marcava supostamente as estações das tempestades. Era símbolo do poder de Deus em aplicar sentença através de tempestades e inundações (cf. *Jó* 9, 9 e *Am.* 5, 8).

[44] O nome hebraico do Mar Vermelho é "Mar de Junças".

[45] Tirano habitualmente identificado com o faraó de *Êx.* 1. Milton associa-o também ao faraó de *Êx.* 14. Esta junção de dois faraós visa a uma concentração dramática, observável no livro XII, 165-96.

Os hóspedes de Gessen,[46] que observavam
De terra firme os corpos flutuantes 310
E as ruínas das quadrigas. Copiosos
Cobriam a maré, e rebaixados
Sob o assombro de tão dura mudança.
Chamou num grito e o fundo infernal
Ressoou. Potentados, principados, 315
Tropas, o escol do Céu, outrora vosso,
Hoje perdido, se tal espanto usurpa
Espíritos eternos; ou tomastes
Após a dura lida pouso aqui
Para a gasta virtude, pela calma 320
Que achais neste torpor, como nos vales
Do Céu? Ou jurastes na pose abjeta
Louvar o vencedor? que agora observa
Querubins e serafins no fluxo envoltos,
Na dispersão de braços e estandartes, 325
Até que do Céu seus ágeis algozes
Discirnam a vantagem, e lançando-se
Nos calquem já em queda, ou com raios
Nos transfixem ao fundo deste golfo.
Levantai-vos do pasmo ou caí nele. 330
   Ouviram, e pejosos se lançaram
Num voo, como atalaias no seu turno
Surpreendidos no sono por quem temem
Quando se erguem e agitam estremunhados.
Não que cientes não fossem do maligno 335
Estado, ou que as fundas dores não acusassem;

---

[46] Os israelitas.

Contudo ao general logo atenderam
Infindos. Como o dia ao Egito aziago
Em que Moisés meneou firme bordão
Na encosta, convocando a pícea nuvem 340
De locustas, inchando o vento leste,[47]
Que sobre o reino do ímpio Faraó
Pendeu e anoiteceu do Nilo as terras:
Tão inúmeros eram os maus anjos
Pairando num voo sob o teto do orco, 345
De alto a baixo cercados pelas flamas;
'Té que, como sinal, a lança alçada
Do seu grande Sultão a dirigir-lhes
O curso, em equilíbrio hábil pousam
Em firme enxofre e enchem todo o plaino: 350
Uma turba que o Norte populoso
Jamais dos lombos frios[48] derramou
Sobre o Reno ou o Danúbio, quando a bárbara
Prole se abateu no Sul como um dilúvio
Desde Gibraltar às areias líbias.[49] 355
De todas as legiões e bandos logo
Os principais e chefes correm rumo

---

[47] Moisés usou o seu bordão para chamar uma praga de gafanhotos sobre o Egito (cf. *Êx*. 10, 12-5, e XII, 185-8). Há alguma tradição no que respeita à associação de diabos a gafanhotos. Ver a este propósito *Ap*. 9, 3.

[48] Esta expressão parece inadequada num contexto de fecundidade, mas a imagem não poderia deixar de conciliar o Norte, lugar natural dos rebeldes, com os seus climas frios.

[49] Versos 351-5: completa a série de três símiles cosmicamente ordenados em que Milton compara os anjos caídos a plantas, insetos e exércitos humanos.

Ao comandante, quais deuses de formas
Excedendo a humana, régia classe,
Potências que no Céu detinham tronos, 360
'Inda que dos seus tombos lhes omitam
Os nomes, apagados e delidos
Dos livros da vida à traição devido.
Nem ainda entre os filhos de Eva tinham
Novos nomes, até que, em terra errantes, 365
Por outorga de Deus no ordálio humano,
Com mentiras e embustes grande parte
Dos homens seduziram a abjurar
O seu Deus criador, e dele a glória
Que invisível amiúde transformavam 370
Em imagem brutal, ornamentada
Com ritos pavões, cheios de ouro e pompa,
E diabos a adorar quais divindades:
Entre os gentios eram então célebres
Nos vários nomes e ídolos pagãos. 375
Diz, Musa, os nomes, que antes e depois
Se ergueram do torpor do ígneo leito
À voz do imperador, que hierarquia
À vez se lhe juntou na praia nua
Quando ao longe 'inda a turba se enleava. 380
À cabeça seguiam os que do orco
Com o fito na presa térrea ousaram
Fixar templo, p'los evos, junto ao templo
De Deus, as suas aras junto à sua,
Sacros deuses em todas as nações, 385
Troando sob as asas de Jeová
Em Sião, entronado entre querubins;
No santuário puseram seus altares,

E abominações, e com maldições
Puros rituais, festins graves mancharam 390
E o seu breu a luz ousou afrontar.[50]
À frente o horrendo rei Moloque,[51] untado
Com sangue humano e lágrimas de pais,
Mudo que está p'los rufos dos tambores
Dos filhos o clamor, que ao fogo entraram 395
Rumo ao ídolo torvo. O Amonita
Em Rabá[52] o adorou e nos seus mares,
Em Argobe e em Basã, até ao curso
Do Arnom distante. E não contente com
Tão audaz vizinhança, achou venal 400
O sábio coração de Salomão,
E ergueu-lhe o templo junto ao divinal[53]
Nesse monte infamante,[54] e fez seu bosque

---

[50] Introduz o primeiro grupo de anjos, os que depois se tornam deuses de nações em contato com os israelitas. Milton vai referir-se às apostasias dos reis de Judá (cf. *II Rs.* 21, 2-7).

[51] Principia com Moloque o travestismo dos doze discípulos de Cristo. Moloque é rei porque é esse o sentido literal do seu nome. Os restantes são: Quemós, Baalim, Astarote, Astorete/Astarte, Tamuz, Dagon, Rimon, Osíris, Ísis, Hórus e Belial.

[52] Cidade real dos amonitas, capturada por Davi, após o seu arrependimento (cf. *II Sm.* 26-9). Ver *Dt.* 3, 1-13 para a descrição da conquista de Basã e Argobe até ao rio Arnom.

[53] As mulheres de Salomão levaram-no à idolatria (*I Rs.* 11, 5-7) e a edificar templos (*II Rs.* 23, 13-4), mais tarde derribados por Josias (verso 418).

[54] Monte das Oliveiras, chamado "o da corrupção" devido à idolatria de Salomão. Em Milton, Salomão é um tipo de Cristo e Adão.

O grato vale de Hinom, de então Tofete,[55]
Dito Geena, símbolo do inferno.[56]
Depois Quemós, o horror dos moabitas[57]
Desde Aroer[58] até Nebo,[59] e o deserto
De Abarim no extremo sul; em Hesbon[60]
E Horonaim, dos reinos de Siom,
P'ra lá do flóreo vale de Sibma a vinhas
Vestido, e Eleale ao lago asfáltico.[61]
Peor dele o outro nome, ao atrair
Em Sitim[62] Israel vindo do Nilo
A ritos sensuais pagos a pragas.[63]
E daí alastrou orgias lúbricas

---

[55] Cf. *II Rs.* 23, 10. Tofete é tido como o vale dos filhos de Hinom, através de uma eventual derivação de "Tof", tambor, aludindo desse modo às batidas rituais de Moloque, usadas pelos sacerdotes para abafar o choro dos infantes sacrificados.

[56] Vale de Hinom. Em *Mt.* 10, 28 é nome de inferno.

[57] A abominação de Moab (*I Rs.* 11, 7). Ver *Nm.* 32 para a maioria destes lugares da herança moabita atribuídos por Moisés às tribos de Rúben e Gade.

[58] Cidade no extremo norte do território.

[59] Cidade ao sul, perto das montanhas de Abarim.

[60] *Nm.* 21, 25-30 trata da conquista israelita de Hesbon, cidade moabita tomada pelo amorita rei Siom. Hesbon, Horonaim, a vinha de Sibma e Eleale figuram todos na profecia de *Is.* 15, 5 e 16, 8 ss.

[61] Mar Morto. Assim chamado devido à sua espuma betuminosa. É a fronteira moabita a sudoeste.

[62] *Nm.* 25, 1-3 e *Os.* 9, 10.

[63] Uma praga que matou 24 mil (cf. *Nm.* 25, 9).

Ao monte dos escândalos, p'lo bosque
Do homicida Moloque, num cio de ódio,
'Té que ao inferno os levasse Josias.
E com estes aqueles que do fluxo
Do Eufrates ao arroio que separa   420
O Egito de chão sírio são chamados[64]
Baalins[65] e Astarotes,[66] machos uns,
Fêmeos outros. Pois podem os espíritos[67]
Qualquer sexo assumir, e os dois de vez,
Tão simples e leve é a pura essência,   425
Sem algemas de membros, nós ou juntas,
Nem fundada na frágil força de ossos,
Como a incômoda carne; sejam forma
Condensada ou lassa, clara ou escura,
Os seus sidéreos fins levam a cabo,   430
E trabalhos de amor ou desavença.
Por estes Israel abandonou
A sua força viva,[68] e sem viv'alma
Lhe deixou o altar reto, mais prostrando-se

---

[64] Área do limite a nordeste da Síria até a sudoeste de Canaã, o rio Besor.

[65] Plural de Baal, sendo nome genérico da maioria dos ídolos. Os deuses solares dos fenícios e dos cananitas eram coletivamente chamados de Baalins e cada lugar de culto teria a particularidade de um sobrenome, por exemplo, Baal-Peor.

[66] Astarote era uma variante para deusa da lua.

[67] Versos 422-3: na poesia renascentista a instabilidade da forma é quase sempre maligna.

[68] Jeová (cf. *I Sm.* 15, 29).

A deuses bestiais; e na batalha 435
Tão baixa era a cerviz que ante a lança
Inimiga afundou. Com esta tropa
Veio Astorete, a Astarte dos fenícios,[69]
Rainha dos céus, dos cornos em crescente,
A cuja imagem virgens sidonianas 440
Pagavam ao luar votos e cantos.
Nem em Sião não eram celebrados,
No seu templo no monte das ofensas
Firmado p'lo rei mole, cuja razão,
Seduzida por esplêndidas idólatras, 445
Aos ídolos cedeu. E atrás Tamuz[70]
Cuja ferida anual arpoou ao Líbano
As moças sírias a prantear-lhe o fado
Em gráceis trovas p'los dias do Verão,
Enquanto o suave Adônis desde o berço 450
Rochoso ia rubro ao mar, do sangue
Do ferido Tamuz crido: o romance
Eivou em Sião cio igual nas filhas,
Cujas paixões dissoltas no átrio sacro
Ezequiel viu, ali quando enlevado 455
Em visões sondou negra idolatria
Ao vendido Judá. Depois veio outro
Que honesto chorou, quando a arca cativa
Lhe mutilou a imagem, mãos, cabeça

---

[69] Astorete ou Astarte, Vênus e deusa lunar sidoniana. Representava-a um corpo de mulher com cabeça de touro (cf. *Jr*. 44, 17-9).

[70] É apropriadamente chamado, visto ser amante de Astarte (cf. *Ez*. 8, 14). É uma divindade da Mesopotâmia, também adorada na Suméria como Dumuzi, e associada no Ocidente a Adônis.

Podados no seu templo, no limiar 460
Onde tombou, vexando adoradores:
Dagon, besta do mar, em cima homem,[71]
Peixe no mais, mas de alto e térreo templo
Firme em Azoto, temido p'la costa
Da Palestina, em Gate e em Ascalon, 465
E nas raias de Gaza e em Ecron.[72]
Seguiu-o Rimon,[73] cujo ameno assento
Era na bel Damasco, às margens férteis
De Abana e Farfar, dos cursos claros.
Também ele contra a casa de Deus foi. 470
Um leproso perdeu, um rei ganhou:
Acaz,[74] conquistador tolo, a quem deu
O altar de Deus à injúria e a trocar
Por um ao jeito sírio, onde queimasse
Suas ofertas odiosas, e adorasse 475
Deuses que conquistara. E após estes
Uma chusma que, célebre de nomes,
Osíris, Ísis, Hórus, e o seu séquito,[75]

---

[71] *I Sm.* 5, 4. Milton prefere a etimologia de Dagon, a partir do hebraico *dag* ("peixe"), representando-o dessa forma como meio peixe.

[72] As cinco principais cidades filisteias.

[73] Deus do trovão na Babilônia, comparado a Zeus e a Júpiter no Ocidente (cf. *II Sm.* 4, 2). Ver *II Rs.* 5, especialmente verso 12, sobre a cura de Naamã.

[74] Depois de ter conseguido a derrota de Damasco pelos assírios, interessou-se pelo culto de Rimon e no templo de Deus pôs um altar ao jeito sírio (cf. *II Rs.* 16, 9-17).

[75] A tríade egípcia. Osíris talvez proceda etimologicamente de Busíris (ver acima). Busíris era também uma cidade fenícia onde existia um célebre

Logrou com brutais feições e feitiços
O Egito férvido e seus sacerdotes 480
Buscando-lhes os deuses ambulantes
De formas bestiais. Nem Israel fugiu
À infecção, quando o ouro emprestaram
Ao bezerro em Horeb;[76] e o rei rebelde[77]
Dobrou o pecado em Dã e em Betel 485
Ao ver no criador um boi que pasce;
Jeová, que uma noite quando passava
Marchando do Egito nivelou de um golpe
O primogênito e deuses que balem.[78]
Belial por fim;[79] espírito mais lúbrico 490
Não caiu do Céu, ou mais rude amou
Vício por vício. Nem altar lhe fuma
Nem templo lhe resiste; quem mais que ele

---

templo de Osíris. Osíris lutou contra Set e perdeu, sendo despedaçado por este. Hórus, o filho, vingou o pai e perdeu um olho em combate. Ísis recolheu os pedaços do esposo, espalhados por todo o mundo, e em seguida, com a ajuda de Anúbis, mumificou-o, colocando-lhe o pênis ereto sobre o corpo. Há representações da múmia de Osíris ejaculando o cosmos.

[76] *Sl.* 106, 19. A mais familiar das apostasias de Israel, a adoração do bezerro de ouro feito por Aarão quando Moisés subiu ao Monte Horeb a fim de receber as Tábuas da Lei (cf. *Êx.* 32).

[77] Jeroboão, que liderou a revolta das dez tribos de Israel contra Roboão, sucessor de Salomão. Dobrou o pecado de Aarão ao fazer dois bezerros de ouro, um em Betel, outro em Dã (cf. *I Rs.* 12, 28-9 e *Sl.* 106, 20).

[78] Na Páscoa, Jeová matou todos os primogênitos do Egito (cf. *Êx.* 12, 29-30).

[79] Hebraico para "indignidade". É dos diabos o último porque não tinha um culto local e era "frouxo e tíbio" (cf. II, 117).

Em templos e altares, quando ministros
São ateus, como os filhos de Eli, deu   495
A casa de Deus à carne e ao agravo?[80]
Em cortes e palácios também reina
E em cidades lascivas, onde brados
De motim sobem mais que as lautas torres,
E a vilta e o ultraje; e quando a noite   500
Cobre as ruas, então erram os filhos
De Belial, vinolentos e insolentes.
Vede as ruas de Sodoma, e a noite
De Gibeá, quando a porta hospitaleira
Trocou uma matrona por pior estupro.[81]   505
Estes os principais em valor e ordem,
Os demais tardaria enunciar:
Deuses jônios, do tronco de Javã[82]
Mas nomeados depois de Terra e Céu,
Seus pais jactantes; Titã, primogênito   510
Da grã estirpe, encalçado na progênie
Por Saturno; mais forte a este Júpiter,

---

[80] *I Sm.* 2, 12-24.

[81] *Gn.* 19 e, talvez mais claramente, *Jz.* 19, onde se encontram referências a um levita hospedado em Gibeá, que, de modo a ser poupado de violação homossexual, se fez substituir à entrada de casa por uma concubina, ela própria violada até à morte.

[82] Há escassa autoridade nas escrituras para estes deuses. Os gregos (jônios) eram tidos por alguns como do tronco de Jafé, filho de Noé, sobre o fundamento de *Gn.* 10, 1 ss. e também *Is.* 66, 19. Hesíodo e outros autores fazem de Céu (Urano) e Terra (Gaia) pais de Saturno e dos Titãs. Só Lactâncio conta da luta do Titã mais velho contra o seu irmão Saturno, que o depôs, sendo em seguida deposto por seu filho Júpiter.

Seu filho com Reia, igual lhe pagou
Usurpando-lhe o reino. Estes, ínclitos
Em Creta e Ida, do cume nevoso 515
Do Olimpo algente regeram o ar médio,[83]
Seus maiores céus; ou no penhasco délfico,[84]
Ou em Dodona e por todos os termos
Da terra dória; ou quem com Saturno[85]
Sobrevoou a Ádria até campos da Hespéria 520
E dos célticos às remotas ilhas.
Estes e mais em bandos vieram, de ar
Cabisbaixo e cris, mas onde há obscuro
Vislumbre de gozo, p'lo chefe acharem
Não flébil, por se acharem não perdidos 525
Na pura perda; o que no seu semblante
Lança suspeita cor. Ele, o usual brio
Recobrando, com ditos cheios de honra
Na forma não na essência, elevou-lhes
O arrojo débil, medos dissipando-lhes. 530
Depois dá ordens certas, que ao soar
Da trombeta e clarim seja exaltado
Seu estandarte excelso, que a mercê pede

---

[83] O vaporoso e frio *media regio*, segunda de três camadas pelas quais os acadêmicos medievais dividiam a atmosfera.

[84] Delfos é o lugar do oráculo pítico de Apolo. O oráculo de Zeus em Dodona era tido como o mais antigo da Grécia, a terra dória.

[85] A seguir à derrota imposta por Júpiter, Saturno fugiu sobrevoando a Ádria (Adriático), campos da Hespéria (Itália), célticos (França), até às remotas ilhas (britânicas).

À direita Azazel,[86] alto querubim;
Que logo da haste radial desfraldou 535
A insígnia imperial; que, bem mais alta,
Qual meteoro brilhou vibrando ao vento,
Com finas galas, gemas e áureo lustro,
Troféus e armas seráficas, enquanto
Sonoros Metais davam sons marciais: 540
Aos quais o dono do orbe desferiu
Um grito que rasgou do Inferno a abóbada,
E apavorou o Caos e a antiga Noite.
E num lance surgiram de entre as trevas
Dez mil bandeiras soltas ao ar alto, 545
Ondeando em cores de oriente,[87] e uma floresta
De lanças se avistou, e um tropel de elmos
Raiou, e escudos em cerrada ordem
De imensa profundez; cedo se forma
Harmônica falange[88] aos modos dórios[89] 550

---

[86] Um dos principais anjos caídos, alvo da ira vingativa de Deus no apocalipse apócrifo do *Livro de Enoque*.

[87] Brilhante, resplandecente como a pérola.

[88] Formação estreita de batalha de gregos e macedônios, tipicamente em quadrado, consistindo em infantaria pesada e espessa ordem de lanças. As falanges gregas eram habitualmente de oito fileiras de profundidade. As de Satã são de "imensa profundez" (verso 549). As formações em quadrado ou cubo representavam virtude e justiça. Ver abaixo a formação enganosa e oca, "em falso cubo", dos anjos caídos (VI, 552-5).

[89] Sons que incutiam tranquilidade e encorajavam firmeza heroica, neste caso contrários aos sons indolentes dos modos lídios e jônios (cf. *Rep.* II, 398-9).

De flautas e flautas doces,[90] os que alçam
Ao auge de nobre índole heróis prístinos
Armando-os à batalha, e em vez de ira
Valor insuflam, firme e inamovível
No alarme da morte e à fuga covarde,　　555
E não p'lo afã de gládio a aplacar
Com toque grave turvos pensamentos,
E a afastar ânsia, dúvida, dor, medo
De mortais e imortais mentes. Assim,
Inspirando una força com fixo alvo,　　560
Iam mudos sob sopros que adoçavam
Agros passos no solo em brasa; quedam-se
Avançados à vista, crespa frente
De medonha extensão e armas, à guisa
Dos guerreiros com escudo e lança em linha,　　565
À espera do comando que o alto chefe
Tenha a dar: ele p'las fileiras armadas
Dardeja olhar treinado e percorre
O inteiro batalhão, e ordem devida,
Seus rostos e estatura divinais;　　570
Calcula-lhes o número por fim. Enche-se-lhe
De orgulho o coração, curtindo a força
Com glórias: pois jamais, desde o homem nado,
Viu comparável hoste assim chamada
Mais digna que essa miúda infantaria[91]　　575

---

[90] Opostamente aos romanos, que usavam trombetas, os espartanos iam para a batalha ao som de flautas.

[91] Pigmeus, em óbvia paronomásia. A comparação seguinte, com exércitos dignos de tratamento épico, os de Roma, Bretanha e França, serve ape-

Guerreando grous: ainda que os gigantes
De Flegra à raça heroica se juntassem,
A que em Tebas e Ílion lutou, mista[92]
Com deuses auxiliares; e dos ecos
Do conto ou romance o filho de Uter[93] 580
Cingido a paladins bretões e armóricos;
E todos os que então, cristãos e infiéis
Justaram em Montalvão,[94] Aspromonte,[95]
Damasco, Trebizonda,[96] ou Marrocos,
Ou quem Bizerta enviou da costa afra 585
Quando Carlos Magno e seus pares caíram
Por Fontarábia.[97] Estes 'inda que ímpares

---

nas para amplificar os de Satã. A guerra entre os deuses e os Gigantes teve início em Flegra, na Macedônia.

[92] Ciclos épicos centrados na luta dos irmãos de Tebas e no cerco de Troia.

[93] O rei Artur. Alguns dos seus cavaleiros eram bretões (armóricos). Antes de *PL*, Milton projetou uma épica arturiana.

[94] A "montanha branca" de Rinaldo, mencionado na obra de Ariosto *Orlando furioso*, que descreve a batalha entre fiéis e infiéis em Damasco.

[95] Castelo perto de Nice.

[96] Cidade bizantina conhecida por seus torneios. Em *Orlando enamorado* Boiardo fala da reunião dos sarracenos em Bizerta, a fim de invadirem a Espanha.

[97] Uma das versões lendárias de Carlos Magno dá-nos conta de que a sua retaguarda, liderada por Rolando, um dos doze paladinos, foi massacrada em Roncesvalles, a pouca distância de Fontarábia (Fuenterrabía). Alastair Fowler insinua uma possível alusão de Milton ao insurgimento realista de 1659, sabendo-se que Carlos I foi a Fontarábia em busca de auxílio francês e espanhol.

Face ao valor humano, observavam
Seu fero comandante. Sobre os outros
Se perfilou nos gestos eminente
Como uma torre; sua forma mantinha
Todo o brilho de origem, não mostrando
Menos que um Arcanjo em queda, brumoso
No excesso de esplendor: qual sol que nasce
E espreita pelo ar pardo do horizonte
Curto de raios, ou detrás da lua
Eclipsado verte astroso crepúsculo
Em meio mundo, e por medo de abalos
Monarcas pasma. Sim, toldado o arcanjo,[98]
Porém lustrando a todos: no seu rosto
Os trovões fundas marcas lhe sulcaram
E o peso habitou as faces pálidas;
Mas sob cílios de audácia e brio cauto
Espreita a vingança: olho cruel, lança
Sinais de remorso e paixão ao ver
Os cúmplices do crime, ou sequazes
(No gozo outros pareciam) condenados
P'ra sempre agora em dor a ter quinhão,
Milhões de espíritos pagando a culpa
Dele co'o Céu, e de eterna luz caídos
Na revolta, porém fiéis na assistência,
Na glória mirra: se o fogo dos céus
Fere robles do bosque, ou pinhos da serra,
De calva fosca ainda a inflada altura

---

[98] Linhas politicamente subversivas, já que os eclipses eram tidos por sinais de mau agouro, especialmente para monarcas, tradicionalmente associados ao Sol. Assim as leu o censor de Carlos II.

Inça o danado brejo. Já pronto ele 615
A falar. Arqueiam-se os renques duplos
De asa a asa, e em meia lua o cercam
Com seus pares: a atenção emudeceu-os.
Três vezes quis, e três vezes ao escárnio
Lágrimas que anjos choram irromperam.[99] 620
Entre suspiros acha enfim palavras.

Ó espíritos sem-fim, ó potestades
Sem par, à parte o ímpar, vossa luta
Não foi inglória, pese embora o fim
Que este lugar reflete, e a inominável 625
Mudança: pois que alcance de uma mente
Prevendo ou agourando, das funduras
De saber velho ou novo, temeria,
Quem diria que tal força de deuses,
Tão firme e una, provasse tal repulsa? 630
Quem pode também crer, mesmo na perda,
Que estas legiões possantes, cujo exílio
Evacuou o Céu, não reascenderão[100]
Por si a reapossar o assento pátrio?
Testemunha me seja a hoste célica, 635
Se avisos discordes ou perigo obstados
Por mim nos abateram. O monarca,
Que no Céu reina, tinha então seguro

---

[99] Talvez em vista das famosas lágrimas do orgulhoso rei persa Xerxes, que ao passar revista ao seu exército anteviu nostalgicamente o dia em que todo ele teria morrido. Esta passagem assenta também na sólida iconografia de anjos com lágrimas.

[100] Exagero.

O trono, no bordão da velha fama,
Licença ou regra, e o seu estado régio
Mostrava, mas a força não, escondia-a,
Que o intento nos tentou e a queda ornou.
No porvir será de ambos noto o braço,
A fim de nem acender, nem temer
Nova guerra, se acesa; resta o trunfo
De urdir furtivo ardil, fazer p'la insídia
O que a força não fez. Que saiba ao menos
À distância, que aquele que à força vence
Só meio rival vence, só, não mais.
Mundos novos pode o Espaço compor;
E no Céu era antigo o rumor que ele
Há muito ali plantar queria e criar
Uma casta, eleita no favor
Para em favor igual ser aos do Céu.
Nem que só p'ra espreitar, seja então lá
A primeira erupção, lá ou alhures,
Que este pego infernal jamais de espíritos
Divos fará passivos, nem o abismo
Sob trevas demoradas. Mas tais fitos
Deve o siso medrar: a paz está farta,
Quem pode em submissão pensar? Pois guerra
Seja, aberta ou tácita, mas seja.
   Falou, e a confirmar-lhe o verbo voaram
Milhões de espadas de fogo sacadas
Das coxas de querubins; a chama súbita
Em torno o Inferno ateou; e alto bramaram
Ao altíssimo, crus com braços ávidos
Chocaram estridentes sons de guerra
Batendo adargas ao fórnice do Céu.

  Era um monte ali cujo ápice horrível   670
Rolos de fumo e fogo vomitava;
Brilhava em tudo o mais com crosta tersa,
Sinal que ia no ventre metal virgem,
Obra do enxofre.[101] Lá acorreu alada
Brigada infinda. Como quando bandos   675
De sapadores de alviões e pás armados
Precedem o arraial, a abrir trincheiras
E erguer taludes. Mammon conduzia-os,[102]
Mammon, menos ereto não caiu
Espírito do Céu, seu semblante e afã   680
No Céu sempre ao chão rentes, mais prezando
O luxo da áurea laje já pisada
Do que o divino e santo gozo em uso
Nas beatas visões. Por ele também
Os homens, e p'la sua influência,   685
Esquadrinharam o centro, e com mãos ímpias
Rajaram as entranhas da mãe terra
Por tesouros mais fundos. Logo os seus
Abriram feia ferida na encosta
E extirparam filões de ouro. Ninguém   690
Pasme ao ver pompa no Érebo; vai-lhe bem
No solo o doce veneno. E aqueles

---

[101] Pela sua natureza ativa tido como o pai dos metais.

[102] Em *Mt.* 6, 24 Mammon é, por via do aramaico, nome que significa "riqueza", mais tarde usado como nome do "príncipe deste mundo" (*Jo.* 12, 31). Ambas as tradições medieval e renascentista o associam a Plutão, o deus do mundo subterrâneo, e por via de Pluto, deus das riquezas. Mammon é o reverso do ideal de Sêneca, o do contemplativo astral que despreza as coisas materiais.

Conchos com coisas vãs que tontos contam
De Babel,[103] e das obras de Menfitas,
Vejam como os mais dignos monumentos, 695
Arte e força, são fáceis de exceder
Numa hora por réprobos espíritos,
O que eles no labor de uma vida
E com mãos numerosas mal fizeram.
Lá no plaino já pronto em muitas células, 700
Sobre veios de fogo dissolvido
Do lago apurado, outra caterva
Co'arte maga fundiu ouro maciço,
Fendendo porções, e extraiu a escória.
Outra logo formou no íntimo solo 705
Vários moldes, e das ferventes células
Estranha transfusão encheu ocos bojos
Como um órgão que só de um golpe de ar
Insufla a caixa tubos alinhados.
Da terra prestes sai vasto edifício 710
Como uma exalação, com o som doce
Das vozes e dulcífluas sinfonias,[104]

---

[103] A torre edificada pelo ambicioso Nimrod, o "poderoso caçador" de XII, 24-62. As obras de reis menfitas (egípcios) são as pirâmides, memoriais de vaidade.

[104] Cf. XI, 560 ss., onde as artes da música e dos metais são de novo associadas, primeiro por Jubal, o inventor da primeira, depois por Tubal-Caim, inventor da segunda, ambos descendentes de Caim. Pandemônio (cunhagem de Milton, verso 756) levanta-se ao som da música, como Tebas ao som da lira de Anfião, já que na Renascença se considerava as proporções musicais regentes das formas arquitetônicas.

Como um templo, cercado por pilastras[105]
E dóricos pilares coroados[106]
Por dourada arquitrave; nem faltava 715
Friso ou cornija, talhes em relevo
E no teto padrões. Nem no apogeu
Da glória Babilônia[107] e Mênfis[108] deram
Tal sumpto aos reis no trono ou aos deuses
Serápis[109] e Bel[110] lá nos relicários 720
Quando a Assíria e Egito disputavam
Luxo e luxúria. Fixa-lhe a grandeza
O alto pé, e de par em par as portas
Abrem batentes brônzeos e descobrem
Dentro dele amplidão sobre o polido 725
E alhanado chão. Do teto em abóbada
Pendentes por sutil arte fileiras
De estelíferas lanternas e brandões
Excitados co'a dúctil luz da nafta
E piche lembram o Céu. A turba apressa-se 730
E entra a admirar, louvando uns a obra
Outros o arquiteto: mão reputada
No Céu por torreões magnos, onde anjos

---

[105] Pilares de quatro faces fixos às paredes por uma delas.

[106] Tal como a música, os pilares são dóricos, as menos ornadas e as mais dignificadas das colunas gregas.

[107] Lugar bíblico tradicionalmente ligado à iniquidade, simbolizando o anticristo e o inferno.

[108] Cairo moderno, a mais esplêndida cidade do Egito pagão.

[109] Deidade egípcia, compósito de Osíris e Ápis.

[110] Versão babilônica de Baal.

Com cetro residiam, em assentos
Quais príncipes, a quem o rei supremo
Erguera a tal poder, e dera mando,
Conforme a hierarquia, de ordens lúcidas.
Nem era novo o nome ou sem estima
Na antiga Grécia; nem na terra ausonia[111]
Onde era Mulciber;[112] como caíra
Do Céu, narravam, lançado por Júpiter
A pique sobre ameias de cristal:
Da alva ao Sul, do Sul à véspera úmida,[113]
De um dia de Verão; e com o sol-pôr
Vindo qual estrela cadente do zénite
A Lemnos, ilha egeia. Assim contam
Mal, porque antes, muito antes, com a horda
Caiu. De nada então lhe aproveitou
Erguer no Céu colossos; nem escapou
Com engenhos, mas foi mandado a prumo
Com o seu pessoal a erguer no Inferno.
Nisto, os arautos de asas, por comando
Soberano, com negra cerimônia
E trombetas por toda a hoste avisam
Do grão-concílio a ser levado a cabo
Em Pandemônio, grande capital

---

[111] Antigo nome grego para a Itália (cf. *Lus.* V, 87, 5), de quem Áuson, filho de Ulisses e Circe (Calipso), é o epônimo.

[112] Vulcano, ou o Hefesto dos gregos, o dos ofícios, tal como o da metalurgia, resultado da Queda porque requer o uso do fogo. Ver a descrição homérica da queda de Hefesto (*Il.* I, 591-5) e notar o fim chistoso desta sofisticada descrição na deflação dos versos 746-7: "Assim contam/ Mal".

[113] Meio-dia. Assim como em II, 309, IV, 627 e X, 93.

De Satã e seus pares: intimavam
De todas as facções e esquadrões
Os mais dignos por escolha ou posto. Cedo,
Por centos ou milhares escoltados, 760
Chegaram e apinharam vias, pátios,
Portões por todo, o átrio maiormente
(Como um campo coberto, onde bravos
Campeões justar usavam, a reptar
Ante o soldão seus mauros cavaleiros 765
Ao transe mortal e a prélios de lanceiros)[114]
Enxameava, no chão bem como no ar,
Roçados com os silvos de asas zoantes.
Como abelhas vernais, quando o sol monta[115]
Touro,[116] vazam copiosa prole das silhas; 770
Entre a molhada flor e a orvalhada
Voam p'ra aqui e p'ra ali, ou no tabuão,
Subúrbio do fortim feito de palha,
Nédio de unção, discutem digressivos
Questões de estado. Assim se avolumava 775
E estreitava o enxame; até que ao sinal,
Vede e pasmai! aqueles que na altura

---

[114] As duas variedades do encontro de cavalaria, o torneio *a l'outrance* e a justa, exibição menos perigosa.

[115] Cf. *Il.* XI, 87-90 e *En.* I, 430-6. Tanto os acaianos como os cartagineses são comparados a abelhas. O ideal social de organização da colmeia é tópico frequentado.

[116] De acordo com o calendário juliano, o sol estaria ao tempo no segundo signo do Zodíaco em meados de abril. Talvez uma prolepse para a cronografia pós-lapsariana de X, 673, em que o sol vai de Carneiro (Áries) a Touro.

Passam da Terra seus gigantes filhos,
Menos que anões agora, entre anões, múltiplos
No aperto da divisão, quais pigmeus[117]   780
Além do monte indiano, ou duendes,
Dos saraus ao luar, que por florestas
Ou fontes, o campônio tardo vê
Ou sonha ver, enquanto em cima a lua
Ajuiza, e mais próximo da terra   785
Conduz a lividez: eles com ânimo
De mofa e dança, sons joviais lhe sopram;
À uma folga e treme-lhe o coração.
Incorpóreos espíritos ao mínimo
Reduziram assim os grandes vultos,   790
E sem conta à larga se espraiavam
Nessa corte infernal. Bem mais ao fundo
E nas dimensões muito iguais a si
Os nobres serafins e os querubins
Em conclave secreto se assentavam,   795
Mil demiurgos em sólios aurifúlgidos,
À pinha. Findo então curto silêncio
E lida a citação, abre o conselho.

Fim do primeiro livro

---

[117] Plínio localizou a terra dos Pigmeus nas montanhas além da nascente do rio Ganges.

Livro II

Argumento

Iniciada a consulta, Satanás debate se é de arriscar outra batalha para a recuperação do Céu. Alguns aconselham-na, outros não. Uma terceira proposta é preferida, antes mencionada por Satanás: saber da veracidade da profecia ou tradição no Céu relacionada com outro mundo, e outro tipo de criatura semelhante a eles mesmos ou não muito inferior, a ser criada nesta altura. Refletem sobre quem deverá ser enviado nesta difícil missão: Satanás, o líder, empreende sozinho a viagem, é honrado e aplaudido. Com o concílio no fim, os restantes tomam o seu caminho e prosseguem com os seus afazeres, de acordo com as suas inclinações, por forma a entreter o tempo da ausência de Satanás. Este passa na sua jornada pelos portões do inferno, encontra-os fechados, e quem se senta lá em vigia abre-os de par em par, descobrindo perante ele o grande abismo entre o Céu e o inferno; a dificuldade da travessia dele ali, dirigida pelo Caos, o poder do lugar, até à vista do novo mundo por ele desejado.

Num insigne e real trono, de longe
Ofuscando a riqueza de Ormuz[1] e Índia,
Ou lá onde o bel Este com mão fértil
Sobre bárbaros reis verte ouro e pérolas,
Se sentava Satã, alçado em glória   5
E valor à eminência má; de afronta
Solevado ao mais alto aquém da esperança
Aspira a mais além, voraz no fito
De armas vãs contra o Céu, e certo de êxito
Mostra do seu preitês enredo excertos.   10
   Potências, possessões,[2] deuses do Céu,
Já que fosso nenhum retém no abismo
Vigor eterno, mesmo opresso e inerte
Não abro mão do Céu. Desta descida
Virtudes celestiais hão-de subir   15
Em glória e horror de queda sem memória,[3]

---

[1] Cidade insular no Golfo Pérsico, famosa pelo seu mercado de joalheria.

[2] Duas das ordens mencionadas por São Paulo em *Cl.* 1, 16.

[3] Numa paródia à *felix culpa*, Satã descreve o que acontece ao homem através da graça de Deus.

Certas de não temer nova desdita.
Vosso líder p'las fixas leis do Céu
Sou desde logo em jus, e em livre arbítrio
Depois, com o que mais, em guerra ou sínodo, 20
Do mérito se achou; contudo a perda,
Apesar de remida, muito mais
Deixou num trono a salvo da cobiça
Com outorga total. O alegre estado
No Céu, que segue as honras, talvez saque 25
Da grei a inveja; quem porém inveja
Aquele que alto posto firma em frente
E à mira mais se expõe do atirador,[4]
Vosso baluarte, e colhe parte pródiga
De perpétua dor? Onde não há ganho 30
Na luta, não há luta que aí cresça
De facção; pois ninguém pede no inferno
Precedência, ninguém, com parte escassa
Nesta dor, que com cúpido capricho
Mais cobice. Pois bem, com tal vantagem 35
À união, à fé firme, ao firme acordo,
Mais do que no Céu há, eis-nos de volta
A cobrar nossa justa e velha herança,
Certos de prosperar mais que o mais próspero
No que nos garantisse; e qual o modo, 40
Guerra aberta ou perfídia encoberta,
Ora se apura; fale quem avise.

---

[4] *Thunderer* no original impede uma literalidade agradável (roufenhamente convertível em "tronante"), mas espelha melhor a tentativa de Satã de reduzir Deus a atributos do Olimpo, nomeadamente o de relampejar, típico de Júpiter.

   Cessou, e ao lado Moloque, rei de cetro,
Se erguera, o mais tenaz e forte espírito
Que no Céu lutou, férvido de raiva:
Julgava com o eterno ser julgado
Par em força, e mais queria sendo menos
Tido não ser de todo; ser posposto
Sugou-lhe o medo: Deus, inferno, ou pior
Não se lhe dava, p'lo que disse assim.
   Proponho guerra aberta. De artimanhas
Mais leigo, não me gabo. Deixem quem
De urdir careça a própria vez, mais tarde.
Que enquanto urdem sentados, deverão outros,
Milhões que se erguem de armas e ardentes
P'lo sinal de ascensão, sentar-se aqui
Fugitivos do Céu, e por morada
Aceitar o breu de antro oprobrioso,
Prisão de sua tirania que reina
Por nosso atraso? Não, antes optemos
Forrados co'infernais flamas e fúrias
Sobre os torreões do Céu por forçar via
Sem estorvo, e de torturas braços másculos
Armar contra o algoz, quando ao encontro
Do rugir do alto engenho possa ouvir
Trovão infernal, vendo por relâmpago
Fogo negro e horror em ira igual
Entre os anjos, e o próprio trono misto
De tártaro enxofre e fogo estranho,[5]

---

[5] Cf. *Lv.* 10, 1-2.

Tormentos de invenção sua. Talvez 70
Pareça a via íngreme a escalar
Se a asa tesa rival maior já mira.
Julguem aqueles assim, se o gole de sono
Do lago do letargo já não age,
Que a nosso próprio passo ascenderemos 75
Ao assento natal: descida, queda
São-nos impróprios. Quem não sentiu
Quando o hostil se colgou à ré dos renques
A exultar, perseguindo-nos p'lo fosso,
Com que compulsão, voo atribulado 80
Nos atolamos? Fácil ascensão,
Temível desfecho; outra vez ateássemos
O mais forte, e a pior trilho iria a ira
Por nosso fim; se é que haja neste inferno
Temor de pior fim: há lá coisa pior 85
Que aqui morar, migrados da fortuna,
Condenados à dor do torpe fundo,
Onde a pena do fogo inextinguível
Nos molesta sem prazos para epílogos,
Vassalos do mau gênio, quando o açoite 90
Inexorável, e hora torturante
Nos pedem expiação? Mais débeis que isto
Só na extinção decerto e expirando.
Que tememos? Por que tardar a ira
Ao máximo rancor? Que no seu pico 95
Também bem nos consome, e nos reduz
A nada a essência, que é bem mais feliz
Que infeliz em se ser eterno ser.
Ou se a substância em nós divinal é,
E não cesse de o ser, somos piormente 100

Nada aqui,[6] e com provas que nos julgam[7]
Capazes de abalar-lhe o Céu à força,
E alarmar com perpétuas incursões,
Mesmo inacesso, seu trono fatal:
Que não sendo vitória é vingança.   105
  Sedou o sobrecenho, denunciando
Represália feroz e árdua batalha
P'ra espúrios deuses. De outra ala alçou-se
Belial, em ato mais grácil e humano.
Não perdeu ser mais probo o Céu. Parecia   110
Talhado p'ra honradez e altas façanhas:
Tudo oco e falso; muito embora a língua
Destilasse maná, e de vil lógica
Eduzisse a melhor razão, vexando
Conselhos sábios: eram só baixezas;   115
Cioso no vício, mas em ações nobres
Frouxo e tíbio: contudo soava bem,
E com dicção suasória começou.
  Meu parecer é de guerra aberta, ó pares,
Que levo igual rancor, se o que motiva   120
E mais persuade à urgência da contenda
Não me dissuade nem mostra lançar
Conjectura ominosa à ventura:
Quando o que mais excede em feitos de armas,
Na reflexão e em toda a excelência   125
Suspeitoso, der peito ao desespero
E à total extinção, qual margem franca

---

[6] Isto é, na pior das hipóteses não somos nada.

[7] Dúvidas humanas em anjos imortais.

P'ra pontaria, após cruel vingança.
Vingança, qual? Há torres no Céu cheias[8]
Com armas de vigília, que os acessos   130
Impregnam; e nas raias abissais
Acampam as legiões, ou co'asa obscura
Batem de déu em déu o reino à noite
E a surpresa surpreendem. Mesmo abrindo
Duto à força, co'inferno nos calcâneos   135
Em negra insurreição, a confundir
A pura luz do Céu, 'inda o inimigo
Sentaria no trono incorruptível
E impoluto, e o molde impalpável
Incapaz de manchar, repeliria   140
O dano, dando ao fogo vil a purga
Vitoriosa. E aí nosso consolo
É o desconsolo. Há que exasperar
O onipotente e a cólera saciar-lhe
'Té que nos dê fim, 'té que nos dê cura,   145
Ser não mais; cura ruim; quem quer perder
Mesmo todo ele dor, tal ser racional,
Pensamentos vagueando a eternidade,
Para a morte, tragado e sem norte
No amplo ventre da noite por criar,   150
Num vácuo de sentido e ação? E é certo,
Se isto for bom, que o rábido inimigo
No-la dá, ou dará? Como pode ele
Duvido, que jamais quererá aposto.

---

[8] Belial responde a Moloque ponto por ponto. Este modelo retórico já o usara Tasso, nomeadamente nas disputas de Aletes e Argantes em *Jerusalém libertada*.

Irá ele, sábio que é, dar larga à ira 155
Quiçá por impotência, ou absorto,
Concedendo o favor aos inimigos,
Um fim em fúria, fúria que os salva
De castigo sem fim? Cessar, p'ra quê?
Diz quem advoga a guerra[9] que um decreto 160
Nos reservou passagem à dor perene;
Que mais há a sofrer, por mais que se faça,
Que pior há-de haver? É isto o pior,
Sentados, em consulta, indignados?
E quando em fuga à caça, à pressa, arpoados 165
Co'o pungente trovão do Céu, pedimos
Abrigo ao algar? Dava o inferno então
Refúgio às chagas. Ou quando jazíamos
A ferros na água em brasa? Bem pior era.
E se o sopro que o feio fogo ateou 170
Desperto o açulasse à sétupla ira
E a nós nos mergulhasse em lume? Ou do alto
Fosse o despique suspenso armar de novo
Sua destra rubente p'ra mais pragas?[10]
E se os reténs abrisse e o firmamento 175
Do inferno ejaculasse fogo em trombas,
Horrores que sondam, juras de massacre
Um dia sobre nós; enquanto nós
Entre apelos ou planos de real guerra,
Lesos em ígnea bátega seríamos 180
Empalados num golpe em espínea escarpa,

---

[9] Moloque.

[10] A *rubente dextera* de Horácio.

Presas e piões no vórtice de ciclones,[11]
Ou sob a ebulição do oceano em grelhas;
Lá com vagido eterno por idioma,
Sem termo, sem piedade, sem mercê, 185
Eras de fim sem fim; sim, era pior.
Seja ou não declarada, a peleja[12]
Dissuade-me a voz. Que astúcia ou força há
Que lhe chegue, quem tolda a mente, o olho
Que a uma tudo vê? No cume do Céu 190
Todas estas moções vãs vê e zomba;
Não mais onipotente a opor poder[13]
Que sábio a frustrar toda a nossa trama.
Sé é de viver tal vida, aviltada
Que anda a raça do Céu, lançada à dor 195
De penas e grilhões? Pois há pior,
Digo eu, já que a sorte inevitável
Nos oprime, e o decreto do altíssimo,
Querer de vencedor. P'ra ação ou canga
Temos treino, nem é a lei injusta[14] 200
Que o ordena: seria até pacífica,
Fôssemos sábios, contra tal rival
Gladiando, a dúvida no lucro.
Rio, quando quem é duro de lança
E audaz, se ela lhe falha, minga e teme 205

---

[11] Versos 180-2: cf. *En.* I, 44 ss. e VI, 740 ss.

[12] Oposto à conclusão de Satã (cf. I, 661-2).

[13] Isto é, é tão sábio quanto onipotente.

[14] Uma espécie de lei natural, prévia a Deus.

A certa consequência, suportar
Exílio, ignomínia, laço, dor,
Sentença de quem vence: isto é pois
Nosso desar: que tido e aturado,
Vá em tempo sanar ao Inimigo 210
A sanha, e talvez assim haurida
Releve o açoite em falta, satisfeita
Co'o que puniu; donde há-de o fogo fero
Abrandar, se ele não der sopro às chamas.
A nossa pura essência há-de vencer 215
Seu tóxico vapor, ou adaptada,
Conversa a prazo, ou símil ao lugar
Em humor e natura, receber
Como sua a atroz febre, indolor;
Será ameno o horror, diáfana a treva, 220
Fora a esperança que a nunca finda leva[15]
De porvir trará, que azo, que mudança
Que valhe a espera, já que hoje parece
Se não bem p'ra bem, p'ra mal não estar mal,
Desde que não pleiteemos novas penas. 225
   Com verbo assim em prensa de razão
Ditou Belial ignóbil vagar, plácido
Ócio, não paz. E logo Mammon disse.
   Quer seja p'ra depor o rei do Céu
Sendo a força o ideal, quer p'ra reaver 230
Um direito de lei, p'ra destroná-lo

---

[15] Versos 220-1: acompanhamento rimado para a fantasia folgaz de Belial.

Só esperando um lapso da presciência[16]
Num ataque casual, sendo o Caos árbitro:
Vã crença no primeiro atesta vão
O segundo. Que pouso haverá p'ra nós
No umbigo do Céu, se o dono supremo
Não vencermos? Suponham que ele afrouxa
E publica geral graça, sob jura
De nova sujeição; e nós, que cara
Seria a nossa lá, baixando olhos,
Catando à força estritas leis, louvando-o
No trono entre um chilreio de hinos, coros
De aleluias forçados, invejando-o
Ao sentar-se senhor supremo, de ara
Golfando odor de ambrósia,[17] das ambrósias
Nossa oferta servil. Esta a tarefa
No Céu, nosso deleite; que enfadonho
Eterno gasto em pagas de louvor
A quem se odeia. Não busquemos pois,
Por força obstante, por licença obtida,
O inaceitável grau, no Céu embora,
De vassalagem esplêndida, mas antes
O nosso bem em nós, e de nós próprios
Vivamos p'ra nós, mesmo em vasto ermo,
Livres, sem conta a dar a quem, amando
A árdua soltura mais que o suave jugo
De pompa vil. Será a nossa grandeza

---

[16] Se a Providência, que é o destino ou a sorte para os diabos, se submetesse ao acaso, o resultado seria arbitrário, daí ser ajuizado pelo Caos.

[17] Fragrância divina e alimento ou bebida de deuses.

Mais grave então, se o grande do pequeno,
O útil do dano, o próspero do adverso,
Pudermos conceber, medrando algures
Em má raiz, tratando o sofrimento
Com constância e labor. O fundo mundo
Do breu dá-nos pavor? E quantas vezes
Não se aloja no breu de espessas nuvens
O soberano do Céu, de halo sem sombra,
E com a majestade da cegueira
Cobre o sólio, onde urram trovões baixos[18]
Em revista às pulsões, num Céu tartáreo?
Poderemos sua luz, como ele as trevas,
Copiar quando nos dá? Neste deserto
Não falta oculto lustro, gema, ouro,
Nem a nós arte e dons p'ra sustentarmos
Imponência; e pode o Céu dar mais?
Nossas dores também podem a prazo
Tornar-se elementais, e a brasa aguda
Branda como ora acerba, nosso humor
Afiado ao seu humor, assim curtindo
O sensível da dor. Tudo convida
A conselhos de paz, à ordem fixa
Das coisas, à maneira mais secreta
De afinar estes males, com respeito
Ao que somos e fomos, rejeitando
Toda a veia marcial: eis o que penso.
    Mal calara, e tal múrmure encheu
A assembleia, quais búzios que retêm

---

[18] Versos 264-7: cf. *Sl.* 18, 11-3 e *II Co.* 5, 13; 6, 1.

Uivos aos ventos loucos, que p'la noite
Cresparam ondas, e ora ninam roucos
Lobos-do-mar exaustos, cujo casco
Ou pinaça em escarpada angra ancora
Finda a procela: tal ovação foi   290
P'ra Mammon e seu verbo temperado
P'la paz, pois outro campo de batalha
Temiam mais que o inferno: tal o medo
Do raio e da espada de Miguel[19]
Cravado ainda neles; e igual sede   295
Na fundação do império, a ampliar
Com política, a termo indefinido,
Emulador opósito do Céu.
Quando então Belzebu viu nenhum outro,
Fora Satã, de assento maior, grave   300
Cresceu, com porte qual pilar de estado.
Funda na fronte tinha entalhada
A deliberação e o interesse público;
E luzia o conselho nobre ainda,
Mesmo em ruína, real: sagaz firmou-se   305
Com atlânticos ombros pronto a arcar[20]
Com coroas hercúleas; seu aspecto
Deu sossego aos ouvintes, como a noite
Ou o ar do Sul no verão, p'lo que falou.
   Tronos e potestades, prole do Céu,   310

---

[19] A espada de Miguel é a temível espada de duas mãos que abatia esquadrões de uma vez só (cf. VI, 250 ss. e 320 ss.).

[20] Alusão ao castigo imposto por Júpiter a Atlas, um dos Titãs, forçado a carregar os céus nos seus ombros.

Virtudes etereais; ou serão títulos
A abdicar, por rubrica que nos chame
Príncipes do orco? Nisto se revê
O eleitorado, dar novo mandato
Ao império crescente — pois! sonhemos, 315
Ignorando que o rei do Céu prepôs
Este espaço masmorra, não p'ra abrigo
Do seu braço pugnaz, p'ra vida livre
De alta jurisdição, em nova liga
Ajustada ao seu trono, mas p'ra algemas 320
Sem folga, apesar de tão distante,[21]
Sob o freio forçado, destinou
Suas gentes cativas: pois bem sabe
Na altura ou profundeza, que alfa e ômega
Só reinará, sem parte a dar do reino 325
Ao nosso motim, antes alargando-o
Ao inferno, forçando-nos com ceptro
Férreo, como com áureo no que é Céu.[22]
Por que traçamos nós guerra e paz?
A guerra limitou-nos com desaire 330
Insanável; dos termos da paz nada
Se viu ou garantiu; que paz se espera
P'ra escravos, a não ser rija custódia,
E chicote, e castigo arbitrário
Imposto? E que paz devolveremos 335

---

[21] Resposta ao argumento de Belial em II, 211 ss.

[22] Versos 327-8: o cetro de ouro, símbolo de equidade misericordiosa, o de ferro, da justiça rigorosa. A alusão a *Sl.* 2, 9 mostra que o aviso de Abdiel em V, 886-8 está a realizar-se, e Deus destruirá o mal.

Além de hostilidades e agressões,
Recusa pertinaz, sim, lento ajuste,
Mas sempre urdindo forma de travar
O segador na sega, e o seu júbilo
Em fazer o que danos mais nos faz? 340
Não há-de faltar vau, nem pedirá
Árdua expedição a entrada no Céu,
Cujo muro não teme assalto ou cerco,
Emboscadas do abismo. E se dermos
Com mais fácil empresa? Há um sítio 345
(Se no Céu a remota profecia
Não erra), outro mundo, lugar almo
De nova raça, o Homem, que há-de ser
Em breve, a nós símil, posto menos
Em primor e poder, mas mais nas graças 350
Do que reina lá no alto; esse o mando
Ditado entre deuses, e por jura[23]
Que sacudiu o orbe ao Céu firmado.
Estudemos esse espaço e aprendamos
Que seres lá habitam, qual o molde, 355
Substância, quão dotados, qual a força,
E onde o ponto fraco, se mais frágeis
São por braço ou ardil. Se o Céu se fecha,
E o déspota se senta lá seguro
Do seu poder, talvez o chão se exponha 360
Fronteiriço aos confins do reino, posto
Nas mãos de quem o tem: aqui quiçá

---

[23] Versos 346-52: o "rumor" de I, 651 ss. A criação do homem mereceu um juramento público, não o tempo dela (cf. *At.* 1, 7). A autoridade bíblica para o estatuto relativo de homem e anjo encontra-se em *Sl.* 8, 5.

Se ache um ato prestante por abrupto
Assalto, quer por fogo infernal
Que a criação lhe assole, ou à bruta 365
Tomando, quem guiado foi guiando
Aos íncolas as crias, se guiáveis,
Se não à nossa parte seduzindo-as,
'Té que adverso o seu Deus com mão contrita
Abula a obra. Isto pujaria[24] 370
A vingança comum, cessar-lhe o gozo
Na nossa confusão e erguer o nosso
Na confusão dele; quando os seus queridos
Conosco partilhando a queda a pique
Maldisser o padrão débil, a dita 375
Cerceada cerce. Cuidem se é digno
De tentar, ou sentemo-nos em trevas
Chocando ocos impérios. Belzebu
Litigou seu mau juízo, desde logo
Ideado por Satã, proposto em parte: 380
De onde a não ser do mestre do mal brota
Tão fundo mal, a raça a confundir
Dos homens p'la raiz, moldando a terra,[25]
Cruzando-a com inferno, só p'ra atear
O grande criador? Mas o fel deles 385
Só lhe engrandece a glória. A audácia
Calou fundo aos medonhos estadistas,
Com faíscas de gozo no olhar. Votam
Acordes. Ao que a fala assim renova.

---

[24] Versos 369-70: cf. *Gn.* 6, 7.

[25] Adão, raiz da árvore genealógica do Homem.

Bem julgastes, e o pleito bem findastes, 390
Sínodo divinal, e como deuses
Grandes coisas achastes, que dos fundos
Mais nos hão-de içar, pese embora a sina,
P'ra mais perto do lar, talvez com vista
Para os claros confins, de onde com braços 395
Vizinhos e excursão ágil nos calhe
Reentrar no Céu; se não, em branda zona
Morar, não sem visita da luz célica
Seguros, e ao iriante oriente em feixe
Ir purgando o negrume; suave ar doce, 400
Que a aplacar abrasões dos fogos cáusticos
Há-de soprar seus óleos. Quem irá
Em busca do novel mundo, quem cremos
Capaz? Quem tentará com pés de viagem
O escuro abismo intérmino sem chão, 405
Entre o obscuro palpável, a topar
Com incerto carril, ou a armar voo
Guindado aos céus com asa sem fadiga
Por sobre o abrupto amplo, antes de dar
Com a ilha feliz?[26] Que força, que arte 410
Bastará, que evasão o salvará
De atalaias e postos apertados
De anjos em patrulha? Carece ele
De toda a precaução, e nós de igual
Senso na votação, pois quem irá 415
Leva o peso que sobra da esperança.

---

[26] Relativo às ilhas afortunadas dos bem-aventurados.

    Tendo dito, sentou; e a expectativa
Suspendeu-lhe o olhar, crendo que alguém viesse
Secundar, contestar, ou aceitar
O risco da ação: eram porém mudos,
Pesando-o gravibundos; cada um
Lendo em outro semblante o seu desânimo
Pávido: nenhum entre a flor e a nata
Dos campeões adversários do Céu era
Tão forte p'ra aceitar ou oferecer-se[27]
Só à negra viagem. 'Té que enfim,
Satã, que a transcendente glória pôs
Acima dos seus, régio na soberba,
Cônscio de alto valor, frio falou.

    Ó progênie do Céu, tronos empíreos,
Com razão o silêncio grave e a dúvida
Nos detêm, sem medo embora: longo
E agro o corgo é que vai do inferno à luz;
Nossa cela, a cúpula de fogo,
Furiosa a devorar, fecha-se em volta
Nove vezes, e portas de aço aceso
Trancando em redor negam o egresso.
Quando abertas, se há quem abra, o fundo
Da noite sem essência logo o toma
Hiantemente, e de vez lhe ameaça o ser
Lá esquecido no golfo abortivo.
Se daí se subtrai para algum mundo,
Ou ignota região, que mais lhe sobra
Além de ignotos perigos e árdua fuga?

---

[27] Contrastando com a oferta mansa de Cristo em III, 227 ss.

Mas mal me ficaria o trono, ó pares, 445
E a imperial coroa, adornada
De esplendor e poder, se peso público
Atribuído a coisas sob a forma
De aperto ou perigo me privasse
De tentar. Por que assumo eu reais[28] 450
Prerrogativas, por que não abdico,
Recusando aceitar igual quinhão
De honra e risco, devidos irmãmente
A quem reina, e a quem mais é devido
Risco, pois que mais alto que os demais 455
Se senta em honra? Ide então Poderes,
Terror do Céu, 'inda que embaixo;[29] ideai
O lar enquanto neste lar, que alívio
Requer esta maleita, e o inferno
Faz tolerável; se há cura ou mágica 460
Que sossegue ou engane, canse a dor
Desta enferma mansão. Não rendei guarda
Contra um rival sem sono, que eu lá fora
Pelas costas da negra ruína êxodo

---

[28] Versos 447-50: Milton originalmente atribui àquilo que é capaz de suscitar peso de interesse público o poder de privar a ação de Satanás, e não ao peso público independentemente das razões aduzidas para tal. Ou mais literalmente: "se qualquer outra coisa proposta e julgada de interesse público sob a forma de dificuldade ou perigo me pudesse privar de tentar". A tradução, ao torcer levemente a prioridade, sendo aqui o peso público o principal obstáculo, segue o que o texto até aqui nos mostra, que Satanás é um publícola e, assim sendo, acataria mais depressa um resultado sufragado do que desistiria de uma ação por receio ou dificuldade.

[29] Isto é, "ainda que desmoralizado".

P'ra todos buscarei, e esta aventura 465
Não a divido. Dito assim se ergueu
O monarca, frustrando toda a réplica,
Prudente, ou não fossem do arrojo
Outros dos principais voluntariar-se
(Certos de escusa) ao que antes receavam; 470
E assim escusos fossem em alvitre
Seus rivais, pechinchando a cara fama
Que ele por alto custo há-de ganhar.
Mas não temiam mais a ação que a voz
Que a nega. Com ele juntos se elevaram; 475
Elevarem-se juntos era o baque
Do distante trovão. Pronos[30] ante ele
Caíram em formal vênia, e deus
O alçaram como o Altíssimo no Céu:
Nem lhe regatearam fartas loas, 480
Por desprezar em prol de amparo alheio
O seu: pois que não perdem os maus espíritos
A virtude de vez; não vão maus homens[31]
Cantar capciosa ação, que a glória excita,
Ou a surda[32] ambição lustrada a zelo.[33] 485

---

[30] Em pronação, prostrados sobre o peito.

[31] *Ef.* 2, 8 ss.

[32] Ou "secreta". Não se descure, porém, a restante significação do adjetivo em português, curiosamente extensível a "não polido".

[33] Isto é, "para que homens maus na terra não se vangloriem de feitos pretensamente virtuosos que ocultam motivos ambiciosos". Embora víssemos diabos fazendo o mesmo, esta passagem abona a favor de Satanás, afinal, que tem a virtude de tomar a presente decisão não por vanglória falaz

Assim eles o negro exame dúbio
Fecharam com prazer no líder ímpar:
Como quando de alpestres cumes nimbos
Em ascensão, se o bóreas dorme, enchem
O ar jovial do céu, torvo o firmamento 490
Faz trombas no horizonte, neve, ou chuva;
Se acaso o sol radiante adeus melífluo
Do seu lume tardar, campos revivem,
Aves renovam notas, e rebanhos
Balam ledos, que monte e vale ecoam. 495
Corai homens! São diabos mas com diabos
Firmam acordo, homens só discordam
De seres racionais, mesmo com fé
Na excelsa graça. Deus proclama a paz,
Mas vivem em rancor, zangas e brigas 500
Uns com outros, e taxam duras guerras
Até à extinção, pilhando a terra.
Como se (bastaria tal p'ra acordo)
Não tivesse o homem já rivais diabólicos
Que noite e dia esperam o seu fim. 505
  Assim se dissolveu o estígio sínodo,
E à frente os infernais pares vieram,
E entre eles o supremo chefe, o único
Adversário do Céu, imperador
Cruel do inferno, cheio de grã pompa 510
E ar de deus; a cercá-lo tinha um globo[34]

---

mas em entrega honesta. Repare-se, entretanto, na similitude desta sua iniciativa com a entrega sacrificial do próprio Cristo.

[34] Corpo compacto.

De serafins de fogo que o cingiam
Com flamante armadura e armas crespas.
Aí finda a sessão logo aclamaram
Ao som do clarim régio o decreto 515
E aos quatro ventos quatro querubins ágeis
À sonora alquimia deram boca
Que o arauto traduz; o abismo cavo
Por toda a parte ouviu, e as hostes brados
Que atroam lhes pagaram com aplausos. 520
Com mentes mais em paz e algo despertas
Por presunçosa fé falsa, as tropas
Destroçam, e dispersos, um a um,
Seguem rumos de acaso ou má escolha
Até à perplexão, onde mais achem 525
Tréguas p'ra inquietações, e entretenham
As duras horas 'té que o chefe volte.
Parte no plaino, ou no ar sublime
Sobre asas, ou na pista veloz luta,
Como nas Olimpíadas ou Píticos;[35] 530
Parte brida corcéis flâmeos, ou beija
Postes[36] com roda hábil, ou faz coortes.[37]
Como quando p'ra aviso de urbe ufana
A guerra vem aos céus turvos mostrar-se,

---

[35] Jogos píticos, celebrados entre os antigos gregos de quatro em quatro anos em Delfos, em honra de Apolo Pitônico, supostamente depois de este ter vencido a serpente Píton no Monte Parnaso. Os jogos píticos em Delfos seguiam em importância os olímpicos.

[36] Rasar um poste de marcação, o qual deveria ser contornado pelo auriga. Ver a exemplo a descrição de Homero (*Il.* XXIII, 318 ss.).

[37] Formações de batalha simulada.

E em nuvens legiões batem-se, e nas frentes 535
Cavaleiros do ar picam o galope,
E baixam lanças 'té que tropas inchem;
Com feitos de armas arde o céu por todo.
Uns quais Tifeus[38] mais feros em furor
Fendem rochas e colinas, e o ar montam 540
Em tufões; mal retém o inferno o frêmito.
Como quando em Ecália, Alcides, rei
Por conquista, provou o pano tóxico
E raízes na dor rasgou aos pinhos
Da Tessália, e do Eta lançou Licas 545
Ao mar de Eubeia. Outros mansos mais,[39]
Retirados num vale mudo, cantam
Com as angelicais notas da harpa
Suas bravas ações e a queda trágica
Na liça, e lamentam que o destino 550
Sujeite à força ou sorte a sã virtude.
Seu canto era parcial, mas suspendeu
(Ficariam aquém eternos espíritos?)
A harmonia o inferno, e a plateia
À cunha arrebatou. Em grata prédica 555
(Facúndia à alma, hinos aos sentidos)
Outros foram sentar-se em ermo monte,

---

[38] Cf. I, 197-9n. Atente-se à proximidade sonora de "tufão".

[39] Versos 542-6: Hércules, regressado vitorioso da Ecália, vestiu um manto que a sua mulher inadvertidamente embebeu em veneno. Com dores atrozes amaldiçoou o seu amigo Licas, que lho havia trazido, precipitando-o do Eta no Mar Eubeu.

A elevar pensamentos, debatendo[40]
Providência, presciência, querer, destino
Já fixo, livre querer, presciência plena,   560
E fim não viram, presos nesse dédalo.
Do bem e do mal muito então falaram,
De ventura e angústia derradeira,
Apatia e paixão, ultraje e glória,
Só ciência vã, mendaz filosofia.   565
Mas com gentil feitiço distraíam
Um pouco a dor, o transe, e aguçavam
Falsa esperança, e o duro peito armavam
Com paciência tenaz qual aço triplo.[41]
Outros em esquadrões e bandos sólidos,   570
Em aventura audaz a esquadrinhar
O mundo da aflição, se acaso um clima
Lhes cede habitação mais branda, fletem
O voo por quatro vias, pelas margens
De quatro infernais rios que vazam   575
No mar de fogo seus caudais de morte:
Malquisto Estige de ódio mortal fluxo;
Aqueronte de mágoas, negro e fundo;
Cocito, o do fragor de dor que soa
No curso lacrimoso; fulo Flégeton,   580

---

[40] Em "retiro espiritual" os diabos refletem preocupações de escolástica medieval e reformista. A dialética é, aliás, uma das consequências da Queda, pois os anjos perderam a razão intuitiva que os diferencia dos homens. Ver V, 488.

[41] Versos 564-9: liberdade completa relativamente às paixões, ideal estoico.

Maré de labaredas irritáveis.⁴²
E longe destes lento e mudo flúmen,
O Letes, o do olvido, enovela⁴³
Seu labirinto de água, que a memória
De ser mata a quem mata a sede lá   585
E o gozo e o pesar, prazer e dor.
Além do fluxo um frio continente
Jaz ermo, sem descanso de tormentas,
Em pegões e granizo, que em chão firme
Não se desfaz, mas forma mós, quais ruínas   590
De antigas construções; é neve e gelo
No resto, fundo golfo como o pântano⁴⁴
Entre Damieta e Cásio,⁴⁵ monte velho
Que exércitos tragou: o ar crestado
Queima algente, e glacial age a fogueira.   595
Lá por Fúrias de pés de harpia alados,⁴⁶
Em certas rotações os condenados
São presentes; e à vez sentem reveses

---

⁴² Versos 575-81: descreve os quatro rios do inferno, seguindo o esquema de Virgílio, Dante e Spenser, usados como contraponto da nascente dos quatro rios do Paraíso (cf. IV, 223-33 e *Gn.* 2, 10).

⁴³ Não o lago do esquecimento acima (verso 74).

⁴⁴ Serbonis, um lago de areias movediças na costa egípcia. Conta-se da sua potencialidade nefasta, capaz de tragar exércitos inteiros.

⁴⁵ Comuns na épica italiana. Damieta, na foz do Nilo, tornara-se em Dante um símbolo do passado oriental da humanidade (cf. *Inf.* XIV, 104).

⁴⁶ Milton combina as Harpias que Dante inclui no seu "Inferno" a partir de Virgílio, monstros alados com cara de mulher e corpo de ave de rapina, com as três Fúrias ou Erínias, agentes de vingança divina, Tisífone, Megera e Alecto.

De cruéis cabos, cabos por reveses
Cruéis mais, desde a cama onde arde a ira   600
À laje que em seu gelo paralisa
Seu etéreo ardor, hirtos, em imóveis
Horas frias, e daí de volta ao fogo.
O istmo do Letes cruzam embarcados
Para lá, para cá, a adir lamento,   605
E aspiram e ao passar tentam chegar
Ao veio tentador, a uma gota
Que embebesse num limbo dor e penas
De um momento, e tão à beira chegam;
Mas o que há-de ser é, e opõe-se ao rasgo   610
Com gorgóneo terror uma Medusa[47]
Que guarda o vau, e a água de si falha
A todo o gosto vivo, como outrora
Ao tantálico lábio. Assim nômadas,[48]
De marcha errante e vã, os caminhantes   615
Brancos de horror tremendo entreviram,
Agastados, o lote lamentável,
Sem folga, e através de vales lúgubres
Passaram, por regiões de dor, por gélidas
E férvidas montanhas, penhas, grutas,   620
Lagos, charcos, pauis, antros e sombras
De morte universal, que Deus por praga
Malévola criou, p'ra bem do mal,

---

[47] Uma das Górgonas, conhecida pelo seu cabelo de serpentes e olhar petrífico.

[48] Cf. *Od.* XI, 582-4. O tormento de Tântalo é resultado de ter dado o alimento dos deuses aos homens.

Que a vida mata, a morte aviva, prenhe
Natural do que é monstro, de prodígios,[49]   625
Coisas sem nome, torpes, pior que fábulas
Fingiram ou o medo concebeu,
Cruéis Quimeras, Górgonas e Hidras.[50]
   Entretanto o adversário de Deus e homem,
Satã, ateando intuitos de alto traço,   630
Asas folgadas põe, e até às portas
Do inferno testa o voo solitário;
Perscruta a costa ora à direita,
Ora à esquerda, roçando raso o fosso,
E descola e ascende ao arco ígneo.   635
Qual frota em alto mar de nuvens pênsil,
De equinociais alísios à bolina
Cerrada de Bengala, ou das ilhas
Ternate e Tidore, de onde mercadores
Trazem sápidas drogas: lá nos mares   640
Mercantes desde o Índico ao Cabo[51]
À noite fendem ventos rumo ao polo.
Assim ao longe o alado. 'Té que surgem

---

[49] Versos 624-5: a morte aqui é a própria natureza, ou a mãe natural, já que é instanciada como criadora de um longo obituário.

[50] A Quimera era um monstro compósito (cabra, leão, dragão) de três cabeças, que vomitava fogo; as Górgonas eram mais duas: Euríale e Esteno; a Hidra tinha sete cabeças, que renasciam à medida que eram cortadas caso não fossem decepadas de uma só vez.

[51] Versos 636-41: ao tempo de Milton havia um comércio crescente com Bengala e com Ternate e Tidore, duas ilhas nas Molucas, referidas por Camões (*Lus.* X, 132, 3). Os navios seguiam a rota das especiarias a sudoeste desde a Índia contornando o Cabo da Boa Esperança.

Os infernais confins e o teto hórrido,
E portas de tresdobro três, três dobras 645
De bronze, três de ferro, de diamante
Três, sem rombo, em empas espirais
De fogo por gastar. E portentosas
Formas de ambos os lados as velavam:
Uma, mulher até à cinta, grácil, 650
Porém era no mais grosseira, escâmea,
Convoluta, vultosa, serpe armada
Com cúspide mortal; cingido ao ventre,
Um ninho de infernais mastins ladrando
Com suas cavernais goelas de Cérbero 655
Tetro repique davam; mas, reptantes,
Se estranhos ecos soassem, regressavam
À casota do ventre a uivar
No seio cego. Bem menos nefanda
Cila que a banhos jaz no mar que cinde 660
Calábria da Trinácria, da roufenha[52]
Costa; nem feia mais se segue a Estrige[53]
Se conjurada; vem, selando o ar,
Pelo odor de sangue infantil, à dança
Com bruxas da Lapônia,[54] quando a lua 665
Em contrações se eclipsa aos seus arranjos.

---

[52] Versos 659-61: Circe, com ciúme da ninfa Cila, transformou-lhe os membros de baixo num entrançado de cabeças de cão, como as de Cérbero, o que guarda as portas infernais. Mais tarde, Cila foi de novo transformada num rochedo perigoso entre a Trinácria e a Calábria. No Ovídio medieval e moralizado converteu-se em símbolo de luxúria e pecado.

[53] Hécate, cujos encantos foram usados por Circe para enfeitiçar Cila.

[54] Centro de feitiçaria.

Outra, se forma há no que a não tem,
Distinguível em membro, junta, parte,
Se substância se chama a essa sombra,
Que uma a outra parecia, qual noite era, 670
Feroz como dez Fúrias, infernal,
Brandindo negro dardo; e à cabeça
Parecia ter de rei uma coroa.
Perto estava Satã, e do seu posto
Se adiantou o monstro com passadas 675
Brutais, e de o galgar tremia o orco.
Se há pasmo no audaz rival é pasmo,
Não medo; à exceção de Deus e Filho,
A criatura alguma dava crédito.
E com sobranceria disse assim. 680

   De onde és, quem és, figura execrável,
Que ousas, embora escura e terrível,
Avançar-me a disforme face frente
Àqueloutros portões? Quero transpô-los,
Certo sê, sem o teu visto; retira-te, 685
Ou prova o destempero, e comprova,
Diabrete, o que é arguir com celso espírito.

   Ao que o trasgo colérico tornou.
És tu o anjo rebelde, és tu ele,
Quem primeiro quebrou paz no Céu, fé, 690
Então intacta, e em motim ufano
Juntou a terça parte dos celestes[55]
A maquinar conjuras, p'lo que a todos

---

[55] *Ap*. 12, 4. Noutro lugar Satã envaidece-se na presunção de ter levado metade dos anjos à rebelião (cf. IX, 141).

Proscritos Deus os fez, aqui forçados
A um gasto sem findar de dor e penas? 695
E tens-te em tanta conta com teus espíritos,
Endiabrado, que acinte e desdém sopras,
Cá onde reino rei, e só p'ra ti
Teu rei e senhor? Já para o castigo
Falso desertor, e asas dá à pressa, 700
Não vá com chibatada de escorpiões[56]
Te apressar a tardança, ou com dardo
Te apresentar horror e outras pontadas.
  Falou o terror mórbido, e em vulto,
Com arengas e ameaças, decuplou 705
Medonho e deforme. Noutro lado
Rábido se quedou Satã sem cólicas,
Assim como um cometa calcinado
Que ateia a vastidão ao Serpentário[57]
No Ártico[58] e das cerdas barbarescas 710
Sacode peste e guerra. À cabeça
Ambos visavam o alvo, e as mãos frias
Tinham um golpe só, e com um cenho

---

[56] Ver *I Rs.* 12, 11.

[57] Fowler menciona H. H. Turner, que identifica o presente como o magnífico cometa de 1618, com uma cauda de 104°, que surgira na constelação boreal de *Ophiuchus*, ou Serpentário ("o que leva a serpente"), responsabilizado por alguns pela Guerra dos Trinta Anos.

[58] Os cometas eram tradicionalmente associados ao Norte, ponto cardeal de Satanás. Ovídio diz-nos que a serpente que Ofiúco segura está mais perto do polo glacial (*quaeque polo posita est glaciali proxima Serpens*, cf. *Met.* II, 173), embora Ofiúco não seja uma constelação ártica.

Permutado, qual nuvem que com nuvem,
Negras, da artilharia dos céus cheias, 715
Troando sobre o Cáspio,[59] se medisse
Pairando em frente, até que soprem ventos
O assobio ao embate no ar medial:[60]
Tanto franziam testas os maus púgeis
Que o inferno fechou de tão renhidos; 720
Pois nenhuma vez mais a não ser uma
Veriam tal rival. E grandes atos
Repercutidos no orco se dariam,
Não fosse a serpentil bruxa assente
Junto aos portões, que a chave fatal guarda, 725
Se erguer, e interpor gritos terríveis.

 Ó Pai, a tua mão que quer, clamou,
Contra teu filho único? Que fúria,
Ó filho, te possui a estirar arco
Capital contra o pai? Sabe quem lucra; 730
Quem se senta no Céu e ri dementre
E a ti te fez lacaio, a cumprir
As leis da raiva, que é p'ra si justiça,
Raiva que a ambos há-de destruir.

 Falou, e a peste horrível eximiu-se, 735
E estas Satanás deu em resposta.

 Tão estranhos gritos, tão estranhas palavras
Interpões, que esta minha mão repente
Detida escusa atos que te mostrem

---

[59] Lugar tradicionalmente tempestuoso para os poetas.

[60] Das três regiões do ar a mediana era a responsável pelas tempestades.

O que pretende, até saber de ti,   740
Biforme assim, que coisa és, por que
Neste vale infernal antes recôndito
Chamares-me pai, e ao espectro ali meu filho?
Não sei quem és, nem vira até hoje
Visão mais detestável que ele e tu.   745
   Ao que a porteira do orco replicou:
Não te lembro ninguém, mostrar-se-á hoje
Tão penosa a teus olhos quem tão bela
Foi outrora no Céu, quando em conclave,
Com serafins contigo acertados   750
Em conspiração contra o rei do Céu,
Bruscos raptos de dor te surpreenderam,
Que os olhos te apagaram, vagos, vendo
Por trevas zonzas, chamas que a cabeça
Espessas lançava, até que da sinistra   755
Franqueada, como tu em talhe e rosto
Lucífero, então eu também celeste,
Deusa armada, rompi e um grande assombro
Tolheu do Céu as hostes; dúbias logo
Se afastaram, chamando-me Pecado,[61]   760

---

   [61] No seu "Ensaio sobre as guerras civis de França... e também sobre a poesia épica das nações europeias desde Homero a Milton", de 1727, Voltaire discutia a ficção desta gravidez incestuosa, notando a sua dificuldade perante a sexualização de "pecado", masculino para as demais línguas. Aqui será, como no texto de Milton, enquanto nome próprio de personagem, feminino. Digamos que, para efeitos de verossimilhança, Pecado será nome tão feminino quanto, por exemplo, Leto, a mãe de Apolo e Ártemis. Considerei esta opção preferível a recursos mais barrocos que apenas servissem para socorrer a amizade sonora. Um desses recursos seria, por exemplo, chamar-lhe Hamartia. Da mesma forma, Morte passará de nome feminino para

E por marca agourenta me tomaram;
Mas afeitos depois, prazi, e a graças[62]
Ganhei os mais descrentes; a ti príncipe,
Que em mim imagem feita de ti vias,
Te seduzi, e tal prazer gozaste   765
Em segredo comigo que o meu ventre
Gerou crescente fardo. Tempos eram
De campanhas no Céu; onde restou
(Que mais podia ser) ao inimigo
Todo o ganho, e perda e debandada   770
Geral p'ra nós no empíreo: funda queda
De cabeça dos cumes das alturas
Às profundas aqui, e eu com todos
Caí; e foi então que a chave forte
Na minha mão foi posta, a perpetuar   775
As trancas destas portas, sem trespasse
Consentido por mim. Absorta estava
Só, mas por pouco foi, 'té que o meu ventre
Prenhe de ti, e então exagerado
Sentiu pontapés, vascas assombrosas.   780
Por fim, a torpe raça que aqui vês,
Casta tua, rompeu caminho à força
Pelas minhas entranhas, que com dores

---

nome próprio masculino, assim como Marte é masculino. A estranheza não será demasiada se tivermos em consideração a variada iconografia que a representa masculina, quer na figura do anjo da morte ou na do esqueleto da dança da morte. Quanto à supressão de artigos para os dois, exige-a a mesma concordância da personagem.

[62] Versos 752-61: o nascimento de Pecado lembra o mito antigo que dá conta do nascimento de Atena ("discernimento") da cabeça de Zeus.

E medo distorcidas novas formas
Me deram aos quadris. Investiu mais 785
Meu ínsito rival, brandindo o dardo
Do massacre: fugi, e gritei 'Morte';
Tremeu o inferno ao nome, com suspiros
Das grutas, retumbando 'Morte' 'Morte'.
Fugi, mas insistiu (mais quente, julgo, 790
De cio que de sanha) e ligeiro
Me subjugou a mãe já quebrantada,
E em abafos membrudos e ordinários,
Geminando comigo, pôs no estupro
Estes monstros de choro sem consolo 795
Que me cercam, gerados hora a hora
E hora a hora nascidos, p'ra lamento
Meu sem fim, pois se querem vão ao ventre
Que os nutriu e bravejam e corroem-me
As entranhas, repasto seu, e fora 800
De novo com consciência má me ralam,[63]
Que repouso ou descanso não encontro.
Ante meus olhos senta-se oposto
Filho e rival, vil Morte, que os atiça,
E a mim mãe de bom grado tragaria 805
Por escassez de presa, não soubesse
Que o seu fim segue o meu, e que é forçoso
Que eu prove parte pior, e o seu veneno
Quando tiver que ser; assim foi dito.
Mas tu, ó Pai, previno-te, evita 810
Sua flecha mortal; nem dês vãmente

---

[63] Consciência pesada.

Por invioláveis esses brasões de ouro,
Mesmo de etérea têmpera, que a pancada
Letal, salvo o rei lá, ninguém suporta.
  Rematou, e o sutil demo deu uso 815
À lição, cauto mais, e respondeu.
  Filha, se me reclamas como pai,
E se pulcro varão me dás por filho,
Caução de galanteio no Céu, gozos
Doces então, amargos já, p'la sorte 820
Que se abateu fortuita, imprevista,
Por hostil não me tomes, mas por vosso,
A remir-vos da atroz mansão de dores,
E a toda a celestial hoste de espíritos
Que armados nas mais justas pretensões 825
São caídos também: por esses vou
Ao singular recado, um por todos
Se entregará, com passos solitários
No fundo infundado,[64] p'la vasteza
A buscar em errância o tal sítio 830
Previsto, por sinais concordes, cedo
Criado vasto e curvo, lugar próspero
Nos subúrbios do Céu, e a instalada
Raça de novos-ricos, já suprindo
Talvez a nossa vaga, mais à parte 835
Porém, não vá acaso o Céu lotado
Incitar nos gaiatos novas rixas:[65]

---

[64] Sem chão e por criar.

[65] Esta sobrelotação celestial fictícia e o decorrente descontentamento geral dos anjos dever-se-iam à intrusão humana.

Paraíso perdido

Este ou outro plano mais secreto
Vou saber, e sabendo, virei pronto
A levar-vos lá onde tu e Morte 840
Devem morar discretos, a sondar
Com silenciosa asa o ar maleável,
Embalsamado; lá sereis nutridos
Com cópia, lá vereis em tudo presa.
Cessou, pois aprazou a ambos muito, 845
E Morte arreganhou um riso lúrido,
Gozo de quem prevê matar a fome,
E bendisse o feliz papo. Feliz
Era a mãe má também, que ao pai tornou.

   A chave do infernal fosso por foro, 850
E por ordem do rei armipotente
Conservo, impedida de franquear
Os portões diamantinos; contra as hostes
Está já a postos Morte com seu dardo
Sem medo de o dobrar a poder vivo. 855
Mas que devo eu às suas vontades
Que me odeiam, que aqui me arremessaram
Às penumbras do Tártaro profundo,
Ao ofício odioso confinada,
Habitante do Céu, celestial nata, 860
Cá em perpétua dor e transe agônico,
Cingida com terrores e clamores
Das minhas próprias crias, que das vísceras
Mamam. Tu és meu pai, meu autor, tu
Deste-me o ser; a quem devo eu ouvir 865
Senão a ti, a quem seguir? Ao mundo
Novo de gozo e luz me levarás
Entre deuses que vivem em remanso,

A imperar à tua destra lúbrica,
Em noivado filial sem fim e público.⁶⁶ 870
  Dito isto, do seu lado a fatal chave,
Instrumento da nossa dor, tomou,
E à entrada rolando a feroz cauda
Prestes içou a ponte levadiça,
A qual ninguém mais, nem a tropa estígia, 875
Moveria; conduz na fechadura
O sutil palhetão, que logo as trancas
E os ferrolhos maciços e a pedra
Sólida seduz: dão de si num ímpeto
Com um coice em estrépito rangente 880
As portas infernais, e as dobradiças
Trovejam, tanto assim que o chão mais fundo
Do Érebo tremeu.⁶⁷ Pôde abrir, fechar
Poder seu já não era; portões francos,
P'ra que as tropas de flancos demorados 885
Marchando sob insígnias desfraldadas
Desfilassem quadrigas e corcéis
Folgados; bem amplos eram, e qual vulcão
Que anéis de fumo faz e rúbeas flamas.
Ante os seus olhos súbitos se mostram 890
Com suas cãs os íntimos segredos,
O oceano brumoso, sem fronteiras,
Sem medida, onde alto, longe, largo,

---

⁶⁶ Versos 869-70: parodiando o credo de Niceia. Aqui não Jesus Cristo à destra do Pai, mas Pecado à destra de Satã, com Morte, uma antitrindade.

⁶⁷ O inferno.

Tempo e lugar se perdem, onde a Noite
E o Caos, da Natureza avós, ordenam 895
Anarquia perene, entre rufos
De combates, sustidos p'la desordem.
Que o Quente, Frio, Úmido e o Seco,
Campeões bravos contendem, e os seus átomos
Em embrião convocam; junto às flâmulas 900
De cada facção um, nos seus clãs vários,
De armas parcos ou cheios, riços, lenes,
Lentos ou ágeis, inçam como areias[68]
Do solo que arde em Barca ou Cirene,[69]
Filiados em marciais ventos, e libram-lhes 905
As asas leves. Quem recruta mais,
Reina um momento; Caos, árbitro, senta-se,
E por decisão mais enreda a rixa
P'la qual é rei; ao lado alto juiz
O Acaso rege. Adentro do áspero abismo, 910
O ventre natural, quem sabe a tumba
De nem terra, nem mar, nem ar, nem fogo,
Mas destes na prenhez dos pais causais
Siameses, e que assim hão-de lutar
Até que o criador ordene enfim 915
Seus fuscos materiais a dar mais mundos,

---

[68] Versos 895-903: Milton descreve a luta de contrários que precederam a origem do cosmos e, nesse sentido, é ovidiano. A reconciliação do caos platônico com a criação *ex nihilo* encontra bases mesmo nos reformadores mais ortodoxos, apoiados em alguns Pais da Igreja (cf. *Conf.* XII, xxix, 40). O caos de Milton é uma confusão não de elementos, mas dos seus componentes.

[69] Antiga cidade da Cirenaica cuja capital era Cirene.

Adentro do áspero abismo o cauto demo
Parou nas infernais bordas e olhou,[70]
Pesando a rota: estreita foz não era
A cruzar. Nem o ouvido menos surdo 920
Com estrépito de ruína (comparando
Mil a um) do que quando sai Belona[71]
Com seu trem de arsenal pronto a arrasar
Alguma capital; nem se esta traça
Do céu cedesse e estes elementos 925
Em motim do seu eixo arrancassem
A terra fixa. Estende as suas velas
Por fim ao voo, e em fumo encapelado
Ereto o chão repele, e muitas léguas
Como num ascensor núveo cavalga 930
Audaz; mas logo bambo o assento, vê
O vasto vácuo: súbito, perplexo,
Adejando as vãs penas cai a prumo
Dez mil braças de fundo, e a esta hora
Caindo ia ainda, não se desse 935
O rebate feroz de tesa nuvem
Ignescente com fogo e nitro dar-lhe[72]
De volta as mesmas milhas: queda a fúria,

---

[70] Versos 910-8: Satã hesita num momento crítico da *felix culpa*. A falta de continuidade desde o verso 910 e a ausência de verbo de movimento no verso 918 mimetiza sintaticamente o seu pensamento.

[71] Deusa da guerra.

[72] A trovoada e os relâmpagos eram tidos por efeito da ignição de vapores, assemelhados na sua constituição à pólvora.

Farta em pantanosa Sirte,[73] nem mar,
Nem chão bem seco: quase imerso segue,   940
Pisando o solo bruto, meio a pé,
Meio a voar; convém-lhe remo e vela.
Como quando através do ermo o grifo[74]
Com curso alado sobre monte ou morro
Persegue o Arimaspi, que à calada   945
Lhe roubou à custódia insone o ouro
Oculto: tão voraz demo, por brejo
Ou escarpa, raso, duro, denso, ou raro,
Com cabeça, mãos, asas ou pés segue,
Nada, imerge, passa a vau, roja, voa.   950
Enfim universal bulha frenética
De sons de pasmo e vozes confundidas
Nadas das trevas ocas dão-lhe aos tímpanos
Com sonora veemência: p'ra ali ruma
Confiado a achar lá qual o poder   955
Ou espírito do abismo mais profundo,
Inquilino do estrépito, quem saiba
Onde é da escuridão a costa próxima
Contígua à luz; lá à frente vem o trono
Do Caos, com seu soturno pavilhão   960
Ao largo da voragem; co'ele sentada
A Noite de afro véu, anciã das coisas,

---

[73] Os Sirtes eram dois grandes e perigosos bancos movediços no Norte de África, o maior na costa de Trípoli, e o menor na costa da Tunísia.

[74] Versos 943-7: monstro compósito, metade leão, metade águia. Seria subjugado pelo deus do sol Apolo, assim como Satã será subjugado por Cristo. Heródoto conta dos grifos que guardavam as provisões de ouro dos Arimaspis de um só olho.

Consorte no seu reino; e com eles
Orco e Hades,[75] e o nome pavoroso
Demogorgon;[76] Rumor depois e Acaso, 965
Tumulto e Confusão bem enlaçados,
E a Discórdia com mil diferentes bocas.
    A quem Satã com venta ousou. Ó forças
E espíritos de tão cavado abismo,
Caos e Noite anciã, espião não sou, 970
Com fito de explorar ou perturbar
Segredos deste reino, mas por força
Vagueando o escuro ermo, onde a via
Vá pelo vasto império vosso à luz,
Só, e sem guia, vou, meio perdido, 975
Atrás da senda até onde os maus termos
Confinem com o Céu; ou se outro sítio
Das vossas mãos pilhado, o rei celeste
Houver de possuir, p'ra lá chegar
Ando esta profundez, curso direto; 980
Orientado não vem má recompensa
Ao vosso lucro, se eu o chão perdido,
Já de usurpação casto, reduzir
Ao baço original e ao vosso mando
(Que é o presente) e uma vez mais 985
Erija ali pendão da Noite anciã.
Será vosso o proveito, meu o saldo.

---

[75] Nomes clássicos do deus do inferno.

[76] Talvez de demiurgo. Era o deus original para Boccaccio. Esta misteriosa divindade configurava na mitologia pagã o terrível e o desconhecido, ou "o nome que os fantasmas temem".

Assim Satã. E o velho anarca assim[77]
Com gaguez no sermão e fronte infrene
Tornou. Sei quem és, ádvena, conheço-te, 990
O bravo líder de anjos, que há não muito
Se opôs ao rei do Céu, vencido embora.
Vi e ouvi, pois tão imensa hoste
Fugiu não em mudez p'lo fosso tétrico
Com ruína sobre ruína, perda em perda, 995
Confusa confusão; do Céu as portas
Vazaram aos milhões bandas triunfantes[78]
À caça. Eu sobre estes meus confins
Habito; se servir tudo o que eu posso,
O pouco que restou a defender, 1000
Mais esbulhado ainda em rixas íntimas
Prostrando o cetro à Noite: aqui o inferno
Vossa prisão que estica e cava ao fundo;
E ali já terra e céu, um outro mundo
Sobre o meu reino, em cadeia de ouro 1005
Preso ao Céu lateral, de onde os teus caíram:
Se ali vai teu roteiro, não estás longe;
Tanto o aperto mais perto; vai e força;
Massacre, roubo, perda são meu ganho.
  Cessou; e não ficou Satã p'ra réplica, 1010
Mas feliz que o seu mar dê com a costa,
Com fresca alacridade e viço novo

---

[77] Talvez cunhagem de Milton, por analogia antônima com "monarca". Tal como com "Pandemônio", o termo hoje não suscita o efeito de surpresa que o leitor seiscentista experimentava.

[78] Em VI, 867-74 Rafael confirma em parte estes acontecimentos.

Lança-se qual pirâmide de fogo
Ao firmamento hostil, e entre o choque
De elementos guerreiros rodeado   1015
Atalho esculpe ao cerco; em mais talas
E apuro do que Argo quando foi
P'lo Bósforo, p'las rochas pelejantes,[79]
Ou Ulisses quando deu bombordo à fuga
De Caríbdis, e proa a outro pego.[80]   1020
Ele com imporéns e esforço árduo
Seguiu, com imporéns e esforço ele;
Mas mal passa, seguido à queda do homem,
Estranha alteração! Já Pecado e Morte
Atrás dele, assim mesmo o quis o Céu,   1025
Calçaram um caminho comum e amplo
Sobre o negro mar, cujas águas bravas
Amansaram ao jugo de ancha ponte,
Do inferno dando ao mais remoto orbe
Do frágil globo; andam nela espíritos   1030
Perversos cá e lá com fácil troca
A tentar ou punir mortais, excepto
Quem Deus e anjos bons guardam em favor.

---

[79] Jasão e os Argonautas escaparam a custo das "rochas pelejantes", as Simplégades, ou Rochedos Movediços. Na mitologia grega, Argo foi o primeiro a desbravar oceanos e Satã, o primeiro a aventurar-se pelo caos. A comparação torna-se mais ajustada se pensarmos que os Argonautas foram precedidos por uma pomba, como Satã pelo poder criativo de Deus, que "Qual pomba no abismo vasto ideava(s)" (cf. I, 21).

[80] Cf. *Od.* XII, onde Ulisses segue o exemplo de Circe ao evitar Caríbdis e optar por Cila no estreito de Messina. Se navegasse contra um vento Sul, encontraria Caríbdis a bombordo.

E eis que enfim a sagrada influência
Da luz surge, e dos muros do Céu longe 1035
Desfecha no brunal peito da Noite
Um vislumbre de alvor; aqui começa
A natureza a mais longínqua orla,
E o caos gasto rival seus fortes sáfaros
Em ralhos deixa parco e em tumultos, 1040
Que Satã em afã mais parco e em paz
Voga a mais calma onda por luz dúbia,
E qual nave açoitada p'la procela
Busca com gosto o porto, com rasgões
Nas talhas e no ovém. Ou no ermo do ermo, 1045
Quase ar, sopesa as asas alastradas,
P'ra ver com vagar longe o empíreo Céu,
O amplo arco, quadrado ou circular,[81]
De torres opalinas e seteiras
Com safira virgínea, o seu berço; 1050
E em cadeia de ouro ao pé suspenso[82]
Este mundo pendente, como estrela
De baixa magnitude junto à lua.
E p'ra lá abastado de má forra,
Maldito, em maldita hora açoda. 1055

Fim do segundo livro

---

[81] Tão amplo que é impossível dizer se curvo ou retilíneo.

[82] Ver *Il*. VIII, 18-27. Esta cadeia representa a concórdia universal, ou a harmonia pitagórica com tradição desde Platão. É uma imagem necessária, já que vamos passar para mundos de ordem.

Livro III

Argumento

Deus, sentado no trono, vê Satanás a voar em direção a este mundo, então recém-criado; indica-o ao Filho que se sentava à sua destra; prenuncia o sucesso de Satanás a perverter a humanidade; absolve a sua própria justiça e sabedoria de todas as imputações, tendo criado o homem livre e apto a resistir ao tentador; no entanto declara o seu propósito de graça com respeito a ele, em virtude de não ter caído por maldade própria, como Satanás, mas por ter sido por este seduzido. O Filho de Deus presta louvores ao seu Pai pela manifestação de tal propósito gracioso, mas Deus outra vez declara que a graça não pode ser oferecida ao homem sem a satisfação da justiça divina; o homem ofendeu a majestade de Deus ao aspirar a ser Deus, e por isso deve morrer com toda a sua descendência, a não ser que se ache alguém suficiente para responder pela sua ofensa, sujeitando-se ao seu castigo. O Filho de Deus oferece-se livremente como resgate do homem: o Pai aceita-o, ordena a incarnação, pronuncia a sua exaltação acima de todos os nomes no Céu e na terra; ordena a todos os anjos que o adorem; eles obedecem, e entoando hinos com harpas em coro pleno, celebram Pai e Filho. Entretanto Satanás pousa na convexidade crua do extremo mais longínquo deste mundo, onde, vagueando, encontra pela primeira vez um lugar, desde então chamado o Limbo da Vaidade; que pessoas e coisas esvoaçam ali; daí vem à porta do Céu, descrito no topo das escadas, e as águas acima do firmamento que correm em volta: a sua passagem daí à órbita do Sol; ali encontra Uriel, regente desse orbe, mas antes disfarça-se de anjo mais baixo; e fingindo um desejo ansioso de ver a nova criação e o homem que Deus lá colocou, indaga sobre o lugar que habita, e é dirigido; aterra primeiro no Monte Nifates.

Salve Luz santa, prole do Céu primeira,[1]
Ou do eternal co-eterno resplendor[2]
Devo expor-te sem falta? Deus que é luz,
E que nunca a não ser luz intangível
Habitou desde os evos, te habitou,   5
Vivo eflúvio de essência incriada.
Ou preferes etéreo fluxo puro,[3]
Cuja fonte quem sabe? Prévia ao sol,
Prévia aos céus que eram eras tu, e à voz
De Deus como com manto agasalhaste   10
Medrante o mundo de águas mate e fundas,
Ganhas ao vácuo e ao imenso informe.
Revisito-te agora co'asa ousada,
P'ra trás o lago estígio,[4] preso embora

---

[1] Novo exórdio, marcando o cenário do Céu. Esta Luz pode ser física ou metafórica, neste caso o Filho de Deus.

[2] Hesitação entre teologias ariana e trinitariana. Milton parece sempre muito cuidadoso em anunciar-se a favor de uma destas duas, ou seja, entre a geração em tempo do Filho de Deus, seu Verbo e Luz, e a sua coeternidade com o Pai.

[3] Isto é, "ou preferes ser chamada" [...].

[4] Inferno, o das trevas exteriores. As trevas médias eram as do caos.

Na longa estrada escura, quando em voo
Nado por trevas médias e exteriores
Com notas que não tange a lira órfica[5]
Cantei o Caos e a Noite imorredoura
Co'a Musa por tutora de voragens[6]
E arrojados resgates, tantos írritos:
A salvo te revejo, e entrevejo
Da vida o teu farol régio; mas tu
Já não revês meus olhos, que em vão rolam
P'ra toparem teu raio, e alva alguma
Topam, tão densa veio ao globo a gota
Serena,[7] ou o véu da sufusão.[8]
Mas vou ainda aonde assombram Musas
A primavera chã, o bosque obscuro,
Ou vale ao sol, co'amor do canto sacro
Batidos; mas a ti mais Sião[9] e aos veios
Flóreos a teus pés, almos pés que lavam,
Em curso chilreador, de noite venho.
Nem esqueço os outros dois iguais em fado,
Fosse eu igual a eles em renome,

---

[5] Aludindo a Orfeu, que se imaginava haver trazido Eurídice do inferno ao som da sua música, ficando também um símbolo para a vitória da verdade e da luz sobre a ignorância e o barbarismo das trevas. Milton canta com notas diferentes porque não quer enfeitiçar o inferno.

[6] Urânia.

[7] Serena, ou amaurose, é o termo médico para a forma de cegueira que afligia Milton.

[8] Cataratas (*suffusio nigra*).

[9] Milton prefere a poesia hebraica.

O cego Tâmiris,[10] o cego Meônida,[11] 35
E Tirésias,[12] Fineu,[13] velhos profetas.
Então em pensamentos mais nutridos
Que espontâneos canoros metros movem;
Canta às cegas assim o vígil pássaro[14]
E em ninho umbroso afina os seus noturnos. 40
Voltam estações com o ano, não p'ra mim
O dia, ou o adeus cortês da tarde
E o olá da alba, a flor vernal, a rosa
Do verão, bandos, rebanhos, e a divina
Face do homem, só nuvens de vez, trevas 45
Fechadas sem fim, de usos joviais de homens
Isento, e nas páginas do livro
Da ciência lendo o branco universal
De obras naturais rasas e delidas
Co'uma porta que fecha o saber fora. 50
Tão mais p'ra dentro tu celeste luz
Brilha, e a mente plena de poderes

---

[10] Poeta trácio mencionado em Homero (*Il.* II, 595-600). Num concurso com as Musas perdeu os olhos e a lira. A "insanidade de Tâmiris" é proverbial e significa alguém que tenta alguma coisa para além dos seus talentos ou capacidades.

[11] Apelido de Homero.

[12] O famoso profeta cego tebano.

[13] Rei trácio que perdeu a vista como castigo por se distinguir em profecias, a ponto de publicar os conselhos dos deuses.

[14] O rouxinol. Platão diz que a alma de Tâmiris passou a um rouxinol (*Rep.* 620a).

Irradia, aí fixa olhos, purga
E daí varre a bruma, que eu fale e olhe
Coisas cegas à vista dos mortais. 55
  Do alto agora o Pai todo-poderoso,
Do puro empíreo onde entronizado
Se senta sobre os cimos, desceu olhos,
A ver as suas obras e obras de outros:
À volta as santidades do Céu são 60
Astros de tão compactos, e a visão
Inefável bem-estar lhes dá; à destra
Da sua glória a fúlgida imagem,
O Unigênito; na terra primeiro
Viu nossos pais primeiros, então únicos 65
Entre os homens, locais do jardim álacre,
Colhendo imortais frutos de amor, gozo,
Gozo sem fim, amor sem oponente
Em solidão ditosa; então viu
O Orco e o golfo ao meio, e Satã 70
Em cabotagem p'los muros do Céu
Nesta margem da noite, no ar sublime
Brunal, pronto a lançar-se co'asas lassas
E pés prontos no além nu deste mundo,
Qual terra firme envolta sem seu páramo,[15] 75
Incerta em quê, se em ar se em oceano.
Vendo-o Deus de tão alta panorâmica,

---

[15] A atmosfera (cf. VII, 261-7) que está dentro da concha do universo, em cima do qual se encontra Satã. Satã não consegue dizer se o universo é cercado por ar ou por oceano.

Onde o que foi, o que é, o que será vê,
Isto ao seu Unigênito previu.
 Único Filho meu, vês tu que raiva 80
Nosso rival transporta, a quem nem raias
Fixas, nem infernais grades, nem ferros
Empilhados nele lá, nem mesmo o abismo
Da vasta brecha prendem; tão atreito
Anda à febril vingança que dará 85
Co'ela na própria testa contumaz.
E agora entre o lasso aperto voa
P'ra não longe do Céu, na luz dos pátios,
Vai direto ao novel mundo criado,
E ao homem lá, co'o fito de o provar, 90
Se à força é vencível, ou pior,
Pervertível por logro vil; será,
Pois o homem dar-lhe-á ouças às lisonjas
E transgredirá fácil o comando,
A caução do seu preito; cairá, 95
Co'a progênie sem fé. Quem tem a culpa?
Quem senão ele? Ingrato, de mim tinha
Tudo o que há a ter. Fi-lo justo e reto,
Capaz de se opor, livre de cair.
Assim criei a etérea hoste e espíritos, 100
Tanto quem se opôs, como quem caiu;
Livre se opôs se o fez, caiu quem quis.
Não livres, que cabal prova dariam
De lealdade veraz, amor, fé firme,
Onde só o que devem fazer fazem, 105
Não o que querem? Que louvor há nisso?
Que prazer tiro eu de submissão,
Se querer e razão (razão é escolha),

Vãos e inúteis, do livre arbítrio párias,
Fossem escravos os dois do necessário[16]   110
E não meus? Justamente assim nasceram,
E só injustamente acusariam
Quem os moldou, o molde, ou o destino,[17]
Como se indeferisse o predestino
A sua pretensão, por alto édito   115
Ou presciência disposta. Decretaram-se
A si o motim, não Eu; se Eu previ
A presciência não tem parte na culpa,
Não menos certa é por imprevista.
Sem acicate algum, sombras de fado,   120
Ou outro que imutável eu previsse,
Sós trespassam, em tudo autores de si,
Do que julgam e escolhem; para tal
Formei-os livres, livres ficarão,
Até serem de si reféns. Ou mudo-lhes   125
A natura, ab-rogo o alto édito
Imutável, eterno, que os quis livres,
A eles que escolheram sua queda.
Os primeiros da espécie, sós caíram,
Auto-tentados, auto-depravados;   130
O homem por outros cai: graça achará,
Os outros não. Em mercê e justiça,

---

[16] Deus dissocia-se de qualquer tipo de fatalidade ou necessidade, que é o poder supremo para os diabos.

[17] A predestinação e a presciência em que Milton crê excluem também necessidade ou determinismo. Se Deus tem a presciência de alguma coisa ela acontecerá *inevitavelmente*, porque Deus a viu, mas não *necessariamente*, pois que a presciência não tem influência no objeto previsto.

Na terra e Céu, glorioso serei mais,
Mas antes e depois mais em mercê.
    Deus falava, e a ambrósia dava hálito
Ao Céu, e entre os eleitos anjos bentos[18]
Um inefável gozo se alastrou.
Sem par em verbo o Filho de Deus veio
Glorioso mais, nele todo o Pai fulgiu
Substancialmente expresso, e na face
Visível compaixão de Deus mostrou,
Amor sem fim, e graça sem medida,
Que proferindo assim ao Pai falou.
    Ó Pai, gracioso o termo que fechou
A sentença, que o homem terá graça;
Pela qual terra e Céu te exaltarão
Em louvor, com sons e ecos desses sons
De hinos e cantos sacros, com que o trono
Envolto te ecoará, sempre bendito.
Deveria por fim o homem perder-se,
Criatura recente do teu mimo,
Teu benjamim cair destarte em logro
P'lo tolo que é? Aparta de ti isso,
Isso aparta de ti, pai, que és juiz[19]
Da criação, e ajuízas só o justo,
Ou há-de obter agora o adversário
Seu fim, frustrando o teu, há-de cumprir
Seu rancor, e o teu bem levar a nada,

---

[18] No sentido de "amados" ou "excelentes", aqueles que não se revoltaram.

[19] *Gn.* 18, 25.

Ou ufano voltar ao fundo exício,
Com vingança cumprida e ao inferno 160
Arrastar co'ele toda a raça humana
Por ele peitada? Ou irás tu mesmo
Abolir quem criaste, e cassar,
Por ele, o que p'ra glória tua deste?
Iria assim do que és de bom e grande 165
Descrer-se, blasfemar-se sem defesa.
  Ao que o criador grande respondeu.
Ó Filho, principal mimo da alma,
Filho do peito, Filho que és sozinho
Meu verbo, sabedoria, poder válido, 170
Tudo o que é meu pensar falaste, tudo
Como o meu fito eterno decretara:
Não se perderá o homem, salvar-se-á
Quem quer, não por querer nele, mas em mim
Por graça a outorgar; renovar-lhe-ei 175
Posses caducas, mesmo no penhor
Do pecado, às mãos baixas da ganância;
Por mim sustido, há-de outra vez em pé
De igualdade ficar com o rival,
Sustido por mim, possa ver quão frágil 180
A sua condição é, e me deva
A sua salvação, e a mais ninguém.
Alguns eu escolhi de graça única
Eleitos entre o resto,[20] assim quero;
Outros serão chamados, e lembrados 185
Do seu estado pecante, a aplacar cedo

---

[20] Nesta acepção Milton refere-se aos que creem e permanecem na fé.

Paraíso perdido

A cólera de Deus, enquanto a oferta
Está de pé; darei luz aos seus sentidos
Cegos, e seda a pétreos corações
P'ra que orem, e contritos obedeçam.
À oração, contrição, e obediência,
Com sincero propósito somente,
No ouvir não serei lento, no olhar frio.
E neles como um guia pousarei
A consciência juíza, a qual se ouvirem,
Luz após luz bem gasta alcançarão,
E a bom porto darão perseverando.
Desta paixão que sofre e a graça a vir
Os que esquecem e troçam não fruirão;
Duros endurecer-se-ão, cegos mais cegos
Ficarão, que tropecem e mais caiam;
Nem um fora tais cai fora da graça.[21]
Contudo tudo não está; infringindo,
Desleal quebra a menagem o homem, e erra
Contra a supremacia grã do Céu,
Com o alvo em Deus, e tudo assim perdendo,
Que a expiar tal traição nada lhe resta,
Mas ao estrago dado e consagrado,
Deve morrer co'a sua descendência,

---

[21] Versos 173-202: Milton estabelece um esquema de teologia arminiana, por oposição à interpretação calvinista, nomeadamente na doutrina da Predestinação e Eleição. A salvação parece depender do arbítrio humano através da graça, e não de uma escolha prévia e predeterminada de uns quantos eleitos. A leitura calvinista incapacita totalmente o homem no processo de salvação e habilita um plano teologicamente caprichoso por meio de uma eleição sem apelo.

Morre ele ou a justiça; só se dele 210
Tão capaz como pronto outro pagar
A alta satisfação, morte por morte.
Dizei hostes do Céu, há desse amor,
Qual de vós quer mortal ser p'ra remir
O crime mortal, justo por injusto,[22] 215
Há no Céu caridade tão querida?

   Tentou, mas do Céu era mudo o coro,
E o silêncio era no Céu: p'lo homem
Patrono ou valedor ninguém surgiu,
Muito menos que ousasse pôr-se a prêmio 220
Pela multa fatal, como resgate.
E hoje sem redenção a humanidade
De morte e inferno súdita seria
Sem recurso penal, não fosse o Filho
De Deus, em quem transborda amor divino,[23] 225
A mediação cara reiterar.

   Pai, o que dizes é, graça achará;
E se meios a Graça não achar
P'ra achar seu fim, o mais veloz dos núncios,
A dar co'as criaturas, e a todas 230
Vem imprevisto, sem rogos, sem busca,
Feliz do homem a quem vem, dela a ajuda
Não achará, já morto em pecado;
Expiação p'ra si ou oblação apta,

---

[22] Aqui com dupla acepção. Adjetiva o crime do homem, que o condena à morte, bem como o endossa substantivamente à única entidade que o poderia ter perpetrado, precisamente a humana.

[23] Cl. 2, 9.

Devedor e desfeito, não tem nada: 235
Pesa-me, por ele eu, vida por vida
Ofereço, sobre mim desfere a ira,
Toma-me homem; por ele eu deixarei
Teu colo, e esta glória junto a ti
Declinarei, e dele a grata morte 240
Morrerei; faz que em mim cevada a morte
Enjoe a fúria; não jazerei mórbido
Por muito tempo; deste-me da vida
A posse para sempre, por ti vivo,
Mesmo que à morte ceda, sendo dívida 245
Tudo o que em mim morrer possa, mas paga,
Não me deixarás lá na tumba sórdida[24]
Qual presa, nem me sangres a alma pura
Em partilha sem fim com corrupção.
Erguer-me-ei vencedor, e pisarei 250
Quem vencia, saqueado do seu saque.
Ferida de morte a morte sofrerá,
Tombando inglória, morto o seu ferrão.[25]
P'lo amplo ar em júbilo o inferno
Cativo levarei, o inferno embora, 255
E vendadas as trevas mostrarei.
Ser-te-á grata a visão, do Céu rirás,
Quando erguido por ti destruir em massa
Rivais, e a morte enfim, e com carcaças
Saciar a cova: lá co'a multidão 260

---

[24] *Sl.* 16, 10.

[25] Versos 251-3: cf. *Cl.* 2, 15 e *I Co.* 15, 55-6.

Dos remidos irei ao Céu saudoso,
E voltarei p'ra ver, Pai, a tua face,
Sem nuvem já de raiva, mas paz sólida,
E reconciliação; sem ira alguma
Futura, mas prazer presente em ti. 265
   Findou aqui, mas seu aspecto humilde
No silêncio falou, e amor sem morte
Exalou aos mortais, só ofuscado
P'la submissão filial: qual sacrifício
Bom de oferecer, acata ele o querer 270
Do seu augusto Pai. Tomou o encanto
O Céu, o seu sentido, a intenção
Razoando; mas rompeu pronto o altíssimo.
   Ó tu em Céu e terra a paz sem par,
Achada p'ra rancor de homens, ó tu 275
Minha consolação! Sabes quão gratas
São p'ra mim minhas obras, nem é último
O homem por ser em último, que eu guardo-lhe
A ti no peito e destra, p'ra salvá-lo,
Ao perder-te por tal raça perdida. 280
Tu pois a quem só tu podes remir,
Deles a natureza à tua une;
E serás homem entre homens na terra,
Feito carne, então lá, de sêmen virgem,
Em parto singular: em vez de Adão 285
Dos homens a cabeça, de Adão filho.
Tal como homens pereçam nele, em ti
Nessa nova raiz que és se restauram,
Os mais que houver p'ra tal, sem ti nenhum.
Seu crime culpa toda a prole, teu mérito 290
Imputado absolve quem abdica

Das suas obras boas ou iníquas,[26]
E em ti vive enxertado, e de ti[27]
Nova vida obtém. O homem, justo é,[28]
Por homem suprirá, será julgado, 295
Morrerá, e ao morrer erguer-se-á e hirto
Erguerá os irmãos, a sangue pagos.
Levará a melhor o amor ao ódio
Dando à morte, morrendo p'ra remir,
Tão custoso remir o que gratuito 300
Foi ao ódio gastar, e ainda gasta
Nos que, em bom tempo, abrem mão da graça.
Nem por desceres à essência de homem
Irás degradar ou baixar a tua.
Porque, apesar de em trono exultares 305
Igual a Deus,[29] e igual gozo fruíres
Divinal, deste tudo p'ra livrar
Um mundo da desgraça, e por mérito[30]

---

[26] Envolve a posição com respeito à Justificação. As obras do crente são boas, mas não é por estas que atingirá a salvação, senão pela fé.

[27] As imagens amigas da horticultura são apropriadas à ocupação de Adão e Eva.

[28] Versos 290-4: o argumento segue *Rm.* 5, 17-9.

[29] Aparentemente uma pista trinitariana, embora a coigualdade com o Pai possa, pelo contrário, refutar uma suposta unidade, partindo do princípio de que a igualdade só pode existir entre duas ou mais essências.

[30] Doutrina audaciosa, que Cristo seja Filho de Deus *por mérito*. Recorde-se que Milton nos versos 290-2 evoca precisamente a impossibilidade de o homem aceder à graça com base em méritos ou obras pessoais (cf. *Rm.* 4, 5-8 e *Ef.* 2, 8-9). Já Satanás parece ter sido designado sultão do inferno com base numa eleição meritória (II, 21).

Mais que por berço foste achado Filho
De Deus, mais digno disso por seres bom, 310
Muito mais que alto ou grande; porque em ti
Mais abundava amor do que abundante
Glória, donde o labéu exaltará
Contigo o que és de homem ao teu trono,
Cá sentarás em carne, reinarão 315
Deus e homem, de Deus e homem Filho,
De tudo ungido rei; todo o poder
Te dou, reina p'ra sempre, e os teus méritos
Toma; sujeito a ti cabeça máxima
Principados, domínios, forças, tronos: 320
Dobrar-se-á todo o joelho a ti, quem espera[31]
No Céu, terra, no inferno sob a terra,
Quando do Céu servido em esplendor
Surgires, e da tua parte enviares
Arcanjos convocados a aclamar 325
Teu grave tribunal: logo dos ventos
Os vivos, logo os mortos convocados[32]
De todo o sempre ao juízo universal
Se apressarão, tal estrondo fere o sono.
Juntos então teus santos, julgarás 330
Homens maus e anjos, e estes acusados
Cederão à sentença: o inferno
Lotado fechar-se-á de vez. Dementre
O mundo arderá, e brotarão

---

[31] *Fp.* 2, 10.

[32] *Ez.* 37, 9 e *Ap.* 7, 1.

Paraíso perdido

Das cinzas céu e terra, onde o justo[33]
Morará, e depois das longas penas
Dias de ouro verá, em ações áureas
Férteis, co'amor e gozo triunfantes
E verdade gentil. Teu real cetro
Folgarás, que não mais será o cetro
Útil lá, tudo em tudo Deus será.
Vós deuses, adorai-o, que p'ra tanto
Morre, ao Filho, honrai-o como a mim.
   Mal havia cessado o onipotente,
E as multidões de anjos com um brado
Alto como de números sem número,
Doce como de vozes venturosas,
Falando o gozo, o Céu deram ao júbilo[34]
E as regiões perpétuas às hosanas:
Reverentes dobraram-se aos dois tronos,
E ao chão com culto grave remessaram
Coroas a amarante e ouro tramadas,
Amarante imortal,[35] flor que uma vez
No Éden, junto à árvore da vida
Se deu, mas pela ofensa do homem cedo
Transplantada no Céu de onde é nativa
Lá cresce, e em cima dá sombra florindo

---

[33] *II Pe.* 3, 12 ss.

[34] Com alegria e brados. Do Jubileu hebraico, um tipo de expiação que ocorria ritualmente a cada cinquenta anos, quando escravos eram postos em liberdade e a propriedade revertia em favor do seu primeiro dono.

[35] Aquela que nunca murcha. Flor púrpura, símbolo de imortalidade para Clemente de Alexandria.

À fonte vital, e onde corta o Céu
Em ondas de âmbar sobre as flores elísias
O rio do bem; co'estas que não finam 360
Atam eleitos tranças coroadas
Com raios, já em láureas soltas n'áurea
Laje em rolos, um mar de jaspe ardendo,
E rósea de celestes rosas rindo.
Outra vez coroados, harpas de ouro, 365
Harpas sempre afinadas abraçaram,
Luzindo quais aljavas, e com preâmbulo
De gentil sinfonia introduzem
O canto sacro, o alto enlevo acordam.
Não há voz sem voz, sem voz que não tome 370
Parte eufônica, tão concorde é o Céu.
   Cantaram a ti Pai onipotente,
Imortal, imutável, infinito,
Rei eterno; a ti autor dos seres,
Fonte de luz, teu ser que é invisível 375
No glorioso clarão onde te sentas
Intangível, exceto quando esbates
O fulgor aos teus raios, e em nuvem
Em volta qual altar de luz gizada,
Escura de agudo brilho a fímbria mostras, 380
Que ainda o serafim mais fulvo fere
E à distância mantém com véus por asas.
E a ti da criação prévio cantaram,
Filho gerado, símil do divino,
Em cujo perfil ínclito, sem nuvem 385
Visível, o Pai brilha poderoso,
À vista do qual qualquer outro cega;
Em ti se imprimiu o halo do seu nome,

Transfundido em ti está seu vasto espírito.
Céu dos Céus ele e toda a força ali
Por ti criou, por ti aniquilou
Dominações vorazes: nesse dia
Do teu Pai não travaste o trovão fero,
Nem o rodado ignífero, que abanou
Ao Céu a armação firme, ao conduzires
P'lo pescoço rebeldes anjos rotos.
De volta os teus poderes em voz alta
Te louvaram só, Filho do poder
Do Pai, p'ra desforrar-se nos rivais,
Não no homem; pelo mal de outros caído,
Pai de graça e favor, não o julgaste
Com rigor, mas ao dó mais te inclinaste:
Mal teu filho dileto e unigênito
Te percebeu sem alma p'ra julgá-lo
Com rigor, mas ao dó mais inclinado,
P'ra te aplacar, e pôr termo à contenda
De mercê e justiça no teu rosto,
Sem ligar ao bem-estar do seu assento
Junto a ti, se ofereceu p'ra sucumbir
P'lo que o homem fez. Ó amor sem par,
Amor que não se vê sem ver a Deus!
Salve, Filho de Deus, Salvador de homens,
Teu nome há-de dar tema farto ao canto,
E jamais há-de a harpa teu louvor
Esquecer, nem do louvor do Pai cindir.[36]

---

[36] Versos 344-415: o canto dos anjos ocupa 72 versos, precisamente sendo 72 o número místico dos discípulos de Cristo; 72 eram também os nomes dos anjos.

Tais assim no Céu, sobre a estelar esfera,[37]
Jubilosos folgavam horas de hinos.
Entretanto, p'lo firme globo opaco
Deste mundo, que os orbes inferiores

---

[37] Versos 416-21: a esfera das estrelas fixas ou as estrelas e planetas no seu conjunto, como em V, 620. As estrelas estão encerradas no interior do *primum mobile*, ou "primeiro convexo", o "além nu" do verso 74 onde Satã iria aterrar. Tanto o Céu como o caos estão fora dessa concha opaca. Resumidamente, o universo de Milton é esférico e rodeado por um *firme globo opaco* que, como uma concha, o protege do caos. À volta deste universo jaz a Noite infinita com os seus átomos arbitrários colidindo entre si. O Céu está acima do universo e o inferno, abaixo. Antes só o Céu se liga à terra por uma corrente dourada (II, 1051). Ao inferno liga-o posteriormente a ponte que Pecado e Morte edificaram sobre o caos (X, 282-320). O cosmos de Milton é infinito, o universo, finito. Este é normalmente centrado na Terra, se bem que Milton o sugira também centrado no Sol. Apesar de o universo ser vasto (II, 832) isso não significa muito em termos cósmicos, pois a distância entre Céu e inferno é três vezes o raio do nosso universo, o que faz deste um caroço no meio do caos (I, 73-4). O primeiro fenômeno no nosso universo foi a luz. O seguinte foi a divisão das águas em duas esferas concêntricas separadas pelo firmamento abobadado (aliás "abóbada" é a sua etimologia hebraica). A esfera interior das águas conteria aquilo que viria a ser a terra, a exterior tornou-se as águas cristalinas que formavam uma cobertura para a concha exterior do universo. As águas exteriores protegiam-no do caos, as interiores alimentavam a terra. Os continentes emergiram destas águas que cobriam a terra. Dentro do firmamento, o espaço entre a terra e a concha exterior do universo, Deus pôs dez esferas concêntricas e imateriais. Milton desconhecia qual o centro destas, se o Sol, se a Terra. Seja como for, depois de Saturno surgia a esfera das *estrelas fixas*, e entre estas as doze constelações do Zodíaco. Antes da Queda, este "cinto" andava à volta da Terra paralelamente com o equador e consigo iam o Sol e todas as restantes estrelas, cada com a sua própria velocidade e direção. Para além das fixas havia mais duas esferas que consigo moviam todas as outras: a *cris-*

Na primeira convexa casca fecha 420
Do Caos e da incursão das trevas vedras,
Satã apeado vai: um globo longe
Parecia, mas agora continente
Sem fins, negro, selvagem, sob o esgar
Da Noite nu de estrelas, e a ameaça 425
De um cerco de trovões num Caos sem tréguas;
Salvo lá nas ameias do Céu de onde
Mesmo lá longe algum reflexo logra
De ar frouxo menos tonto do embate.
À solta andava aqui o mau e à larga. 430
Como quando um abutre[38] de Imaus,[39]
Cujo auge algente fixa o errante Tártaro,[40]
Evadindo-se de onde há pouca presa

---

talina (III, 482) — nomeada no século XIII para dar conta de um fenômeno celestial mais tarde verificado errôneo — e o *primum mobile*, ou *rombo* (VIII, 134; ver também nota abaixo). Os elementos, ar, terra, fogo e água eram imaginados dentro da esfera lunar. O que estava acima dessa esfera era chamado de "quintessência", ou quinto elemento, material de que eram feitos os planetas e as estrelas, bem como a atmosfera etérea do mundo superior. A atmosfera sublunar da Terra era limitada por uma esfera de fogo, e entre esta e a superfície da Terra havia três regiões: uma, a mais distante, extremamente quente; outra, central, muito fria (a suposta habitação dos deuses gregos e origem dos estados climáticos); a última, e mais próxima, moderadamente quente do reflexo do sol.

[38] O "abutre" é Satã, porquanto rapace e conhecedor à distância da sua presa. A comparação estende-se também ao modo de locomoção. O "tenro anho" é a humanidade.

[39] Himalaias.

[40] Os mongóis nômades assolaram a Ásia e a Europa sob as ordens de Genghis Khan.

P'ra atulhar-se com tenro anho em montes
Onde rebanhos pascem, voa às fontes 435
Do Ganges ou Hidaspes,[41] águas índicas;
Porém no curso pousa nos nus plainos
De Sericana,[42] onde à vela e vento
Chineses os seus trens de bambu guiam:
Neste ventoso mar de terra andou 440
Cá e lá o demônio só à presa,
Só, pois aqui nenhum outro vivente,
Nem vivente nem não nenhum havia,
Por ora, mas depois muitos da terra
Como gases p'ra aqui ascenderiam 445
Do que é fugaz e vão, quando o pecado
Com vaidade atestou as obras de homens:
Todas as coisas vãs, e os que em vãs coisas
Fixaram chocha esperança de vanglória,
Longa fama, ou gozo nesta ou noutra 450
Vida; os que na terra ganhem coroas,
Fruto de duras crenças, zelo cego,
Só buscando o louvor de homens, cá têm
Justa paga, vazia como os atos;
Tudo o que a natureza deixou manco, 455
Anormal, abortivo, ou mal gerado,
Dissolvido na terra, p'ra aqui migra,
E em vão, 'té à solvência final, erra,

---

[41] O rio Chelum no Punjab, Caxemira, junto ao qual Alexandre Magno defrontou o rei Poro e limite oriental das suas conquistas.

[42] China.

Não na lua vizinha, como sonham,[43]
Que esse argênteo chão gente mais provável, 460
Santos translatos,[44] ou espíritos médios
Tem entre a espécie de anjos e a de humanos:
De um coito soez de filho e filha filhos[45]
Vieram de antigos mundos os Gigantes
Com feitos vãos p'ra cá, embora célebres: 465
Depois quem fez Babel lá na planície
De Sinear, e com vão desígnio ainda
Babéis, houvesse meios, mais faria;
Outros vieram sós: um que p'ra ser tido
Qual deus, néscio se fez às chamas do Etna, 470
Empédocles,[46] e o tal que p'ra gozar
O Elísio de Platão, se fez ao mar,
Cleombroto,[47] e muitos mais, de mais,
Idiotas e embriões, eremitas, monges

---

[43] Como sonham Ludovico Ariosto, Giordano Bruno, Thomas More, por exemplo.

[44] Santos que Deus raptou da terra, como Enoque e Elias. Apesar de desdenhar a ideia de Ariosto e seus habitantes lunares, Milton deve a sua especulação ao *Orlando furioso*, nomeadamente quando Astolfo ascende à lua no carro de Elias. Os contemporâneos de Milton andavam entusiasmados com a possibilidade de vida extraterrestre.

[45] Ver *Gn.* 6, 4 para a descrição da união entre os Filhos de Deus e as filhas dos homens e respectiva gênese dos Gigantes.

[46] Filósofo pré-socrático que se atirou ao Etna de modo a esconder a sua mortalidade. O seu plano foi frustrado quando o vulcão vomitou uma das suas sandálias.

[47] Um jovem que se afogou a fim de gozar a imortalidade descrita no *Fédon* de Platão.

Brancas, negros e gris,⁴⁸ com seus tarecos.⁴⁹ 475
Andam romeiros cá, que em excursão
Ao defunto no Gólgota erraram,⁵⁰
Pois vive e no Céu; e os que p'ra afiançarem
O Paraíso mortos vestem trapos
De Domingos, ou touca Franciscana 480
Que os disfarce; planetas sete passam,
Mais o fixo, e a esfera cristalina⁵¹
Cujo balanço pesa a oscilação,⁵²
E o primo móbil; São Pedro ao postigo⁵³
Do Céu já co'os chavões como que os sente, 485
E no sopé da rampa do Céu alçam
Pés, quando eis que brigões ventos cruzados

---

⁴⁸ Os embriões e os idiotas eram consignados pelos teólogos franciscanos a um limbo sobre a terra. Milton satiriza e aproveita para destinar-lhe também os monges.

⁴⁹ Carmelitas, Dominicanos e Franciscanos. As ordens mendicantes distinguidas pela cor do seu manto.

⁵⁰ O calvário, onde Cristo foi crucificado e enterrado.

⁵¹ Ao mover-se para fora no sistema ptolomaico, o viajante da Terra passaria pelas sete esferas planetárias, as fixas, a nona ou esfera cristalina, e pelo *primum mobile*. A trepidação da oitava foi adição ao sistema ptolomaico para dar conta da precessão de equinócios, debate na ordem do dia ao tempo de Milton.

⁵² Alude a Balança (ou Libra), ponto de referência para medir equilíbrio ou trepidação.

⁵³ Não o portão palaciano do verso 505, mas uma forma levemente pejorativa designando uma porta alternativa para entrada ou saída em substituição de outra, quando fechada. A imagem implica que a superstição romana procura entrada clandestina.

De bandas rivais dez mil léguas de ar
Vadio de través lhes dão; sim, vede
Capuzes, toucas e hábitos, e em trapos 490
Os manequins co'a sova, e as relíquias,
Contas, indultos, escusas, perdões, bulas,
Passatempos de ventos: ejetados
E axífugos dos altos, sobrevoam
Do mundo o rabo até ao limbo amplo, 495
Paraíso dos Tolos, de seu nome,
Até tolos o sabem, sem vivalma
Agora, e intacto. Tal globo de trevas
Viu o mau ao andar, e muito andou,
'Té que um brilho de alvor chamou com pressa 500
Seus pisados pés; bem longe divisa,
Subindo por degraus magnificentes
'Té aos muros do Céu, alta estrutura,
No topo da qual, bem mais imponente,
A obra qual portão de real palácio 505
Com frontão a diamante e ouro ornado;
Com camadas de gemas orientais
Fulgia o portal, sem cópia na terra,
Em maquete ou carvão, com esboço a lápis.
Em escadas assim viu Jacó anjos[54] 510
Subindo e descendo em esquadrões
Fulvos, quando fugia a Esaú
Rumo a Padã-Arã, e à noite em sonhos
Coberto pelo céu de Luz, desperto
Clamou, *Estas as portas do Céu são.* 515

---

[54] Segue o relato bíblico de Jacó fugindo do seu irmão Esaú depois de lhe ter roubado a bênção de primogenitura (cf. *Gn.* 28, 10-7).

Cada degrau pensado como símbolo,
Não fixos, mas retráteis ao Céu sobem
Por vezes, e embaixo um mar de brilhos
De jaspe, ou liquefeita perla, onde
Quem co'a terra p'ra trás, chegou à vela, 520
Esquiando em anjos, ou sobre o lago voou
Num êxtase de quadriga e corcéis flâmeos.[55]
Estavam lá os degraus, para tentá-lo
P'la fácil ascensão, ou p'ra agravar-lhe
A triste exclusão às portas do bem. 525
Contra estas embaixo abriu direta
Para o lugar feliz do Paraíso
Uma vasta passagem para a terra,
Mais vasta de longe era que mais tarde
A do Monte Sião, e essa, mais vasta, 530
Da Terra Prometida até Deus quisto,
A qual, o mais das vezes p'ra visita
Às tribos ledas, anjos co'alto passe
Frequentavam, e o sédulo olhar seu
De Paneas a fonte do Jordão[56] 535
Até Berseba, onde a Terra Santa
Confina com o Egito e o chão árabe;
Vasta parecia a brecha, com barragem
Contra as trevas, afim das que orlam vagas.
Satã agora daqui do degrau mínimo 540

---

[55] Elias subiu aos céus numa quadriga puxada por cavalos de fogo (*II Rs*. 2, 11).

[56] Nome grego para a cidade de Dã, a cidade mais ao norte de Canaã, ao sul limitada por Berseba.

Que subia com ouro aos átrios celsos
Mira com baque cavo de vertigem
Todo o mundo de vez, qual batedor
Por ermos e vielas dado ao risco
Da noite, quando enfim rompe a alva lépida 545
Atinge a testa a algum monte picoso,
Que aos seus olhos ludâmbulos revela
Um prospecto de terra pitoresca
Exótica, ou célebre metrópole
Debruada a coruchéus e agulhas vivas, 550
Que o sol ao acordar tinge com raios.
Tal assombro tomou, não estranho ao Céu,
O maligno, mas mais tomou a inveja,
À vista do gentil rosto do mundo.
Sonda em redor, e bem pode, que dava 555
Bem para o baldaquim orbicular[57]
Da ampla sombra da noite; do levântico
De Balança 'té à estrela toda a lã[58]
Que às costas leva Andrômeda pelo Atlântico
Do horizonte além; de polo a polo 560
Contempla a amplidão, e sem demora

---

[57] Os dosséis sobre tronos ou camas eram muitas vezes cônicos.

[58] Versos 558-61: Áries, o Carneiro, que leva Andrômeda, constelação adjacente, na mitologia grega uma princesa ameaçada por um dragão. Satã entra em Balança (Libra), pois Áries está a pôr-se atrás da Terra, e a sua posição parece ser o equador celeste (antes da Queda a eclíptica também, cf. X, 668 ss.), já que os polos parecem marcar os pontos mais separados (versos 560-1). Fowler calcula este momento como sendo o da meia-noite de IX, 58. A associação de Satã com Libra depende da sua necessidade de evitar a luz do sol, em oposição àquela.

À primeira região do mundo atira
Voo precípite, e orça à vontade
P'lo puro ar marmóreo oblíquo rumo
Entre estrelas sem conta, que apagaram 565
Estrelas longe, mas prés parecendo outros
Mundos, ou mundos outros tais parecendo,
Ou ilhas ledas,[59] quais jardins da Hespéria,[60]
Os de fama, chãos prósperos, e bosques,
Flóreos vales, três vezes ledas ilhas. 570
Mas quem morava lá não quis saber.
Sobre todos o sol de ouro em fulgor
Igual ao Céu tentou-o: p'ra lá vai
P'lo firmamento em paz; se sobe ou desce,
Se por centro, se excêntrico, não sei,[61] 575
Ou a longitude, onde a grande lâmpada
À parte das gerais constelações
Que do olhar real guardam a distância
Dispensa luz de longe; ao moverem-se
Na estelar dança em ritmos que computam 580
Anos, meses e dias, voltam-se ágeis

---

[59] Aludindo às ilhas dos bem-aventurados.

[60] Os seus jardins eram guardados por um dragão (este dito como nascido da serpente que tentou Eva) que vigiava as maçãs. Hércules matou o dragão e roubou as maçãs. Pode simplesmente implicar que os extraterrestres foram criados com o seu próprio fruto proibido, e assim não caíram com Adão e Eva.

[61] Órbita cêntrica ou excêntrica. A primeira tem a Terra ou o Sol no seu centro, a segunda não. Mais uma vez Milton não se compromete com nenhum dos sistemas, ptolomaico ou copernicano.

P'rá luz que aplaude os seus muitos meneios,[62]
Ou do seu feixe é o íman que as volteia,
Que gentil o universo aquece, e ao íntimo
Das partes com gentil penetração,   585
Sem corpo, expele ao fundo influxo oculto:
Tão admirável luz produz seu posto.
Ali pousa o demônio, mancha assim
Talvez no orbe solar nunca o astrônomo
Pelo óptico canudo vítreo vira.   590
Como o lugar que viu verbo algum brilha,
Nem na terra metal ou pedra, nada;
Com partes desiguais, mas animadas
Na brasa de igual luz, qual ferro em fogo;
Se metal, parte em ouro, parte em prata;   595
Se pedra, mais carbúnculo[63] ou crisólito,[64]
Topázio ou rubi, às doze em chamas[65]
Do racional de Aarão, e aquela pedra[66]
Imaginada mais do que avistada,
Tal pedra, ou afim dessa que aqui   600
Filósofos em vão tanto indagaram,

---

[62] Era popular a teoria de Kepler que defendia o magnetismo solar como responsável pelos movimentos planetários.

[63] Uma pedra vermelha, incluindo a ideia mítica da pedra que emite luz na escuridão.

[64] Uma pedra verde.

[65] Até e incluindo as doze joias no peito de Aarão.

[66] A filosofal, identificada com o urim do racional de Aarão (cf. *Êx.* 28, 30).

Em vão, mesmo que em artes magas atem
O Hermes volátil,[67] e acordem dos nós
Nas instáveis feições Proteu do mar,[68]
Drenado com alambique à forma pura.   605
Qual o espanto que aqui regiões e campos
O elixir puro exalem, rios corram
Ouro potável, quando com mão proba
Sol o alquimista-mor de nós tão longe
Produz na hibridez de humores terrestres   610
Cá nas funduras tantas coisas caras
De pigmentos sem nome e efeitos raros?
Nova matéria aqui p'ra ver ele viu,
Apático; p'ra longe leva os olhos,
Que óbice não vira a vista aqui, nem sombra,   615
Só sol, como quando às doze os seus raios
Culminam do equador,[69] tal como agora
A prumo ainda vão, de onde na volta
Sombra não cai de corpo opaco; e o ar,
Em nenhures assim, aguçou-lhe o óptico   620

---

[67] Apto a voar ou a evaporar-se rapidamente. Hermes é mercúrio, usado pelos alquimistas nas suas tentativas de chegar à pedra filosofal. A operação consistia em prender o mercúrio através de um alambique até à sua solidificação.

[68] O deus do mar de transformações súbitas. Um símbolo antigo de matéria.

[69] O equador celeste, onde antes da Queda o sol atingiria o seu ponto mais alto. Depois da Queda, os raios diretos e sem sombra ocorrem só em pontos onde a eclíptica coincide com o equador.

Feixe a objetos longe,[70] p'lo qual logo
Alcançou um glorioso anjo em pé,
O que vislumbrou João também no sol:
De costas, mas de frente para o brilho,
De faíscas de sol, um halo de ouro 625
Por tiara, e atrás não menos lustrosas
Madeixas aos seus ombros plúmeos de asas
Ondeavam com anéis; nalguma empresa
Parecia, ou fixo em funda reflexão.
Feliz ia o impuro porque crente 630
De achar quem lhe emendasse o voo perdido
Ao Paraíso, lar doce lar do homem,
O seu fim e do nosso fim princípio.
Mas antes as feições próprias compõe,
Não vão outras detê-lo ou traí-lo: 635
E agora um querubim efebo surge,
Não no primor, mas rindo-lhe no rosto
Um jovem celestial, e a cada membro
Correndo a graça lá, tão bem fingia;
Sob um diadema soltos do cabelo 640
Caracóis nas bochechas cabriolavam,
Plumas eram de mil cores com pós de ouro,
Um fato p'ra veloz fito era justo
E argêntea vara ia ante pés gráceis.
Não se acercava surdo o anjo claro; 645
Antes que se acercasse, a fronte iriante
Voltou-se, admoestada pelo ouvido,

---

[70] Julgava-se que o olho emitia um raio até ao objeto da sua percepção.

E logo o arcanjo Uriel conheceu,[71] um
Dos sete que ante Deus, rentes ao trono
Prontos e às ordens estão, e são seus olhos   650
Que correm pelos céus ou que ágeis levam
Na terra seu correio ao seco, ao úmido,
Sobre mar ou chão: disse-lhe Satã.

   Uriel, dos sete espíritos que aguardam
Junto ao trono de Deus, de excelso brilho,   655
És o primeiro afeito ao seu querer lídimo
Que p'lo Céu vai intérprete levá-lo,
Lá onde os filhos todos esperam novas;
E aqui certo és por édito supremo
De igual honra obter, e ser-lhe os olhos   660
Que visitam amiúde o novo mundo;
Inexprimível gosto em conhecer-lhe
As prodigiosas obras, mas mais o homem,
Seu máximo deleite e favor, quem
Lhe mereceu tais obras prodigiosas,   665
Me trouxe dos corais de querubins
Divagando só. Diz-me serafim alvo
Em qual dos áureos orbes tem o homem
Lugar fixo se fixo lugar tem,
Se não salta de orbe áureo em áureo orbe;   670
P'ra que o encontre, e de olhos fixos nele,
Discretos ou à vista pasma admire
A quem o criador outorgou mundos,
Sobre quem verteu todas estas graças;

---

[71] Em hebreu "Luz (ou "fogo") de Deus". Nome de anjos no apócrifo *II Ed.* 4, 1. O primeiro *Livro de Enoque* elenca os sete anjos que estão diante do trono de Deus.

Que nele e em tudo o mais, como é devido, 675
Louvemos do universo o criador,
Que com justiça deu aos vis rebeldes
Um inferno sem chão, e p'ra reparo
Criou a feliz raça de homens pronta
A servi-lo: em tudo ele é sábio. 680
  Assim falou o astuto sem suspeitas;
Pois nem homem nem anjo discriminam
A hipocrisia, único mal que anda
Invisível, tirando Deus que o vê,
E permissivo o quis, por terra e Céu: 685
E se o sagaz desperta, o arguto dorme
Na cama do sagaz, e à credulice
Imputa a imputação, e mal não pensa
A bondade onde mal não vê: não viu
Uriel, do sol regente embora, tido 690
O mais arguto espírito de todos;
O qual ao impostor de língua dobre
Da sua retidão deu-lhe resposta.
Belo anjo, teu desejo de saber
Dos trabalhos de Deus, a fim de loar 695
O obreiro-mestre só, não leva a extremos
Que à culpa cheguem, mais merece loas
Quanto mais se extremar, que aqui te trouxe
Solitário da tua mansão de éter,
A ver com próprios olhos o que a alguns 700
Em relatos no Céu ouvir lhes basta:
Pois admiráveis são as suas obras,
Gratas de conhecer, e dignas todas
De conhecer de cor e com paixão,
O que é de conhecer às criaturas: 705

Seu número, e a infinda sabedoria
Que as ergueu, não as causas mais profundas.
Eu vi quando ao seu dito a massa informe,
Do mundo o molde firme, se amontoou:
A confusão ouviu-lhe a voz, e o estrépito   710
Se amansou, e houve fim na infinidade;
'Té que ao segundo mando as trevas fogem,
Luz brilha, da desordem brota a ordem:
Ágeis aos vários quartos se apressaram
Os elementos sem lei, pó, fogo, ar, água,   715
E do céu esta etérea quintessência[72]
Ascendeu, habitada pelas formas
Que em anéis se tornavam, e em estrelas
Sem conta, como vês, e vês a dança;
Cada com seu lugar, cada seu curso,   720
O resto fecha em círculo o universo.
Embaixo o globo vê cujo perfil
Com luz daqui, reflexa embora, brilha;
É a terra lugar do homem, e a luz
Seu dia; falha a luz e outro hemisfério   725
A noite invadiria, mas vizinha
A lua (assim a graça é da estrela)
Interpõe-se pontual, à mensal ronda
Que ora quebra ou renova p'lo céu médio;
O semblante triforme a luz de empréstimo[73]   730

---

[72] O quinto elemento, constitutivo dos corpos celestes.

[73] Alusão às fases da lua. Os poetas antigos chamavam triforme à deusa da lua devido à sua natureza tripla (Lua no Céu, Diana na terra e Hécate ou Prosérpina no inferno).

Daqui enche e se esvai p'ra dar à terra,
E do seu feudo pálido olha a noite.
Ali de Adão te aponto o Paraíso,
Seu caramanchel faz torres de sombra.
Não há que errar. Adeus, o dever chama-me.   735
    Assim foi, e Satã com grave vênia,
Timbre de altos espíritos no Céu,
Onde honra e reverência ninguém poupa,
Partiu, rumo à terrestre costa embaixo
Da eclíptica, co'a pressa de sucesso.   740
Lança encarpado voo em rodas de ar;
Mal sai e já Nifates sente aos pés.[74]

Fim do terceiro livro

---

[74] Montanha na fronteira armênio-assíria.

Livro IV

Argumento

Perspectivando agora Satanás o Éden, e perto de onde deve agora tentar a audaciosa empresa que sozinho empreendeu contra Deus e homem, debate-se com dúvidas, paixões, medos, inveja e desespero. No fim confirma-se no mal, viaja ao Paraíso, cuja situação e paisagem exterior se descreve, transpõe os limites, senta-se, sob a forma de um corvo-marinho, na árvore da vida, a maior no jardim, de onde pode sondar à vontade o que o rodeia. Descrito o jardim. Satanás vê pela primeira vez Adão e Eva; a sua admiração pela excelente forma e estado feliz de ambos, mas resoluto quanto a provocar a sua queda; escuta-lhes o diálogo, e daí depreende que os frutos da árvore do conhecimento lhes foram vedados, sob pena de morte. Decide deste modo tentá-los à transgressão. A seguir deixa-os por instantes e tenta saber mais e por outros meios do seu estado. Entretanto, Uriel, descendo de um raio de sol, avisa Gabriel, a cargo da porta do Paraíso, fazendo-lhe saber que um anjo mau escapara do abismo, e ao meio-dia passara pela sua esfera disfarçado de anjo bom em direção ao Paraíso, desmascarado mais tarde pelos gestos de fúria no monte. Gabriel promete encontrá-lo antes da manhã. Chegando a noite, Adão e Eva falam do repouso desejado. Descrito o caramanchel. O louvor da noite. Gabriel, liderando os seus esquadrões na ronda noturna pelo Paraíso, designa dois anjos valorosos para o caramanchel, não fosse o espírito mau estar lá e atentar contra o sono de Adão e Eva. Lá o encontram soprando ao ouvido de Eva, tentando-a em sonhos, e o trazem, apesar de resistente, a Gabriel. Questionado por este, responde com escárnio, ensaia uma reação, mas, impedido por um sinal do Céu, voando deixa o Paraíso.

Oh, pela voz que clama, de quem viu
O Apocalipse, e ouviu no Céu clamores,
Quando o dragão, segunda vez vencido,[1]
Em represália aos homens se atirou,
Ai dos que a terra habitam! que se a tempo, 5
Nossos primeiros pais agora alerta
Do furtivo inimigo escapariam,
E acaso ao mortal laço; pois agora
Satã com nova cólera desceu,
Antes de acusador tentador de homens,[2] 10
A vingar no mais frágil e inocente
A derrota primeira, e o inferno.
Mas sem que à pressa gabe o vir de longe,
Nem co'alarde de ardido e temerário,
Ensaia a agressão, que avizinhado 15
Do berço já se agita no seu peito
Revolto, e qual canhão ruim respinga
No próprio dono. Turbam-no horror, dúvida,
Nos seus encapelados pensamentos,

---

[1] São João profetiza uma segunda batalha no Céu em *Ap.* 12, 3-12.

[2] Tradução do grego *diabolos*. Cf. *Ap.* 12, 10.

E embaixo o inferno nele, que nele o inferno 20
Ele traz, bule, e em redor, pois que do inferno
Nem um passo a mais dá que não dê dele
Próprio. Desperta já nele a consciência
A aflição em torpor, memória amarga
Do que foi, do que é, do que deve ser 25
Pior; de piores ações pior sofrer se segue.
Um tempo no Éden[3] fixa seu pungente
Olhar, que agora à vista delicia,
E um tempo lá no céu, no sol repleto
Que ora à meridional torre trepou. 30
E eis que em ponderação funda suspira.

 Ó tu que com a glória por coroa,[4]
No teu domínio solo por Deus passas
Do novo mundo, à vista do qual, pálidas,
Escondem estrelas as miúdas frontes. Chamo-te, 35
Mas não com voz de amigo, e uso o nome,
Ó sol, p'ra te dizer como te odeio[5]
Os raios que me lembram de que alturas
Caí, p'ra ti alturas de vertigens,
'Té que avidez e orgulho me abateram 40
Em guerra no Céu contra o rei sem par.
Ah por quê! Troco assim não merecia

---

[3] "Deleite" em hebreu.

[4] O primeiro solilóquio de Satã vai até ao verso 113. Os sobrinhos de John Milton informaram-nos da idade deste passo até chegar a *PL*: 25 anos. Fora originalmente projetado para um texto dramático intitulado *Adam Unparadized*.

[5] Jo. 3, 20.

De mim, a quem à luz da eminência
Deu o ser, e com seu bem a ninguém
Exprobrou. Nem custoso foi servi-lo. 45
Que outra coisa a fazer que não louvá-lo,
Recompensa normal, e dar-lhe graças,
Quão devidas! Mas todo o bem foi mal
Em mim, e só maldade fez. Tão alto
Erguido desdenhei da submissão, 50
E achei que um degrau mais me elevaria,
E a dívida quitei da gratidão
Sem fim, tão alto preço sempre pago,
Sempre a dever, esquecido do que dele
Sempre obtive, sem ver que a mente grata 55
Por dever nada deve, e sempre paga,
Quite e devedora a uma. É ônus?
Oh, fosse ele ordenar-me por destino
Sorte de anjo menor, manter-me-ia
Feliz então, nenhuma esperança livre 60
Nutriria ambição. E não? Mas outro
Poder assim tão grande tentaria,
E eu menor com tal. Só que outros tão grandes
Não caíram, mas firmes são, por dentro
Ou por fora, à prova de más provas. 65
Tinhas tu livre querer e mão p'ra tal?
Tinhas: a quem ou quê tens tu p'ra queixas,
Senão do Céu o amor livre e irmãmente
Dado? Pois seja amor maldito, que ódio
Ou amor iguais são, e igual dor dão. 70
Melhor maldito sejas, já que contra
O querer dele o teu quis livre o que agora
Bem chora. Mísero eu! P'ra onde erguer

Tamanha raiva, tanto desespero?
Aonde vá o inferno vai. Eu sou
O inferno. E no fundo mais mais fundo
De espera que corrói sempre mais se abre,
Que faz do meu inferno quase um Céu.
Oh compaixão por fim: não há lugar
P'ra contrição, nenhum p'ra perdão já?
Não, só p'ra submissão; e essa palavra[6]
O desdém me proíbe, e o desdouro
Entre espíritos lá, que eu seduzi
Com juras outras e outras fanfarrices,
Jactando-me de um jugo onipotente.
Ai de mim, que não sabem quão custoso
É o preço da garganta vã, que dique
No peito o choro barra e a voz tolhe.
Enquanto me adorando vão no inferno,
Com cetro e diadema bem ao alto,
Mais baixo ainda caio, só supremo
Em tristeza; tal goza a ambição.
Mas fosse então possível o remorso
E por graça acedesse ao estado antigo,
Cedo alto posto altos planos teria,
Negando à submissão as juras falsas;
Paz votos de dor, vãos e coactos, seda.
Pois nunca o reatamento vero medra
Onde o ódio cravou tão fundo o gume:
Tal só me levaria a maior queda
Por relapsa: fosse eu adquirir cara

---

[6] "Submissão".

Paraíso perdido

Suspensão curta a dupla pena paga.
Isto sabe o ofensor; assim tão longe
De as fiar ele como eu de aceitar tréguas.
Assim a esperança morta, vede, em vez 105
De nós proscritos, seu recente mimo,
Humanos, e de humanos só o mundo.
Adeus esperança pois, e adeus ao medo
Contigo e ao remorso. Foi-se o bem.
Ó mal, sê tu meu bem. Por ti ao menos 110
Co'o rei do Céu a meias tenho o império,
Por ti, e mais que meio talvez ganhe,
Como logo verá o homem e o mundo.
　Falava, e de ardor cobria a face
Em palor de três, ira, inveja e cólera, 115
Que o rosto emprestado deformava
E a imitação mostrava, se olho o visse.
Pois mentes celestiais tais destemperos[7]
Maus não têm. De tal logo lembrando
Alisou cada ruga com sossego 120
Postiço, o pai da fraude; o primeiro
A praticar dobrez sob santo aspecto,
A esconder fundo mal, envolto em ira.
Não o bastante embora p'ra burlar
Uriel já ciente; cujo olhar seguiu-o 125
No seu trilho, e a máscara no monte[8]
Assírio lhe viu, mais do que a dor deixa

---

[7] Desordens provocadas por desequilíbrios na combinação dos quatro humores.

[8] Monte Nifates.

A espíritos felizes: gestos feros
Notou e ações raivosas, então só,
Como previra, no íntimo, sem público. 130
Assim prossegue, e assim chega às fronteiras
Do Éden, onde o doce Paraíso,
Perto, co'a vedação verde coroa,
Como outeiro rural, calvo planalto
De abrupto ermo, cujas partes púbicas[9] 135
Com bosque hirsuto, bravas e grotescas,
Negavam passe; e a altos cimos davam
Pináculos de sombras sobranceiras,
Cedro, pinho, abeto, palma frôndea,
Uma cena silvana, sombra a sombra, 140
Consoante os graus, subindo o teatro de árvores
Solene. Mas mais alto do que as copas
Era do Paraíso o muro de hera
Que ao genésico pai deu panorama
Para o império ínfero convizinho. 145
E alto mais do que o muro um cordão
De árvores atestadas de bons frutos,
Flores e frutos dourados no matiz,
Assomou, jovialmente variegado,
Nos quais alegre mais o sol raiava 150
Do que no lusco-fusco, no arco úmido,[10]
Quando a terra Deus lava. Tão graciosa

---

[9] A associação com o *mons veneris* poderia escandalizar um crítico ou outro, mas a ideia do jardim feliz como uma imagem do corpo humano é aqui perfeitamente plausível (cf. *Ct.* 4, 1-16).

[10] O arco-íris.

A vista. E de puro puro ar mais
Ao seu encontro vai, e ao coração
Gozo vernal inspira, que a tristeza 155
Menos a da aflição bane; e a galante
Brisa agora seu leque odoro abana
E dá perfumes puros, e confessa
De onde roubou tais óleos. Como quando
Aos que o Cabo da Boa Esperança passam, 160
E depois Moçambique, em alto-mar
Sopra de Sabá[11] drogas o Nordeste
Das arábicas costas,[12] tais que abrandam
Seu ledo curso lasso, e por milhas
Inebria o Oceano nesse odor.[13] 165
Saudaram tais perfumes o demônio
Que seu veneno foi, se bem que neles
Mais grato que Asmodeu co'o fumo a peixe,
Que o levou, com amores, da mulher
De Tobias, expulso por vingança 170
De Media ao Egito, e aí preso.[14]
   Prosseguia Satã a ascensão íngreme
P'lo monte agreste, lento e pensativo;

---

[11] A bíblica.

[12] O atual Iêmen.

[13] O Titã.

[14] Versos 168-71: no livro apócrifo de Tobite, Tobias, seu filho, viajou até Media de modo a casar com Sara, a dos sete maridos mortos no dia de casamento pelo demônio Asmodeu. Tobias, instruído por Rafael, queimou o coração e o fígado de um peixe, levando Asmodeu a fugir até o Egito por causa do fumo a peixe.

Livro IV

Mas trilho mais não viu, tão enlaçada,
Como um fetal contínuo, a balceira 175
De arbustos e embrenhada brenha enleava
Os pés de homem ou besta que ali dessem.
Uma cancela havia só, e a leste
Do outro lado; da qual como o mau visse
Entrada própria cínico troçou, 180
E de um salto ligeiro pulou saltos
De morros e altos muros, e entra a prumo
E em pé cai. Como quando um lobo caça,
Que à fome de covil troca por presas,
Mirando onde o pastor deita os rebanhos 185
Em valado redil, confiado aos campos,
E pula pela fácil vedação:
Ou qual ladrão que a desentesourar
De um burguês rico, cujo cofre forte
Com barras transversais seguro dorme, 190
Trepa à janela, e às telhas. Assim
O ladrão ao redil de Deus trepou,
E à igreja mercenários de então trepam.[15]
Voou então, e na árvore da vida,
Mais subida e central nenhuma havia, 195
Fez-se corvo-marinho;[16] mas a vida
Não recobrou, só morte imaginou
P'ra quem vivia; nem pesou virtudes
À planta vital, só como mirante

---

[15] Milton defendia o autossustento dos eclesiásticos.

[16] Associado à glutonaria, símbolo para a rapacidade humana. Cf. *Is.* 34, 11.

A viu, a qual se usada bem caução 200
De imortalidade é. Quase não há,
A não ser Deus, quem pese o real valor
Do bem que à frente tem, antes do bem
Abusa, ou o dá ao uso pérfido.
Agora vê com novo pasmo embaixo, 205
P'ra gozo dos sentidos de homem posto
Em quarto estreito, o luxo natural,
Melhor, na terra o Céu, que o Paraíso
De Deus era o jardim, por ele a leste
Do Éden plantado. O Éden alongava-se 210
De Haurã[17] p'ra leste às torres majestosas
Da Seleucia,[18] feitas por reis gregos,
Ou onde os filhos do Éden muito antes
Em Telassar moravam;[19] neste amável
Terreno o mais amável dos jardins 215
Quis Deus; do fértil solo fez crescer
Nobres lenhos p'ra vista, cheiro, gosto,
E entre eles era a árvore da vida
Em eminência, grávida de ambrósia
Com ouro vegetal, e junto à vida 220
A do conhecimento nossa morte,
Que nos ensina o bem co'o mal tão caro.
P'ra sul p'lo Éden ia um rio largo,[20]

---

[17] Fronteira oriental de Israel.

[18] Cidade no Tigre edificada por Seleucus Nicator, general de Alexandre Magno.

[19] Ver *II Rs.* 19, 11 e *Is.* 37, 12.

[20] O Tigre, identificado em IX, 71.

Sem desvios ao curso, mas p'lo monte
Hirsuto subterrâneo se engolfava, 225
Pois Deus tinha a montanha como húmus
Do seu jardim, crescendo no ágil fluxo,
Que em veias de porosa terra haurida
Com sede natural, rompia do alto
Qual fonte que o jardim regava, de onde 230
Uno caía abrupto da clareira
A ter com o ínfero fluxo, que à luz surge
Do seu breu, e diviso agora em quatro
Se dispersa, vagueando muitos reinos
E países dos quais se poupa a conta; 235
Antes se descreve, se é que a arte o sabe,
Como da safirina fonte os veios
Crespos, em cor oriente e areias de ouro,
Com desvio sem lei sob sombras pênseis,
Davam néctar, saudando cada planta, 240
E desse jardim dignas flores nutriam,
Que não arte de arranjos ou canteiros,
Mas de natura lauta em monte ou plaino,
Onde o sol da manhã no calvo chão
Cedo ardeu, e onde ao meio-dia a sombra 245
Sem rombo envolveu caramanchéis:
Tal a cena feliz, rural, sortida;
Bons pomares, uns de árvores chorando
Goma e óleos, sustendo outros frutos
Amáveis de áurea casca; hespérias fábulas,[21] 250
Se reais, só aqui, com gosto doce:

---

[21] Ver III, 568n.

Entre eles pastos, várzeas, e rebanhos
Roçando a erva tenra, permeavam,
Ou outeiros com palmas, ou de algum
Vale irrigado a flórea aba abria 255
Flores de todo o matiz, rosas sem espinhos:
E noutro canto, umbrosos antros, grutas
De fresco vão, no qual o véu da vinha
Pousa as purpúreas uvas, e rasteja
Luxuriante; também um rumor de água 260
Cai de declive, e foge, ou num lago,
Que ao franjado debrum coroado a mirto
O seu cristal espelha,[22] reúne os fluxos.
Aves juntam-se ao coro; árias, ares
Vernais, sentindo o cheiro a campo, bosque, 265
Afinam folhas trêmulas, enquanto
Pã universal unido às Graças[23] e Horas[24]
Na dança a primavera eterna guiava.[25]
Nem de Ena o belo chão, onde Prosérpina[26]

---

[22] O mirto e o espelho são atributos de Vênus, deusa do amor e dos jardins.

[23] Três deusas nuas, Eufrosina (alegria), Aglaia (esplendor), Tália (boa disposição), filhas de Zeus e de Eurínome. Serviam a Vênus e davam aos lugares que visitavam beleza e encanto.

[24] Três deusas que presidiam às estações.

[25] Não há estações até que a Terra é inclinada no seu eixo depois da Queda.

[26] Ovídio conta como Dis (Plutão ou Hades), deus dos mundos baixos, raptou Prosérpina, filha de Ceres, a deusa das colheitas, da planície siciliana de Ena, a terra da primavera eterna (*perpetuum ver*). Ceres procurou-a e durante todo o tempo da sua busca as colheitas ficaram estéreis. Dis

Colhendo flores flor melhor p'lo negro 270
Dis foi colhida, que a Ceres custou
Dores de correr mundo; nem o bosque
De Dafne[27] ao pé do Orontes, e a inspirada
Nascente de Castália, o Paraíso
Do Éden igualariam; nem a ilha 275
Pelo rio Tritão cingida, Nisa,
Onde Cão, a quem líbio Jove ou Ámon
Gentios chamam, escondera Amalteia
E o róseo Baco a Reia, a madrasta.[28]
Nem onde guardam filhos reis etíopes, 280
O Monte Amara,[29] mesmo que alguns creiam
O Paraíso lá sob a abissínia
Linha, às fontes do Nilo, de áurea rocha
Recluso, um dia inteiro de subida,
Mas longe deste assírio jardim, cá 285
Onde o mau ressabiou todo o sabor,
Toda a sorte de vida nova e estranha:

---

concordou em devolver a filha à sua mãe metade do ano. Esta história é considerada análogo pagão do relato bíblico de Eva.

[27] Um bosque junto ao rio Orontes na Síria. Ali havia um oráculo de Apolo e uma nascente chamada de Castália, imitando a fonte das Musas no Parnaso.

[28] Versos 276-9: Diodoro lembra como Ámon, filho de Saturno e rei da Líbia, teve um filho, Baco, com a ninfa Amalteia. Para os proteger da sua mulher Reia, escondeu-os em Nisa, junto ao rio Tritão, na atual Tunísia. Ámon foi identificado pelos romanos como Júpiter (Jove) e por comentadores cristãos como o filho de Noé Cão.

[29] Na moderna Etiópia, tida no tempo de Milton perto do equador, a "abissínia linha", e por vezes identificada com o Éden.

Duas das mais distintas formas, altas
E eretas, como Deus, com honra indígena
Vestidas em nudez real de tudo   290
Pareciam reis, e dignos, pois nos rostos
Divina a imagem tinham do criador,
Verdade, sabedoria, santidade
Pura e grave, mas posta em liberdade
Filial; no homem daí a autoridade.   295
Mas um par sem par, tal como os seus sexos
Par e ímpar são: p'ra planos ele e arrojo,
P'ra dulçor ela e graça que cativa;
Ele por Deus só, ela por Deus nele:
Dele o sublime olhar e a ampla fronte   300
Expunham pleno poder; e anéis de hiacinto[30]
Pendiam do topete repartindo-se
Em cachos viris, não porém p'las espáduas;
Ela qual véu que baixa à cinta esguia
As tranças de ouro usava sem adornos,   305
Revoltas, mas em ânulos travessos
Frisavam como a vide frisa os elos,
Em sujeição, rogada por bom mando,
Por ela entregue e nele mais aceite,
Entregue em submissão, brio modesto,   310
E em mora de amor doce e relutante.
Nem as partes secretas então tinham,
Nem o pudor de culpa, pudor torpe
Das obras naturais, honra sem honra,

---

[30] Cf. *Od.* VI, 231, onde se diz do cabelo de Ulisses, "cujos caracóis pareciam jacintos".

Aleitada a pecado: porque afliges 315
Homens com aparências, aparências
De puro, e a feliz vida lhes banes
Da vida, singelez, candor sem mácula.
Assim seguiam nus, sem que evitassem
Deus ou anjos, pois mal nenhum pensavam. 320
Assim mão na mão iam, par mais belo
Jamais o conheceu o amor: Adão
O melhor homem de homens já nascidos
Seus filhos, e a mais bela filha Eva.
Sob um tufo de sombra, que num verde 325
Ciciava suave junto a fresca mina,
Se sentaram, e sem que afãs supérfluos
O jardim lhes pedisse, p'ra que o Zéfiro
Bem-vindo fresca paz trouxesse à paz,
E sede mais sadia, e apetite 330
Mais grato, àqueles frutos se entregaram,
Nectarinos, que os ramos complacentes
Lhes cederam, caindo-lhes de lado
Nas penas do talude adamascado[31]
Com flores; polpa sápida mascavam, 335
E a sede nunca a pele transbordante
Vazava; nem cortês fala, nem riso
Meigo faltavam, nem jogos de amor
Como convém ao par uno em nó noivos
E a sós. Perto brincavam às caçadas 340
Os animais da terra, então bravios,

---

[31] Variegado.

De toda a caça,[32] de ermo, bosque, antro,
Ou selva; ergueu púgil o leão patas,
E o cabrito embalou nelas; tigre, urso,
Pardo, onça, aos pulos iam, o elefante, 345
Pesadão, p'ra alegrá-los fez mais força,
E enrolou a ágil tromba; a serpente
Insinuante, teceu com laço górdio[33]
Seu entrançado trem, e a manha nóxia
Provou discreta; outros aninhados 350
Na erva, após o pasto contemplavam,
Ou ruminando a ceia porque o sol
Minguado se apressava em prono curso
Rumo às ilhas do oceano,[34] e na balança
Crescente[35] do Céu estrelas que anunciam 355
Noite se erguem. Satã em pasmo ainda,
Mal por fim falho verbo reouve triste.[36]
   Ó infernos! O que veem estes olhos
Em dor, em vez de nós no gozo prósperos
Criaturas de outro barro, nados térreos, 360
Não espíritos, no entanto pouco menos
Que aqueles, aos quais sigo em pensamento

---

[32] Variados, de todo tipo e lugar. O seu sentido é ominoso, antevendo a existência próxima de carnívoros.

[33] O nó górdio, o qual só Alexandre poderia desfazer a golpe da sua espada.

[34] Os Açores, identificados no verso 592.

[35] O sol está em Áries (cf. X, 329), daí que as estrelas se ergam em Balança (Libra), o oposto exato do céu.

[36] A dicção mimetiza o pasmo de Satã.

Com espanto, e pudesse amor, tão viva
Neles luz a divina semelhança,
E tal graça lhes deu a mão que as fez. 365
Ah, par gentil, mal sabes o quão próximo
Estás de mudar, quando estes teus deleites
Sumirem e te derem à dor, dor
Que mais dói quanto mais goza o teu gosto.
Feliz, mas p'ra feliz assim precário, 370
A prazo, e este trono, vosso Céu,
Mal vedado p'ra Céu que obsta a inimigos
Tal como o que entrou; não com alvo em vós,
Que por vós choraria eu, embora
Ninguém me chore a mim: aliança busco, 375
Estima mútua tão estrita, tão chegada,
Que eu habite convosco, ou vós comigo
Em diante; o meu lar talvez não mime
Os sentidos como este Paraíso,
Mas tal como é tomai que é obra dele; 380
Assim como ele ma deu a dou a vós;
O inferno há-de abrir, só p'ra diversão,
Amplos portões e os reis expor; lá espaço
Sobrará, sem limites, p'ra acolher
A vossa vasta prole; se é modesto,[37] 385
Devei-lo a quem me força ao desagravo
Sobre quem não lesou, não a quem lesa.

---

[37] Versos 381-5: cf. *Is*. 14, 9. Satã ecoa Isaías mas também Claudiano em *De Raptu Proserpinae*, no passo em que Plutão tenta consolar Prosérpina na atribulação do rapto, prometendo-lhe honras sem conta: *sub tua purpurei venient vestigia reges* (aos teus pés virão reis de túnicas de púrpura) (ii, 300). A analogia encontra a sua razão de ser uns versos acima (IV, 269-71).

E se inerme inocência a mim me amansa,
E amansa já, mais justa a razão pública,
Império, honra, à força engrandecidos   390
P'la tomada do novo mundo, força
Ao que mesmo maldito execraria.
　Falou assim o mau, e o necessário,
Razão de algoz, dourou ações diabólicas.
Então do altivo posto de alta árvore   395
Desce e pousa entre álacres manadas
De quadrúpedes, e é um destes cá,
E um de outros lá, consoante a forma própria
A servir seu fim, próximo da presa,
Discreto p'ra saber mais do seu estado   400
Por palavra ou ação: em torno deles
Já à espreita um leão de olhos de fogo,
Depois um tigre, o qual sem querer notou
Num alfoz dois gentis enhos brincando;
Logo se aninha ao pé, e em pé amiúde   405
Muda a aninhada ronda, como aquele
Que o solo lê de onde ágil mais os tome
Presos p'las patas: quando o Adão dos homens
À Eva das mulheres discursava,
Tornada toda ouvidos à fluência.   410
　Comparte única, parte sem par de honras,
Meu mais que tudo; manda quem nos fez,
E p'ra que o amplo mundo aqui nos seja
Infindamente bom, e do seu bom
Tão liberal e livre quanto infindo,   415
Que nos ergueu do pó e aqui nos pôs
Em todo o bem-estar, nós que nada temos
Por mérito, nem obras lhe prestamos

De que careça, ele que não pede
De nós serviço algum a não ser este, 420
Esta fácil tarefa, de entre as árvores
No Paraíso que atam frutos doces
Tão vários, não provar conhecimento
De uma só, junto à árvore da vida;
Tão junto à vida cresce a morte; morte,[38] 425
O que será, não boa coisa, é certo;
Sabes que disse Deus que é morte a prova,
De obediência o único sinal
Entre tantos sinais de poder e ordem
E domínio que a nós nos outorgaram 430
Sobre todos os seres que possuem
A terra, o ar, e o mar. Não nos detenha
Uma proibição leve, quem goza
No demais tão total licença e escolha
Ilimitada em múltiplos deleites. 435
Louvemo-lo p'ra sempre, e exaltemos-lhe
A grandeza, mantendo a função grata
De podar plantas lêvedas, velar flores,
Que mesmo árdua tu a adoçarias.
    Ao que Eva respondeu. Ó tu, p'ra quem 440
E de quem me encarnei da tua carne,
E sem o qual p'ra fim nenhum sou, guia
E cabeça, disseste o justo, o certo.
Pois nós todo o louvor, sim, lhe devemos,
Graças diárias, eu mais que até aqui gozo 445
Melhor parte, ao gozar-te preeminente

---

[38] Adão e Eva ainda não atingiram a noção de aniquilação (cf. IX, 695 e 775). Ver também IX, 826-33 e X, 770-816.

Por todas as razões, enquanto tu
Consorte à altura nunca encontrarás.
Recordo bem o dia, quando ao sono
Por fim tomada dei comigo posta 450
Sob a sombra de flores, indagando
Quem era, de onde viera, aonde, e como.
Não longe dali sons rumorejantes
De águas vindas de mina e espargidas
Em líquida planície, depois quedas 455
Puras como o céu vasto; ali fui
Verde de pensamento, e me arrojei
Na verde margem, dando para o claro
Liso lago que um outro céu pareceu.
E quando me inclinei p'ra ver, defronte 460
Um vulto se inclinou no aquoso feixe
P'ra me ver; recuei pávida, ele pávido
Recuou; mas agradada logo ousei,
Agradado ousou ele correspondendo
Na afeição e no amor; ali fixara 465
Meus olhos até hoje, e com vã sede,
Não fora a voz dizer-me: o que vês,
O que ali vês ser belo és tu própria,[39]
Contigo veio e vai; mas acompanha-me,
Levar-te-ei lá aonde nenhum vulto 470
Te espera os abraços ternos, dele
Cuja imagem refletes, fruirás
Inseparável, e à luz lhe darás

---

[39] Versos 460-8: Eva não incorre aqui no pecado de Narciso. A face bela que vê não a tem como sua e, ao contrário de Narciso, desvia-se do seu reflexo mal aprende a verdade.

Multidões como tu, serás chamada
Da raça humana mãe.⁴⁰ Que me restava 475
Senão os invisíveis pés seguir?
Até que te entrevi, esbelto e alto,
Sob um plátano, belo porém menos,
E afável menos, menos lhano e plácido,
Do que o leve retrato de água. Fui-me, 480
E tu atrás gritaste, volta Eva,
De quem foges? De quem foges, dele és,
Carne e ossos; para dar-te o ser eu dei-te
Do meu lado, colado ao coração,
Vida substancial, p'ra ter-te ao lado, 485
P'ra sempre inseparável bom consolo;
Parte da alma te busca e te peço
A outra parte. Grácil mão da minha
Se apossou, cedi, desde então eis quanto
A beleza a excede a graça do homem 490
E a sabedoria, que é vera beleza.
   Falou a nossa mãe, e com olhar
De atração conjugal sem repreensão,
Com mansa submissão, meio abraçada
Tombou no nosso pai, e em parte o túrgido 495
Peito o seu peito achou, sob o ouro fluido
Das suas tranças soltas clandestino.
Ele da sua beldade e encantos dóceis
Cheio sorriu de amor celso, qual Júpiter

---

⁴⁰ Eva significa "vida". No Gênesis, Adão menciona apenas o nome Eva depois da Queda. Milton rejeita a tradição misógina ao nomeá-la antes do pecado.

Que a Juno sorri, quando impregna as nuvens[41] 500
Que efundem flores de Maio; e atou o lábio
Da mulher a alvos beijos. Pôs-se à parte
Cioso o diabo, e um ínvido olhar mau
De viés lhes deu, e assim se lamentou.
    Visão de ódio, visão de dor! Vão estes 505
Num Paraíso de ágenos abraços,
De Éden bem mais feliz, gozar a conta
De bem bom no bem bom, enquanto eu gozo
O inferno, seu amor, só o feroz cio,
Entre tormentos outros não menor, 510
Sempre frustro na dor de ardentes dores;
Mas não esqueça eu o que ganhei
Das suas bocas; tudo não é deles:
Jaz ali da razão a fatal árvore,
De ilícito saber. Razão ilícita? 515
Suspeito, sem razão. Por que é que o Dono
Tal lhes inveja? É o saber pecado,
Será morte? Sustidos serão só
Na ignorância, é esse o feliz estado,
A prova de obediência e sua fé? 520
Ó bela fundação onde erigir-lhes
A ruína! Daqui segue-se aguçar-lhes
As mentes com desejos de saber,
Rejeitando ordens ínvidas, criadas
Co'o fito de pisar quem o saber 525
Alçaria a igual deus; a tal tentando,

---

[41] Júpiter era deus do éter, ou Céu, e Juno, deusa do ar. A substituição de Juno pelas nuvens é problemática na medida em que lembra Ixíon, que gerou os Centauros numa nuvem que tomou por Juno.

Provam e morrem: que há de mais provável?
Mas antes convém dar minúcia à ronda
Neste jardim, sem canto por sondar.
Com sorte a sorte leva-me a algum espírito 530
Errante do Céu, junto a fonte, ou ermo
Sob uma densa sombra, p'ra lhe ouvir
O que se aprenda. Vive enquanto podes,
Par 'inda feliz, goza até que eu volte,
Breves gozos, que a dor vem p'ra ficar. 535
 Dito isto, em escárnio voltou o passo,
Mas com circunspecção fria, e entrou
Por floresta, baldio, monte e vale.
Enquanto isso no longe oeste, que o céu
Junta à terra e ao mar, o sol-pôr lento 540
Declinou, e com reto ângulo contra
O portão oriental do Paraíso
Nivelou raios frouxos: era rocha
De alabastro, somada até às nuvens,
Bem visível, serpeando com subida 545
Única desde a terra, a alta entrada;
O resto era escarpado, ameaçando
Mais quanto mais subia, vão escalá-lo.
Entre os pilares roqueiros Gabriel,[42]
Chefe da guarda angélica, aguardava 550
A noite. Em redor treinava feitos
Sem armas a juventa do Céu, perto
De armeiros celsos, escudos, elmos, lanças,
Pendendo o seu diamante ígneo e o ouro.

---

[42] "A força de Deus" em hebraico.

Paraíso perdido

Veio no lusco-fusco Uriel, planando 555
Num jato de sol, ágil qual aerólito
Que cruza a noite a outono, quando gases
Pressionam o ar, e alertam marinheiros
Do ponto no compasso a precaver
De ventos impetuosos. Falou prestes. 560
   Gabriel, deu-te o curso à sorte encargo
E vigia tenaz da feliz zona
A fim de que nenhum mal tente a entrada.
Hoje ao pico do sol chegou-me à esfera
Um espírito, ansioso de saber 565
Mais das obras do altíssimo, e do homem
Mais, imagem de Deus. Tracei-lhe o curso
Curvo e veloz, e olhei-lhe o passo airoso,
Mas no monte que a norte está do Éden,
Onde pousou, p'lo ar discerni logo 570
Um estranho ao Céu, paixões baixas ocultas.
Não o larguei dos olhos, mas sob sombras
Cegou-se a mim: alguém da turba prófuga,
Receio, se arriscou do fosso, a erguer
Novas questões. Teu zelo deve achá-lo. 575
   Ao que o guerreiro alado replicou.
Não admira Uriel que a tua vista,
Dentro do halo do sol áureo que habitas,
Perfeita alcance o longe. Desta porta
Ninguém passa a vigia, salvo quem 580
Traz credenciais do Céu. Desde a merídia
Porém ninguém. Se de outra espécie espírito
Assim dado transpôs terrestres raias
Com intenção, sabendo tu que obstáculos
Corpóreos não inibem seres etéreos, 585

E nestas redondezas se ocultou
Em traje que ao recato pede a astúcia,
Mal rompa o dia já o saberei.

    Assim o prometeu, e Uriel ao cargo
Voltou no mesmo feixe, cuja ponta 590
Alta de viés o trouxe ao sol prostrado
Abaixo dos Açores; se é o orbe áureo,[43]
Pasma quão ágil é, que p'ra ali rola
Diurno, e não a terra menos móvel
Em curto curso a leste, que o deixou 595
Ornando com reflexos de ouro e púrpura
As nuvens que oriental trono lhe velam.
Vem vindo a noite em paz, e o gris crepúsculo
Já na austera libré tudo cobriu;
Veio a mudez também, pois besta e pássaro, 600
Um ao canapé de erva, o outro ao ninho
Se esquivam, salvo o vígil rouxinol;
Toda a noite o descante amável soou[44]
Que o silêncio seduz; fulgia o páramo
Vivas safiras: Héspero que guiava[45] 605
A hoste estelar fúlgido mais ia,
'Té que alta a lua em véu real enfim
Presuntiva rainha a luz sem par
Expôs, e ao breu lançou o manto argênteo.

---

[43] Ou o Sol ou o *primum mobile*, ambos velocíssimos no sistema ptolomaico.

[44] Acompanhamento melodioso num tema musical simples.

[45] Vênus, a estrela da tarde.

E assim p'ra Eva Adão: Bela consorte, 610
A hora, e o que o sono mais cobriu
Lembra-nos igual pausa, já que Deus
Pôs descanso ao labor, tal como aos homens
Noite do dia advém, e o apto orvalho
Do torpor que ora cai o suave peso 615
Pôs nas pálpebras. Outros seres o ócio
Os move sem afã, e pouco dormem.
O homem tem seu labor de corpo ou mente
Marcado, que lhe atesta a dignidade,
E do Céu o favor nos seus caminhos, 620
Enquanto animais outros pigros seguem,
E nas suas ações Deus não repara.
Amanhã antes que a alva listre o este
Com seu ousar de luz, há que acordar,
E ao bom labor voltar, a podar flóreos 625
Arbustos além, e áleas acolá,
Nosso passeio ao Sul, com ramos cheios,
Que apodam nosso escasso amanho, e outras
Mãos contra o viço vivo mais invocam;
Aquelas flores também, e a goma em gotas, 630
Que agrestes e molestas se propalam,
Pedem folga, se queremos passar fáceis.
Antes, quer a natura dar-nos sono.
　　Ao que Eva com beleza adornou pura.
Meu autor e juiz, o que decretas 635
Sem objeção acato; Deus tal manda,
Deus é tua lei, tu minha: sei isso,
E isso só à mulher praz como ciência.
Falo contigo e esqueço todo o tempo,
As horas e as moções, iguais em gozo. 640

Doce é o ar da manhã, seu erguer doce,
Ao despertar o bel canto do pássaro;
Grato o sol mal espreguiça seus orientes
Braços na erva, árvore, flor, fruto,
Em feixes de rol; cheira a fértil terra 645
Do doce duche; suave o regressar
Da branda tarde, e então a noite muda
Com o pássaro grave[46] e a bela lua,
E estas gemas do céu, o trem de estrelas:
Mas nem o odor da manhã quando se ergue 650
Ao despertar o bel canto do pássaro,
Nem o sol neste chão, erva, flor, fruto,
Em feixes de rol, nem o odor de duches,
Nem branda tarde, nem a noite muda
Com o pássaro grave, nem passeios 655
Ao luar, ou de astro a luz sem ti é doce.[47]
Mas por que brilham noites, p'ra quem brilha
Ovante visão, se olhos fechou o sono?

   Ao que o avô de todos replicou.
Filha de Deus e de homem, Eva feita, 660
Tais devem cumprir rotas, 'té amanhã
Ao poente, e de solo em solo à vez,

---

[46] O rouxinol.

[47] Versos 641-56: esta magnífica passagem de circularidade lírica assemelha-se à retórica da despedida de Heitor de Andrômaca (cf. *Il.* VI, 410 ss.). Heitor enuncia as coisas que lhe são queridas, repetindo-as em seguida com negativas. Milton faz uso de figuras como a epanalepse e o epanodo (por exemplo verso 641, e cultivados por Milton em outros lugares, por exemplo em I, 27-8), motores para esta espécie de condomínio temático e retórico.

Mesmo que p'ra nações por despontar,
Prestando pronta luz, põem-se e nascem
Para que não as nutra à noite as trevas   665
Da sua possessão, e a vida apague
Nas coisas naturais, que estes fogachos
Não alumiam só, mas com brandura
De influência vária aquecem e fomentam,
Temperam ou sustentam, ou em parte   670
A virtude estelar vertem em espécies
Na terra, assim tornada apta à arte
Do mais potente sol e dos seus raios.
Estes então, ocultos no negrume,
Não brilham vãos, nem creias, mesmo de homens   675
À míngua, que carece o céu de público
Ou Deus de honras; milhões de almas deambulam
Por cá escusas, noctâmbulas ou diurnas,
Com louvor incessante veem-lhe obras
Dia e noite; já tanta vez da escarpa   680
De monte ecoante ou mata escutámos
Vozes celestiais no ar da meia-noite,
A solo, ou em responso a nota alheia
Cantando o criador; amiúde em bandos
Quer de plantão quer na ronda da noite   685
Com toque hábil de sons instrumentais
Em harmonia una, uno cânone
Divide a noite e ideias de Céu ala.[48]

    Assim falando mão na mão sós iam
Rumo ao caramanchel feliz, lugar   690

---

[48] Não só dividem em turnos como também interpretam com divisões musicais.

Eleito p'lo cultor, quando forjou
Tudo p'ra gozo do homem: denso o teto,
De espesso véu de sombra entretecido,
Louro, mirto,[49] e o mais que esguio fosse
Da folha firme e odora; em redor 695
O acanto, que com basto arbusto o muro
Verde vedava; toda a bela flor,
Íris de matiz vário, jasmim, rosa
Alçava pelo meio a flórea fronte
Em mosaico; aos pés a violeta, 700
O croco, e o jacinto com tauxia[50]
Fina o solo bordavam, com mais cor
Do que a pedra de emblema lauto. Besta,
Pássaro, inseto ou verme, nada ousava
Entrar, tal o temor do homem. Em casa 705
De sombra mais remota e sacra, fictos
Porém, Silvano ou Pã nunca dormiram,[51]
Nem assombraram Fauno ou ninfa. No íntimo
Recesso com grinaldas, flores e ervas
Aromais, ornou Eva o nupcial tálamo, 710
E o himeneu[52] cantaram no Céu coros,
No dia em que a trouxe o genial anjo[53]

---

[49] Emblemas de Apolo e Vênus.

[50] As mesmas plantas surgem quando Hera seduz Zeus no Monte Ida (cf. *Il.* XIV, 347-9).

[51] Deuses dos bosques, representados como meio deuses, meio bodes. Eram deuses da fertilidade. Silvano era também associado aos jardins.

[52] Hino de núpcias. Hímen era o antigo deus do casamento.

[53] Presidindo ao casamento e à geração.

A Adão em belo nu mais adornada
Do que Pandora mais bela,⁵⁴ a quem deuses
Todos os dons lhe deram, e, oh, tão próximo   715
No fim, quando trazida ao filho estulto
De Jafé⁵⁵ p'la mão de Hermes iludiu
Homens com belos olhos, p'ra vingar-se
Em quem roubou de Jove o fogo autêntico.

  Voltam-se ambos no quarto umbroso já,   720
Dobram-se, e ante o céu aberto adoram
O Deus que o céu e os céus, o ar e a terra
Que contemplavam fez, o globo à lua
E o céu estelar: A noite é também tua,
Onipotente Deus, e teu o dia,   725
Que no labor diurno empregamos
E com prazer findamos com mão mútua
E mútuo amor, coroa de alegria
Estabelecida por ti; teu o ditoso
Lugar tão vasto, onde pede a cópia   730
Partilha, que por colher cai p'lo chão.
Prometeste-nos tu porém de nós
Encher a terra, quem conosco exalte

---

⁵⁴ Grego para "todos os dons". A primeira mulher criada segundo as ordens de Júpiter e mandada a Hermes como presente para Epimeteu ("reflexão tardia") a fim de vingar a ousadia do seu irmão Prometeu ("previsão"), que roubara o fogo aos deuses para dá-lo aos homens. Pandora trouxe-lhe uma caixa cheia de desgraças, que se espalharam quando Epimeteu a abriu.

⁵⁵ Filho de Noé, identificado com o Titã Japeto, pai de Prometeu e Epimeteu.

Teu infinito bem, ao acordar
E ao deitar-nos assim o dom do sono.   735
  Nisto unânimes, sem outros rituais
A observar, só pura adoração
Que a Deus mais praz, ao mais secreto abrigo
Entraram mão na mão. Soltos do enleio
Das vestes que a pesada moda dita,   740
Deitaram-se de lado, nem voltado,
Creio, p'ra si Adão, nem p'ra si Eva,
Como p'ra ritos sacros de amor fria:
O que quer que solene fale o hipócrita
De pureza, lugar e inocência,   745
Difamando o que Deus declarou puro
E a alguns ordena, e livre deixa a todos.
Se o multiplica Deus, quem o subtrai
Senão quem contra nós e Deus atenta?
Salve amor de núpcias, lei profunda,   750
Fonte real de prole humana, única
Propriedade ali,[56] comum no mais.
Por ti a fome adúltera foi expulsa
Dos homens p'ra alistar-se entre animais,
Por ti racionais, leais, justas e puras,   755
Relações caras, e outras afeições
De pai, filho e irmão, se conheceram.
Longe de minha pena mancha ou culpa,
Ou achar-te do santo assento impróprio,
Perpétuo manancial de mel doméstico,   760

---

[56] Antes da Queda, o casamento monogâmico era o único direito de propriedade.

Cujo leito sem pecha se acha casto,
Hoje, ou ontem, na lei dos pais e santos.
Áureos dardos aqui o amor emprega,[57]
E inflama a vígil luz, e ondeia púrpuras
Asas, e qual rei reina; não em gozo 765
Pago de meretriz, em amor, estima
De momento, ou em danças mistas lúbricas
De corte, e em mascaradas,[58] ou em bailes
Às doze, ou em transida serenata
Que faz o amante à dama empertigada 770
Em jogos de desdém. Ao sono embalam-nos
Rouxinóis, e nos dois nus chovem rosas
Do teto em flor que a alva repõe. Dorme
Par feliz. E, oh, mais feliz se buscas
De feliz não mais, nem mais saber saibas. 775

    Media agora a noite com seu cone
Brunal[59] meia ascensão no vasto fórnice
Sublunar, e da porta de marfim[60]
Os querubins pontuais saíam de armas
Ao plantão da noturna ronda márcios, 780
Quando estas Gabriel disse ao seu próximo.

    Uziel,[61] segue a costeira linha ao sul
Com estes em tenaz guarda; com outros

---

[57] Cupido, cujos dardos áureos acendiam o amor.

[58] Baile de máscaras.

[59] Versos 776-7: a sombra da Terra.

[60] A fonte dos falsos sonhos em Homero (cf. *Od.* XIX, 562 ss.).

[61] "A minha força é Deus". Um homem em *Êx.* 6, 18. A tradição cabalista designou-o como um dos sete ante o trono de Deus.

Patrulha a norte, o oeste varreremos.
Co'ardor partem-se à esquerda e à direita. 785
Destes chamou de pronto dois espíritos,
Fortes e sutis, e isto lhes sagrou.

Ituriel[62] e Zefão,[63] com espora na asa
Procurai p'lo jardim, correi escaninhos,
Mormente onde moram os dois belos, 790
No seu sono quiçá sem ansiedades.
Esta noite do ocaso do sol chega
Quem diz ter visto um espírito infernal
Nesta direção (quem diria) vindo
Dos ferros com mandado mau sem dúvida. 795
Onde estiver prendei-o, e trazei-mo.

Tendo dito, guiou as gentes flâmeas,
Cegando a lua. Tais rumo ao eirado
Buscando quem a monte anda: pois ei-lo
De cócoras qual sapo, rente ao tímpano 800
De Eva, tateando a negra arte os órgãos
Da sua fantasia, p'ra que neles
Forje a seu bel-prazer ilusões, sonhos,
Fantasmas, ou lhe infecte com veneno
Espíritos animais que o sangue puro[64] 805
Solta quais gentis sopros de alvos rios,

---

[62] Hebraico para "descoberta de Deus". O nome não é bíblico.

[63] "Vigia". Um homem em *Nm.* 26, 15.

[64] Das três espécies de vapores sutis produzidos pelo corpo humano, a maior. O coração e o fígado produziam os "espíritos vitais ou naturais" que ascendiam ao cérebro para se tornarem em animais, disseminando-se em seguida pelos nervos, dando-lhes sentido e movimento.

E assim da proporção solte as ideias,
Molestas, vãs esperanças, alvos vãos,
Paixões sem breque de altas noções túrgidas
Gerando empáfia. Dá-lhe lança leve 810
Ituriel, que a falsídia não impugna
Toques de etérea têmpera, antes volta
Por força à semelhança de si: pula
Descoberto e perplexo. Qual faísca
Que em monte cai de pólvora nitrosa, 815
Pronta para o barril de paiol próvido
Contra rumor de guerra, que estalada
Súbita inflama o ar co'o grão trigueiro:
Assim símil a si de pé se pôs.
Recuaram num assombro os belos anjos 820
P'lo súbito vislumbre do rei hórrido.
Mas temerários mais logo o abordaram.
 De que rebelde espírito precito
Provéns, de ferros livre, e transformado,
Por que velas aqui qual inimigo 825
Pespegado à cabeça de quem dorme?
 Não sabeis então, diz Satã, em escárnio,
Não me sabeis? Sabíeis sem par antes
Quem se sentava onde nem ousais
Pairar. Ignorar-me é provar-se ignoto, 830
O menor do tropel. Ou se sabeis,
Por que indagais, prepondo ocioso exórdio
À mensagem, tendente a vão epílogo?
Ao qual Zefão, do escárnio escarnecendo.
Não penses, rebel espírito, que em forma 835
Te manténs, ou que a luz não se quebrou,
A qual proba no Céu e pura era.

Tal glória, quando tu bom já não eras,
Apartou-se de ti, e agora lembras
Pecado e perdição baixa e sombria. 840
Mas vem, que, certo sê, hás-de dar contas
A quem nos mandou, cujo múnus pede-lhe
Um lugar sem labéu e estes a salvo.

   Falou o querubim, e a reprimenda
Grave em juvenil garbo somou graça 845
Final: deteve-se confuso o diabo,
E sentiu quão tremenda a bondade é,
E o rosto da virtude viu, amável,
E o que perdeu chorou; mais por ver lívido
Seu lustro aqui a nu, embora audaz 850
Parecesse. Se é p'ra luta, disse, melhor
Contra o melhor, contra quem manda, não contra
Quem mandou, ou a uma todos. Glória
Mais ganho, ou menos perco. Teu receio,
Rompeu Zefão, sugere o que o menor 855
Te faria a sós, fraco que és por réprobo.

   Não replicou o mau, gasto de raiva,
Mas sofreado qual corcel altivo
Seguiu mordendo o freio. Luta ou fuga
Via-as vãs: temor do alto refreava-lhe 860
O peito, sem mais medos. Acercavam-se
Já do ocidental ponto, onde deram
Co'a metade restante, já esquadrada
E a postos p'ra voz nova. Dirigiu-se
A eles Gabriel da frente audível. 865

   Amigos, ouço o passo de pés ágeis
Nesta direção, e ora já lobrigo
Ituriel e Zefão rasgando as sombras,

E com eles um outro de ar real,
Mas pálido esplendor; quem pelo porte 870
E indócil trato o príncipe do inferno
Lembra, e p'lo ar não deve ir sem luta.
Firmes, que o cenho seu pesa de acinte.
 Mal falou, quando os dois se aproximaram
E sumariaram quem traziam, de onde, 875
Seus arranjos e a forma acocorada.
 Ao qual com duro olhar Gabriel disse.
Por que dobraste tu, Satã, os cabos
Das tuas transgressões, e agitaste outros
No seu posto, que o exemplo teu deploram 880
De infrações, e o direito e poder têm
De questionar aqui o ingresso audaz,
Empregue a fender sonos a quem Deus
Em santidade aqui fixou morada.
 A quem Satã, com cenho sobranceiro. 885
Por sábio Gabriel no Céu te tinham,
E te tinha eu. Põe-me porém dúvidas
Esta questão. Há vivo que ame a dor?
Quem, vendo o vau, do inferno não sairia,
Condenado ou não? Tu por certo, ousando 890
A aventura a qualquer destino estranho
À dor, onde trocar pudesses tratos
De aziar por paz, e logo compensasses
Pesar com prazer, que é ao que aqui venho.
Tu não tens razões; quem só o bem sofre, 895
E nunca o mal. Irias objetar
Ao querer que nos ata? Dê mais ferros
Aos ferros dos portões, se quer que eu fique
Na solitária: isto o que perguntas.

Livro IV

Sim ao resto, acharam-me onde dizem. 900
Não implica porém dano ou violência.
   Zombou. O anjo guerreiro deambulou,
E ensaiando um sorriso escarneceu.
Oh, do Céu se perdeu um juiz de sábios
Desde que se perdeu Satã, por estulto 905
Caído, e evadido regressando
Metódico na dúvida: se é sábio
Ou não quem o interpela p'lo topete
Que aqui sem passe o trouxe além do inferno.
Dos sábios o juiz achou por bem 910
À dor fugir, e a pena comutar.
Sê juiz, presumido, até que a ira,
Em que ao voar incorres, se una ao voo
Sete vezes, e açoite essa sageza
De volta ao pego, que uma lição falta, 915
Esta: a dor não iguala a ira eterna.
Mas por que tão só? Por que não se junta
À solta todo o inferno? Dói-lhes menos,
Menos de se fugir, tal dor, ou és
Só mais sensível? Chefe corajoso, 920
O batismo de voo que à dor foge,
Se aos teus contaras tua causa ao menos
Certamente não vinha só o réprobo.
   Ao que cenhoso o diabo respondeu.
Não que suporte menos ou me encolha 925
A dor, anjo insolente, que bem sabes
Me opus ao mais feroz, quando socorro
Ágil te trouxe a salva de relâmpagos
Secundando-te a lança não temível.
Mas, como sempre, à balda, teus palpites 930

São verdes como tu no que de esforços
De guerra e derrotas faz um líder
Fiel, isto é: não pôr todos em risco,
Em caminhos de risco em que é virgem.
Assim eu e só eu empreendi asas   935
P'lo desolado abismo, p'ra espiar
Este mundo novel, do qual o inferno
A fama não calou, na expectativa
De dar com melhor pouso, e povoá-lo
C'os destroços das forças, cá na terra   940
Ou no ar médio; embora peça a posse
Um novo teste aos teus mancebos gaios,
Cuja vocação é servir ao Amo
Lá no alto Céu, com cânticos ao trono
E distâncias servis, não as da guerra.   945
   Ao que o anjo guerreiro replicou.
Dizer e desdizer, fingindo antes
Sábio fugir da dor, depois a espiagem,
Não mostra um líder, antes um burlão,
Satã, e ainda apões leal? Ó nome,   950
De poluta lealdade sacro nome!
Leal a quem? Aos teus, os sediciosos?
Tropa de trasgos, tal tronco tal copa.
Foi com tal disciplina e lealdade,
A sujeição marcial, que dissolveste   955
Juras de submissão à lei suprema?
E tu solerte hipócrita, que vens
Patrão de liberdades, quem mais já
Bajulou, adulou, servil louvou
O monarca do Céu? Por que senão   960
Para o desalojar, e só reinares?

Livro IV

O que te aviso agora grava, fora.
Leva a fuga de volta à proveniência.
Se vez mais transpuseres raias santas,
Ao fosso infernal eu te arrasto em ferros   965
E te selo lá, só p'ra não troçares
Das dóceis e franzinas grades do orco.
   Ameaçou-o assim, porém Satã
Não o ouviu, mas inchando em fúria disse.
   Quando me encarcerares versa cárceres,   970
Raiano querubim. Antes porém
Bem mais pesada carga sentir espera
Do meu braço reinante, mesmo que arques
Co'o rei do Céu nas asas, e tu e outros,
Ao jugo afeitos, rodas triunfais puxem   975
P'la calçada de estrelas que o Céu trilha.
   Ao dizer isto o angélico esquadrão
Flâmeo ruborizou, e qual crescente
Lua a falange afiou, e foi cercá-lo
Com lanças de través, densos qual campo[65]   980
De Ceres que maduro ondeia e brande
Ao sabor do vento a barba de espigas;
O ansioso lavrador suspenso espia
Não vão os molhos queridos na debulha
Mostrar-se palha. Do outro lado inquieto   985
Satã chamando o músculo cresceu:

---

[65] Este símile enfraquece os anjos bons. A épica anterior, de Tasso, Ariosto e Homero, abre precedências para esta leitura (cf. por exemplo *Il.* II, 147-50). Ver também *Jr.* 51, 33, *Mt.* 3, 12 e *Sl.* 1, 4.

Um Tenerife, um Atlas inflexível[66]
De altura até aos céus, e no seu cume
Eriçando-se o horror; e não faltava
Ao punho lança e escudo. Atos bravos 990
Seguir-se-iam, não só o Paraíso
No abalo, mas o páramo estelar
Do céu também, ou tudo o que é elemento
Cederia, convulso e destroçado
Na fúria do conflito, não obviasse 995
O eterno logo a hórrida refrega
Ao repesar no céu a áurea balança,[67]
'Inda entre Escorpião e Astreia vista,[68]
Que primeiro pesou as suas obras,
A terra pendular com ar harmônico 1000
Em contrapeso, e tudo o que é pondera,
Reinos e guerras. Nesta pôs dois pesos:
A sequela da luta e da evasão;
Este num esticão sobe e o braço torce.
O que estas mereceu a Gabriel. 1005
    Satã, sei teu poder, sabes o meu,
Não nosso, porém dado. Que loucura
Armarmo-nos, pois tu não podes mais

---

[66] Montanhas nas ilhas Canárias e no Marrocos. Atlas era também um Titã rebelde.

[67] A constelação. Milton alude a Zeus pesando os destinos dos combatentes da épica pagã (cf. *Il.* VIII, 68-77 e XXII, 208-13).

[68] Deusa da justiça, filha de Zeus e Têmis. Vivia na terra durante a Idade do Ouro, mas a perversão humana conduziu-a aos céus, onde foi transformada na constelação de Virgem, sexto signo zodiacal. O sol entra aí em agosto.

Do que permite o Céu, nem eu, embora
Duplicado p'ra lama te calcar.   1010
Prova o céu, lê além na senha a sorte
Onde és pesado, e quão leve, quão fraco
Se resistires. Viu o céu o diabo
E o peso que subiu: cede, mas foge
Queixoso, e com ele as sombras da noite.   1015

Fim do quarto livro

Livro V

Argumento

Amanhecendo, Eva conta a Adão seu mau sonho; este fica com maus pressentimentos, mas conforta-a. Fazem-se ao seu dia de trabalho: o louvor matinal à entrada do caramanchel. Deus, de modo a deixar o homem sem desculpas, envia Rafael a adverti--lo da obediência, da condição livre, do inimigo perto; a identidade daquele, e por que seu inimigo, e o que mais importe a Adão saber. Rafael desce ao Paraíso, é descrito nas feições, e é avistado à chegada por Adão, que está à distância sentado à entrada do seu caramanchel; vai-lhe ao encontro, trá-lo aos seus aposentos, recebe-o com os melhores frutos do Paraíso que Eva colheu; a conversa à mesa: Rafael divulga a sua mensagem, lembra Adão da sua condição e do seu inimigo, conta-lhe a pedido quem é esse inimigo, e por que modos se tornou tal, principiando na primeira revolta no Céu e seus motivos; como levou as legiões atrás dele rumo às regiões do Norte, e como as levou à revolta com ele, a todos persuadindo, menos Abdiel, um serafim, que se opõe em argumento, tenta dissuadi-lo, e por fim o abandona.

Agora a manhã róseos pés do oriente
Trazendo, semeava a terra a pérola
Quando Adão despertou, à hora, que era
Leve ar seu sono, branda digestão,
Tempero de vapores, que de Aurora[1]   5
O mero som do leque dispersava
Ou o regato fúmeo, ou dos pássaros
Nos ramos a ácie harmônica; seu espanto
Foi grande ao ver pesado o sono de Eva,
Com tranças em motim, e faces rubras,   10
Como num sono inquieto: ele ao lado
Solevado, com ar de amor cordial
Namorado pendeu sobre ela, e viu
Beleza, que quer vígil quer dormente
Dimana próprias graças; com voz branda,   15
Tal como quando em Flora inspira Zéfiro,[2]
Na mão pousando a mão, sussurra. Acorda
Minha bela, consorte minha, minha
Descoberta, do Céu dom maior, minha

---

[1] Deusa da manhã. O seu leque é a brisa que dispersa as folhas.

[2] A deusa-flor Flora era a consorte de Zéfiro, vento Oeste.

Perene doçura, acorda, a manhã raia, 20
E os campos chamam já, vai-nos a prima,[3]
As plantas pedem zelo, mana a lima,
A mirra e o balsâmeo colmo choram,
Que cor deu ao pincel hoje a natura
Vem ver, e a abelha que haura doces líquidos.[4] 25
 O zumbido acordou-a, de olho trépido
Em Adão, cujos braços tomou, disse.
 Ó tu em quem sossego os pensamentos,
Meu galardão, ideal meu, é bom ver-te,
E à manhã que voltou, pois esta noite, 30
E tal noite jamais passei, sonhei,
Se sonho é, não contigo, nem com coisas
Costumeiras, passadas ou futuras,
Mas com preocupações, culpas, que à mente
Nunca acostaram antes; senti perto 35
Do meu ouvido alguém que a ir me instava
Com gentil voz, pensei tua; dizia,
Eva dormes por quê? Agora é hora,
Amena e muda, salvo quando ao pássaro
Do noturno gorjear se rende, que ora 40
Vígil afina trovas de amor; reina
Cheia a lua também, e com luz grácil
Umbrosa realça a face às coisas; vão,
Se ninguém vê, acorda o céu mil olhos,[5]
E a quem mais ver, paixão da natureza, 45

---

[3] Primeira hora do dia, correspondendo às seis horas.

[4] *Ct.* 2, 10-2. Adão acorda o seu amor com uma alvorada.

[5] Estrelas.

Paraíso perdido

P'ra tudo o que há visão de gozo, no êxtase
De olhos que os teus magnéticos demoram.
Ergui-me à tua voz, mas não te vi;
P'ra achar-te dirigi minhas passadas;
E adiante, julgo, só fui por caminhos 50
Que de súbito à árvore chegaram
Do interdito saber: bela pareceu-me,
Muito mais ao capricho do que ao dia.
E enquanto o olhar vagueava, perto vi
Um vulto alado, tal como os que vemos 55
No Céu; seus anéis róscidos vertiam
Ambrósia; também a árvore fitava;
E, ó belo pé, falou, com fruto farto,
Não há quem o teu peso alije e prove,
Nem Deus, nem homem; asco de saberem? 60
Ou asto, e o que a salva tira à prova?
Tira a quem quiser; nada me retira
Mais o bem que tens, que outra função tem?
Disse e fez, pois com braço temerário
Colheu, provou; gelei de horror ao ver 65
P'ra firme verbo aval de firmes atos.
Mais radiante falou, Divino fruto,
Doce de si, mais doce assim colhido,
Aqui interdito, consta, como um fruto
De deuses, mas capaz de tornar homens 70
Em deuses: por que não, já que o bem, mais
Comunicado, mais cresce abundante,
E se o autor não cai, mas mais se exalta?
Toma, ser feliz, bela Eva angélica,
Toma parte também; feliz que és já, 75
Mais serás, digno mais não pode ser.

Prova, e sê em diante entre deuses
Tu deusa, não à terra confinada,
Mas no ar às vezes, como nós por vezes
Ao Céu vamos, por mérito teu, e olha	80
Como vivem os deuses, e assim tu.
Nisto, aproximou-se, aproximou-mo
Mesmo à boca, do mesmo fruto parte
Que colhera; o cheiro saboroso⁶
Aguçou-me o apetite, impensável,	85
Pensei, não provar. Às nuvens de súbito
Com ele descolei, e olhei embaixo
A imensidão da terra, a ampla vista
E vária: razoei sobre a mudança
Que me exaltou num voo; bruscamente	90
Fora-se o guia, e eu, pensei, caí
E adormeci. Mas, oh, que bom que acordo
De um sonho apenas! Eva assim a noite
Relatou, e Adão grave respondeu.

    Pura imagem de mim, cara metade,	95
A tua inquietação durante o sono
Afeta-me em igual. Não me dá gosto
Tão amarga visão, do mal receio.
Mas mal onde? Em ti nenhum se abriga,
Nada pura. Mas sabe que na alma	100
Se alojam faculdades subservientes
À razão; adjacente a fantasia
Detém seu posto; às coisas forasteiras,
Que os sentidos pervígeis cinco mostram,

---

⁶ Do latim *sapere*, tanto "provar" como "conhecer". Tenha-se isto em consideração em futuras ocorrências.

Paraíso perdido

Imaginações forma, moldes de éter, 105
Que a razão desunindo ou unindo, firma
O que se afirma ou nega, e requer
De nós juízo ou palpite; depois volta
À cela quando dorme a natureza.[7]
E se ela dorme acorda a fantasia 110
A imitá-la; mas torsos sem juntura
O insane ardor produz, e mais em sonhos,
Verbo abortivo, ações velhas ou novas.
Semelhanças algumas vi, parece-me,
Do que falamos ontem, no teu sonho, 115
Mas com estranha adição; mas não te aflijas.
O mal à mente de homem ou deus vem
E vai, se reprovado, e não deixa
Labéu ou mancha atrás: é o que me anima,
Que os sonhos que aborreces no teu sono 120
Ao acordar jamais os cumprirás.
Não se te turve a alma pois, nem olhos
Que afeitos estão à paz e ao gozo, mais
Que a manhã quando ao mundo diz bom-dia
E nos leva de fresco à nossa lida 125
No pomar, nas nascentes, e nas flores
Que acordam já o escol dos seus perfumes,
À noite em armazém, p'ra ti guardados.
 Animou-a assim, e ela se animou,
Mas mudas e gentis lágrimas vieram-lhe 130
Aos olhos, enxugadas no cabelo;[8]

---

[7] Compartimento do cérebro.

[8] Evocando *Lc.* 7, 38, a passagem em que Maria Madalena lava os

Mais duas gotas puras se aprestavam
Na eclusa de cristal, as quais secou
Num beijo como dois remorsos gráceis
De temor, que temeu ter ofendido. 135
　A nuvem foi-se, e ao campo prestes foram.
Mas antes, sob o teto umbroso de árvores,
Mal chegaram a céu aberto e viram
Nascer o dia, o sol, que mal se erguera
Com rodas nos carris do mar ainda, 140
Lançando paralelo à terra o raio
Fresco, abrindo a ampla vista a leste
Do Paraíso e álacres chãos do Éden,
Se prostraram louvando, principiando
As orações, devidas p'la manhã 145
Em estilo vário, pois nem estilo vário[9]
Nem arroubo faltavam em louvor
Ao seu senhor, acorde em carme ou canto
Espontâneo, tão expedita eloquência
Dos lábios seus fluía, em prosa ou metro, 150
Tão mais musicais, que harpa ou lúteo falta
Não fazem p'ra adoçá-los, e assim ia.
　Estas as tuas obras, pai do bem,
Omnipotente, teu do mundo o molde,
Tão incrível; e quanto mais incrível 155
Tu e inefável, sobre os céus morando

---

pés de Jesus com as suas lágrimas e os seca com o cabelo. Ver também X, 910-2.

[9] As orações pré-lapsarianas combinavam espontaneidade ("arroubo") e elaboração formal.

Invisível p'ra nós, ou encoberto
Nos teus feitos mais chãos; mas tais declaram-te
Um bem p'ra além da ideia, mão divina.
Dizei-o vós melhor, filhos da luz, 160
Anjos, porque o mirais, e com canções,
Sinfonias corais, dia sem noite,
Cingi-lhe o trono alegres, vós no Céu,
Na terra todo o ser venha a louvá-lo
Antes, depois, durante, e sempiterno. 165
Mais belo astro,[10] no trem da noite o último,
Se já não és pertence da manhã,
Caução do dia, que a alma jovial toucas
Com laurel de luz, louve-o tua esfera
Nascendo o dia, à doce hora da prima. 170
Tu sol, deste amplo mundo olho e alma,
Toma-o por teu maior, o louvor soa-lhe
No teu curso eviterno, quando escalas,
Quando teu pico alcanças, quando cais.
Lua que agora vês o sol do oriente 175
E vais com estrelas fixas, fixa no orbe
Que vai, e vós cinco outros fogos nômadas[11]
Que não sem canto místicos dançais,[12]
Ressoai louvor, a quem deu luz à luz.
Ar, e vós elementos, os delfins 180

---

[10] Vênus ou Lúcifer, a estrela da manhã.

[11] Os planetas. "Outros" é um lapso de Milton, uma vez que Vênus já fora invocada.

[12] A música das esferas, audível para quem não caiu.

Do ventre natural, que em quaternião,[13]
Multiformes, sem fim, cruzam e unem
E tudo nutrem, que essas voltas fixas
Variações de louvor levem a Deus.
Vós bruma e exalações, que vos ergueis 185
De monte ou lago fúmeo, escuro ou gris,
'Té que o sol de ouro a lã vos tinja às saias,
Em honra ao grande autor do mundo erguei-vos,
Seja a adornar de nuvens o céu grave,
Seja a matar com chuva a sede à terra, 190
Ascendendo ou descendo mais louvai-o.
Vós ventos, que soprais dos quatro quartos,
Louvor soprai-lhe piano ou forte. E pinhos
O cume ondeai e o verde o louve, ondeai.
Fontes e vós que trilais ao correrdes, 195
Murmúrios musicais, trilai louvores.
Uni vozes vós almas vivas, pássaros,
Que elevando o coral subis ao Céu,
Notas alai e alai louvor nas asas;
Vós que patinais n'água, vós que andais 200
Na terra, que marchais, ou rastejais.
Meu silêncio vigia, alvor ou noite,
Em monte, vale, fonte, fresca sombra
Por mim vocais, e em loas instruídos.
Salve Senhor de tudo, sê magnânimo 205
E o bem nos dês somente; e se a noite
Chamou ou velou mal algum, dispersa-o,
Como agora dispersa a luz as trevas.

---

[13] Grupo de quatro.

    Oraram assim puros, e ao pensar
Paz firme e calma logo devolveram.　　　　　　　　　210
Ao matinal labor rural tornaram
Por entre flores e rol doce, onde árvores
De fruto seus pampíneos braços piegas
Não corrigissem, e outras mãos pedissem
Abraços infrutíferos; ou às núpcias　　　　　　　　　215
De vinha e olmo vêm; ela nele
Os núbeis braços cinge, e em dote traz
Seus cachos p'ra adoção, p'ra que ataviem
Suas folhas estéreis. Compassivo[14]
Os viu no labor o alto rei, que a si　　　　　　　　　220
Chamou Rafael,[15] espírito sociável
Que viajou com Tobias, garantindo-lhe
As núpcias com a sete vezes noiva.
    Rafael, disse, ouviste dos distúrbios
Que evadido do inferno trouxe à terra　　　　　　　　225
Satã, ao Paraíso, o que em maus sonhos
Propôs ao par humano, como atenta
Através deles contra a humanidade.
Vai pois, e a tarde tira p'ra um amigo,
Adão, onde quer que em sombra ou refúgio　　　　　230
Evite ao meio-dia a brasa ardente,
E dê pausa ao labor com um repasto

---

[14] Versos 214-9: o olmo desposava tradicionalmente a vinha, emblemas de vigor masculino e graciosidade feminina.

[15] "Saúde de Deus". Surge no livro apócrifo de Tobite. Ajudou seu filho Tobias a ganhar uma mulher e ensinou-o a curar a cegueira do seu pai.

Ou repouso; e aflora este assunto,
Que o lembre da feliz condição dele,
E dele a felicidade é seu arbítrio,
Ao livre arbítrio seu deixada, livre
Mas mutável; daí diz-lhe à cautela
Que em si não ponha tanta fé. Mais conta-lhe
Do risco, e de quem se arrisca, qual
O rival que do Céu caído trama
De igual felicidade a queda de outros;
Não por violência, tal se impugnará,
Mas por fraude e mentira; põe-no a par,
P'ra que em transgressão tepez não alegue
Surpresa, imprevisto, pouco aviso.
   Assim o eterno Pai disse, e justiça
Se cumpriu: não adiou o santo alado
O confiado dever; mas de entre mil
Ardores celestiais, onde se alçava
No véu das belas asas, num pular
Leve voou pelo Céu; o coro angélico
Partido a meio, ala abriu à pressa
Pela vereda empírea; 'té que à porta
Do Céu chegou, que autômata corre ampla
Em dobradiças de ouro, obra acorde
Co'a traça de arquiteto divinal.
Daqui nuvens não há, nem a velá-lo
Estrela a meio, embora mal lobrigue,
Em muito igual a outros globos fúlgidos,
A terra e o jardim de Deus, coroado
Com cedros sobre os montes. Como quando
À noite a Galileu o óculo traz,
Menos certos, supostos chãos, regiões

Lunares, ou o piloto que nas Cíclades,[16]
Delos[17] ou Samos,[18] topa mal assoma 265
Baça mancha. P'ra lá em voo prono
Açoda, e através do éter camposo
Voga mundos e mundos, co'asa certa
Firme em vento polar, ou com leque ágil
Em ar dúctil; até que em altas órbitas 270
De águias que planam, o dão como fênix
As aves, que a contemplam, como a ave[19]
Que a depor as relíquias no áureo templo
Do sol à egípcia Tebas leva o voo.
No penhasco oriental do Paraíso 275
Logo pousa, e à forma própria volta
O alado serafim: seis asas tinha,
A abater as feições de deus; um par
P'los ombros vinha ao peito como um manto
De ornamento real, medial cingia-o 280
Um outro como um cinto estelar, de orlas
Nos lombos e quadris com sedoso ouro
E tintas celestiais, e os calcanhares
Cobriam-no o outro par com escâmeas penas

---

[16] Arquipélago no Mar Egeu.

[17] O centro. Já que Delos é comparada à Terra, este desvio do centro para a periferia pode implicar um universo copernicano.

[18] A nordeste das Cíclades, fora da costa da Ásia Menor.

[19] Fênix, ave mítica. Só existia uma de cada vez e reproduzia-se a cada quinhentos anos através da imolação, erguendo-se em seguida das próprias cinzas e voando em direção ao Templo do Sol em Heliópolis, no Egito, que Milton identificava com a vizinha Tebas.

A grã azul do céu.[20] Como de Maia
O filho,[21] sacudiu plumas que odores
Do Céu deu à amplidão. Logo as falanges
De anjos vígeis o viram e ao seu posto
E à sua missão nobre se elevaram,
Pois em nobre missão o adivinharam.
Passou as tendas lúcidas, chegando
Ao campo feliz por vergéis de mirra
E odores em flor, cássia, nardo, bálsamo,
Em doce vastidão; que a natureza
Folgava aqui na flor da idade, e a virgens
Caprichos se entregava, derramando-se
Doce além de arte ou norma; enorme gozo.
Da sápida floresta vindo o viu
Adão, sentado à porta do seu fresco
Refúgio, quando agora o sol montado
Embainhou a direito os raios quentes
Na terra, até ao fundo do seu ventre,
Quentes de mais p'ra Adão; e Eva já pronta
Dentro, à hora de frutos redolentes,
Prova que aprova à fome, sem que a sede
Desaprove os nectáreos tragos, de uva
Ou baga a maciez. Chamou-a Adão.

   Vem cá ver Eva, olha além p'ra leste
Entre as árvores, vê que vulto nobre
Se dirige p'ra cá; é quase a alva
De novo ao meio-dia; do Céu ordens

---

[20] Tintura.

[21] Mercúrio, mensageiro dos deuses.

Paraíso perdido

Altas talvez nos traga, e se digne
Hoje a ser nosso hóspede. Vai, vai,
E arranja provisões, no que houver põe
Abundância, o que honre e bem receba   315
O estrangeiro do Céu; bons dons podemos
Doar ao doador, e muito dar
Do muito dado, já que a natureza
Tão fértil tanto dá, mais fértil quanto
Mais se colhe, que aforros ela escusa.   320
    Disse Eva assim. Adão, molde sagrado,[22]
Ar de Deus, pouco chega onde a cópia
Sazonada qualquer estação a dá;
Salvo o que por frugal armazém ganha
Firmeza p'ra nutrir e humor supérfluo   325
Gasta: vou e de cada ramo ou feto,
De plantas ou abóboras sumosas
Trago o melhor ao gosto do anjo hóspede,
Que cuidará p'lo aspecto haver na terra
O que há no Céu, no gênero e no número.   330
    Nisto, com diligente olhar à pressa
Sai, decidida a afáveis pensamentos
De delícias, a achar o escol da escolha,
E por que ordem, a fim de não cruzar
Gostos sem união, gougres, só o que à boca   335
Sem quebra gosto após gosto em cadências
Lhe leve, eis o que a move, e de hastes tenras
Tudo o que a terra mãe que tudo dá

---

[22] "Vermelho" em hebraico. Talvez querendo significar provindo da terra (cf. *Gn.* 2, 7).

No ocidente ou no oriente lá das Índias,
Ou no Ponto central[23] ou lá na púnica
Costa,[24] ou onde Alcínoo reinou,[25] fruto
De toda a sorte, em pele, careca, áspera,
Em casca, colhe e põe na mesa lauta
Posta com lauta mão; p'ra beber uvas
Mói, mosto inofensivo, e hidromel
De muitas bagas faz, e aos grãos premidos
Combina licores doces, que os acolhem
Vasos puros, depois a rosas junca
O chão, e arbusto exala não fumado.
Entretanto o primeiro dos pais ruma
A receber o hóspede divino,
Sem mais cortejo além das suas próprias
Perfeições, o aparato de si mesmo,
Mais solene que a pompa xaroposa
De príncipes, e a longa comitiva
De cavalos e moços de ouro untados
Que assombra a populaça boquiaberta.[26]
Mais perto dele Adão não boquiaberto,
Mas reverente e em húmil submissão,
Vergando-se ante um ser superior, disse.

---

[23] No Mar Negro.

[24] De Cartago, a costa mais a nordeste no Mediterrâneo.

[25] Rei dos feácios. Os seus jardins são esplêndidos (cf. *Od.* VII, 112 ss.).

[26] Versos 354-7: Milton contrasta a realeza desnudada de Adão com a pompa que acompanhou a entrada de Carlos II em Londres, em 29 de maio de 1660.

    Nativo do Céu, pois que outro lugar
Nenhum vi que tais formas nobres tenha,
Já que desces dos tronos dos altares,
E de álacres lugares te dignaste
Por pouco a prescindir, p'ra glória destes,   365
Garante-nos aos dois, os que o dom régio
Faz donos de ancho chão, a repousares
No caramanchel lá, e do escol do horto
Prova, até que a brasa meridiana
Se esvaia, e o sol mais frescor bafeje.   370
    Ao que mansa a virtude etérea disse.
Adão, por isso vim, nem tal serias
Ou tal lugar por teu terias se hóspedes
Mesmo que celestiais não recebesses;
Onde o caramanchel te dá a sombra   375
Indica-me pois; que esta tarde é minha
'Té à tardinha. À morada rústica
Chegaram, leda, como a de Pomona,[27]
Trajando flores e aromas; mas não Eva,
Seu traje sendo o traje de si belo   380
Mais do que é bela a ninfa da floresta,
Mais do que a deusa nua entre três
No Monte Ida, assim Eva ante o hóspede;
Véus dispensava, à prova de virtude,[28]

---

[27] Deusa romana das árvores de frutos (cf. IX, 393-4n).

[28] Armada com virtude, embora a ambiguidade aqui resulte no oposto "armada contra a virtude", uma vez mais colocando a virtude de Eva em questão. Há contudo, a partir desta inferência, uma terceira leitura de concupiscência angélica: "à prova de virtude" pode querer significar "à prova da virtude angélica", a de Rafael, uma vez que Eva estava nua.

E sem tíbio pensar que a face mace.
Saudou-a com aves o anjo, hosana
Que a Maria se deu, segunda Eva.
 Ave ó mãe dos homens, cujo ventre
Com seus frutos dará ao mundo mais
Do que encheram as árvores de Deus
Esta mesa. Com pernas de torrões
A mesa, e cingida por musgosos
Bancos, e no correr do seu quadrado
O outono em pilha, 'inda que co'a prímula
Dance o outono. Falavam com vagar,
Que ali a refeição não arrefece;[29]
E o nosso autor propôs. Prova à vontade,
Estranho do Céu, que a lauta mesa deu-a
Aquele que dá todo o bem perfeito
E ingente, que a deleites e alimento
Por nós constrange a terra, quiçá dieta
Choca p'ra espirituais; mas isto sei,
Que a todos supre o Pai celestial.
 Ao que o anjo tornou. Se é o que dá
(Louvado seja) ao homem espiritual
Em parte, pois que a espíritos tão puros
Não seja ingrata: tal ração requerem
Puras e intelectíveis naturezas,
Tal como a racional em vós; contêm
Ambas as faculdades inferiores
Dos sentidos, que escutam, veem, cheiram,
Palpam, provam, provando moem, esmoem,

---

[29] O fogo é resultado da Queda (ver X, 1078 ss.).

Assimilam, e muda em incorpóreo[30]
O corpóreo. Quem foi criado pede
Sustento e nutrição; dos elementos 415
O impuro nutre o puro, o mar a terra,
Terra e mar nutrem o ar, o ar os etéreos
Fogos, e por menor primeiro a lua,
Donde em volta às feições aquelas manchas
De vapor por purgar, não substanciado 420
Nela ainda. Nem ela nutre em sopros
Do úmido continente os altos orbes.
O sol que a luz a tudo dá, recebe
De sua recompensa nutritiva
Em exalações úmidas, e ceia 425
Com o oceano; embora no Céu árvores
Da vida ambrósia deem, e videiras
Néctar, embora aos galhos matutinos
Escovemos rol melífluo, e se esconda
O chão no maná, 'inda Deus as dádivas 430
Diversificou cá com mais deleites,
Aos do Céu comparáveis; e a prová-los
Não farei cerimônias. Assentaram-se,
E às viandas passaram, nem de aspecto
O anjo, nem em vapor, glosa comum 435
De teólogos, mas co'a ávida vontade
Do faminto que quer transubstanciar
A enérgica cocção; e o excedente
Fácil transpiram espíritos; e admira?
Se o alquimista amador do carvão ígneo 440

---

[30] Três etapas da digestão.

Faz, ou se acha capaz de fazer, ouro
A partir de metais brutos, puro ouro
Como o que à mina extrai. Entretanto Eva
Servia nua, e as taças profusas
Coroava com licores: ó inocência[31]   445
Digna do Paraíso! Se algum dia,
Ali teriam anjos bom pretexto
P'ra uma atração; mas seus corações
Coroavam sem libido o amor, nem ciúme
Se antevia, do amante ferido o inferno.   450

   Assim que do festim ficaram fartos,
Não enfartados, veio ideia súbita
A Adão de não deixar passar o ensejo,
Esta oportunidade de saber
Coisas p'ra além do mundo, e dos seres   455
Que habitam o Céu, cuja excelência
Transcende a sua, cuja forma a forma
Divina a molda, cuja força excede
A dos homens, e o próvido discurso
Ao ministro celeste estruturou.   460

   Vizinho de Deus, sei agora bem
O teu favor, nesta honra dada ao homem,
Sob cujo humilde teto te dignaste
Entrar, a degustar frutos da terra,
Alimento não de anjos, mas aceite,   465
E com mais gosto, igual ao que adivinho
Nos banquetes do Céu: comparo bem?

---

[31] Cheio até a borda, ideia clássica bastante frequentada (ver por exemplo *Il.* I, 470).

Ao que o hierarca alado respondeu.
Adão, onipotente é um, de quem
Tudo procede, e a quem tudo retorna, 470
Se não já depravado, tudo fez
P'ra ser perfeito, uma só matéria
Tornada várias formas, vários graus
De substância, e em vida o que é vivo;
Mais refinados, puros, espirituais, 475
Tal consoante a adjacência, ou tendência
De cada um em cada esfera ativa,
'Té ser espírito o corpo, nos limites
Proporcionais a cada um. Da base
Brota mais leve o verde caule, e airosas 480
As folhas mais, e a flor enfim perfeita
Exala etéreo odor: as flores e os frutos,
Alimento do homem, sublimados[32]
Grau a grau a vitais fluidos aspiram,[33]
A animais, intelectuais, vida e sentidos 485
Dão, imaginação e compreensão,
Donde obtém razão a alma, razão é,
Discursiva, intuitiva;[34] a primeira
Mais vossa, a segunda nossa mais,
Em grau só diferindo, não em gênero. 490
Não te admires, se Deus to deu por bom,

---

[32] Elevados, refinados, um termo da alquimia.

[33] Aponta para a *scala naturae*, ou "escada cósmica" (cf. abaixo verso 509).

[34] Aquino distinguiu a intuição angélica (a imediata apreensão da verdade) da razão humana (o processo que vai das premissas às conclusões).

Não o recusar eu, mas substanciá-lo
Como tu, no que me é próprio; um dia
Homens com anjos parte tomarão
Da mesma dieta, nem leve nem farta, 495
E talvez de corpórea refeição
Vossos corpos se mudem em espírito,
Apurados por lapso temporal,
E asas tomem etéreos, como nós,
E escolham paraíso térreo ou célico: 500
Se obediente te acharem, e imutável
Conservares bem firme o amor inteiro
Do qual radicas. Goza entretanto
Felicidade tanta quanto o estado
Feliz possa abranger, que a mais não pode. 505
   Ao qual o patriarca de homens disse.
Ó espírito fautor, propício hóspede,
Bem ensinaste à nossa erudição
Rumo a seguir, e a escala da natura
Que à circunferência vai do centro, de onde 510
Contemplando o que foi criado a Deus
Possamos por degraus ascender. Mas
Diz-me, que significa *se te acharem*
Obediente? Podemos a obediência
Subtrair-lhe, ou quiçá do amor fugir 515
Que nos formou do pó, e aqui nos pôs
Da medida maior do bem repletos
Mais do que humanos buscam ou concebem?
   Disse o anjo. De Céu e terra filho,
Escuta: se feliz és, a Deus o deves; 520
P'ra continuar a sê-lo, a ti só,
Isto é, à obediência; nela firma-te.

Foi este o aviso só; sê avisado.
Perfeito te fez Deus, não imutável;
E bom te fez, porém perseverança 525
Deixou em teu poder, fez-te a vontade
Livre por natureza, e não regida
Por sorte inextricável, ou por estrita
Necessidade; quer-nos voluntários,
Não forçados, p'ra ele inaceitável 530
Seria, e como não, vão corações
Não livres ser julgados, sirvam livres
Ou não, sem o direito de escolherem
Senão o que o destino já escolheu?
Eu próprio e toda a hoste de anjos lá 535
Ante o trono de Deus, feliz nos temos
Também enquanto é firme a obediência;
Certezas não há mais; livres servimos
Porque livres amamos, opção nossa
Amar ou não; aqui se cai ou firma. 540
E alguns caíram já, desobedientes,
E assim do Céu ao fundo fosso. Oh queda!
De que altura feliz a que dor funda!
   Disse o progenitor nosso. Teu verbo
Atento, e de ouvido mais contente, 545
Ouvi, tutor divino, mais do que ouço
Canções de querubins de montes próximos
Que etéreas árias mandam à noitinha.
Querer e fazer livres ignorava,
Mas firmes pensamentos ontem e hoje 550
Me lembram que o amor p'lo criador
Esquecer não devo, nem a ordem única
Que mais a mais é justa. Tenho embora,

Do que contas passado no Céu, dúvidas,
Mas mais curiosidade, se assentires 555
Ao relato total, por força estranho,
De silêncio sagrado digno o ouvi-lo;
E temos todo o dia, mal traçou
O sol metade ao curso, mal começa
A segunda metade no amplo céu. 560
    Assim pediu Adão, e Rafael
Após breves momentos assentiu.
    Alto assunto me impões, ó primor de homens,
Triste é e árdua função, como contar
Ao senso humano feitos invisíveis 565
De espíritos hostis, como ser frio
Ante a ruína de tantos tão gloriosos
E perfeitos um dia, como abrir
Segredos de outro mundo, inconcessos
Quiçá à narração? Bem, p'lo teu bem 570
Tal te dou, e o que fuja à compreensão
Do senso humano assim to esboçarei,
Unindo o espiritual ao semelhante
Corpóreo, que o ilustre, como sombras
Que a terra do Céu fosse, e lá as coisas 575
Mais do que a terra crê, fossem seus símeis.[35]
    Como agora não era a terra, e árido
Rei, o Caos, as moções aos céus regia
E o eixo à terra, quando num tal dia
(O tempo, mesmo eterno, dependente 580

---

[35] Versos 574-6. Teoria platônica que considera o nosso mundo como uma sombra do divino (cf. *Rep.* X). Milton, no entanto, aproxima-os, sublinhando as suas semelhanças e não tanto as suas diferenças.

De movimento, mede o que é durável
No presente, passado, e no futuro),
Do Céu o ano magno,[36] hostes de anjos
Intimadas por voz imperial,
Imensos ante o trono onipotente, 585
Dos confins do Céu logo apareceram
Seguindo a hierarquia de ordens áureas;
Dez mil vezes dez mil de insígnias altas,
Estandartes, gonfalões de vante a ré
Serpenteiam no ar, por distintivos 590
De hierarquias, graus, e ordens; panos
Cintilantes levavam, brasonados
Com memoriais sagrados e atos celsos
De zelo e amor gravados. Quando em orbes
De arcos inexprimíveis se firmaram, 595
Orbe em orbe, o infinito Pai, ao lado
Do qual o Filho está em beatitude,
Como de sarça ardente, cujo topo
Cegasse todo o brilho, assim falou.
 Ouvi-me anjos, da luz prole, potências, 600
Virtudes, possessões, tronos, domínios,
O decreto, por meu irrevogável.
Hoje concebi quem meu unigênito
Declaro, e aqui neste sacro monte
O ungi, a quem agora à minha destra 605
Contemplais; por cabeça vos decreto;
E todo o joelho o Céu há-de dobrar

---

[36] O período que completa um ciclo inteiro nos céus, em que os corpos celestes regressam à sua posição original. A estimativa de Platão não é certa, mas aponta para 36 mil anos (cf. *Timeu*, 39d).

Ante ele, confessando-o Senhor.
Sob o seu vice-reino,[37] digo-o, quero-vos
Unos como uma alma só, p'ra sempre 610
Felizes: quem lhe negue a obediência
A mim a nega, rompe união, e um dia
Expulso de Deus, da santa visão, cai
Às trevas exteriores, no abismo,
Seu lar sem redenção nem fim p'ra dores. 615
  Do Onipotente o verbo ar de júbilo
A todos deu, e a alguns não mais do que ar.
Como em dias solenes, foi tal dia
P'ra canto e dança à volta do chão santo,
Dança mística, a qual a estelar esfera 620
De planetas e fixas nos seus arcos
Parece mais afim, complexo dédalo
Excêntrico,[38] enrolado, mais regrado
Que os demais, quando mais parece anômalo,
E tanto adoça a dança com seus tons 625
A harmonia divina, que Deus ouve
E ouvindo Deus se apraz. Co'a noite próxima
(Pois nós também manhãs e noites temos,
P'ra agradável diferença, não por falta),
Da dança p'ra feliz ceia se voltam 630
Ávidos; como então em circunferência
Põem-se mesas, logo recheadas
Com manjar de anjos, corre o néctar rúbeo
Em pérola, diamante, ouro maciço,

---

[37] Exercendo a autoridade de Deus.

[38] Uma órbita planetária afastada do centro ou irregular.

De colheita do Céu as uvas doces. 635
Em flores, com florinhas por coroa,
Comem, bebem, em doce comunhão,
Largos tragos de gozo e eternidade,
A salvo de farturas, onde o excesso
Cerceia excessos, ante o rei do muito, 640
Que com copiosa mão se alegra neles.
E agora quando a núvea noite ambrósia[39]
Traz do monte sagrado, de onde sombra
E luz nascem, e a face ao Céu altera
P'ra crepuscular (véu brunal a noite 645
Não usa ali) e o róseo orvalho sela
Todos os olhos, menos o olho insone
De Deus, por todo o plaino, e além mais
P'ra além deste chão esférico aplainado
(Tais os átrios de Deus), o enxame de anjos 650
Em facções e colunas ao pé de árvores
Da vida e vivos veios armam tendas,
Infindos pavilhões, e erguidos súbitos,
Celestiais tabernáculos, que o sono
Lhes recebe num leque de bons ventos, 655
Menos aos que em redor do trono hinos
Trocam p'la noite fora: não tão vígil
Satã, seu nome agora, que o de outrora[40]
Já não se ouve no Céu, se não primeiro
Entre arcanjos primeiros, não menor 660

---

[39] *Il.* II, 57.

[40] A tradição patrística tomou *Is.* 14, 12 como fundamento para o nome original de Satã, "Lúcifer".

Em favor e eminência; este em cólera,
De Deus odiando o Filho, nesse dia
Honrado pelo Pai, e proclamado
Rei Messias[41] ungido, não conteve
Na altivez tal visão, e achou-se leso. 665
Concebendo desdém e vil malícia,
Logo que a meia-noite trouxe as sombras
Amigas do descanso, decidiu
Destroçar com as tropas, e deixar
Por louvar, por cumprir, o trono máximo, 670
Insolente, e ao seu subordinado
Acordando-o, falou-lhe em confidência.

   Dormes caro parceiro, pode pálpebras[42]
Cerrar-te o sono? De ontem o decreto
Já te esquece, que os lábios do altíssimo 675
Ainda mal deixou? Acostumara-me
A trocar pensamentos meus p'los teus,
Acordes no acordar; por que hás-de agora
No sono dissentir? Novas leis vês;
Novas leis do rei, novos fins na grei 680
Devem causar, conselhos que discutam
O curso do debate; mas aqui
Falar não é prudente. Das miríades
Que chefiamos reúne os principais;
E de ordens, diz-lhes que antes que retire 685
A noite o negro véu devo partir,

---

[41] O ungido.

[42] Eco da épica clássica (cf. o sonho que desperta Agamêmnon, *Il*. II, 23).

E comigo os meus súditos que lábaros
Me acenam, de regresso em marcha alada
Aos quarteirões do norte,[43] p'ra arranjarmos
Entretém bem à altura do Messias,   690
Grande rei, e os seus novos mandamentos,
Que veloz não olhando a hierarquias
Quer passar triunfante, e dele as leis.

  Falou o falso arcanjo, e infundiu
Seu ascendente mau no incauto peito   695
Do seu adjunto; chama ele a uma,
Ou à vez, uma a uma, as potestades
Por si regidas; conta, como ouviu,
O que o mais alto quis, que antes que a noite,
Antes que a turva noite o Céu deixasse,   700
Cumpria pôr em marcha a grande insígnia:
Conta a causa suposta, e urde ambíguas
Palavras e melindres, p'ra provar
Ou manchar inteirezas; acataram
Normalmente o sinal, e a voz suprema   705
Do grande potentado; em verdade
Grande era o nome e alto o grau no Céu;
Seu semblante, qual estrela de alva guiando
O estelante rebanho, seduziu-os,
E em logro atrás levou a terça parte[44]   710
Ao Céu: o olho eternal, que bispa abstrusos

---

[43] Lugar tradicionalmente associado a Satã (cf. *Is.* 14, 13).

[44] Marchando à frente, Satã identifica-se com a estrela da tarde, e não com a estrela-d'alva, no trem da noite a última (cf. V, 166). A inversão pode dever-se a um conflito de sentimentos, já que Satã (Lúcifer) leva os seus apenas rumo à noite.

Pensamentos, do seu monte sagrado
E de dentro das lâmpadas que luzem
Áureas à noite ante ele, viu sem luz
Erguer-se a rebeldia, de quem vinha, 715
A quem chegava entre os filhos da alva,
Quantos se uniam contra o alto édito,
E sorrindo falou ao Unigênito.

Filho, em quem contemplo a minha glória
Em plena luz, herdeiro do meu mando, 720
Importa-nos agora ver se é certa
A nossa onipotência, com que armas
Planeamos manter velhas pretensões
De império ou divindade, que um rival
Se levanta, e um trono igual ao nosso 725
Quer erigir, p'lo vasto norte afora;
Não contente, faz planos de testar
À força a nossa força, ou os direitos.
Meditemos, e neste risco usemos
O que restar da força, e toda em prol 730
Da defesa, não vá custar-nos Céu,
Altar e monte a nossa negligência.

A quem o Filho manso de semblante,
E raiando divino e inefável,
Sereno respondeu. Pai poderoso, 735
Troças bem de rivais, e bem seguro
Ris de seus planos vãos e vãos tumultos,
Que em glória se traduz p'ra mim, cujo ódio
Ilustra, quando a força virem minha
P'ra lhes reprimir proa, e no fim 740
Saberem se sou destro a subjugar
Rebeldes, se o menor a ser no Céu.

Disse o Filho, porém com seus exércitos
Satã com pressa alada ia já,
Hoste infinda como estrelas da noite, 745
Ou estrelas da manhã, gotas de orvalho,
Que em cada folha e flor o sol aljofra.
Regiões p'ra trás deixaram as regências
Fortes de serafins, poderes, tronos
Na tripla gradação,[45] regiões p'ras quais, 750
Adão, os teus domínios não são mais
Do que é p'ra toda a terra o teu jardim,
E p'ra todo o mar, de um globoide inteiro
Achatando; transpostas já enfim
Dos limites do norte se acercaram, 755
E Satã do seu trono régio prócero
Em colina, fulgente, como um monte
Num monte, com pirâmides e torres
De diamantes talhados e áureas rochas,
O palácio de Lúcifer (assim 760
O nome da estrutura no idioma
Dos homens), o qual não muito depois,
Aspirando à divina proporção,
Reproduzindo o monte que afirmou
O Messias no Céu presente aos seus, 765
Se chamaria da Congregação;

---

[45] Aludindo ao sistema de hierarquias angélicas de Dionísio, o Areopagita, que distinguia nove ordens e as reunia em grupos de três: Serafins, Querubins, Tronos; Domínios, Virtudes, Potestades; Principados, Arcanjos, Anjos. Milton segue a tradição protestante que rejeita esta compartimentação estrita, nomeadamente quando atribui a Miguel e ao próprio Satã, entre os Arcanjos, papel de destaque e eminência.

Pois para ali chamou todo o seu séquito,
Fingindo nessa ordem a consulta
Sobre a recepção magna a dar ao rei,
Que ali havia de ir, e co'arte infame 770
De verdade mendaz juntou ouvidos.

   Domínios, principados, potestades,
Virtudes, tronos, se é que os magnos títulos
Não são só titulares, já que o édito
Açambarcou p'ra outro todo o mando 775
E a nós nos eclipsou sob um só nome,
O do ungido, por quem todo o alvoroço
À meia-noite, o encontro pressuroso,
E tal só p'ra saber como melhor,
Do que de honras novéis seja forjado, 780
Recebê-lo ao chegar p'ra receber-nos
Dever de joelho ainda de pé; vil
Prostração: se dobrá-lo a um é muito,
Dobrá-lo o dobro é erro, porque a um duplo.
E se melhor juízo nos anime 785
E nos ensine a pôr de parte o jugo?
Submetereis cervizes, dobrareis
O joelho suplicante? Não, se bem
Vos conheço, se bem vos conheceis
A vós, nados do Céu, de ninguém antes, 790
E se não iguais todos, porém livres,
Livres em igual, que ordens e hierarquias
Não chocam com o livre, mas combinam.
Quem pode justamente defender
Um rei que é por direito sobre os outros 795
Seus iguais, se em poder e esplendor menos,
Em liberdade iguais? Ou admitir

Édito e lei em quem sem lei não erra,
Muito menos fazer deste Senhor,
Que busca prostração ao arrepio
De honras imperiais que nos afirmam
Mandatados p'ra mando, não p'ra jugo?

Até aqui o indômito discurso
Teve audiência, quando entre os serafins
Abdiel,[46] cujo zelo a Deus é ímpar,
No louvor e no acato de ordens altas,
Se ergueu, e ardendo em zelo mais severo
À corrente da fúria assim se opôs.

Ó blasfemo argumento, falso e inflado!
Verbo que ouvido algum ouvir no Céu
Esperava, muito menos de ti, ingrato,
Em lugar já acima dos teus pares.
Poderás com calúnias condenar
De Deus o bom decreto, proferido
E jurado, que ao seu Filho dotado
Por lei de real cetro se ajoelhasse
Toda a alma no Céu, e em justa honra
O confessasse rei? Injusto dizes,
E injusto é, atar com leis os livres,
E deixar reinar sobre iguais o igual,
Sobre os demais um rei sem sucessão.
Darás tu leis a Deus, disputarás
Teses de liberdade, a quem te fez
Tal como és, e compôs como lhe aprouve
As potências do Céu e os seus limites?

---

[46] Hebraico para "servo de Deus".

E sabemos p'la prática quão bom,
E deste nosso bem e dignidade
Quão próvido é, longe de apoucar-nos,
Antes mais inclinado a engrandecer-nos
O estado feliz, sob cerviz mais próximos   830
Unidos. Mas cedendo ser injusto
Que igual sobre iguais reine suserano:
Assim te crês, por muito grande e honrado,
Ou subsumindo os anjos todos num,
Igual ao Unigênito, por quem   835
Mediante o Verbo o Pai fez tudo o que há,
Até a ti, e a espíritos celestes
Criou nos graus de luz, coroou com glória
E p'ra glória nomeou-os, principados,
Domínios, tronos, virtudes, potências   840
Potências essenciais, não encandeados
P'lo seu reinado, antes mais insignes,
Já que ele o chefe em um de nós se estreita,
E às nossas leis se dá, e a sua honra
Persolve em nossa? Cessa a ira ímpia   845
E não nos tentes; antes age e aplaca
A ira do Pai, e a ira do Filho,
Enquanto o perdão te acha a tempo súplice.

   Falou o anjo veemente, mas seu zelo
Nenhum secundou, tido por impróprio,   850
Invulgar ou febril, p'lo que troçou
O apóstata, e altivo mais tornou.
Que somos criação dizes? E obra
De subalternas mãos, adjudicada
Ao Filho p'lo Pai? Estranha tese e nova!   855
Doutrina decorada se estudada!

Quem viu tal criação? Recordas tu
O molde, quando o oleiro pôs o barro?
Não sei de ser em tempos quem não sou,
Nem de alguém a mim prévio, autogênitos[47] 860
Do nosso próprio viço, quando o curso
Fatal fechou a esfera, sazonado
Parto do Céu natal, filhos etéreos.
Nosso poder nosso é, a nossa destra
Ensinar-nos-á feitos mais heroicos, 865
Provando quem é quem: verás então
Se avançamos p'ra assédio de orações,
Ou se o trono do altíssimo cingimo-lo
E a sítio nos cingimos. Estas novas,
Este relato ao rei ungido leva. 870
Voa, antes que o mal te roube o arroubo.

   Disse, e como o retumbo de águas fundas
Murmúrio cavo ecoou aplauso ao verbo
P'las hostes sem fim. Nem por isso menos
Audaz o serafim flâmeo,[48] e embora 875
Cercado por rivais, assim opôs.

   Ó falho de Deus, ó maldito espírito
Apartado do bem, sinto-te a queda
Prefixa, e a funesta trupe inclusa
Na pérfida traição, contágio solto 880
Do teu crime e castigo. Doravante
Não mais te ocupe o modo de alijar
O fardo do Messias; as leis cômodas

---

[47] Satã em IV, 43 admitiu ter sido criado por Deus.

[48] Serafim: do hebraico "queimar".

Não serão outorgadas, outros éditos
Contra ti já se agravam sem apelo. 885
Aquele cetro de ouro que enjeitaste
É uma vara de ferro agora a ferir-te
E a quebrar-te a infração. Bem me avisaste,
Se bem que não de aviso ou pragas fuja
Destas tendas malditas, não vá a ira 890
Próxima, ardendo em chamas instantâneas
Confundir-nos; p'ra breve pois espera
Na testa seu trovão, fogo voraz.
Aí quem te criou, conhece em pranto,
Quando quem te destrói te apresentarem. 895
   Falou o serafim Abdiel, fiel
Entre infiéis, fiel só ele achado;
Entre inúmeros falsos, insensível,
Inabalável, íntegro, intrépido
A lealdade manteve, amor e zelo; 900
Nem conta, nem o mau exemplo unânime
Lhe abalou a verdade, ou a constância,
Embora só. Abriu longa jornada
Por meio de um desdém hostil, que arcou
Superior, sem temer qualquer pospelo; 905
E com retorto escárnio tornou costas[49]
Às torres vãs fadadas a um fim presto.

Fim do quinto livro

---

[49] Um jogo com a palavra latina *retortus*, "voltar" (costas), e "réplica mordaz".

Livro VI

Argumento

Rafael continua o relato e conta como a Miguel e a Gabriel se ordenara tomassem armas contra Satanás e os anjos rebeldes. Descrita a primeira batalha: Satanás e os seus batem em retirada noturna. Convocado o conselho. A invenção de engenhos diabólicos, os quais no segundo dia de batalha confundem Miguel e os seus anjos. Estes, pegando em montanhas, vencem finalmente Satanás e as suas tropas. Mas nem assim conhecendo termo o tumulto, no terceiro dia Deus envia o seu Messias e Filho, para quem havia reservado a glória dessa vitória. Ele, chegado no poder do Pai a tal lugar, parando as suas legiões expectantes, entra com a sua quadriga e o seu trovão no meio dos seus inimigos, perseguindo-os indefesos até aos muros do Céu; abrindo-se estes, eles precipitam-nos com horror e confusão no abismo, lugar preparado para seu castigo. O Messias regressa em triunfo ao Pai.

Sem encalço p'la noite dentro abriu
No amplo plaino do Céu o anjo audaz curso,
'Té que a manhã, de pé às horas cíclicas,
Com rósea mão franqueasse à luz portões.
Há no monte de Deus, cingido ao trono, 5
Um covil onde em turnos luz e trevas
Entram, saem, assíduas, e ao Céu trazem
Grata vicissitude, como a noite
E o dia. Rompe a luz, e abre outra porta
A obsequiosa treva, fazendo horas 10
P'ra velar o Céu, treva que é crepúsculo
P'ra nós. Eis que a manhã assim surgiu,
Como no alto Céu surgiu, de empíreo
Ouro ornada perante a noite extinta,
Espichada com centelhas, quando o plaino 15
Inchado de esquadrões em formação,
Quadrigas, armas flâmeas, corcéis ígneos
Cegando luz na luz, logo avistou.
Pressentiu guerra, guerra em preparos,
E achou velhas as novas que pensara 20
Trazer. Alegremente se fundiu
Entre amistosas forças que o saudaram
Com viva aclamação, àquele que único
E entre tantas miríades cadentes

Não se perdera. Ao sacro monte foi 25
Com aplausos de vivas mãos presente
Ao assento supremo, de onde a voz
De nuvem áurea mansa assim se ouviu.
　Servo de Deus, bem feito, combateste
O bom combate, contra multidões 30
Revoltas sustentaste só a causa
Da verdade, mais forte tu no verbo
Do que nas armas tais, e p'la verdade
Tomaste sobre ti desdém unânime,
Das opressões a pior. Teu zelo um foi: 35
A aprovação de Deus, conquanto mundos
Te achassem perverso. Mais fácil ganho
Resta agora, valido dos teus pares:
Voltar ao inimigo em maior glória
Do que em escárnio o deixaste, subjugando 40
À força quem razão na lei não vê,
Razão justa p'la lei, e p'lo seu rei
Messias, que por justo valor reina.
Vai Miguel, de celestes tropas príncipe,[1]
E tu em feitos márcios a seguir, 45
Gabriel, meus invictos filhos guiai
À batalha, meus santos guiai armados,
Os que a postos se alinham aos milhões,
Em número iguais às tropas infiéis
Em motim, atacai a fogo e ferros 50
Sem temor, e ao pináculo do Céu

---

[1] Hebraico para "Quem é como Deus?". Ao fazer dele o príncipe dos anjos, Milton segue a tradição judaica e patrística. A tradição protestante identifica-o com Cristo. Ver *Ap.* 12, 7 ss. para o seu papel na guerra.

Levai-os e empurrai-os da ventura
De Deus, ao coração das dores, águas
Do Tártaro, que prontas abrem já
O caos em fogo aos hóspedes da queda. 55
    Falou a régia voz, e sobrevieram
Negras nuvens ao monte, e fumo em rolos
Bisonhos, relutantes chamas, mostras
De ira acesa. Não soou menos medonha
A estrondosa trombeta etérea do alto. 60
Ao seu comando as forças militantes,
Partidárias do Céu, em quadratura
De união sem rotura deram marcha
Às luzentes legiões mudas, ao som
De instrumentos harmônicos que influíam 65
Ardor heroico em atos corajosos
Às ordens de anjos quais deuses, na causa
De Deus e seu Messias. Marcha dão
Indivisos, sem monte no caminho,
Nem vale p'ra tropeço, bosque, ou fluxo, 70
A partir-lhes fileiras, pois tal marcha
Não calcava chão, e ágil sustentava-a
O ar sem arrasto, como quando toda
A espécie de aves veio à chamada,
Mas em formação estreita, p'ra tomar 75
De ti seus nomes no Éden. Tractos muitos[2]
Assim no Céu passaram, e províncias
Dez vezes a extensão deste terreno.

---

[2] Versos 73-6: comparação comum na épica (cf. *Il.* II, 459 ss.), servindo especialmente o interesse de Rafael ao escolher um símile adequado à experiência de Adão, que mais tarde vai dar nomes às aves (cf. VIII, 349-54).

A norte no horizonte enfim surgiu
De lado a lado bélica de aspecto   80
Uma região em chamas,³ e mais próximo
Crespas de eretos feixes incontáveis
Eretas lanças, e elmos densos, vários
Escudos, com vãos motivos retratados,
Das forças de Satã bandeadas rábidas   85
Na expedição. Supunham nesse dia
Tomar de assalto franco ou de surpresa
A montanha de Deus, e no seu trono
Sentar o invejador do Estado, o ufano
Aspirante. Mas planos vãos e tolos   90
O percurso mostrou: embora estranho
Fosse que anjo com anjo contendesse
Em recontro feroz, outrora afeitos
A festivais de amor e gozo unânimes,
Enquanto filhos de um grande senhor,   95
Cantando o Pai eterno. Mas o brado
De contenda soava, e o som férvido
Da carga abrandou cedo brandos cálculos.
No centro como um deus louvado ia
O apóstata na esplêndida quadriga,   100
Ídolo de divino rei, cercado
Por flâmeos querubins e escudos de ouro.
Depois abandonou o belo trono,
Que entre hoste e hoste apenas ínvia calha
Restava, uma aberta de horror, e hórridas   105
Face a face apontavam as falanges

---

³ De novo Homero, *Il*. II, 455-8.

De horrível longor. Ante a turva frente,
Satã, antes que as frentes da batalha
Aderissem, com pompa nas passadas
Crescendo veio, a ouro e a diamante 110
Armado. Abdiel não se conteve,
Entre os mais fortes prontos p'ra façanhas,
E assim seu coração audaz explora.

Oh, céus! que tal parecença do mais alto
Resista, onde a fé e a boa-fé 115
Não. Por que não são falhos de poder
Os falhos de virtude, ou tíbios provam-se
Presunçosos, se bem que à vista indômitos?
Seu poder, com o auxílio do Altíssimo,
Quero julgar, do qual julguei razão 120
Podre e falsa; e justo não é menos
Que o que ganha debates à verdade
Deva ganhar às armas, dos dois pleitos
Vencedor; vil disputa e bruta é
Quando a razão co'a força mede forças, 125
Mas mais razoável é ganhar aquela.

Nestas reflexões, deixa os irmãos de armas
E encontra no caminho o inimigo
Audaz, com tal entrave enraivecido
Mais, e confiante assim o desafia. 130

Ao teu encontro vieram? Quê, esperavas
No pico da ambição objeções planas,
O trono de Deus sem guarda, seu lado
Desertado, temendo o teu poder
Ou língua rude? Louco, não pensares 135
Quão vão é tomar armas contra Deus,
Que pode erguer legiões de minudências

E avultá-las sem fim p'ra derribar-te
A loucura; ou só com sua mão,
Que um soco só limites novos bate,
Infligir-te um final, e soterrar-te
Em trevas as legiões. Mas, bem vês, tu
Nem todos tens no séquito; há quem
Prefira a devoção e a lealdade
A Deus, p'ra ti invisível. E assim eu
Pareci mal aos teus olhos, ao furtar-me
A todos. Vês os meus, e agora aprende
Que a verdade é de um só quando erram muitos.
  Ao que o rival dicaz com olho oblíquo
Respondeu. Pior p'ra ti, que à hora quista
Da vingança serás primeira presa,
Por caça fugidia, p'ra que obtenhas
O justo galardão, primeiro assalto
Desta direita ferida, já que a língua
Eivada com discórdia ousou opor-se
A um terço dos deuses, em concílio
P'ra acertarem pareceres, pois que enquanto
Divinos se sentirem, a nenhum
Permitirão potência a sós. Vens bem
À frente, na ganância de ganhar
Plumas às minhas custas, que o teu êxito
A morte mostre a outros. E esta pausa
(Por mutismo não zombes tu) p'ra ensino.
Antes julguei que o Céu e a liberdade
P'ra almas do Céu eram um; agora
Vejo que o ócio deu serviço a muitos
Ministros, amestrados p'ra festins
E cantos; tais armaste, menestréis,

P'ra opor subserviência à liberdade.
Assim se provam hoje as duas tropas.   170
   Ao qual breve tornou firme Abdiel.
Apóstata relapso, não vês fim
Nos erros, ermo longe da verdade.
Injustamente aviltas com o nome
De servil a quem Deus serviço ordena,   175
Ou o natural. Deus e a natureza
Pedem o mesmo, quando quem governa
É o mais digno, e excede os governados.
Servidão é servir néscios, rebeldes
Contra o mais digno, como os teus a ti,   180
Não livre, que és de ti antes recluso;
Contudo o néscio exprobra ministérios.
Reina tu no teu reino infernal, deixa-me
Servir no Céu a Deus, e aos seus divinos
Preceitos, de obediência bem mais dignos.   185
Conta com grilhões, não reinos, no inferno.
E de mim, como dizes, foragido,
Recebe as saudações na ímpia crista.
   Com estas, atirou um nobre golpe
Que o ar não susteve, antes caiu brusco   190
Na poupa de Satã, que vista alguma
Ou ágil pensamento susteria,
Muito menos seu escudo o dano: passos
Recuou dez, de joelho bambo o décimo,
Firme a lança susteve-o; como se águas   195
Ou ventos no subsolo ducto abrindo[4]

---

[4] Causa suposta para os tremores de terra (cf. I, 230-7).

De través destronassem penedias,
Imersas com seus pinhos. Pasmo adveio
Aos tronos rebéis, e ira mais por verem
Em cheque o seu melhor, e aos nossos gozo, 200
Brados, sinal de triunfo, forte anelo
De lutar. Ao que o som Miguel pediu
À trombeta de arcanjo; p'lo Céu vasto
Soou, e as leais tropas ressoaram
Hosanas nas alturas. Não ficaram 205
As legiões adversárias, mas chocaram
Horrivelmente em fúria tempestuosa
E clamor, tais que o Céu jamais ouvira,
De armas com armaduras zurrando hórridas
A discórdia e as rodas delirantes 210
De êneos coches rugindo; som cruel
O da guerra; por cima o silvo lôbrego
De ígneas flechas em flâmeas salvas voavam,
Abobadando a fogo ambas as hostes.
Sob um céu calcinado se amassou 215
Das formações o miolo, com assaltos
Fatais e raiva infinda; todo o Céu
Retumbou, e se houvera terra terra
Tremeria p'lo centro. Pasma? Quando
Milhões de anjos ferozes se combatem? 220
O menor dos quais estes elementos
Brandiria, armando-se co'a força
Das suas regiões: quanto mais legião
Contra legião sem número deflagrando
Tumultos pelejantes e distúrbios 225
No Céu natal, a salvo só de exício;
Não fosse o onipotente rei eterno

Da sua fortaleza restringir
E estreitar-lhes a força, ainda que inúmeros,
Como se uma legião fosse hoste ingente 230
Separada, e cada mão armada
Uma legião; chefiados, mas um chefe
Cada guerreiro só por si supremo,
Ciente de quando avance, fique, inverta
A pugna, quando abra, quando feche 235
Os renques cruéis; plano algum de fuga,
De retirada, plano algum impróprio
De medo; cada qual em si confiado
De ter só o momento no seu braço
De vitória. E ações de fama eterna 240
Se cumpriram, infindas. Chegou longe
E a vário lado a guerra: ora no solo
Em pé, ora em asa plena alçada
Flagelando o ar, ar que então parecia
Fogo briguento. Ia longa a liça 245
E em pé de igualdade, até que Satã
Que nesse dia força sem par pródiga
Mostrara, acorrendo a uma investida
De querubins em choque deu, enfim,
Co'a espada de Miguel caindo sobre 250
Esquadrões inteiros, arma a duas mãos
Brandida, cujo gume arrasador
Descia p'ra extermínio. P'ra travá-lo
Correu e opôs seu orbe impenetrável
De dez ligas diamânticas,[5] seu escudo 255

---

[5] Ou adamante, substância mítica de impenetrável dureza.

Amplo de amplo anel. À sua chegada
O exercício marcial o grande arcanjo
Cessou, e como esperasse aqui findar
Guerra civil no Céu, jungindo o mau,
Preso a férreos puxões, com cenho hostil   260
E semblante inflamado atalhou.
   Autor do mal, p'ra quem não tinha nome
No Céu nome a mais deu-te o motim, veja-se
Por estes atos de ódio, desprezíveis,
Na justa proporção em ti mais duros   265
E nos teus sócios. Como perturbaste
A paz benta do Céu, e à natureza
Trouxeste dor, por ser até ao crime[6]
Da tua sedição? Como instilaste
O teu mal a milhares, antes reto   270
E fiel, falso afinal. Mas cá não creias
Estorvar a santa paz; que o Céu vomita-te
Dos seus confins. O Céu, lugar feliz,
Não tolera à violência atos bélicos.
P'ra longe pois, e leva o mal contigo,   275
Tua prole, ao lugar do mal, o inferno,
Tu e o teu bando; lá questões te sobram,
Antes que a espada víndice te esmague,
Ou alada por Deus ira mais lesta
Se abata sobre ti, com dor dobrada.   280
   Falou de anjos o príncipe. E assim
O adversário. Não penses que com sopro
De ameaças pasmas quem nem com façanhas

---

[6] Isto é, "desconhecida até que o teu crime a revelasse".

Atinges. Ou levaste o menor destes
À fuga, ou à queda, que não se erga 285
Invicto, p'ra que atalhes já soberbo
Tratados, quê, são esperanças de co'ameaças
Picar-me daqui? Não creias pôr termo
À guerra contra o mal como lhe chamas,
P'ra nós de glória, que é nossa tenção 290
Vencer, ou dar em troca ao Céu o inferno
Com que sonhaste, e aqui se não reinar,
Habitar livres. Dá-me mais da força,
E junta em teu auxílio o tal Altíssimo,
Não fujo, antes vim por ti à caça. 295
 Deram tréguas ao verbo, e aprestaram-se
P'ra inarráveis ações; se não na língua
De anjos, quem vai narrar, ou com que símiles
Do mais insigne que há na terra, que erga
A imaginação do homem a tal auge 300
De divino poder. Pois como deuses
Móveis ou quedos eram, em porte e armas
Aptos a decidir do Céu o império.
Brandiram as espadas ígneas e hórridos
Aros no ar desenharam. Sol com sol 305
Gladiavam seus broquéis, enquanto o susto
Se sustinha. De cada banda abertas,
Onde antes enxameavam púgeis anjos,
Já no campo se viam, inseguros
No turbilhão, tal que se ao pouco o grande 310
Comparasse, e a concórdia da natura
No fim constelações levasse à guerra,
Seriam dois planetas de ar astroso
Em oposição brava no céu médio

Que as esferas opostas confundissem.
Levantam ambos tesos braços, flectos
Só por um, e iminente golpe visam
Que um fim desse de vez, sem vez segunda,
Que força não haveria, nem vantagens[7]
De antecipação, ágil ou enérgica.
Mas tão temperado aço do arsenal
De Deus coube a Miguel que agudo ou sólido
Nenhum gume lhe vive. Deu co'a espada
De Satã decumbente p'ra atingi-lo
Na descida e a meio a desfez;
Não escorou mas em rápido reverso
Rasgou-lhe a fundo a destra; conheceu
A dor Satã, torceu-o, contorceu-o,
Tão descontínuo golpe o aço abriu.
Mas logo indivisível a substância
Etérea se fechou, e do rasgão
Um fluxo de nectáreo humor correu[8]
Sanguíneo, que é de espíritos celestes
O sangue, e a armadura tão brilhante
Lhe manchou. Em socorro logo vieram
De toda a parte muitos e amplos anjos,
Enquanto em escudo outros o levavam
Em maca p'rá quadriga, onde à parte
Se quedou das falanges. Acamaram-no

---

[7] Isto é, já que seria impossível repetir o embate.

[8] Os anjos que bebem néctar sangram igualmente um fluido nectáreo. O humor sanguíneo era no Renascimento associado fisiologicamente à coragem. Perdê-lo implicava assim quebra no moral.

Rangendo de aflição, vilta e opróbrio 340
Por se achar par de pares, e de orgulho
Ferido com tal afronta, muito aquém
De quem se crê igual a Deus em força.
Logo sarou; que espíritos que vivem
Por todo vitais, não como homens frágeis 345
De entranhas, coração, cabeça, fígado,
Rins, não morrem senão por extinção;
Nem na textura líquida lesão
Sofrem mortal, não mais do que o ar fluido:
Cabeça, coração, olhos, orelhas, 350
Intelecto, sentidos, um só são,
E a gosto adaptam membros, forma, porte,
Cor, como lhes convém, raros ou densos.
   Ações afins de anais dignas seguiam,
Onde de Gabriel justava a força 355
E de insígnias crivara a espessa tropa
De Moloque,[9] o rei bravo, que o reptou,
E aos garrotes das rodas do seu carro
O prometera, enquanto do Santíssimo
Não desviava a blasfema língua; logo 360
O abriu em dois até à cinta. De armas
No chão, com estranha dor fugiu mugindo.[10]
Uriel e Rafael, seus rivais fátuos,

---

[9] O nome não era suposto antes da Queda, daí que nomeá-lo aqui possa implicar o reconhecimento do fracasso da missão de Rafael, ainda que se lhe garanta poder de previsão dos futuros diabos.

[10] Como os urros de Ares ao ser ferido por Diomedes (cf. *Il.* V, 860). O mugido de Moloque assenta de qualquer maneira bem a um deus-touro.

Brutais, e embora armados em diamante,
Venceram, Adrameleque[11] e Asmodeu,[12] tronos 365
Que troçavam da sujeição de Deus,
Mas modestas lições lhes deu a fuga,
Lições e amputações cruéis, em cota
De malha e em couraça. Assim também
Abdiel ante os ímpios, que o redobro 370
Logrou a Ariel[13] e Arioque,[14] e à violência
De Ramiel[15] derrubando-os calcinados.[16]
Diria de milhares, e os seus nomes
Aqui perpetuaria. Mas os anjos
Eleitos com a glória no Céu pagos 375
Não buscam louvor de homens. Os demais,
Em punho embora grandes e atos bélicos,
Não porque à fama fujam, mas por pena
Do Céu e da memória sacra expulsos,
Deixai-os habitar sem nome o olvido. 380
Que arredia do justo e da verdade,
A força, nada a aclama, só desdém,
E ignomínia, contudo à glória aspira,

---

[11] "Rei do fogo" (cf. *II Rs.* 17, 31).

[12] "Criatura de julgamento". O mau espírito do livro de Tobite.

[13] "Leão de Deus".

[14] "Como leão".

[15] "Trovão de Deus".

[16] São diabos. Novamente Rafael nomeia anjos caídos. Ariel é um epíteto para Jerusalém, mas na tradição cabalista é nome de anjo maléfico. Abraão lutou com Arioc em *Gn.* 14. Foi também capitão babilônico inimigo dos judeus (cf. *Dn.* 2, 14).

Vã glória, e p'la infâmia busca a fama:
Seja eterno silêncio então seu lote. 385
   Expungido o maior, coalhado, um lado
Travou as incursões, e deformada
A derrota chegou e o caos. O campo
Juncado a lascas de armas, e aos montões
Aurigas e quadrigas às avessas 390
E ígneos corcéis espumosos. Quem ficou,
Recuou gasto p'las débeis hostes más
Mal validas, num choque de palor,
Iniciadas então em medo e dor
Em fuga vil, presentes a tal mal 395
Por pecado ou motim, 'té àquela hora
Não sujeitos à dor, à fuga, ao medo.
Bem diferentes os santos invioláveis
Em cúbica falange,[17] em firme avanço,
Intangíveis, de arnês impenetrável. 400
Tais vantagens lhes trouxe a integridade
Sobre os seus adversários, a inocência
De infração ou delito. Combatiam
Sem cansaço, sem chagas que à dor toquem,
Se bem que à força longe já do lar. 405
   Deu ao seu curso início a noite, e ao Céu
Levando trevas tréguas gratas deu,
E mudez no estridor negro da guerra:
Na sua capa turva a ambos tapa,
Vencido e vencedor. No chão sulcado 410
Miguel em arraial com seus campeões

---

[17] Ver I, 550-1n.

Cercou-se de atalaias, de fogueiras
Que querubins ateavam. Noutra parte
Satã com seus rebeldes se apagara
No umbigo umbroso, e falto de descanso 415
A concílio chamou as potestades;
E no centro lhes disse assim impávido.

  Ó provados p'lo perigo, sabeis já
Que em armas sois indômitos, meus caros,
Não dignos só sois vós de liberdade, 420
Baixa ambição, mas mais do que mais queremos,
Honra, domínio, glória e renome,
Que aguentamos um dia dúbia luta
(Se um dia por que não dias eternos?)
Do que o deus do Céu tinha de mais forte 425
À mão no trono contra nós, e achado
Bastante p'ra nos pôr às suas ordens;
Enganou-se. Falível pois parece
De futuro estimá-lo, onisciente
Seja ainda. Certo é, menos armados, 430
Dor e perda algumas suportamos,
Como novas, mas velhas desprezamo-las,
Já que esta forma etérea agora achamos,
Incapaz de mortal dano, imortal,
E embora cutilada, logo fecha, 435
E por um vigor nato debelada.
De um mal tão curto quanto fácil pense-se
O remédio. Talvez armas mais válidas,
Armas mais cruéis, quando nos reunirmos,
Nos sirvam melhor, e aos rivais pior, 440
Ou a igualar o que entre nós pendeu,
Não natural. Se causa outra oculta

Os distinguiu, enquanto preservarmos
Mentes sem dor, e espírito saudável,
A devida consulta mostrará. 445
    Sentou-se. E na assembleia estava próximo
Nisroque,[18] o primeiro principado.
Como um da contenda a monte e a salvo,
Exausto, ferido, de armas retalhadas,
Carregado de aspecto assim falou. 450
Redentor por quem somos livres, líder
Que nos dás de direito o sermos deuses;
P'ra deuses estamos mal, que é desigual
De mais com desiguais armas medir
E dores, se impassíveis não se doem; 455
De onde é força que a ruína venha. Pois
De que vale o valor, mesmo ímpar, coarto
Com dor que a todos vence e faz remissas
Do mais forte as mãos? Poupe-se os deleites
Acaso à vida e sem queixas vivamos 460
Contentes, que é das vidas a mais calma.
Mas a dor mal a mais é, o pior
Mal dos males, e a mais toda a paciência
Exaspera. Aquele, assim, que invente
De lesivas ideias a que ofenda 465
Mais os nossos rivais ainda indenes,
Ou pares nos compare em força, crédito
Terá, o mesmo que acha um redentor.
    Ao que Satã refeito replicou.
Não por inventar tenho o que bem crês 470

---

[18] Deus assírio (cf. *II Rs.* 19, 37). "Fuga" ou "tentação delicada" pode ser a correta etimologia do seu nome.

De monta p'ra levar ao bom sucesso.
Qual de nós vendo a áurea superfície
Deste etéreo molde onde nos firmamos,
Este amplo continente do Céu, rico
Em planta, fruto, ambrósia, gema e ouro, 475
Descansa aí o olhar à superfície
Sem que atente à razão p'la qual cresceram
No subsolo matérias baças, cruas,
De espuma refinada e incandescente,
'Té que a um raio do Céu, e bem temperadas 480
Brotam tão belas, e à luz ambiente abrem?
Desta natividade negra os fundos
Nos emprenharão fogos infernais,
Os que em cavos engenhos, longos, curvos,[19]
Bem maçados, darão com bom contato 485
Na outra cavidade, e inchados, rábidos,
Cuspidos a adversários chegam longe,
Matéria tão hostil que escacará
E esmagará quem quer que fique à frente,
Que hão-de temer havermos desarmado 490
Ao fuzileiro o único fuzil.
Não é longa a missão, antes da aurora
Cumprida se achará. Mas animai-vos.
Deixai o medo. À força, ao conselho,
Nada se opõe, e angústias não se admitem. 495
Findou, e o seu discurso os murchos ânimos
Acendeu, e a fé tíbia renovou.
Tal engenho admirava, como ao gênio

---

[19] Máquinas de guerra.

A ser passou o que é bem patenteado
Quando se inventa, isso que uns diriam
Impossível de ser. Talvez que em dias
Vindouros, caso o mal grasse entre os teus,
Alguém dado à maldade, ou inspirado
Com maquinações negras, possa achar
Arte igual p'ra afligir homens em guerra,
Afeitos à chacina do pecado.
Do concílio ao labor logo passaram;
Nenhum argumentou; mãos infindáveis
E a postos reviraram um momento
Amplamente o celeste chão, e embaixo
Viram os elementos na crueza
Da concepção; sulfúrea e nitrosa
Espuma viram,[20] cruzaram, e com artes
Sutis, por cozedura e adustão[21]
A grão negro a levaram, e ao depósito.
Desenterravam veios uns (que entranhas
Iguais há no Céu), pedras e minérios,
Onde forjar engenhos e projéteis
De ruína míssil. Outros mecha arranjam,
Perniciosa se ao fogo passar rente.
Antes do alvorecer, da noite cúmplices
Cessaram em segredo, com prudência,
Sem espias e conforme o pretendido.

---

[20] Nitrato de potássio é um ingrediente da pólvora. A presente descrição da invenção diabólica da pólvora conta com uma longa precedência épica.

[21] Termos alquímicos referentes à ação do calor.

Quando a oriente a bela manhã veio
Ergueram-se os campeões, e às armas soou
O matinal clarim: uma panóplia
De ouro, as hostes brilhantes, logo unidas;
De montes que amanhecem uns vigiavam,
E outros batiam de ágeis armaduras
Cada quartel, p'ra dar com o inimigo,
Alojado ou fugido, ou se ataca,
Se se move ou se espia: logo o viram
Sob insígnias já próximo, em lento
Mas firme batalhão; de asa veloz
Zofiel,[22] dos querubins a asa mais ágil,
Voltava, e no ar médio gritou alto.

   Tomai armas, guerreiros, que nos poupa
Quem tínhamos em fuga longa caça
Hoje, e nada temais; tão densa nuvem
Vem, e assente no rosto vejo sério
E confiante propósito. Cingi
Os gibões de diamante, e ajustai
Os elmos, e trincai o orbe do escudo,
Ao alto ou à frente, que hoje há chuva,
Se a previsão não falha, não miudinha,
Mas trovejante em flechas de ígneas barbas.
Alertou-os, já próvidos, e em ordem
Logo e livres de todo o impedimento.[23]
Ao alarme urgentes mas sem pânico

---

[22] Hebraico para "espião de Deus".

[23] A etimologia é a do latim *impedimentum*, concretamente "bagagem militar".

E em formação marcharam, quando viram 550
Não muito longe o passo do inimigo
A acercar-se compacto, em falso cubo
Arrastando os petrechos maus, cercado
De esquadrões obumbrosos p'ra esconder
O estratagema. Frente a frente um pouco 555
Ficaram, mas de súbito à cabeça
Satã: e alto comando foi ouvido.
   Vanguarda, abri a frente, dividi-vos.
Veja quem nos odeia como queremos
Paz e acordo, e prontos a acolhê-los 560
Estamos com peito aberto, se gostarem
Da abertura, e as costas não voltarem
Perversos. Mas não sei, se bem que o Céu
O diga. Sim, diz tu, ó Céu, da parte
Que liquidamos. Vós, que em polvorosa 565
Estais p'ra começar, força, e aflorai
A proposta, mas alto que é p'ra ouvir.
   Em remoques de ambíguo verbo mal
Findara, quando à esquerda e à direita
A frente partiu e aos flancos se foi. 570
Aos nossos olhos surge estranho novo:
Uma tripla armação assente em rodas
Com pilares (pilares mais lembravam
Ou de abeto ou carvalho ocos corpos,
Com ramos tronchos de bosque ou montanha) 575
De bronze, ferro ou pedra, não abrissem
As grandes bocas o hórrido orifício,
Agourando ocas tréguas; e atrás destas
Com juncos serafins, e neles fogo
Das pontas bruxuleando. Nós incertos, 580

Quedos na distração de pensamentos.
Não de mais, que os caniços ao espiráculo
De súbito levaram, mas sutil
E gentilmente. Ardeu depressa o Céu,
Mas p'lo fumo tisnado se mudou, 585
P'lo vômito de engenhos, goelas cavas,
Cujos roncos estriparam o ar, e as vísceras
Rasgaram, arrotando com baixeza
O enfarte, os raios presos e a saraiva[24]
De orbes férreos, os quais à hoste ovante 590
Apontados, com ímpeto incidiram,
Tal que nenhuma em pé ficou das vítimas,
Rochedos que eram antes, mas caíram
Em rolos milhões, anjo sobre arcanjo;
E mais p'lo fardo de armas, pois sem armas 595
Ter-se-iam evadido, como espíritos
Que se afastam ou ágeis se contraem;
Mas agora era a ruína, a debandada,
E inútil afrouxar renques cerrados.
Que fazer? Se avançassem dobrariam 600
O rechaço, e a sórdida derrota
Seguida mais chacota lhes traria,
E aos rivais gargalhadas; pois à frente
De serafins plantava-se outra fila
A postos p'ra lançar segunda salva 605
De obuses; e bater em retirada

---

[24] Esta imagem fisiológica poderia facilmente reportar às alegorias freudianas de agressão alimentar e anal. Os diabos são, aliás, frequentemente representados pela tradição iconográfica nestes preparos escatológicos.

Mais detestavam. Viu Satã o apuro,
E em irrisão chamou os seus parceiros.
   Amigos, que detém os vencedores?
Bravos vinham há pouco, e quando nós   610
Em honrado entretém com fronte e peito
Francos (pedir-se-á mais?) pusemos termos
P'ra nos compormos mudam-se as vontades,
E batem asas cheias de caprichos,
Como prontos p'ra dança, mas p'ra dança   615
Bizarra, algo excêntrica, talvez[25]
P'lo gozo da paz dada. Mas suponho
Que ouvidas as propostas novamente
Os vá levar por força a novos saltos.
   Belial, folgaz também, reforçou. Líder, 620
De peso são os termos remetidos,
De teor, e a casa os levam expeditos,
E à diversão parece-me, e ao tropeço,
Contanto que os receba em condições,
E os suporte, de fio a pavio,   625
Pois de contrário o porte patenteia
Quando os nossos rivais não andam bem.[26]
   Continuavam assim cheios de veia
Rapioqueira, p'ra lá de qualquer dúvida

---

[25] "Meríones, por muito ágil bailarino que tu sejas, minha lança/ teria parado de vez o teu bailar, se te tivesse atingido" (*Il.* XVI, 617-8).

[26] Trocadilhos próprios de um espírito "frouxo e tíbio" (cf. II, 117). Milton faz de Belial o mais sensualista e dissoluto dos espíritos, o íncubo da carne (cf. *PR* II, 150-2). O seu jogo de palavras marcial é convertido na tradução em termos de afeição, digamos, mais postal, talvez por ligação inconsciente a um diabo sem culto local (cf. I, 490n).

De vitória altaneiros, pois supunham
Haver chegado à força eterna a máquina
Depressa, e troçaram do seu raio
E das suas legiões, enquanto embargos
Por pouco conhecessem; mas não muito:
Enfim de raiva armados descobriram
Como dar luta a tanta malvadez.
Logo (vede a excelência, o poder
Que Deus pôs nos seus anjos valorosos)
Desembainharam armas, e às montanhas
(Que a terra o Céu copia nesta cópia
De vales e colinas aprazíveis)
Lestos como um relance de relâmpago
Correram, voaram, lassas de alicerces
O fardo das corcundas lhes truncaram,
Rochas, águas, madeiros, e p'los pêlos
Dos cumes as alçaram nas mãos: pânico,
Decerto, e horror tomaram os rebeldes,
Quando em direção viram tão medonhas
As bases de montanhas às avessas,
'Té que p'los maus engenhos de três filas
Se viram soterrados, e à confiança,
Sob o peso da tumba de montanhas,
Neles mesmos depois, e nas cabeças
Promontórios inteiros, que assombraram
O ar, e sobre inteiras legiões de armas,
Armaduras do dano, amolgadas,
Esmagadas e à substância confinando-os,
Que a dor fez implacável e ulos muitos,
Justando à justa nessa prisão de ar
P'ra fora da asfixia, que a luz pura

De espíritos manchada agora a tinham.
Os outros escolhendo as mesmas armas
As montanhas vizinhas arrancaram;
Assim no ar montes montes encontraram
Remessados com fúria cá e lá, 665
E subterrâneas trevas se batiam.
Som atroz. Comparada a guerra lúdica
E civil é. Crescia a confusão,
E horrendo o caos no caos. E o Céu agora
Aluiria, lavrado pela ruína, 670
Não fosse o armipotente lá nos altos,
No trono do amparado tabernáculo,
Consultando o total final, prever
O motim, deferi-lo, previdente,
A fim de que os seus fins cumprir pudesse, 675
E honrar com a vingança o seu ungido
Sobre os seus inimigos, e o poder
Jurá-lo transferido: donde ao Filho
Assessor do seu trono assim falou.

   Brilho da minha glória, Filho amado, 680
Filho cuja invisível face mostra
Visível o que eu sou de divindade,
E em cuja mão eu faço por decreto
Segunda onipotência, são dois dias,
Dois dias, assim dias no Céu somam, 685
Desde que Miguel foi domar co'as forças
Estes rebeldes. Luta azeda vai,
Como era de ver, dado o peso de armas
Adversárias. À sorte sua os deixo,
E tu sabes que iguais foram criados, 690
Salvo no que pecaram, coisa ínfima

Por ora, pois suspendo-lhes o fim;
P'lo que em eterna luta devem ser
Sem fim, sem solução cabal à vista.
Exausta a guerra fez o que é forçoso,   695
E soltou rédeas à raiva à deriva,
Com montanhas por armas, o que ao Céu
Traz árduo labor, transe ao universo.
Dois dias idos são, teu é o terceiro,
Para ti o aprestei, e até aqui   700
Muito sofri, que a glória seja tua,
A de pôr termo à guerra, pois ninguém
Mais poderá. Em ti virtude e graça
Imensas transvasei, para que saibam
Céu e inferno o teu mando sem igual,   705
E que esta insurreição assim regida
Te dê como o mais digno dos herdeiros
A tudo o que há, herdeiro e rei por sacra
Unção, o teu legítimo direito.
Vai no poder do Pai mais poderoso,   710
Sobe à minha quadriga, guia as rodas
Que a base ao Céu abalam, leva à guerra
Meu arco e trovão, e o meu arnês
Cinge, e ata à possante coxa a espada;
Persegue os filhos das trevas, e expele-os   715
Dos confins do Céu 'té ao fundo máximo:
Que ali aprendam como desprezar
A Deus e seu Messias rei ungido.
   Falou, e sobre o Filho fez raiar
Raios cheios, e todo o Pai expresso   720
Recebeu inefável no semblante,
E assim o filho Deus disse em resposta.

Ó Pai, dos celestiais tronos supremo,
Excelso, santo, bom, que sempre buscas
A glória do teu Filho, e eu a tua, 725
Como é justo: por minha a tomo eu,
Minha exaltação, todo o meu deleite;
Que em mim grato, declares a vontade
Cumprida, que em cumprir mais grato sou.
Tua dádiva, cetro e poder, tomo, 730
Dos quais abdicarei mais feliz, quando
No fim fores tudo em todos, e eu em ti
P'ra sempre, e em mim todos quantos amas.
Mas abomino quantos abominas,
E à imagem de ti posso eu bem sair 735
Em terror ou brandura. Livrarei,
No teu arnês, em breve, o Céu de réprobos,
À pronta mansão triste escorraçados,
Aos grilhões mate, ao verme que não morre,
Que ousaram insurgir-se à obediência 740
Justa, a qual cumprir é um bem em si.
Teus santos sem misturas, e de impuros
Apartados, p'lo monte santo à volta
Aleluias não falsos cantarão,
Hinos de alto louvor, e eu o primeiro. 745
Falou, prostrado sobre o cetro, ergueu-se
Da destra gloriosa do seu trono,
E a terceira manhã sacra acendeu
Despontando p'lo Céu. Zumbindo vórtices
A quadriga do Pai rompeu com chamas 750
Dardejantes, rodando em roda a roda,
Impelida por espíritos, com escolta
De quatro querubins, com quatro rostos,

Cada raro, seus corpos cravejados
De estrelas, e asas de olhos, co'eles rodas 755
De berilo, e fogos em redor;
Sobre as cabeças vítreo firmamento,
E um trono de safira ali, tauxiado
Com âmbar puro e cores de arco-íris.[27]
Ele em panóplia celeste artilhado 760
De urim radiante, obra divinal,
Ascendeu, co'a Vitória à sua destra
Sentada, de asas de águia, e atrás o arco
E a aljava com trovões de três relâmpagos.[28]
E dele uma efusão rolou feroz 765
De fumo e tremulante chama, e chispas
Terríveis. Com dez mil vezes mil santos
Aproximou-se, já brilhando ao longe,
E com vinte mil (eu ouvi seu número)
Carros de Deus, metade em cada mão:[29] 770
Sublime cavalgou um querubim
No céu vítreo, em trono de safira.
Por toda a parte ilustre, mas visível
Primeiro aos seus, perplexos de alegria,
Quando foi do Messias visto o lábaro 775
Que anjos alçavam, seu sinal no Céu.
Ao seu comando deu Miguel depressa

---

[27] A descrição da quadriga viva do Messias com os seus quatro querubins encontra fundamento em *Ez.* 10, 14.

[28] A águia era a ave de Júpiter e os trovões, as suas armas.

[29] *Sl.* 68, 17.

As tropas, alastradas de asa a asa,
Sob a mesma cabeça reunidas.
Seu caminho o poder divino abriu. 780
Às suas ordens montes da raiz
Se afastaram, à voz que ouviram foram
Prestáveis, e o Céu fez seu rosto próprio,
E o monte e o vale frescas flores sorriram.
Infaustos os rivais viram-no frios, 785
E à contenda rebelde uniram forças
Insensatas, de esperanças na aflição.
Pode o mal demorar-se em peito etéreo?
Mas a mudar o ufano de que valem
Prodígios, que ações dobram o obdurado? 790
Endurecido mais quem mais reclama.
Doendo-lhes tal glória, invejaram
A visão, e aspirando-lhe as alturas
Reestreitaram-se, crendo-se mais prósperos
Em fraude e força, a prazo triunfando 795
Sobre Deus e Messias, ou tombando
Em ruína total. E agora rumam
À batalha final, que a fuga apoucam
E a retirada débil; quando o Filho
À sua hoste em volta assim falou. 800
    Folgai, ó santos, áureos renques, e anjos,
Folgai o vosso arnês, hoje é p'ra folga.
Leais guerreiros tendes sido, e aceites
Por Deus, na sua causa justa intrépidos,
E tal como o tomastes, tal fizestes 805
Invencíveis. Mas deste tropel réprobo
O castigo pertence a outra mão,
Sua a vingança é, ou de quem mande.

Hoje não se ordenou ao labor número
Nem multidão, quedai-vos só e vede	810
A indignação de Deus sobre estes ímpios
Vir por mim; não a vós, a mim odiaram,
Por ciúme; contra mim vem toda a raiva,
Porquanto o Pai, a quem no Céu supremo
Reino, poder e glória só pertencem,	815
Me enobreceu segundo o seu desígnio.
Por isso me investiu do seu destino.
Se o querem seja assim: meçamos forças
Em batalha, e ganhe o mais forte, eles
Ou contra eles eu, já que p'la força	820
Medem tudo o que há, de outras excelências
Nem êmulos, nem ávidos de o ser.
À força então, nem outra prova aceito.

   Disse o Filho, e em máscara terrível
Mudou duro de ver o seu semblante,	825
E dobrou-o a fúria sobre o alvo.
Depressa os quatro estrelas alastraram,[30]
Contíguas asas lúridas, e as órbitas
Rugiram do seu carro, como o som
De águas em convulsões, ou de hoste inúmera.	830
Rumou direito ao ímpio inimigo,
Sombriamente; sob os discos ígneos
O firme empíreo todo abanou, todo
Menos de Deus o trono. Logo em cheio
Entre eles atracou. Dez mil trovões	835
Travava a mão direita, que os lançou

---

[30] Os quatro querubins do verso 753.

250   Paraíso perdido

E nas almas quais pragas se fixaram.
Aturdidos perderam todo o alento,
E indefesos baixaram armas tíbias.
Calcou almas com elmo e elmos sem alma 840
E escudos e altos tronos de prostrados
Serafins, que anelavam mais as penhas
De novo nas cabeças despenhadas
P'ra abrigo. Nem foi menos branda a chuva
De setas, dos quatro de quatro rostos, 845
Marchetados com olhos, e das rodas
Viventes, marchetados com mil olhos
Também; neles com espírito reinava,
E os olhos coruscavam, e lume ágil
Lançavam nos malditos, cuja força 850
Exauriam e o viço estiolavam,
Flébeis, gastos, inânimes, caídos;
Porém não avançou metade à força,
Mas restringiu o tiro a meia salva,
Pois não queria abatê-los, mas do Céu 855
Extirpá-los. Levantou-os, e qual fato
De cabras ou rebanho em tropel trémulo
Levou-os fulminados, perseguidos
Com fúrias e terrores 'té às raias[31]
E ao muro de cristal do Céu, que abrindo, 860
A viseira arrolou, e extensa fenda
Destapou p'ra o abismo; a visonha
Fê-los recuar de medo, mas de trás
Pior os impeliu; precipitaram-se

---

[31] Ecoando as Fúrias, deusas da vingança.

Orla do Céu abaixo, acompanhados
P'la ira eterna ardendo abismo dentro.
  O inferno ouviu os tons insuportáveis,
O inferno viu do Céu ruir o Céu
E ao susto fugiria; mas fundir-se
Fundo de mais o fado, de mais firme
Se fundara. Caíram nove dias.
Confuso o Caos rugiu, confusa a queda
Dez vezes mais sentiu p'lo seu caos árido,
Tal lotação lhe trouxe a dispersão.
Fechou o inferno sobre eles por fim
O bocejo, mansão justa e em chamas
Insaciáveis, mansão de dor e choro.
Aliviado sorriu o Céu e o muro
Logo repôs, rolando de regresso.
Triunfante, voltou dos inimigos
O Messias, único vencedor.
Ao seu encontro os santos, que em silêncio
As valentes ações testemunharam,
Avançaram festivos. E enquanto iam,
Por palmas abaulados,[32] cada ordem
Exaltava a vitória, o rei, o Filho,
O herdeiro, e Senhor, dele o domínio,
Mais digno de reinar. Montou o júbilo
Ovante p'lo Céu médio, 'té aos átrios
E ao templo do seu Pai entronizado

---

[32] O português permite a feliz confusão entre o abaular de palmas da mão em aplauso e os ramos da palmeira, emblema de triunfo (cf. *Jo.* 12, 13 e *Ap.* 7, 9).

Nas alturas, que em glória o acolheu,
Onde se senta à destra da ventura.

   Assim medindo o Céu p'lo que há na terra
A teu pedido, a fim de te ensinar
Por transatas ações, eis que te abri   895
O que acaso aos humanos se escondera:
A discórdia e a guerra que ao Céu veio
Entre as forças angélicas, e a queda
Da mais alta ambição, os de Satã,
Ele que inveja agora o teu estado,   900
Que agora urde forma de usurpar
Mais um à obediência, p'ra que possas
Privado de alegria tomar parte
Na sua punição, na dor eterna.
Seria corolário de vingança,   905
Qual ultraje maior contra o magnânimo,
Tomar-te por parceiro de lamentos.
Não ouças porém tais reptos, avisa
O mais fraco.[33] Que te aproveite ouvir
Neste exemplo atroz da rebeldia   910
O cobro. Poderiam resistir.
Caíram. Ouve, teme a transgressão.

Fim do sexto livro

---

[33] Eva, o "vaso mais frágil" de *I Pe*. 3, 7. Rafael fala de Eva como se esta estivesse ausente, embora presente e ouvinte (cf. VII, 50).

Livro VII

Argumento

Rafael conta a pedido de Adão como e por que razão foi este mundo criado; que Deus, depois de expulsos Satanás e os seus anjos do Céu, declarara gosto em criar outro mundo e outras criaturas para seus habitantes; envia o Filho em glória com seus anjos para fazer em seis dias a obra da criação: os anjos celebram-no com hinos quando reascende ao Céu.

Desce do Céu Urânia, se este nome[1]
Te serve e aceitas, cuja voz divina
Seguindo, do Olimpo os cimos passo,[2]
Sobre a pegásea asa alcandorado.[3]
O sentido eu chamo, não o nome:
Pois nem das Musas nove eras, nem no ápice
Do Olimpo ancião moravas, mas no Céu
Nada, antes que houvesse monte ou fonte
Fluísse, com eterna Sabedoria
Te deste, Sabedoria tua irmã,
E com ela dançaste ante o altíssimo,
Com teu canto celeste satisfeito.
Por ti levado ao Céu dos Céus qual hóspede
Terrestre ousei, e empíreo ar sorvi,
Têmpera tua; em mãos assim seguras

---

[1] A terceira invocação de Milton, sendo as primeiras em I, 1-49 e III, 1-55. Uma das nove Musas, concretamente a da astronomia para os romanos mais tardios, sendo adotada posteriormente como Musa para a poesia cristã. O nome significa "celestial".

[2] Lar dos deuses clássicos e lugar preferido das Musas.

[3] Pégaso era um símbolo para a poesia inspirada. Criou a fonte das Musas, Hipocrene ("fonte do cavalo"), ao bater violentamente no chão com o seu casco.

De volta ao elemento natal guia-me:
Não vá deste corcel de asas sem rédeas,
(Como Belerofonte antes,[4] em clima
Mais baixo embora) em pé, no chão de Aleia
Cair e ali errar desamparado.   20
Metade há por cantar ainda; estreita-se
Contudo à diurna esfera nítida.[5]
Na terra, aquém de arroubos supra polos,
Mortal mais firme o canto, que não áfono
Nem rouco, mesmo em dias maus caído,   25
Em dias maus caído, e línguas más;[6]
Na penumbra,[7] e envolto em embaraços
E solidão. Porém não só, enquanto
Me visitares o sono,[8] ou quando a alva
Corar o este: meu canto ainda Urânia   30
Rege, e ouvidos dá-lhe aptos, mesmo escassos.
Porém afasta a bruta dissonância
De Baco[9] e seus devassos, essa casta

---

[4] Versos 18-9: o cavaleiro de Pégaso. Tentou chegar ao Céu montado neste, mas foi punido por Zeus pelo atrevimento, vítima de um inseto que aferroara Pégaso. Como consequência da sua queda em Aleia, Belerofonte viveu para sempre cego e só.

[5] O universo visível de rotação diurna, ou diária, à volta da Terra.

[6] Versos 24-6: Milton fora adepto do regicídio e exerceu publicamente a sua opinião em vários panfletos. A restauração de 1660 poupou-o à forca.

[7] Milton ficou totalmente cego em 1652.

[8] *Sl.* 17, 3. De acordo com a sua biografia, Milton compunha à noite ou nas primeiras horas da manhã.

[9] Provavelmente um piscar de olho aos realistas "bulhentos".

De bulhentos que o trácio bardo em Ródope[10]
Retalharam, lá onde ouviram mata
E rebo o arroubo, até que o clamor voz
E harpa afogou; falhou ao filho a Musa[11]
Inerme. Não me falhes pois tu, rogo-te:
Porque és do Céu tu, e um sonho vão ela.

   Diz deusa, que mais, quando Rafael,
O arcanjo afável, trouxe a Adão avisos
Com exemplos cruéis de apostasia,
P'ra que tivesse em conta o que aos apóstatas
Sobreveio no Céu, não fosse o mesmo
Dar-se no Paraíso com Adão,
Se transgredisse, imposta que lhe foi
A distância da árvore interdita,
Comando de observância sem transtornos,
Entre a escolha de gostos ao seu gosto,
Embora meandrando. Ouviu com Eva[12]
Atento a narração, e surpreendeu-se,
E reflexão profunda suscitaram-lhe
Coisas tão estranhas e altas, tão incríveis
Quanto haver no Céu ódio, e tão próxima
Da venturosa paz de Deus a guerra

---

[10] Uma cordilheira na Trácia. Este passo alude a Orfeu, quando ofendeu as bacantes ao desprezar todas as mulheres após a morte de Eurídice, e após o seu fracasso em resgatá-la ao Hades. Voltou-se então para rapazes e é tido como a origem da pederastia na Grécia. Como vingança foi retalhado pelas Mênades.

[11] Calíope, musa da poesia épica.

[12] Eva mais tarde fala como não tendo ouvido a conversa (cf. IX, 275-8).

E tal perturbação; mas logo o mal
Redundou em refluxo que rebenta
Onde nasceu, inapto p'ra misturas
Com santos. Donde Adão depôs as dúvidas
Que o seu coração pôs, e ora atraído, 60
Mas sem mancha, com sede de saber
O que mais lhe importava a si, como houve
Mundo de céu e terra manifesta,
Quando, nados do quê, por que razão,
O que se gerou dentro ou fora do Éden 65
Prévio à sua memória, como aquele
Cuja sede mal extinta ainda fita
O arroio, cuja queixa de água à sede
Mais sede traz, assim Adão ao hóspede.

   Grandes coisas, que ouvidos maravilham, 70
Distintas deste mundo, revelaste
Intérprete do Céu, vindo em favor
Do empíreo a advertir-nos oportuno
Do que seria a perda se ignorada,
Que o homem alcançar não saberia, 75
P'lo que ao infindo bem devemos graças
Duradouras, e a sua admoestação
Recebemos co'intento de observar
Firmemente a vontade soberana
De que somos o fim. Mas já que amável 80
Te dignaste p'ra ensino a dar parte
De coisas não terrenas, que contudo
Nos concernem e apraz à ciência do alto,
Digna-te a descer mais, e a relatar
O que nos aproveite mais saber: 85
Como se fez o céu que contemplamos

Lá no alto, com moventes labaredas
Sem conta, e este que enche ou concede
O espaço, o ar ambiente repassado[13]
Abraçando este flóreo chão, que causa
Levou o criador no seu descanso
Eterno a querer em tempos lançar mãos
Ao caos, e começando, qual o termo,
Se ilícito não for p'ra nós sabê-lo,
Que não p'ra confidências perguntamos
Do seu eterno império, senão mais
P'ra exaltar-lhe obras, quanto mais soubermos.
E à grande luz do dia muito falta
Do que é íngreme curso já, suspensa
No céu p'la tua voz, voz potente ouve,
E mais suspenderá p'ra ouvir-te a conta
Da sua geração, e o nascimento
Da natura crescendo do invisível;
Ou se a estrela da tarde e a lua correm
À audiência, trará consigo a noite
Mudez, e o sono ouvindo velará
Insone, ou se apartará, até que o canto
Termine, e te dispense antes da aurora.[14]

    Assim Adão rogou ao ilustre hóspede.
    E assim o anjo divino respondeu.
Também isto à prudente prece entrego.

---

[13] O ar cede a corpos sólidos ou enche o espaço que estes deixam vago. Espaço pode também referir-se a "espaço exterior", ao qual o ar atmosférico cede lugar.

[14] Versos 98-108: apelos para a continuação da narrativa são frequentes, ver por exemplo *Od.* XI, 373-6.

Se bem que a tais relatos, qual o verbo,
Qual a língua seráfica, qual fala,
Qual o coração de homem que lhe chegue?
O que possas saber, que melhor sirva
À glória do criador, e a ti te faça
Mais feliz, não será aos teus ouvidos
Sonegado, tal foi a comissão
Que do alto recebi, dar-te aos desejos
De conhecer resposta circunscrita.
De mais abstém-te, priva as invenções
Do que é confidencial, que o invisível
Uno, Onisciente rei, selou em noite,
E a ninguém revelou em Céu ou terra:
P'ra saber e sondar há quanto baste.
O saber é um prato, pede apenas
Ao apetite igual moderação,
Saber da mente qual a justa dieta,
Que imoderada pesa, e faz estultícia
Do saber, como um vento de viandas.
    Sabe que após haver caído Lúcifer
(Seu nome, de mais luz entre hostes de anjos
Outrora, mais que a estrela entre estrelas)
Do Céu com seus flamantes legionários
No fundo lar, e o grande Filho ovante
Co'os santos regressado, o onipotente
E eterno Pai do trono contemplando
A multidão, ao Filho assim falou.
    Falhou enfim o odioso mau, que achava
Os outros tão rebeldes, com os quais
Esta intangível força, e alto trono
De Deus, desalojando-nos, julgava

Paraíso perdido

Poder tomar, e à fraude levou muitos,
Aqueles que este assento já não lembra;
Mas manteve de longe a maior parte 145
Seu posto, populoso o Céu retém
Que chegue p'ra ocupar seus vastos reinos
E p'ra visitar este santo templo
Ministrando seus sacros rituais.
Mas p'ra que não se exalte o coração 150
No mal feito, de o Céu ter despovoado
E isso tolamente achar meu dano,
Reparo-o, se é que é dano algum a perda
De quem se perde a si, e um mundo novo
Farei e já, de um homem uma raça 155
Infinda, que há-de ali morar, e não
Aqui, até que os graus subam do mérito
E p'ra si por fim abram um caminho
De ordálios de obediência, até cá cima,
Quando for Céu a terra, e terra o Céu, 160
Um reino, gozo e eterna união.
Entretanto alargai-vos potestades,
E tu meu Verbo, Filho meu, por ti
O faço, dize tu e assim se faça.
Meu espírito envolvente e poder mando 165
Contigo, vai à frente, e ordena ao fosso
Que seja céu e terra, e circunscreve-os,
Porque é sem fim o fosso, e eu quem enche
A infinitude, e o espaço não é vácuo.[15]

---

[15] O Deus de Milton parece criar a partir do caos, não *ex nihilo*. Apesar de infinito, e por isso não podendo deixar de habitar também o caos, Deus resolve ali suspender a sua bondade, usando-a apenas na criação.

Se bem que incircunscrito me retire,[16]   170
E o meu bem não difunda, o qual é livre
De agir ou não, imune ao necessário
E ao fortuito sou,[17] e o que quero é lei.
  Assim falou o altíssimo, e o Verbo
Seu, filho Deus, cumpriu-o. Imediatos   175
São os atos de Deus, mais do que tempo[18]
E movimento ágeis são, mas homens
Não sem elocução podem ouvi-los,
Ouvindo-os na medida do terreno.
Grande triunfo foi no Céu e júbilo   180
Ao ouvir-se a vontade do altíssimo;
Glórias deram ao rei, boa vontade
Aos vindouros, e paz às suas casas:
Glória ao rei cuja ira vingativa
Expulsou os iníquos dos seus olhos   185
E das habitações dos justos; glória
E louvor ao rei, cuja sabedoria
Forçou do mal o bem, e em vez de espíritos
Malignos quis tomar com melhor raça

---

[16] No *Purg.* XI, 2, Dante exalta Deus como *non circunscritto*. De fato, Nicolau de Cusa descrevera Deus como um círculo cujo centro está em todo lado e a sua circunferência em lado nenhum.

[17] Versos 172-3: a "Necessidade" era associada à noção aristotélica de criação, limitativa da onipotência de Deus no entender de Milton. O fortuito, ou causal, era, precisamente, a causa das coisas para os filósofos Demócrito e Empédocles. Milton limita o acaso aos átomos não criados do caos.

[18] Versos 175-6: Santo Agostinho defendia uma criação imediata. Satã escarnece de Deus, presumivelmente por este precisar de seis dias criativos (cf. IX, 136-9).

A sua vaga, aberta, difundindo 190
Seu bem por mundos e eras infinitos.
Assim as hierarquias. Entretanto
Expedito surgia o Filho agora,
Cingido com poder, com luz por tiara
De majestade, amor e sabedoria 195
Sem fim, e nele todo o Pai brilhou.
À volta do seu carro querubins
E serafins sem fim, tronos, poderes,
E virtudes, e espíritos, e carros
Alados, do arsenal de Deus, que há muito 200
Muitos entre dois montes brônzeos guarda
P'ra aparato, à mão ajaezados,
Aparato celeste; e espontâneos
Avançam, pois que espíritos viventes
Neles havia, às ordens do Senhor. 205
Abriu o Céu as portas duradouras
De par em par, de harmônicas bisagras
De ouro acorde, ao rei chegado em Espírito
E Verbo p'ra criar seus novos mundos.
Pisavam chão de Céu, e desde a costa 210
Viram o vasto abismo sem medida
Bravo como um mar, negro, de destroços,
Sublevado por ventos impetuosos
E ondas sobre ondas quais fragas de assalto
Ao Céu, que polo com centro confundem. 215
 Silêncio, ó ondas, paz a vós, abismos,
Disse o Verbo, findai vossa discórdia.
 Não ficou, mas nas asas querubínicas
Levantado montou em glória pátria
Ao caos fundo, e ao mundo por nascer; 220

Que o caos a voz lhe ouviu. Todo o seu séquito
Seguiu-o em cortejo a contemplar
A criação e as obras portentosas.
Detiveram-se então as rodas férvidas
E na mão o compasso tomou áureo,[19]
Forjado nos eternos armazéns
P'ra conter o universo, e tudo o que há:
Um pé centrou, e o outro volteou
P'la vastidão obscura e profunda,
E disse, Até aqui cheguem teus fins,[20]
Aqui te circunscrevo, justo, ó mundo.
Assim Deus o céu fez, assim a terra,
Molde informe e vazio. Trevas fundas[21]
Cobriram abismos: mas na paz líquida
As asas incubando abriu o Espírito,[22]
E virtude infundiu vital, e ardor
P'la massa fluida, mas embaixo a gélida
Lia infernal purgou do breu tartáreo
Deletéria: fundou, e conglobou[23]
Igual a igual, o resto dispartiu,
E protraiu p'lo meio o ar, e a terra
Parou no próprio centro em si librada.

---

[19] *Pv.* 8, 27. Ver também Dante, *Par.* XIX, 40.

[20] *Jó* 38, 11.

[21] Cf. *Gn.* 1, 2.

[22] Ver I, 22n.

[23] Formando esferas ou globos.

Que haja luz, disse Deus, e logo a luz
Etérea, coisa prima, quintessência[24]
Pura, rompeu do abismo, e do oriente 245
Natal p'las trevas de ar fez sua rota,
Envolta em nuvem áurea, pois não era
Ainda o sol. Em turvo tabernáculo
Pousou um pouco. Deus viu que era boa.
E das trevas a luz p'lo hemisfério 250
Dividiu: à luz dia, noite às trevas
Chamou. Foi do primeiro dia a tarde
E a manhã: não passou sem canto ou festa
De coros celestiais, quando a luz viram
Oriente evaporando-se das trevas,[25] 255
Orto de terra e céu. Com gozo e brados
Encheram o oco orbe universal,
E harpas áureas tocaram, e cantaram
Deus como criador e as suas obras,
Na tarde e na manhã inaugurais. 260
   Disse ainda Deus: Que haja firmamento
Entre as águas, divida ele as águas
Das águas. E Deus fez o firmamento,[26]
A líquida expansão, pura, translúcida,
De ar elementar, disseminado 265

---

[24] O éter era considerado o quinto elemento, enchendo todo o espaço além da esfera lunar, tido como composição de estrelas e planetas.

[25] Matiz e brilho. Tal como atrás em I, 546, II, 399, IV, 238 e 643.

[26] Versos 261-3: cf. *Gn.* 1, 6. O firmamento é para Milton o espaço entre a terra e a concha exterior do universo. As águas abaixo do firmamento são os mares, as águas acima formam um oceano.

Em círculo 'té ao máximo convexo
Deste grande orbe: fixa partição,
Apartando águas ínferas de águas súperas:
Pois como a terra, ele assim o mundo
Fez em circunfluentes águas calmas, 270
No oceano cristalino,[27] e p'ra longe
O Caos baniu, não vão bravos extremos
Contíguos perturbar toda a estrutura.
E céu ao firmamento chamou: tarde
E manhã o segundo dia entoaram. 275
    Formou-se então a terra, mas no ventre
De águas qual embrião informe envolto.[28]
Sobre a face da terra dimanava
Um diligente oceano, com prolífico
E ardente humor o globo calandrando-lhe, 280
Fermentando na mãe a concepção
Com lentura genial, quando Deus disse:
Vós águas reuni-vos sob o céu
Num lugar, e mostrai-me terra seca.
De pronto emergem lautas as montanhas, 285
E os seus costados nus sublevam largos
'Té às nuvens, seus topos vão aos céus:
E tão alto como os túmidos cimos,
Tão baixo descem cavos fundos e amplos,
Assim a cama de águas se avoluma: 290
P'ra lá correram ledas, enrolando-se,

---

[27] Não a esfera cristalina de III, 482, mas o mar de jaspe de III, 518-9, que flui aos pés da escada que conduz ao Céu.

[28] A terra está mergulhada numa espécie de líquido amniótico.

Como gotas na poeira conglobando-se;
Em muros de cristal se hasteia parte,
E parte estende-se e ágeis sulcam ondas;
Tal pressa a ordem do alto impôs: quais tropas 295
Que ao som do clarim (fácil tropo[29] as tropas)
Se agrupam por insígnias, assim de águas
A multidão, sobre ondas ondas, onde
Houvesse curso, se íngreme impetuosas,
Se chão vazantes; escarpa ou rocha nada 300
As tinha, subterrâneas, ou em giros
Errando serpentinas, seu caminho
Achavam, e no limo fáceis dutos
Cavavam; antes mesmo de querer Deus
Seco o chão, o que à margem está dos rios 305
Que correm com seu séquito perpétuo.
À porção seca terra, e ao volume
Das águas congregadas chamou mares:
E viu que era bom, e disse: Que a terra
Produza relva e erva com semente, 310
E de fruto árvores segundo a espécie,
Cuja semente em si é sobre a terra.
Mal falou, quando a terra nua, nua
E erma até ali, feia, sem adornos,
Trouxe erva tenra, cujo verde ornou 315
A face universal amavelmente,
E plantas de mil folhas, que floriram
Abrindo as várias cores, e alegraram
Seu colo com fragrâncias. Também espessos

---

[29] Rafael escolhe novamente um símile familiar a Adão.

Cachos a vinha abriu, e o ventre abóboras 320
Rojaram, e triguenhas lanças eram
No campo de batalha; e o arbusto
Húmil, e o matagal de crespo pelo.
Por fim em dança as árvores pomposas
Se ergueram, e os seus ramos com copioso 325
Fruto; e os seus botões. Montes toucavam-se
Com altos bosques, vales e nascentes
Com tufos, e com margens longos rios.
Que era qual Céu a terra, lar de deuses,
E apta p'ra seus passeios, onde as sombras 330
Assombrassem. Embora Deus sobre ela
Não chovesse, e nenhum homem havia
Que a lavrasse,[30] mas dela a bruma rórida
Subia p'ra regar o chão, e as plantas
Do campo, que Deus fez antes que à terra 335
As desse, e cada erva, antes que em pé
A firmasse. Deus viu que era bom. Tarde
E manhã, o terceiro dia foi.

    Disse também Deus: Haja luminares
Na vastidão do céu a separar 340
Dia da noite, e sejam por sinais,
P'ra estações, e p'ra dias, e anos cíclicos,
E que sirvam de luzes, eu o ordeno,
Que a luz do firmamento do céu tragam
P'ra dar luz sobre a terra. E assim foi. 345
E fez Deus duas luzes, de grande uso
P'ra o homem, a maior p'ra reger dia,

---

[30] *Gn.* 2, 5. Esta ação não implica arado, instrumento pós-lapsário.

A menor p'ra noturno turno. Fez
Estrelas, pô-las no céu, no firmamento,
P'ra dar à terra luz, regendo o dia 350
Na sua sucessão, regendo a noite,
A dividir da treva a luz. Deus viu,
Ao sondar a grande obra, que era boa:
Pois de corpos celestes logo o sol,
Grande esfera, armou, antes sem luz, de éter 355
Contudo o molde: fez depois a lua
Globosa, e de estrelas as miríades,
E com estrelas semeou o céu espesso
Como um campo: de luz tomou a parte
Maior, do seu nublado altar vertida, 360
E a pôs no orbe solar, feito poroso
P'ra absorver a luz líquida, e firme
P'ra lhe reter os raios, de luz grande
Palácio. Ali astros vão qual fonte[31]
Atestar, nas aurígeras urnas tomam-na 365
E assim doura o planeta da manhã
Os cornos;[32] por reflexo ou tingimento
Aumentam o corpúsculo,[33] da vista
Humana longe embora e diminutos.
Por fim se viu do oriente a luz gloriosa, 370

---

[31] Rafael inaugura a possibilidade de o Sol ser um de muitos astros. Continua a ideia em VIII, 148-58.

[32] De acordo com as observações de Galileu, Vênus tinha fases como a Lua.

[33] Ou a sua pequena, mas própria, luz. Kepler subscreve Milton dando às estrelas e planetas tanto luz própria como solar.

Do dia regente, e todo o horizonte
Com raios investiu, e correu leda
Seu circuito na pista do céu: a alva
Alvadia e as Plêiades[34] ante ela
Dançaram com seu doce influxo: pálida 375
Mais a lua, mas face a face a oeste
Posta por espelho seu, dele emprestando
A cheia luz, que de outra luz prescinde
Se cheia, e a distância ainda cumpre
'Té à noite, e então brilha no seu turno, 380
Lá no levante em torno do grande eixo
Do céu, e com mil luzes reina a meias,
Com mil vezes mil estrelas, que enfeitaram
O hemisfério. Então p'la vez primeira
Com astros que se punham e nasciam 385
Tarde e manhã coroavam quarto o dia.

    E disse Deus: Que as águas gerem répteis
E abundantes desovem almas vivas,
E que ave sobrevoe a terra, de asas
Soltas no firmamento amplo do céu. 390
E fez Deus as baleias, e cada alma
Viva, cada rasteira, que abundantes
As águas segundo a espécie geravam,
E fez segundo a espécie aves de asas;
E viu que era bom, e os bendisse assim: 395
Férteis, multiplicai-vos, e nos mares
E em lagos e correntes enchei águas;
Na terra multiplique-se a ave. Logo

---

    [34] As sete filhas de Atlas, transformadas na constelação das sete estrelas em Touro. Cf. *Jó* 38, 31.

Estreitos e mares, angras e baías
Inçam com peixe miúdo, e cardumes 400
Que co'as barbatanas e escamas áureas
Deslizam sob a verde onda, e em bancos
A meio mar amiúde avultam: sós
Ou com par pascem algas, e por matas
De coral erram, ou co'ágil vislumbre 405
Brincam de dar ao sol cotas undosas[35]
Com pós de ouro, ou nas conchas perlíferas
O úvido pasto aguardam, ou sob seixos
Vigiam-no blindados; na acalmia
Focas e golfinhos folgam; pesados 410
E rebolando portes corpulentos
Sacodem outros massas de oceano:
Lá o Leviatã, maior ser vivo,
Promontório dos fundos, dorme ou nada,
E qual terra que mexe é, e p'las guelras 415
Engole, e pela tromba expele um mar.
Entretanto nas grutas, costas, charcos,
Incubam as ninhadas, que eclodindo
Do seu ovo com fenda natural
Dão aos implumes luz, logo emplumados 420
E a penas revestidos, o ar planando
Sublime, divisando o chão com brado,
Sob nuvens no horizonte. A águia ali
E a cegonha em escarpas e altos cedros
Fazem ninho. A sós batem uns o ar, 425
Outros mais sábios juntos vão em cunha,

---

[35] Como ondas, mas aludindo também a um tipo particular de listras em heráldica.

Versados em estações,[36] franqueando vias
À caravana do ar lá em mar alto,
E sobre as terras co'asa mútua amparam
Os voos; assim guia o grou prudente 430
Nos ventos a jornada anual; o ar frisa
A passagem, joeirado por mil plumas.
Dos ramos mimam bosques com canções
Os passarinhos, e abrem as paletas
'Té ao fecho da luz, que ao rouxinol 435
Não fechou doce o canto noite dentro.
Outros em águas claras peitos felpos
Banham: com seu pescoço de arco o cisne
Entre o manto orgulhoso de asas brancas
Co'os pés seu sumpto rema; e amiúde o úmido 440
Deixam e em firmes asas apoiando-se
Guindam-se ao ar dos céus; outros preferem
No chão os pés: o galo que horas tácitas
Acorda com clarim, e outro que alegre[37]
Leque o adorna, com arco-íris e estrelas 445
Mestiços no matiz. Assim as águas
Atestadas de peixes, e o ar de aves,
Tarde e manhã ao quinto dia deram.

Da criação o sexto chegou último
Com as harpas da tarde e de matinas, 450
Quando Deus disse: Dê conforme a espécie
Vida a terra a mais, gado, répteis, bestas,

---

[36] Não há estações até X, 651-707, quando Deus manda os seus anjos inclinarem a Terra do seu eixo.

[37] Pavão.

Conforme a espécie cada qual. A terra
Acatou, e o feraz ventre pariu
Um sem fim de animais, formas perfeitas, 455
Com membros e acabada compleição:
Assomou do chão qual covil a fera
Lá onde habita, selva, mata, antro;
Às parelhas entre árvores se ergueram,
Andaram; em virente prado o gado; 460
Sós aqueles e a espaços, em rebanhos
Estes pastando, e em gordas manadas.
Deixados os torrões, agora o torso
Do adusto leão surge, debatendo-se
Em piafés preso às patas de trás; solta-se 465
E rampante a malhada juba agita;
Erguendo-se o leopardo, o tigre, a onça,[38]
Esboroam quais toupeiras sobre si
O chão; e ágil os galhos da cabeça
O veado descravou; e a custo os lombos 470
O beemote, dos vivos o maior,[39]
Içou; e a lã de armentos com balidos
Rompeu quais plantas; e entre mar e terra
Ambíguos o hipopótamo[40] e o escâmeo
Crocodilo. Atrás os que rastejam, 475
Inseto ou verme; uns brandiam dúcteis
Leques por asas, e ínfimos os traços

---

[38] O lince.

[39] Besta bíblica de enorme porte (cf. *Jó* 40, 15), ao tempo de Milton identificada com o elefante.

[40] No original "cavalo do rio", traduzindo o grego *hippopotamus*.

Nas librés exibindo o verão, soberbos
Com manchas de ouro, púrpura, azul, verde;
Outros a longa linha assinalavam, 480
Listrando o chão com traço sinuoso;
Nem todos eram mínimos: alguns
Entre as serpentes grandes e admiráveis
Envolviam as pregas, e até asas.
Primeiro, frugal, próvida, a formiga, 485
Um grande coração em quarto estreito,[41]
Destinada quiçá a ser padrão
De paridade, em tribos populares
De bem comum; surgiu depois de enxames
A abelha que alimenta o seu zangão 490
Melíflua, e constrói céreos alvéolos,
Armazéns de mel. São muitos os outros,
Sabes as naturezas, nomes deste-lhes,
Repeti-los inútil. Nem ignoras
Mais sutil a serpente de entre os seres, 495
De longo trem às vezes, de olhos brônzeos
E híspida crina tétrica,[42] p'ra ti
Não nociva, mas mansa à chamada.
Brilhava agora o céu em toda a glória,
E orbes volvia, assim que a mão motora 500
Lhe inaugurou o curso. Ornada, a terra

---

[41] Versos 485-6: exemplo de frugalidade e de verdadeira democracia ou Commonwealth, como contraponto à monarquia das abelhas, associada acima ao inferno. Nas *Geórgicas* de Virgílio era a abelha que tinha *ingentis animos augusto in pectore* (IV, 83).

[42] Cf. as serpentes que emergem do mar para devorar Laocoonte e os seus filhos (*En.* II, 203-7).

Perfeita sorriu; terra, água, ar,
Bicho, peixe, ave, andou, nadou, voou
Em tropel; e restou ainda dia
Ao sexto; e faltava a obra prima, 505
O fim do que se fez: um ser não prono
E bruto como os outros, mas dotado
De virtuosa razão, que erguer pudesse
A estatura, e ereto de ar sereno
Governar os demais, consciente, donde 510
Magnânimo p'ra acorde com o Céu,
Mas grande p'ra saber de onde o bem mana,
P'ra lá com coração e voz e olhos
Voltados, devotados, p'ra adorar
E louvar Deus supremo, que o fez príncipe 515
De tudo o que há. Por isso o onipotente
Pai eterno (pois onde não está ele
Presente?) assim audível disse ao Filho.

   Façamos o homem pois à nossa imagem,
À nossa semelhança, p'ra reinar 520
Sobre ave e peixe, sobre ar e mar, sobre
Bestas do chão e sobre toda a terra,
E sobre todo o réptil que rasteja.
Disse, e te fez, Adão, a ti ó homem,
Pó do pó, e às narinas te soprou 525
Sopro da vida, à sua imagem ele
Te criou, à imagem e expressão
De Deus, e assim é alma viva. Macho
Te criou, e p'ra raça a consorte
Fêmea. Depois bendisse-os, e ordenou-lhes: 530
Multiplicai-vos, férteis sede, e enchei
A terra, sujeitai-a, dominando

Sobre peixes do mar, e aves dos céus,
E sobre todo o ser que ande na terra.
Onde quer que ande, pois lugar nenhum 535
Ainda se conhece, e assim daí
Vos trouxe aqui, jardim tão agradável,
Plantado com as árvores de Deus,
Aos olhos e ao sabor tão deleitáveis,
E de graça seu fruto por comida 540
Vos deu, toda a sorte há do que há na terra,
Variedade sem fim; porém da árvore
Que provada comprova bem e mal
Não proves; pois no dia em que o fizeres
Morres. A sanção é morte. Cuidado, 545
Regra teu apetite, não te assalte
Pecado e seu negro aio Morte.
Aqui cessou, e tudo o que criou
Contemplou, e viu que era muito bom;
Foi a noite e a manhã do sexto dia. 550
Mas não sem que o autor do seu trabalho
Cessando, não por gasto, regressasse
À alta habitação no Céu dos Céus,
Daí a contemplar o novo mundo
Somado ao seu império, o prospecto 555
Que do seu trono vê, quão bom, quão belo,
Concorde à grande ideia.[43] Ascendeu
Seguido com aplauso e com sons
Maviosos de dez mil harpas que soavam
Harmonias angélicas: a terra 560

---

[43] Forma platônica.

O ar, ressoaram, (Lembras-te, que ouviste)
Céus e constelações repercutiram,
Planetas no seu posto ouviam quedos,
Enquanto a pompa áurea leda ia.
Abri, eternos, vós portões, cantavam, 565
Abri, Céus, portas vivas, dai entrada
Ao grande criador do seu trabalho
Regressado, de um mundo de seis dias;
Abri, e em diante amiúde; pois amiúde
Dignar-se-á Deus a vir com gosto à casa 570
Dos justos, e com trato recorrente
Ali núncios alados mandará
Em missões de imortal graça. Cantava
Assim em ascensão o ilustre séquito
P'lo Céu, que abriu as portas rutilantes 575
De par em par, guiando ao lar eterno
De Deus rumo direto, ampla via
De pó de ouro e estrelas a calçada,
Como estrelas que avistas na galáxia,
A Via Láctea que à noite qual cinto 580
Em pó de estrelas vês. E agora a sétima
Noite subia ao Éden, co'o sol-pôr,
E o crepúsculo veio do oriente,
Prevendo a noite; quando ao sacro monte
Do alto trono do Céu, da divindade 585
Os cimos imperiais, p'ra sempre firmes,
O poder filial chegou, sentando
Com o Pai (que invisível também ia,
Ficasse embora, tal o privilégio
De onipresença) e obra quis que houvesse, 590
Autor e fim de tudo, e da obra

Descansando, bendisse o dia sétimo,
Ao descansar de toda a obra nele,
Mas não em mudez sacra; pois que a harpa
Não descansava, nem a cornamusa,⁴⁴
Nem a flauta, nem órgãos seu registo;
Cada som no seu trasto de ouro ou tripa
Tempera doces sons, com voz uníssona
Ou a vozes; e ali de áureos turíbulos
Nuvens de incenso o monte camuflavam.
A criação cantaram e os seis dias:
Grandes teus feitos são, Jeová, infindo
Teu poder. Que razão te mede ou língua
Te diz? Maior te traz este regresso
Do que voltando de entre anjos gigantes
Supremo vencedor; mas é maior
Criar do que o criado destruir.
Quem te acanha, potente rei, ou estreita
Teu império? O ensejo vão de espíritos
Apóstatas e os seus conselhos vãos
Repeliste, enquanto eles impiamente
Pensavam detrair-te, e subtrair-te
Os teus adoradores. Quem procura
Enfraquecer-te contra si mais serve
Na manifestação do teu poder:
Usas-lhe o mal p'ra bem maior criares.
Testemunha o novo mundo, outro Céu
Não longe dos portões do Céu, à vista

---

⁴⁴ A gaita de foles de *Dn.* 3, 5.

Fundado no hialino, o mar vítreo;⁴⁵
De amplidão quase imensa, com inúmeras 620
Estrelas, e cada estrela acaso um mundo
Destinado a habitar; mas sabes bem
Seu tempo: o lugar de homens entre elas,
A terra com o oceano baixo à volta,⁴⁶
Sua habitação. Três vezes feliz 625
O homem e os filhos de homem, a quem Deus
Promoveu a seu símil, e ali pôs
P'ra adorá-lo, e em troca dominar
Sobre o que fez, na terra, no mar, no ar,
E a raça aumentar de adoradores 630
Santos e justos: três vezes felizes
Sabendo o quanto o são, perseverantes.⁴⁷
   Cantavam, e o empíreo retumbava
Aleluias. Cumpriu-se assim o Sábado
E o teu pedido, julgo, que o princípio 635
Das coisas e do mundo quis saber,
E o que à tua memória prévio fora
Nos primórdios das coisas, p'ra que os teus
Soubessem por ti. Se há mais que procures,
Não passando medida humana, diz. 640

Fim do sétimo livro

---

⁴⁵ Cristalino, vítreo, como o mar descrito em *Ap.* 4, 6.

⁴⁶ As águas abaixo do firmamento, distintas das do hialino, que ficam acima do firmamento.

⁴⁷ A perseverança é termo teológico para a continuação de um estado de graça até à sua substituição por um estado de glória.

Livro VIII

Argumento

Adão inquire sobre os movimentos celestiais, é dubiamente respondido, e exortado à busca de coisas mais dignas de saber. Adão assente, mas desejoso de retardar Rafael, conta o que recorda da sua própria criação, onde fora posto no Paraíso, a conversa com Deus respeitante à solidão e companhia adequada, o primeiro encontro e núpcias com Eva; o debate resultante com o anjo, que após recomendações reforçadas parte.

Findou o anjo, e a voz tão gentilmente
Ao ouvido de Adão deixou, que ainda
Julgando ouvi-la, mais lhe deu ouvidos;
E como despertasse então falou.[1]
Que graças bastarão, que recompensa
Tenho eu p'ra ofertar-te à altura, ó anjo
Cronista, que assim tanto me saciaste
A sede de saber, e aquiesceste
À amigável outorga de narrares
Coisas de outra maneira a mim vedadas,
Que admira ouvir, e encantam, e atribuem,
Devida é, mais glória ao criador.
Contudo tenho ainda alguns senãos
Aos quais solução só tu podes dar.
Quando observo a moldura deste mundo
De terra e céu, e as suas magnitudes
Lhes meço, eis que um ponto, um grão, um átomo
Parece, comparada ao firmamento,

---

[1] Os versos 1 a 4 foram acrescentados na edição de 1674, quando o poema de dez livros se tornou em doze, passando assim o livro VII a livros VII e VIII.

A terra, e às estrelas numerosas[2]
Que aparentam girar espaços profundos
(Tal demonstra a distância e a ágil volta
Diurna) p'ra ministrarem luz somente
Em volta à terra búzia, este ponto
Pontual, dia e noite, no amplo mapa
No mais inúteis. Muito penso e espanta-me
Como a frugal e sábia natureza
Consente em discrepâncias tais, e a mão
Supérflua tantos corpos nobres crie,
E de tantas funções p'ra um uso só,
É o que parece, e imponha aos seus orbes
Rotações tão nervosas dia a dia
Repetidas, enquanto a terra apática,
Melhor movida a mais lento compasso,
Servida por nobreza maior, logre
Seu fim sem a menor ação, e obtenha[3]
Por tributo distâncias incontáveis
De intáctil rapidez, calor e luz;
Rapidez, p'ra falar do nada rápido.

   Falou, e no semblante aparentava
Esforçar-se em abstrações abstrusas, e Eva,
Notando-o, de onde à parte se sentara,
Com esplendor manso o seu lugar, e graça

---

[2] *Sl.* 147, 4.

[3] Adão substitui a maravilha pela dúvida e põe a questão utilitária do suposto desperdício de um universo antropocêntrico quando considerada toda a energia cinética envolvida. Desse modo, Milton, com mestria absoluta, transforma Adão num especulador caído e usa o argumento em seu próprio benefício de maneira a poder indagar comodamente e a título pessoal.

Que a quem a visse impunha que ficasse,
Deixou, e entrou por entre flores e frutos,[4]
P'ra ver como botão e flor cresciam, 45
Seus mimos; já brotavam mal chegava
E ledos nos seus dedos mais cresciam.
Mas não se foi de enfado p'lo discurso,
Nem porque era de ouvidos limitada
P'ra coisas altas: tal prazer poupava 50
Ao relato de Adão, ela ouvinte única;
P'ra narrador ao anjo preferia
O seu marido, e só dele as respostas;
Gratas divagações interporia
Por certo, e questões altas desfaria 55
Com mimos conjugais, não lhe beijavam
Palavras só os lábios. Oh, tal par
Onde o ver hoje, em honra e amor uno?
Com postura de deusa foi-se então;
Não sem escolta, que nela qual rainha 60
Um trem de belas graças a servia,
E dela a quem olhasse dardejavam-no
Desejos que ela a vista não deixasse.
E Rafael às dúvidas de Adão
Benevolente e afável respondeu. 65
  Não te culpo perguntas ou escrutínios,
Que é qual livro de Deus o céu que crês,

---

[4] Eva ausenta-se por imperativos da narrativa. É preciso que ela deixe Adão e Rafael a sós, uma vez que vão encetar a discussão acerca do papel marital de Adão. A sua saída de cena marca também um ponto importante: ela sai vitoriosa depois de Adão ter repetido as suas interrogações (cf. IV, 657).

Onde os seus feitos ler e compreender
Estações, horas, ou dias, meses, anos.
P'ra tal saber, se é céu que gira ou terra, 70
Pouco importa, se justo o crês, o resto
De homem ou anjo o sumo arquiteto
Foi sábio em velar, não divulgando
Segredos p'ra sondá-los quem mais tem
É de admirá-los só. Ou se preferem 75
Conjecturas, deixou-lhes aos debates
O edifício dos céus, quiçá p'ra rir-se
Das suas opiniões vagas e excêntricas,
Quando o molde do céu considerarem
E estrelas calcularem, e lidarem 80
Co'a moldura: aqui armam, ali prostram,
Ressalvam a aparência,[5] a esfera cingem
Com rabiscos de cêntrico e excêntrico,
De ciclo e epiciclo, orbe em orbe.
Já p'lo teu raciocínio isto sei, 85
E p'lo teu o dos teus, que crês que corpos
Luzentes e maiores não deviam
Servir sem brilho os outros, nem o céu
Cansar-se, quando a terra todo o lucro

---

[5] Versos 82-4: ou "preservam as aparências ou fenômenos observados". Tentativa de conciliar a teoria ou as hipóteses com os fatos observados. Milton traduz um termo escolástico de origem grega inaugurado por Simplício no seu comentário ao *De Caelo* de Aristóteles. O sistema ptolomaico deu conta de irregularidades nos movimentos celestiais e pôs a hipótese de deslocações nos centros orbitais (excêntrico). Os epiciclos são círculos menores cujos centros se deslocam nas circunferências dos círculos excêntricos e transportam os planetas.

Recebe ociosa. Disto não se segue
Excelência no grande ou no luzente.
A terra, comparada ao céu pequena
Embora, e sem luz, pode um bem sólido
Conter mais do que o sol que estéril brilha,
Cuja virtude em si é inútil, exceto
Na fértil terra. Ali primeiro chegam
Seus raios, de outro modo ociosos, e acham
Seu vigor. Mas tais corpos luminosos
Não p'ra ela, p'ra ti terreno operam.
E quanto ao amplo anel do céu, que fale
Do criador a alta imponência,
Que tão espaçoso o fez, e a linha tanto
Lhe esticou. Saiba o homem que não mora[6]
A sós; que ocupa apenas divisão
Exígua de edifício enorme, o resto
Deus reserva-o p'ra os fins que bem entende.
A presteza dos círculos tributa-o,
Embora infindos, à onipotência,
Que às substâncias corpóreas pôde adir
Pressa quase incorpórea; assim ágil
Eu também, que parti de madrugada
De onde Deus mora, e antes do meio-dia
Cheguei ao Éden, curso intraduzível
Em números com nome. Mas nisto insto,
Admitindo moções nos céus, provar
Inválido o que ali te deixou dúvidas;

---

[6] *Jó* 38, 5.

Não isso digo, embora tal pareça
A ti que tens morada aqui na terra.
Deus p'ra afastar seu senso do dos homens,
Pôs da terra tão longe o céu, que ousando   120
Terrena a vista falha em coisas altas,
E avanço algum alcança. E se o sol[7]
For o centro do mundo, e outros astros
P'la virtude atractiva dele e sua[8]
Incitados, à volta voltas dancem?   125
Seu peregrinar, alto, baixo, oculto,[9]
Progressivo, retrógrado, ou estático,
Em seis vês,[10] e se o sétimo, a terra,
Tão constante parece, movimentos
Diferentes e insensíveis três a movam?[11]   130
Ou então arguirás várias esferas,[12]

---

[7] O Sol está numerologicamente no centro do parágrafo (versos 66-178). Milton apresentará a sua dificuldade em escolher entre um sistema copernicano e um sistema geo-heliocêntrico.

[8] Kepler teorizou sobre este poder de atração do Sol em relação aos planetas.

[9] Ou vaguear, etimologia grega de "planeta".

[10] Mercúrio, Vênus, Marte, Júpiter, Saturno e a Lua. No sistema ptolomaico o sétimo é o Sol, no de Copérnico, a Terra.

[11] A rotação diária e a anual à volta do Sol. A terceira talvez se refira proplepticamente à precessão dos equinócios, resultado da Queda, pois que antes era inexistente (cf. X, 668 ss.).

[12] Isto é, caso não se conceda movimento à Terra, então os fenômenos observados exigem um número de esferas movendo-se em direções contrárias.

Movendo-as transversais obliquidades.[13]
Ou pouparás trabalho ao sol, e ao ágil
Rombo suposto diurno e noturno,[14]
Invisível p'ra além de estrelas, roda
De dia e noite; o qual prescinde bem
Do teu credo, se a terra ativa a leste
O dia vá por si ganhar, e se acha
Em parte oposta ao sol a noite, e em parte
Contrária a luz mantém. E se essa luz
Que o ar transpícuo fende e dela vai
À lua terrenal for a de um astro[15]
Alumbrando-lhe o dia, como a noite
Ela a terra? Recíproca, se há solo
Lá, campos e habitantes: vês-lhe as manchas
Quais nuvens, quiçá delas chuva, chuva
Que frutos dá ao solo, para em sorte
Alguns comerem; e outros sóis acaso[16]
Com suas luas servas notarás

---

[13] As esferas de viés no movimento ptolomaico. Se insinuar a inclinação do equador em relação à eclíptica é proléptico, já que antes da Queda equador e eclíptica coincidiam.

[14] "Roda mágica": a décima esfera do sistema medieval, ou *primum mobile*, que fazia a sua rotação à volta do universo em vinte e quatro horas e levava consigo as esferas com as estrelas e os planetas. O "Rombo" pode querer dizer a figura em losango ou romboide como nos diagramas das elipses, onde a pirâmide de luz intersecta a pirâmide de sombra da Terra.

[15] Tanto "a lua da terra" como "a lua que é como a terra".

[16] Nicolau de Cusa conjecturou que as estrelas fixas eram sóis com sistemas planetários, e que os sóis, planetas e luas eram habitados. Kepler rejeitou a ideia, mas Bruno e Descartes aceitaram-na.

Comunicando macho e fêmea luz,[17] 150
E os sexos grandes dois o mundo animam,
E acaso num e noutro orbe a vida.
Pois que amplo espaço vago na natura
E sem viva alma, ermo e desolado,
Seja p'ra brilho só, enquanto a custo 155
A cada orbe pague em luz, de longe
Transportada até dar co'este habitáculo,[18]
Que lhes devolve luz, está em aberto.
Mas se assim são as coisas, ou não são,
Se o sol predominante no céu se ergue 160
Na terra, ou se se ergue esta naquele,
Se ele do leste enceta o curso flâmeo,
Ou do oeste ela trilha silenciosa
Com passo inofensivo que embalado
Dorme no eixo gentil, enquanto estável 165
Te leva e consigo o ar macio,
Não te canse a razão, ocultas são,
Deixa-as p'ra o Deus do Céu, serve-o e teme-o.
Dos demais seres, como lhe aprouver,
Deus põe e dispõe, onde quer que sejam. 170
Goza o que te dá este Paraíso
E a bela Eva. Muito alto o céu é
P'ra deixar-se espreitar. Sê sábio e húmil.
Só no que a ti te diz respeito pensa;

---

[17] A luz do sol é masculina, como Apolo é masculino, e a da lua é feminina, como Diana.

[18] Tenta uma aproximação ao grego "este habitável", o contrário das terras bárbaras.

Não sonhes outros mundos, quem lá vive, 175
Seu estado, condição, ou grau, contente
Com o que até aqui se revelou
Não só da terra, do alto Céu também.
  Ao que Adão retrucou elucidado.
Em pleno me saciaste já, ó pura 180
Intelecção do Céu, anjo sereno,
E de embaraços livre me ensinaste
A mais fácil caminho, sem estorvos
Que à doçura da vida obstem, de onde
Deus afastou angústias p'ra bem longe, 185
A salvo de moléstias, a não ser
Que as busquem pensamentos e palpites.
Mas apta a mente deve livre andar,
Ou a ficção, sem fim p'ra esse andar;
Até que por aviso ou aula empírica 190
Aprenda que ignorar minúcia às coisas
Mais remotas, obscuras ou sutis,
Sabendo o que aproveita à vida prática,
É o primeiro saber, o mais é fumo,
Ou vazio, ou vã impertinência, 195
E deixam-nos sem treino, sem preparo
P'ra coisas relevantes mas truncadas.
Moderemos então a altura ao voo
E aos cumes, e falemos do que é útil
E acessível, que acaso nos levante 200
Perguntas pertinentes e adequadas,
Dignas do teu favor e permissão.
De ti ouvi narrar o que foi prévio
À memória de mim: ouve-me agora
A história, pois talvez a desconheças, 205

E dia ainda há; até lá vês
Quão sutil a reter-te me entreteço,
Convidando-te a dar ouvidos, tolo,
Não fosse p'la esperança de resposta.
Sentado ao pé de ti, no Céu me julgo, 210
E mais doce é o teu verbo ao meu ouvido
Do que são para a sede e fome os frutos
Da palmeira, na hora doce e quieta
De almoço; doces estes cevam e enchem,
Mas as tuas palavras imbuídas 215
De excelsa graça doces são sem peso.
   Ao que Rafael manso respondeu.
Não tens ingratos lábios, pai dos homens,
Nem infacunda língua; que em ti Deus
Copiosos dons verteu tanto por fora 220
Como por dentro, bela semelhança;
Falando ou mudo graça ou donaire
Te secundam, formando o verbo e os modos.
Nem te temos por menos lá no Céu,
Conservo nosso que és, e gratamente[19] 225
Sondamos o que Deus p'ra ti reserva;
Pois sabemos que Deus te honrou, e pôs
No homem amor igual: por isso conta;
À data estive ausente por mister,
Sujeito a uma jornada escura e estranha 230
De longa excursão às portas do inferno;
Esquadrados em legiões (tais ordens tínhamos)
Cumpria-nos travar ali espiões,

---

[19] *Ap.* 22, 9.

Ou rivais, estando Deus atarefado,
Não fosse infenso desse advento ousado 235
Juntar à criação destruição.
Não que ousassem tentar sem o seu passe,
Mas mandou-nos às suas altas ordens
Por protocolo, qual rei soberano,
P'ra treinar prontidão. Depressa demos 240
Com os turvos portões, e os barricamos;
Mas muito antes ouvíramos ruídos,
Que não de canto ou dança, mas de aperto,
E que aperto, e raiva furibunda.
À costa da luz ledos regressamos 245
Antes de vir crepúsculo ao Sábado.[20]
Mas ao relato agora; tens-me atento.
P'ra mim teu verbo é como o meu p'ra ti.
    Falou assim, e assim o nosso pai.
Difícil é ao homem sua gênese 250
Contar; pois sabe alguém a própria gênese?
O gosto de alongar-me na conversa
Contigo induz-me. Como quem desperta
De um sono fundo e doce em relva e flores
Me achei, suando um bálsamo, que o sol 255
Secou, pascendo o úmido vapor.
Voltei logo os meus olhos para o céu,
E o amplo céu fitei, até que içado
Por instintivo e ágil ato ergo-me
Como querendo chegar-lhe, e ereto 260

---

[20] A tarde que iniciou o sétimo dia. Milton segue o costume hebreu de contagem de dias de pôr do sol a pôr do sol.

Me firmo nos pés. Vi em redor montes,
Vales, e umbrosos bosques, e soalheiros
Plainos, e lapsos de água murmurante;[21]
Perto andavam, moviam-se, ou voavam
Seres vivos, e em ramos cantavam pássaros;   265
Tudo ria, fragrâncias e alegria
O coração me enchiam. Membro a membro
Então me examinei, e andei por vezes
E por vezes corri com dúcteis juntas
E ágil vigor. Mas quem era, ou onde era,   270
Ou por que ignorava. Quis falar,
Logo falei, a língua obedeceu-me
E dei nome ao que vi. Tu sol, disse eu,
Bela luz, tu tão fresca terra e álacre,
Vós montes, vales, rios, bosques, plainos,   275
Vós que viveis e andais, belas criaturas,
Contai, se vistes, como aqui cheguei,
E por quê? Não por mim; alguém me fez
Em bondade e poder preeminente.
Contai, como adorá-lo, conhecê-lo,   280
De quem tenho que assim me mova e viva,
E me saiba feliz mais do que sei.
Enquanto assim chamava, afastando-me
De onde o primeiro ar sorvi, e a luz
Feliz primeiro vi, sem ter resposta,   285
Nas sombras de florida e verde encosta
Absorto me sentei; sono gentil
Ali me conheceu, me vergou leve

---

[21] Relativo à água, mas ecoando a Queda.

Os sentidos dormentes, sossegado,
Embora me pensasse regressado 290
Sem nervo ao prévio grau, e à dissolvência:
Quando um sonho de súbito à cabeça
Se pôs, e a aparição entrou, levando-me[22]
Na fantasia a crer que ainda era,
E vivia: um veio, cri, divino, 295
E disse: A tua casa, Adão, te chama,
Ergue-te homem, de infindos homens pai
Designado, chamado por ti venho
P'ra guiar-te ao jardim feliz, lar pronto.
Dizendo isto, p'la mão me elevou, 300
E sobre campos e águas, como se ar
Cortasse deslizando, por fim dei
Com montanha lenhosa, cujo topo
Era chão, em anel cingido de árvores,
Com caramanchéis, e áleas, tais que a terra 305
Que antes vira modesta a tornaram.
De árvores prenhes bons frutos pendiam
Tentando-me com súbito apetite
A colhê-los p'ra prova; acordei,
E achei tudo real, como no sonho 310
Vivera. Teve aqui novo começo
A procura, não fosse este meu guia
Das alturas surgir de entre as árvores
De ar divino. Com júbilo, mas grave,
Em adoração húmil a seus pés 315

---

[22] Versos 292-3: cf. *Il.* II, 20 ss., quando o sonho surge ante a cabeça de Agamêmnon e lhe promete falsamente vitória imediata.

Caí. Ergueu-me, e: Quem buscas Eu sou,[23]
Manso falou, autor de tudo o que é
À tua volta, em cima, ou embaixo.
Dou-te este Paraíso, por teu toma-o
P'ra lavrar e guardar, comer seus frutos;[24]   320
Das árvores que crescem no jardim
Come com coração feliz; não temas
Carência; mas daquela cujo efeito
É conhecer o bem e o mal, que eu pus
Por garante de fé e de obediência,   325
No meio do jardim, ao pé da árvore
Da vida, isto grava, evita a prova,
E evita a consequência amarga: sabe
Que o dia em que provares, e ordem única
Violares, certamente morrerás;   330
Serás de então mortal, e o estado ledo[25]
Perderás, daqui expulso para um mundo
De lamento e dor. Áspero proferiu
A dura interdição, a qual me soa
Sempre atroz, sendo embora arbítrio meu   335
Não incorrer no mal; mas logo o ar plácido
Recobrou e o discurso renovou.
Não só estes confins, mas toda a terra
A ti e aos teus te dou; como senhores
Tomai-a, e ao que nela viva mais,   340

---

[23] Cf. *Êx.* 3, 14.

[24] Parafraseando *Gn.* 2, 15-7 e 3, 23.

[25] Versos 329-31: cf. *Gn.* 2, 17. Este dia é noção atribulada para Adão, como se verá a seguir.

Ou no mar, no ar, besta, peixe, e ave.
P'ra tanto eis de cada ave e besta
Segundo a espécie; trago-os p'ra que os chames
P'los nomes, e te prestem homenagem
Com mansa submissão; o mesmo aplica-se   345
Aos peixes no seu áqueo domicílio,
Não presentes aqui, já que não logram
Respirar no elemento o ar sutil.
Falava assim, e vede bicho e pássaro
Chegando dois a dois, uns agachados   350
Com blandícia, nas asas aninhados
Os pássaros. Chamei-os e entendi-lhes
A natureza, tal conhecimento
Deu Deus à minha súbita apreensão.
Mas nestes não achei o que queria;[26]   355
E à visão celestial assim ousei.

   Oh, por que nome, que és sobre estes todos,
Sobre homens, e quem quer que homens supere,
Que os nomes meus superas, como posso
Eu adorar-te, autor deste universo,   360
E de todo este bem de homens, p'ra quem
Tão lauto, e com mãos tão liberais
Tudo proveste tu: porém comigo
Não vejo quem partilhe. Que bem-estar
Em solidão, quem pode a sós gozar,   365
Ou gozando ele a sós, que agrado encontra?
Assim eu presumido; e a visão
Como de luz sorrindo mais, repôs.

---

[26] *Gn.* 2, 20.

A tua solidão não vem da terra,
Variada que é em seres vivos, nem do ar
Atestado, nem destes ao teu mando
Que aqui vêm e brincam; ou ignoras-lhes
A língua e as maneiras,[27] e as razões
Em nada desprezíveis; passa tempo
Com estes, dá-lhes leis; teu reino é grande.
Disse assim do universo o Senhor, e era
Qual ordem. E eu, pedindo-lhe a palavra,
Com prece humilde assim lhe respondi.
　Não te lese o meu verbo, poder célico,
Criador meu, mas sê-lhe antes propício.
Não me fizeste aqui teu substituto,
E a estes tão submissos mos puseste?
Pois entre desiguais que sociedade
Se harmoniza, que acorde ou puro gozo?
Que mútua deve ser, em proporção
Recíproca; mas díspares, um intenso
E outro ainda remisso,[28] não combinam
Perfeitamente a dois, mas cedo em tédio
Se acordam: de entreajuda falo-te eu,
E é o que procuro, própria p'ra partilha
De prazer racional, no qual o bruto
Não deve ser par de homem; regozijam-se

---

[27] Sons sem articulação. De qualquer maneira Deus testa a razão de Adão, já que este não mereceria Eva se se contentasse com a linguagem dos animais.

[28] Versos 386-7: metáfora musical para a desarmonia em discussão entre animais (cordas lassas) e homens (cordas tensas).

Cada um com o seu, leão com leoa;
Tão bem os combinaste tu em pares;
Muito menos com besta pode o pássaro 395
Ou com peixe ave unir-se, nem com símio
O boi; e homem com besta ainda menos.
　Ao que não descontente disse o altíssimo.
Refinada e sutil felicidade
Aquela que procuras, na eleição 400
Dos parceiros, Adão, e nenhum gozo
Provarás, mesmo em gozo, solitário.
O que pensas de mim então, assim,
Pareço-te deter ou não assaz
Felicidade? Eu que solitário 405
Sou eterno, pois não sei de ninguém
Semelhante a mim, muito menos par.
Com quem entabular conversa então,
A não ser com aqueles que criei,
Meus súditos, de mim bem mais distantes 410
Do que de ti distantes estes quantos.
　Cessou, respondi dócil. Aquém ficam
De altura e profundez do que é eterno
Os pensamentos do homem, ó supremo;
Em ti próprio perfeito és, e em ti 415
Não há deficiência; nem no homem,
Excepto em grau,[29] razão do seu desejo
De privar com iguais, p'ra consolar-se
E atenuar seus defeitos. Não te interessa
Propagar, se infinito tu já és, 420

---

[29] Adão é perfeito mas não tem a perfeição absoluta de Deus.

E perfeito nas partes, mesmo uno;[30]
Mas o número no homem manifesta-lhe
A sua imperfeição a sós, e pede-lhe
Igual do seu igual, imagem múltiplice,
Em união imperfeita, que requer   425
Amor mútuo, e mais cara amizade.
Embora retirado, a sós, por ti
Mais bem acompanhado, não procuras
Convívios sociais, mas se quiseres
Basta-te erguer os seres às alturas   430
De união ou comunhão, deificados;
Eu p'ra me dar com tais não posso erguê-los
Da pronação, nem acho neles gozo.
Audaz falei, e usei de liberdade
Permitida, e achei aceitação,   435
Que me ganhou da voz divina a réplica.
 Até aqui, Adão, testar-te quis,
E achei-te sabedor não só de bestas,
As quais nomeaste e bem, mas de ti próprio,
Bem expressando em ti o livre espírito,   440
A minha imagem, dom que às bestas falta,
Cuja associação, p'ra ti imprópria,
Não sem razões imprópria te afigura,
E assim te tenhas. Antes que falasses
Soube que bom não era para o homem   445
Estar só, e a companhia que observaste
Não te era destinada, só p'ra prova,
P'ra ver-te ser juiz do que convém.

---

[30] A mónada divina perfeita, reunindo em si todos os números.

O que a seguir te trago ser-te-á grato,
Igual a ti, idôneo, teu eu outro, 450
Conforme ao coração e aos teus desejos.
 Findou, ou não ouvi mais, pois agora
Por celeste o terreno conquistado,
Que exposto fora ao transe do altíssimo,
Ao sublime colóquio celestial, 455
Qual objeto aos sentidos transcendente,
Tonto, gasto, prostrado, quis a cura
Do sono, que caiu pronto, socorro
Natural, e estes olhos me fechou.
Fechou-me olhos, deixando aberta a cela 460
Das minhas visões íntimas, p'las quais
Absorto como em transe julguei ver,
Mesmo dormindo, o lado onde dormia,
E o mesmo vulto de antes vi, que inflexo
Me abriu o lado esquerdo,[31] e tomou 465
De mim uma costela, animada
Com espíritos cordiais e vivos veios;
Feia a ferida, mas logo a carne uniu-a:
Moldou ele a costela com as mãos;
E sob as suas mãos cresceu um ser, 470
Como homem, não no sexo, mas tão bela,
Tal que o que era no mundo belo era,[32]
Não mais, ou ela o soma, nela todo
E nas suas feições, que me infundiram

---

[31] A Bíblia não precisa o lado, mas o esquerdo é o do coração. É difícil ignorar as implicações sinistras deste lado não destro.

[32] Isto é, "tal que o que era belo deixou de sê-lo".

Doçura ao coração, nunca sentida, 475
E do seu ar às coisas inspirou
Sopro de amor e gosto amoroso.
Perdi-a e achei trevas, p'ra encontrá-la
Acordei, ou p'ra sempre a lamentar
Na perda e os demais gozos odiar; 480
Quando eis que já sem fé, não longe a vejo,
Tal como a vi em sonho, adornada
Com o que Céu e terra podem dar
P'ra torná-la aprazível. Avançou
P'la mão do autor divino, invisível, 485
Guiada p'la sua voz, não sem notícia
Das cerimônias sacras nupciais:
Por ela andava a graça, o Céu nos olhos,
Em cada gesto amor e dignidade.
Transbordando não pude calar alto. 490
　Desta vez compensaste e bem; cumpriste
Promessas, criador bom e magnânimo,
Dador de coisas belas, mas mais belo
Este de entre os teus dons, não o invejas.
Carne da minha carne, ossos de ossos 495
Meus, meu eu, ante mim; mulher se chama,
De homem vinda; por isso deixará
Pai e mãe, e à mulher se unirá ele
E uma carne serão, coração e alma.
　Ouviu-me, e apesar de vir de Deus, 500
Vinha da candidez e pejo casto,
Da virtude e consciência do valor,
A cortejar, e a achar não sem trabalho,
Não óbvia, não intrusa, mas discreta,
Mais desejável, ou p'ra dizer tudo, 505

A natura em si, pura de pecado,
E tanto assim que ao ver-me se afastou.
Segui-a, ela a honra conhecia,
E aprovou com alteza complacente
As minhas razões. Ao caramanchel 510
A levei num rubor de aurora: o Céu
E as constelações ledas nessas horas
Vertiam as mais finas influências;
A terra mostrou júbilo, e os montes;
Jubilosos os pássaros; bons ventos 515
E airosos sopros aos bosques ciciaram-no,
E das asas pularam rosas, e óleos
De arbustos olorosos, 'té que o pássaro
Notívago cantou núpcias,[33] e a Hésper
Apressou no seu cume, a dar à lâmpada 520
Nupcial luz. Contei-te do meu estado,
E ao gozo terrenal somei meu caso,
E devo confessar em tudo o mais
Achar real prazer, provado ou não,
O que à mente não traz mudança alguma, 525
Nem desejo veemente;[34] esta delícia
De sabor, visão, cheiro, ervas, flores,
Frutos, passeios, e as canções de pássaros;
Muito diferente aqui: raptado vejo,
Raptado sinto; estranha comoção, 530
A paixão conheci, nos demais gozos

---

[33] Novamente o rouxinol.

[34] Tanto "ardente" como do latim *vehe mens*, "privado de mente", por oposição à constância mental do verso anterior.

Superior e impassível, fraco aqui
Ante o charme do golpe da beleza.
Falhou-me a natureza, e algum lado
Me deixou suscetível a tal corpo; 535
Ou então subtraindo-me do lado
Levou quiçá a mais; ao menos nela
Ornou em demasia, trabalhando
Na aparência o que dentro desleixava.
Pois bem sei que em natura fica aquém 540
No que é primordial, na mente e em íntimas
Faculdades, as quais mais sobressaem,
E até no que é formal menos se iguala
À imagem d'Ele, menos traduzindo
O tipo de domínio conferido 545
Sobre outros seres; mas quando me abeiro
Do seu encanto, tão perfeita a acho
E nela tão completa, tão bem sabe
De si, que no que quer ou diz parece
A melhor, mais discreta, proba, sábia; 550
Toda a ciência maior soçobra ante ela
Porosa, e em debate a sabedoria
Perdida se desfaz, e estulta mostra-se;
Razão e autoridade são seus servos
Como a alguém que é primeiro, não segundo 555
E ocasional; em suma, a consumá-la,
Nobreza e grandeza de alma assento
Tomaram nela, o mais caro, e o culto
Cinge-a, como um plantão de guarda angélico.
Torna-lhe o anjo franzindo a sobrancelha. 560
    Não culpes a natura p'lo dever
Cumprido; cumpre o teu, e não suspeites

Da sabedoria, que ela não te deixa
Se a não deixares, quando mais precisas,
Quando dás importância a mais a coisas[35]   565
Menores, como tu mesmo percebes.
Porque o que admiras tu, o que te enleva,
Um viso? Belo sim, e digno bem
Do teu cuidado, honras, e carinho,
Não de sujeição: pesa-te com ela;   570
E avalia: não raro nada lucra
Mais que auto-estima, firme em justo e certo
Bem geridos; dessa arte mais sabido,
Mais ela te porá como cabeça,
E aos fatos cederá as aparências,   575
Formada assim p'ra teu maior prazer,
Com preito, que honra deves pôr no amor
Por ela, que vê quando és menos sábio.
Mas se a sensualidade p'la qual homens
Se propagam parece sobre gozos   580
O gozo, vê que o mesmo se garante
A gado e a animais; que não seria
Comum e divulgado se algum gozo
Ali mais digno houvesse que jungisse
Alma ao homem, e nele sentimentos.   585
O que de mais humano, atrativo,
Racional, nela avistes ama ainda;
Em amor fazes bem, em paixões mal,
Que de amor verdadeiro não consistem;

---

[35] Isto é, "a sabedoria é mais necessária quando mais se der importância a coisas sem importância".

Este apura juízos, e abre a mente, 590
Na razão se tem, e é curial, é escada
P'la qual ao divinal amor se sobe,
Não se atola em prazer carnal, daí
Não se te achar parceiro entre bestas.
   Respondeu-lhe Adão, meio embaraçado. 595
Nem dela a bela forma, nem o que é
Procriação, comum a toda a espécie
(Embora ao genial leito mais se ajuste,[36]
P'lo qual guardo um respeito de mistérios)
Tanto me aprazem como as ações gráceis, 600
O decoro que a centos lhe flui diário
Das palavras e ações com amor mistas
E concórdia gentil, que pura prova
Em nós uma alma só, em uma mente;
Harmonia p'ra ver em par casado 605
Mais grata do que a que ouve em sons o ouvido.
Mas estes não sujeitam;[37] a ti abro
O que vai em mim. Não sucumbe assim
Quem vê objetos vários, dos sentidos
Representando vários; livre ainda 610
Aprovo o melhor, sigo o que aprovar.
Por amar não me culpes, que amor dizes
Conduz ao Céu, a via é e o guia.
Concede-me isto, se é justo o que peço:
Se amarem, como amam os espíritos, 615

---

[36] Nupcial, generativo (cf. IV, 712).

[37] Isto é, não me sujeitam a ela.

Só através de olhares, ou misturam
Fulgor, toque virtual ou imediato?[38]
  Ao que o anjo sorrindo num rubor
Róseo celestial, cor própria de amor,
Respondeu. Bastar-te-á crer-nos felizes   620
E sem amor não há felicidade.
O que quer que no corpo puro gozes
(E puro foste feito) nós gozamos
Eminentes, e obstáculos não temos
De membro ou membrana, juntas ou grades: 625
Mais sutil que ar com ar, se se unem espíritos
Totais se unem, ao puro unindo o puro
Desejo, sem forçosa convivência
Como carne com carne, e alma com alma.
Mas agora não mais. O sol poente   630
Além do verde cabo[39] e verdes ilhas
Hespério[40] põe-se, sinal que é de partida.
Sê forte, sê feliz, e ama, mas antes
A quem obedecer é amar, guarda
Seu mandamento. Cuida que as paixões   635
Teu juízo não desviem, que o arbítrio
Livre obstaria. A tua e a dos teus
Boa ou má a sorte em ti está. Cuida-te.
Alegrar-me-ás na tua perseverança,
E aos benditos. Sê firme; sê-lo ou não   640

---

[38] Atos amorosos virtuais limitar-se-iam a olhares, os imediatos envolveriam contato físico.

[39] Cabo Verde.

[40] No Ocidente.

A ti o deixo livre e ao teu arbítrio.
Perfeito dentro, não procures fora
Ajuda; não te tente a transgressão.
   Dito isto, pôs-se em pé. A quem Adão
Com bênção completou. Se de partida, 645
Vai hóspede do Céu, etéreo arauto,
Vindo do bem de quem supremo adoro.
Afável e gentil o teu favor
Tem sido, e será p'ra sempre honrado
Co'a mais grata memória. Sê aos homens 650
Favorável e amigo, e visita-nos.
   Assim a sombra espessa abandonaram,
O anjo p'ra o Céu, e Adão p'ra o seu refúgio.

Fim do oitavo livro

Livro IX

Argumento

Após ter circundado a Terra, Satanás, com astúcia pensada, regressa, qual neblina de noite ao Paraíso, entrando na Serpente durante o seu sono. Adão e Eva dirigem-se pela manhã às suas ocupações, e Eva propõe a divisão de tarefas e a separação dos dois para esse efeito: Adão não consente, alegando o risco, não fosse o inimigo, de quem haviam sido prevenidos, tentá-la ao achá-la só. Eva, despeitada por ser tida de insuficiente circunspecção ou firmeza, insiste na separação, mais desejosa de provar a sua força. Adão consente enfim. A Serpente acha-a só. A sua aproximação sutil, primeiro em admiração, depois em discurso lisonjeiro, no qual exalta Eva acima de todas as outras criaturas. Eva, admirada ao ouvir uma Serpente falar, pergunta-lhe como conseguiu chegar à fala humana e ao entendimento; a Serpente responde-lhe que a prova de um fruto de uma determinada árvore do jardim lhe deu fala e razão, até então ignorante das duas: Eva pede-lhe que a leve até essa árvore, e constata que é a árvore do conhecimento proibida. A Serpente, mais ousada, com argumentação ardilosa convence-a enfim a comer. Ela, agradada com o sabor, e refletindo na vantagem de o partilhar com Adão, decide levar-lho e relatar-lhe o que a persuadiu a provar desse fruto.

Adão não sem espanto percebe que Eva caíra, e convence-se em debates de amor a cair com ela. Atenuando assim a transgressão, come também do fruto: os efeitos neles; procuram cobrir a nudez; depois entram em desavenças e acusações mútuas.

Não mais falas em que anjo ou Deus com homem[1]
Prive, como entre amigos, os dois íntimos
E visitas da casa, convidados
De repasto campestre, permitindo-se
A conversas veniais.[2] Cumpre-me a trágico   5
Passar o tom. De um lado, o humano, quebra
Desleal, vil desconfiança, sedição,
Desobediência; do outro lado o Céu,
Já alienado, distância e desgosto,
Raiva e admoestação e julgamento,   10
Que ao mundo trouxe um mundo de lamento,
Pecado e seu vulto, Morte, e seu
Arauto, Dor. Dever triste, mas tema
Não menor, e de heroico passa a fúria
De Aquiles perseguindo a caça às voltas,[3]   15
Três, p'los troianos muros, e a de Turno,
Despojo de Lavínia, e a de Juno

---

[1] Não só "não mais conversa entre" como "não mais falas sobre conversa".

[2] Perdoáveis. A implicação é que Adão está em falta.

[3] Versos 14-5: a abertura da *Ilíada* (I, 1).

Que o filho de Citere confundiu,
E a de Poseidon, pélago p'ra gregos;[4]
Se em estilo sei à altura responder 20
P'la minha alta fautora,[5] que se digna
Visitar-me de noite voluntária,
E me dita à dormência, ou me inspira
Espontâneos versos impremeditados,
Desde que um tema só p'ra canto heroico 25
Me aprouve em busca longa e tarda estreia;
Por feitio sem queda p'ra dar conta
De guerras, 'té aqui o único tema
Crido heroico, mestria que disseca[6]
Com matança tediosa cavaleiros 30
Em pugnas de ficção, deixando a força
Da longanimidade e do martírio
Por cantar; cantam jogos e corridas,
Ou aprestos p'ra justas, cotas de armas,
Estranhos brasões, corcéis, caparazões, 35

---

[4] Versos 16-9: Turno declarou guerra aos troianos quando Latino deu sua filha Lavínia a Eneias, apesar de a ter prometido em casamento ao primeiro (cf. *En.* VIII). Ulisses (grego) incorreu na ira de Poseidon (Netuno) quando cegou o seu filho Polifemo (cf. *Od.* IX, 526-35).

[5] "Fautriz" seria forma preferível em português, mas achando autoridade no *Dicionário da Academia das Ciências de Lisboa* para o uso desta não hesito, não apenas porque me alivia o desconforto sonoro da prestigiada transposição do feminino latino, mas porque Milton, no presente passo, se declara como uma espécie de secretário e à sua Musa como *autora* (ver versos 46-7).

[6] Uma das marcas da épica clássica é a profusão do "gore" e a análise detalhada de ferimentos.

Arreios de ouropel, xairéis, e em lances
Esplêndidos cavaleiros, e banquetes
Em salões segundo honras com mordomos
E senescais; de artífice arte, ou médio
Labor, não o que dá heroico nome 40
Ao autor ou ao poema. A mim nestes
Nem hábil nem cultor, mais alto assunto
Me espera, que em si só o nome exalta,[7]
A menos que tardia a idade, ou clima,[8]
Ou anos me enregelem,[9] e a asa abatam 45
No seu fito, meu fosse só, não dela,
O que ela traz à noite ao meu ouvido.

   O sol caía, e Héspero após ele,
Cuja tarefa é trazer crepúsculo
À terra, entre noite e dia árbitro 50
Fugaz, e já da noite o hemisfério
Velava de orla a orla o horizonte;
Quando Satã que há pouco Gabriel
Expulsara a ameaças do Éden, com alento
De repensado mal e dolo, fixo 55
No fim do homem, e alheio ao que viesse
De pior sobre si, voltou intrépido.
Voou na noite, e à meia-noite veio
De esquadrinhar a terra, da luz cauto,

---

[7] O de épica e extensivamente do seu autor.

[8] Aristóteles observou que os climas frios embotariam a inteligência e Milton discute-o em *RCG* II.

[9] Milton tinha cinquenta e oito anos em 1667, quando foi publicada a primeira edição de *PL*.

Desde que Uriel do sol regente o viu 60
Entrar, e preveniu os querubins
De guarda; de lá expulso em agonia,
Sete aturadas noites cavalgou[10]
Pelas trevas, três vezes o equador
Circundou, cruzou quatro o carro à Noite 65
De polo a polo, passando os coluros;[11]
Na oitava voltou, e p'las traseiras
Da entrada ou da guarda querubínica
Viu furtivo vau. Era ali, já não,
Que o pecado o mudou, não tanto o tempo, 70
Um lugar onde ao pé do Paraíso
Num golfo subterrâneo o Tigre entrava,
'Té que em parte brotava junto à árvore
Da vida; com o rio submergia,
E com ele emergiu Satã em bruma, 75
Buscando depois onde se esconder;
Sondou chão e mar do Éden sobre o Ponto,[12]
E o mar Meótis,[13] p'ra além do rio Obi;[14]
Desceu 'té ao antártico; chegando
Desde o oeste, do Orontes ao oceano 80
Barrado em Panamá, dali p'ra onde

---

[10] Mesmo num mundo caído será difícil imaginar como poderia Satã passar sete noites de "boleia" na sombra da terra.

[11] Cada um dos dois grandes círculos imaginários que, passando pelos polos, cortam o equador em quatro partes iguais.

[12] O Mar Negro.

[13] O Mar de Azov.

[14] Na Sibéria ártica.

Correm Ganges e Indo: assim o orbe
Cruzou e examinou, e com minúcia
Considerou os seres, e qual deles
Mais útil fosse aos seus ardis, e achou   85
Ser a serpente a mais sutil das bestas.
Após longo debate, e em pensamentos
De errante turbilhão, firmou a escolha
Seu vaso conveniente e receptáculo
P'ra fraude, onde esconder sugestões negras   90
Da mais fina visão: pois na serpente
De ardis nenhuns ninguém suspeitaria,
Como se naturais, de sutil berço
Procedendo, o que em outros levaria
À suspeição de forças diabólicas   95
Ativas nos sentidos do que é bruto.
Resolveu-se, mas antes de dor íntima
Em queixas se abateu desta maneira:
   Ó terra, tal qual Céu, se não melhor,
De deuses trono mais digno, qual   100
De ideias melhoradas no que é velho!
Pois que deus do melhor pior faria?
Céu terrestre, p'ra dança de outros céus
Que brilham, mas p'ra ti tochas solícitas,
Luz sobre luz, carregam só, parece,   105
Concentrando em ti seus preciosos raios
De sacros sopros: como Deus que é centro
No Céu, e a tudo estende, assim tu centro
Recebes desses orbes; só em ti,
Não neles, as virtudes se demonstram   110
Férteis, em erva, planta, e no mais nobre
Dos seres vivos com vida gradual

De medrança, sentido, razão, no homem[15]
Somados. Com que gozo passearia
Em ti, se gozo achasse, em doces câmbios   115
De montes, vales, rios, bosques, plainos,
Terra ou mar, e com bosques coroadas,
Praias, rochas, cavernas; mas nenhum
Destes me dá refúgio; quanto mais
Vejo em redor prazeres, tanto mais   120
Sinto em mim aflições, do odioso sítio
De opostos; todo o bem me chega tóxico,
E no Céu pior estado o meu seria.
Mas não procuro aqui, não, nem no Céu,
Morada, a não ser que eu no dono mande;   125
Nem espero lenitivo p'ra tormentos
No que busco, mas outros que me sigam,
Embora assim me arrisque a dobrar dores:
Pois só em destruir acho sossego
P'ra frias reflexões; e destruindo-o,   130
Ou votado ao que quer que um fim dê último
Naquele p'ra quem tudo é, o mais
Acrescerá, que os une bem e mal,
No mal, pois bem; que longe chegue o fim:
Minha seria a glória entre forças   135
Infernais, num só dia demolir
O que ele nomeou, seis noites, seis dias
De labor, e quem sabe quantos dias
De projeto, ou não mais quiçá do que eu
Levei p'ra livrar numa noite só   140

---

[15] O vegetal, o animal e o racional.

Da servidão inglória quase um meio
Da angélica nação, deixando magro
O magote adorante: p'ra vingar-se,
E p'ra repor a conta tão traída,
Seja porque a virtude gasta de anjos 145
Se esgotasse, se é que estes são sequer
Criação sua, seja p'ra acicate,
Propôs-se a autorizar o nosso espaço
A um filho do pó nado, e a doar-lhe,
Exaltado de origem tão vulgar, 150
Do Céu o saque, o nosso saque. Fez
O que decretou, o homem fez, e ergueu-lhe
Este mundo magnífico, e a terra
Por trono, senhor dela fez, e, oh infâmia!
Sujeitou-lhe ao serviço asas de anjos, 155
E ministros flamantes p'ra vigia
Do mando terrenal: destes a guarda
Temo, e p'ra fugir, assim em névoa
De gás da meia-noite passo obscuro,
E habito o bosque e a moita onde acaso 160
Dê co'a serpente em sono, em cujas pregas
Dedáleas me esconder e aos negros planos.
Ó vil descida! Eu que antes lutava
P'las alturas de deuses, sou agora
Forçado a bestas, ao muco de bestas, 165
A encarnar no brutal a minha essência,[16]
A mesma que aspirava aos graus de deuses.
Mas até onde não descem vingança

---

[16] O contraponto de Satã à encarnação messiânica.

E ambição? Desça fundo quem aspire
Tanto quanto subiu, exposto cedo   170
Ou tarde ao vil. Vingança, se antes doce,
Logo amarga de volta a si respinga.
Deixá-la, é-me igual, desde que em cheio
Caia, já que mais alto aquém me fico,[17]
Sobre quem a seguir invejo, o novo   175
Dileto do Céu, homem de barro, obra
De ultraje, o qual p'ra nossa afronta só
Do pó se fez: a afronta pois se afronte.

   Nisto, por bosques úmidos ou secos,
Qual vulto de vapor réptil, seguiu   180
À meia-noite, onde em breve visse
A serpente: num sono fundo viu-lhe
Num novelo de si sinuoso ao centro
A cabeça, de astúcias bem provida:
Não em sombra brunal ou antro negro,   185
Nem ainda nocente, mas nas ervas
Dormia sem temor e inofensiva.
P'la boca entrou-lhe o mau, e os seus instintos,
Fronte e coração, tomando-os encheu
Com intelecto ato; mas seu sono   190
Não perturbou, à espera da manhã.
Agora quando a sacra luz rompia
O orvalho às flores do Éden, que respiram
Manhãs de incenso, quando todo o hálito

---

[17] Isto é, tentar subir às alturas de Deus é, por comparação, medida categórica de inferioridade, ou "quando mais julgo ter subido mais comprovo que fiquei muito aquém".

Do grande altar da terra louvor mudo
Eleva ao criador, que enche as narinas
Com cheiro grato, veio o par humano
Juntar o seu louvor vocal ao coro
De seres sem voz. E ouvido já, partilham
A estação, a melhor p'ra odores e árias.
E então planeiam modos de travar
Trabalho acumulado; e muito era
Escapando a duas mãos, tão amplo o horto.
Pensou ao seu marido Eva assim.
   Adão, por muito afã que aqui ponhamos,
No jardim, nestas plantas, ervas, flores,
Neste grato dever, 'té que outras mãos
Se juntem, sempre mais labor acresce,
No freio mais viçoso. O que num dia
Podamos, escoramos ou atamos,
Ciosa noite excita para apodo
Tornando-o agreste. Tu pois aconselha-me
Ou ouve o que me trazem pensamentos:
Dividamos tarefas, escolhe o posto
P'lo gosto ou p'la urgência, enrolando
A madressilva à volta deste arbusto,
Ou ensinando a hera a trepar,
Enquanto eu no pomar desfaço os nós
De mirto e rosas, 'té ao meio-dia,
Porque enquanto passarmos todo o dia
Em tarefas conjuntas não admira
Que sorrisos e olhares, ou novo objeto,
Nos dê p'ra comentários, usurpando-nos,
Madrugador embora, o suor de um dia,
Quando a hora da ceia vem sem ganho.

Ao que Adão em resposta manso deu.
Eva, consócia minha, ser que eu estimo
Acima dos demais, inigualável,
Bem propuseste, bem aconselhaste
Quanto ao modo melhor de aqui cumprir 230
O que Deus nos confiou, louvável Eva.
Pois nada há de mais apreciável
Na mulher do que um lar bem governado,
E um marido que às boas ações leva.
Mas não nos impôs tão rígida lida 235
O Senhor que nos prive de repouso,
Seja p'ra refeição, ou p'ra conversa,
Alimento da mente, ou p'ra troca
De olhares e sorrisos, que decorrem
Da razão, falha aos brutos, alimento 240
Do amor, de humanos não o menor fim.
Pois não p'ra dura faina, mas p'ra gozo
Nos fez ele, e à razão o gozo uniu.
As áleas e as latadas as mãos juntas
Apartam do baldio fáceis, e abrem 245
Espaçosas vias, 'té que mãos mais jovens
Não tarda se unam. Se achas porém farta
A conversa, anuirei a curta ausência.
Que às vezes companhia melhor é
A solidão, e breve faz a falta[18] 250
E apela ao reencontro. Mas hesito,
Não vás de mim truncada correr riscos;

---

[18] Isto é, sendo breve, a solidão é boa, já que torna o reencontro mais querido.

Pois sabes das cautelas, que o maligno
Inveja o nosso bem, e de si próprio
Desesperando, quer-nos mal, vexar-nos 255
Por assalto solerte; e perto algures
Nos vê, com esperança ávida de achar
O que quer, como quer, nós separados,
Sem fé de nos lograr juntos, onde um
Pode acorrer ao outro em auxílio, 260
Quer seja prioritário subtrair
A Deus o nosso preito, ou perturbar
Amor conjugal, seu ciúme quiçá
Maior, de entre os deleites que vivemos.
Isto, ou pior, não deixes leal o lado 265
Que te deu ser, te cobre e protege.
A mulher, onde espreita risco ou mácula,
Querem-na amparo e bom tom junto ao esposo
Que a guarda, ou com ela o pior sofre.

   Ao que de Eva a honrada majestade, 270
Como aquele que amando destratado
Se vê, com doce e austera calma disse.

   Filho do Céu e terra, senhor dela,
Que tenhamos um tal rival, que intenta
A nossa ruína, sei por ti e ouvi 275
Vagamente p'lo anjo de saída[19]
Quando no canto umbroso me quedei,

---

[19] Versos 275-6: em VII, 50-1 Milton diz-nos que Eva ouviu atentamente a narração de Rafael. Quererá Milton insinuar uma perda de inocência gradual por parte de Eva, moderando ouvidos a uma advertência que não lhe interessa? Cf. VIII, 630-43.

Chegada das noturnas flores com sono.
Mas que a minha firmeza aos olhos teus
Ou aos de Deus se alterque, porque a tente   280
Um adversário, ouvir não esperava eu.
Não temes a violência dele, que é
Como nós, incapaz de dor ou morte,
E de nenhuma sofre ou se defende.
Teu medo é seu engano pois, que infere   285
Teu medo igual que a minha fé e amor
Os abale e os seduza sua astúcia;
Que pensamentos, como se albergaram
No teu peito, descrendo de quem amas?
   Tornou-lhe Adão com bálsamo na língua.   290
Filha de Deus com homem, Eva eterna,
Porque o és, do pecado e mancha íntegra,
Não de ti suspeitoso te dissuado
Da ausência, senão p'ra evitar
A tentativa em si e o adversário.   295
Pois que quem tenta, mesmo em vão, difama
P'lo menos o tentado com desonra,
Achado pervertível, vulnerável
Na tentação. Tu própria com sarcasmo
E despeito verias tal oferta,   300
Mesmo que sem sucesso. Não me julgues,
Pois, se tento afastar de ti tal vilta,
E de ti só, que a dois e a uma, audaz
Embora, não há-de ousar o inimigo,
Ou ousando, primeiro a mim viria.   305
Nem lhe desprezes manhas ou malícia;
Sutil se quer quem anjos tentaria
E a ajuda de outros não penses supérflua.

Da influência dos teus olhos recebo
Aumento de virtudes. Quando os olho   310
Mais sábio, cauto, forte sou, se urgisse
Força de fora. Ao passo que a vergonha
De me veres ser vencido ou enganado
Unir-se-ia ao vigor, o mais extremo.
Por que não sentes tu igual sentir   315
Ao meu lado, e a prova vês comigo,
Testemunha credível de virtudes?
   Assim Adão doméstico no zelo
E amor conjugal. Mas Eva, que achou
P'ra fé sincera crédito modesto,   320
Estas com dicção doce renovou.
   Se é este o nosso estado, confinado
A estreito domicílio p'lo inimigo,
Se violento ou sutil, e a sós nos falta
Defesa à altura, onde quer que seja,   325
Como viver temendo sempre o mal?
Mas não vem sem pecado o mal: tentando-nos,
No mau só nos afronta o baixo preço
Que nos dá p'la inteireza, e baixo apreço
Não nos crava na fronte labéu, antes   330
A si mesmo se avilta. Evitá-lo
Ou temê-lo então por quê? Honra advém
Dupla da sua falsa suspeição,
Paz, favor do Céu, nossa testemunha
Do desenlace. E o que é fé, amor, virtude   335
Sem teste a sós, sem mão de externa ajuda?
Não suspeitemos pois de imperfeições
Na feliz criação de autor tão sábio,
Que a salvo dois fizesse e só a dois.

Frágil felicidade se assim é, 340
E Éden Éden tão livre não seria.
   Ao que Adão respondeu ferventemente.
Ó mulher, tão melhores são as coisas
Quanto Deus as quis, sua mão que cria
Nada deixou malfeito ou defectivo 345
De tudo o que fez, muito menos o homem,
Ou outro que segure o seu bem-estar,
Seguro de outros riscos. Em si mesmo
Jaz o risco, mas jaz no seu arbítrio:
Contra seu querer não pode mal sofrer. 350
Mas livre deixou Deus o querer, que é livre
O que obedece à razão, e reta a fez,
Mas cautelosa a fez, e sempre ereta,
Não vá o que o bem lembra surpreendê-la
E falseá-la tornando-a pouco fiável 355
Sobre o que Deus quer ou não proibir.
Não suspeitas, mas terno amor impõe,
De que te admoeste amiúde e tu a mim.
Firmes nós, mas passíveis de desvio,
Já que muito bem pode a razão dar 360
Com capciosos objetos de maligno
Suborno, e incauta ser lograda,
Desleixando a vigília a que a instaram.
Não busques tentação, melhor seria
Evitá-la, e mais fácil se de mim 365
Não te apartares: vem sem núncio o teste.
Queres testar-te a constância, testa antes
A obediência. Quem sabe daquela,
Não te vendo testada quem ta atesta?
Mas se achas que sem busca a prova apanha-nos 370

Paraíso perdido

Mais seguros que tu no teu aviso,
Vai; pois presente à força mais te ausentas.
Vai na tua inocência natal, fia-te
No que tens de virtude, junta tudo,
Pois Deus já fez o seu, faz tu o teu.   375
   Falou o patriarca assim, mas Eva
Teimou, mansa porém, e enfim falou.
   Com o teu sim então, e assim lembrada,
Sobretudo p'lo que últimas palavras
Afloraram, que a prova sem procura   380
Quiçá nos ache aos dois menos prudentes,
Mais voluntária vou, que p'lo mais fraco
O inimigo orgulhoso não começa;
Fosse assim e roer-se-ia de vergonha.
Com isto, deixa a mão do seu marido   385
A suave mão, e qual ninfa dos bosques,
Qual oréade[20] ou dríade,[21] ou do séquito
Da ágil Délia,[22] se embosca, mas de Délia
Passando o passo, o porte divinal,
Não como ela porém com carcás e arco,   390
Mas co'artes de jardim que então sem mácula
De fogo mãos fizeram, ou trouxeram
Anjos. Assim a Pales[23] ou Pomona
Se assemelhava mais, esta acossada

---

[20] Ninfa das montanhas.

[21] Ninfa das árvores, cujas vidas estavam intimamente ligadas, pois as dríades nasciam, viviam e morriam com elas.

[22] Diana, nascida em Delo.

[23] Deusa das pastagens.

Por Vertumno,[24] e a Ceres no seu esmero,
'Inda virgem de Jove e de Prosérpina.
Seguiu-a namorado e demorado
Olhar, querendo mais que ela ficasse.
Muito lhe instou a rápido regresso,
E o compromisso ela o repetiu,
De ao caramanchel estar ao meio-dia
De volta, preparando o que convida
A bom almoço, ou sesta vespertina.
Ó tão ilusa e falha, Eva astrosa,
De pretenso voltar! Perverso evento!
Nunca no paraíso dessa hora
Achaste bom repasto ou são repouso,
Tal emboscada entre flores e sombras
Espreitava com rancor infernal pronta
P'ra te interceptar, ou te enviar de volta
Pilhada de inocência, fé, ventura.
Porque agora o mau, desde o romper da alva,
Mera serpente em viso, era chegado,
E à caça, onde mais provável fosse
Dar co'a humanidade de dois, mas neles
Inclusa toda a raça, presa quista.
Bateu caramanchel e agra, onde erva
De plantio ou vergel mais tenra fosse,
Cuidada p'ra deleite e mimoseada;
Por fontes e ribeiros com ramagem
Aos dois buscou, mas querendo a sorte de Eva

---

[24] Deus dos jardins que cortejou Pomona. Prosérpina era filha de Ceres e de Júpiter (Jove).

Achar à parte; em sorte o quis, sem esperança[25]
Do que tão raro calha; quando à sorte
De esperança à parte, à parte Eva lobriga,
Numa nuvem de odores, onde estava,   425
Semi-secreta, tão cerradas rosas
Num rubor a escondiam, ajoelhando-se
A flores de fino pé, que embora frontes
Rosa-pálida, púrpura, azul, ouro,
Pompeassem, sem mãos tristes fraquejavam;   430
Gentil, com mírtea liga as tem, esquecida
De si, conquanto flor sem mãos mais bela,
Tão longe o amparo, tão perto a procela.
Aproximou-se, e andou por muitas áleas
De altivas sombras, cedro, pinho, ou palma,   435
Aqui fluente e audaz, ali escondido,
E ali visto entre arbustos densos, flores,
Bordadura das margens, a mão de Eva:[26]
Mais formoso lugar do que hortos fictos
De Adônis renascido,[27] dos de Alcínoo   440
Anfitrião do filho de Laertes,

---

[25] Isto é, desejando a sorte de encontrar Eva à parte. O desenho retórico inaugurado por este verso baseia-se na *Repetitio* e na *Traductio* e mimetiza a sinuosidade de Satã. No mundo de Satã as coisas acontecem por sorte.

[26] Isto é, obra de Eva.

[27] Adônis foi um caçador por quem se apaixonaram Vênus e Prosérpina. Um dia, ao caçar, foi morto por um javali, e do seu sangue criou Vênus a anêmona. Após a sua morte, Júpiter, a pedido de Vênus, ressuscitou-o, mas apenas lhe concederia vida durante metade do ano, já que na outra metade ficava pertença de Prosérpina, respeitante ao outono e ao inverno. O "Jar-

Ou do que aquele, real, onde o rei sábio
Namoricou co'a bela esposa egípcia.
Admirou-lhe o lugar, mas mais as gentes.
Como quem vive em urbe populosa, 445
Onde casas e esgotos o ar infectam,
E sai numa manhã de verão p'ra arejo
No campo, p'las aldeias e por quintas
Pegadas, e deleite vê no cheiro
A trigo, a feno seco, na ordenha, 450
Nas vacas, em paisagens e sons rústicos;
Mas se formosa moça acaso passa,
Qual ninfa, o que agradava agrada menos,
Que ela passando os gozos passa, ou soma-os.
Encantou-se a serpente assim por ver 455
Esta porção florida, o escaninho
De Eva tão cedo, a sós: a forma angélica,
Celestial, mas gentil mais, e femínea,
A garbosa inocência, os seus modos
E jeitos, gestos mínimos, tolheram-lhe 460
A maldade, e cortês levou o corso
À crueldade os seus cruéis propósitos.
Quedou-se absorto o mau por uns momentos
No próprio mal, e sem inimizades,
Estupidamente bom, ficou, despido 465
De manhas, ódio, inveja, represália.
Mas o inferno que nele eterno arde,
Mesmo quando no Céu, extinguiu-lhe o gozo,
E agora mais o aflige, quanto mais

---

dim de Adônis" tornou-se proverbial para o caráter transitório da beleza terrena.

Arredado se vê do prazer. Logo 470
Recobre ódio feroz, e os pensamentos
De ofensa, jubilando, assim desperta.
   Pensamentos, aonde me levastes,
Com que força arroubados que esqueçamos
O que aqui nos traz, não amor, nem esperança 475
De dar p'lo Paraíso inferno, esperança
De aqui ter prazer, mas sim de o gastar,
Poupando o que há no gasto, outros gostos
Não tenho já. Não deixe então passar
O ensejo que ora ri, eis ali só 480
A mulher, oportuna e vulnerável,
O marido, que eu veja bem nem vê-lo,
E esse é de evitar, sobra-lhe intelecto
E força, de exaltada mente e heroica
Compleição, pese embora vir de argila, 485
Rival a ter em conta, imune a ferida,
Eu não, tão corrompido vai de inferno
E mirrado de dor quem do Céu era.
Tão bela, divinal, amor de deuses,
Não me intimida, ainda que a beleza 490
E amor terríveis sejam, quando um ódio[28]
Mais forte os não visita camuflado
De amor, arma que escolho p'ra arruiná-los.
   Assim falou dos homens o inimigo,
Em serpente hospedado, e rumou 495
Ao alvo, não em ondas coleantes,
De borco no chão, como desde então,

---

[28] Ct. 6, 4.

Mas p'la base anelar de pregas, prega
A prega em espirais subindo, um dédalo
'Té à crista na cabeça e ao carbúnculo   500
Dos olhos, p'lo verde áureo terso colo,
Ereto em seus anéis, que flutuavam
Na relva redundantes: grata a forma,[29]
E formosa. Jamais de então serpe houve
Mais formosa, nem mesmo as que em Ilíria   505
Transformaram Hermíone e Cadmo,[30] ou mesmo
O deus em Epidauro;[31] nem aquela
Que usou Capitolino, ou Jove amônio,
Este co'Olímpia, aquele co'a que à luz
Deu Cipião, glória de Roma. Primeiro   510
Sinuosa, como quem porque é discreto
Avança a medo e enviesa as intenções.
Tal como quando um barco de hábil mestre,
Ao pé de foz ou cabo onde o vento
Não se adivinha, muda leme e vela;   515
Ágil mudava a cauda tortuosa,
Sensuais festões frisando à vista de Eva,[32]

---

[29] Com o duplo sentido de "como ondas" e "copiosos".

[30] Cadmo, o lendário fundador de Tebas, foi transformado em serpente em Ilíria. Seguiu-se-lhe a sua mulher, Hermíone, quando acariciava seu corpo metamorfoseado.

[31] Esculápio, o deus da cura, apareceu ali transformado em serpente. Plutarco relata que Filipe II da Macedônia encontrou a sua mulher Olímpia na cama com uma serpente. O oráculo de Delfos identificou-a como sendo Júpiter Amônio. Também Júpiter Capitolino assumiu essa forma para gerar Cipião, o Africano.

[32] O acróstico SATANÁS opera da mesma forma sinuosa.

P'ra atraí-la. Ouviu ela a folhagem
Ciciar, mas não fez caso, de habituada
A diversões assim por todo o campo, 520
De animais mais submissos ao seu mando
Do que ao de Circe[33] o bando transformado.
Mais audaz ele agora se chegou;
Mas em admiração. Baixava às vezes
A crista, e o pescoço liso e vário, 525
Servil, e o chão lambeu que ela pisara.
Seu ar gentil e mudo conquistara
Por fim a atenção de Eva. Ele, alegre
De ganhá-la, com língua de serpente
Por instrumento, ou ímpetos de ar vocal, 530
À tentação dolosa deu início.
 Não te admires, rainha, se puderes,
Que és portento sozinha, nem o cenho
Armes, Céu da brandura, com desdém
Por assim me acercar, só eu, de olhar 535
Insaciável, sem medo de um temível
Sobrecenho, temível mais a sós.
Mais bela semelhança de autor belo,
De tudo o que é objeto de amor és,
E o que é teu é, e em transe olham e adoram 540
A bela deusa, ali melhor olhada
Onde universalmente se admirar;
Mas aqui na clausura, entre bestas,
Boçais, mirones, frívola assistência

---

[33] A feiticeira que transformava as suas vítimas em animais (cf. *Od.* X, 212-9).

P'ra metade sequer do que és de bela, 545
Salvo um, quem te vê? (E um o que é?) Se és deusa
Entre deuses, servida e adorada
Por anjos sem fim, tua corte diária.
   Adulou-a assim ele em tom de exórdio.
E rumo ao coração de Eva abriu estrada, 550
Embora a voz bastante lhe admirasse.
Por fim respondeu ela não sem espanto.
Que é isto? Linguagem de homem dita
Em língua bruta, senso humano expresso?
P'lo menos destes uma achei vedada 555
A bestas, a quem Deus na criação
Fez afonas em sons articulados.
Quanto ao resto vacilo, que há razão
Nos olhos, e em ações amiúde vê-se.
A ti, serpente, astuta entre todos 560
Conhecia, mas não com voz humana;
Redobra tal milagre, e diz, de muda
Como foi que exprimível te tornaste,
E como tão cordial sobre os demais
Que diariamente vejo e me visitam? 565
Diz, que o espanto merece a voz que pede.
   Ao que o tentador pérfido tornou.
Do mundo imperatriz, refulgente Eva,
Bem fácil é p'ra mim contar-te tudo
O que ordenas, e é justo que te obedeça. 570
Como outros que a pisada erva pascem
Um dia fui, de baixo pensar, baixo
Como o pasto, nem nada mais que pasto
Ou sexo discernia, limitado.
'Té que um dia avistei nos meus passeios, 575

Fugindo à vista, uma bela árvore
Prenhe de frutos belos na cor vária,
Aurirróseos. Cheguei-me mais p'ra ver;
Quando odor saboroso solto aos ramos,
Ao gosto do apetite, mais me encheu 580
Do que o cheiro de funcho[34] doce ou tetas
De ovelha ou cabra quando à tarde tombam
Com leite por mamar, que anho ou cabrito
Brincando esqueceu. Ávido um desejo
Me tomou: conhecer as maçãs belas. 585
Não tardei; fome e sede a uma, fortes
Persuasores, despertos p'la fragrância
Do fruto sedutor, assim me instaram.
Logo ao musgoso tronco me abracei,
Que longe do chão ramos pediriam 590
Teu braço ou o de Adão. À volta da árvore
Toda a besta que a visse, igual desejo
E sede alimentou, porém sem sorte.
Subida já à árvore onde a cópia
Tão próxima seduz, não resisti 595
A colher e a comer, que um gosto assim
Jamais em pasto ou fonte eu encontrara.
Por fim saciada dentro em pouco noto
Em mim estranhas mudanças, à medida
Dos degraus da razão em mim possível, 600

---

[34] Juntamente com leite, diretamente sugado das tetas, era tido como o alimento preferido das serpentes. Segundo Plínio, tinha a propriedade de clarear a vista, e era por comê-lo que as serpentes adquiriam o poder de rejuvenescer periodicamente.

E a fala não tardou,[35] retendo a forma.
P'ra especulações altas e profundas
Levei os pensamentos, e com mente
Aberta refleti no que é visível
No céu, terra, ar, em tudo o que é belo   605
E bom; mas todo o bom e belo em ti,
Divina semelhança, na luz bela
Da tua graça unes; nenhum belo
Há segundo ou igual ao teu, que aqui
Me trouxe, inoportuno pese embora,   610
P'ra admirar, e louvar quem de direito
É senhora dos seres, do universo.
   Assim a astuta cobra possuída.
E Eva admirada mais tornou ingênua.
   Serpente, teu enfático louvor   615
Põe em causa a virtude ao desfrutado.
Mas diz, onde é a árvore, quão longe?
Pois muitas são as árvores de Deus
No Paraíso, e várias, ignoradas
Por nós, tal abundância há à escolha,   620
Deixando intactos muitos outros frutos,
Ainda incorruptíveis, 'té que os homens
Cheguem às provisões, e mãos suplentes
Aliviem do parto a natureza.
   Ao que hábil disse o espírito na víbora.   625
Imperatriz, é franca a via, e breve,
Além de mírteo renque, numa várzea,
Junto a uma fonte, e além de um bosque breve

---

[35] Importante e sutil acréscimo ao Gênesis, que a serpente atingisse pelo fruto linguagem humana.

De mirra em flor e bálsamo. Se guia
Achares em mim, ali te levo já.   630
   Conduz-me então, disse Eva. Conduziu-a,
E em anéis ágeis fez reto o intrincado,
P'ra breve ardil. De esperança se ergue a crina,
De gozo brilha, como quando um fogo
Fátuo, cheio de oleoso gás, que a noite   635
Condensa e os gelados aros cercam,
Desperto por fricção até inflamar-se,
O qual se diz em si conter mau espírito
Pairando e excitando a luz falaz,
Desvia o viandante que erra à noite   640
P'ra brejo ou lamaçal, e às vezes pântanos,
Engolido ali, longe de socorro.[36]
Assim brilhava a víbora, e ao logro
Levou Eva, mãe crédula, à árvore
Da interdição, raiz de toda a dor;   645
A qual quando a viu, isto ao guia disse.
   Serpente, vir p'ra mim foi infrutífero,
Se bem que o fruto aqui seja o excesso,
Do qual guarda a virtude e os seus créditos,
Admiráveis, se causam tais efeitos.   650
Porém nem toque ou prova desta árvore,

---

[36] Versos 634-42: Milton ensaia uma explicação científica para o *ignis fatuus*, antes de aludir à explicação sobrenatural que avança com uma composição espiritual para o fenômeno que desvia os caminhantes do seu rumo. A implicação do símile é que Eva se desvia por falta de condução do intelecto, a qual lhe obviaria a estupefação. O próprio período sintático ("como quando um fogo [...] Desvia o viandante") mimetiza o desvio a que alude desviando o leitor.

Deus o ordenou, deixando a ordem única
Filha da sua voz; no resto somos
Lei nós, nossa razão é nossa lei.
   A ela o tentador tornou solerte. 655
Deveras? Disse Deus p'ra não comerdes
Do fruto destas árvores aqui,
Senhores que são do que há na terra e ar?
   Ao que ainda sem dolo Eva tornou.
Não do fruto das árvores, mas desta 660
Tão bela que é no centro do jardim;
Do fruto, disse Deus, Não comerás
Nem nela tocarás, p'ra não morreres.
   Mal falara, sucinta, e já mais firme
O tentador, sob véu de amor e zelo 665
P'lo homem e aversão por atropelos,
Veste novo papel, e apaixonado
Deambula, vai e vem, mas de ar distinto
E erguido, como quem grande tema abre.
Como quando um tribuno outrora célebre 670
Em Atenas ou Roma, onde o elóquio
Florescia, de então mudo, votado
A grande causa, em si se recolhia,
Enquanto pose e esgar ganhavam público
Antes da língua, abrindo sem prefácio 675
Ou tolerância em clímax, de justiça
Zelosa. Assim movido, recolhido,
E em clímax fervoroso começou.
   Ó sacra, sábia planta que esclareces,
Mãe da ciência, já sinto o teu poder 680
Com clareza, não só p'ra julgar coisas
Nas suas causas, mas p'ra traçar modos

338   Paraíso perdido

De mais altos agentes, cridos sábios.
Rainha do universo, crer não queiras
Em ameaços de fim; não morrerás. 685
De quê, como? P'lo fruto? Dá-te vida
Ao saber. P'lo que ameaça? Pois contempla
Quem tocou e provou, contudo vive,
E vida mais perfeita do que quis
A sorte, por tentar quinhão mais alto. 690
Vedar-se-á isso ao homem, o que à besta
Se abriu? Ou há-de arder em ira Deus
Por tão miúdo trespasse, e não louvar-te
Antes a audaz virtude, a qual a dor
De uma morte, o que quer que a morte seja, 695
Não impediu de achar o que levasse
A vida mais feliz, saber de bem
E mal. Se bem, quão justo? Se mal, se é
Que há mal, por que não vê-lo, p'ra evitá-lo?
Não pode ferir-vos justo Deus; não justo, 700
Não Deus;[37] donde nem medo, nem acato.
Teu medo de morrer remove o medo.
Proibido por quê? Bem, p'ra receios,
P'ra servis e ignorantes vos levar
À adoração; pois sabe que no dia 705
Que comerdes, os olhos que achas claros,
E tão turvos são, se hão-de abrir perfeitos
E limpos, e quais deuses vós sereis
Sabendo o bem e o mal tão bem quanto eles.
E serdes vós quais deuses, como eu homem 710

---

[37] Isto é, Deus não pode ser Deus sendo não justo.

Internamente, é lei de proporções;
De bruto homem eu, vós de humanos deuses.
E acaso morrereis sim, ao despirdes
O humano, p'ra vestirdes o deus, morte
Desejável, se ameaça apenas nisto. 715
E o que são deuses que homens não se tornem
Como eles, partilhando o seu repasto?
Precedem-nos os deuses, e a vantagem
É a crença, de que tudo deles desce.
Duvido, que esta bela terra vejo 720
Batida p'lo sol, tudo o que há gerando,
E eles nada; se tudo,[38] quem fechou
O conhecer o bem e o mal nesta árvore,
Que logo leva à ciência sem licença
Quem quer que dela coma? E onde está 725
A ofensa, de saber assim o homem?
Que mal fará saberes, lega a árvore
Governo a contragosto do autocrata?
Ou é só ciúme, e pode habitar ciúme
Peitos celestes? Estas, estas, e outras 730
Razões provam-te a falta deste fruto.
Colhe-o, pois, deusa humana, livre prova-o.
   Findou, e o que falou pleno de astúcia
No coração achou entrada fácil.
Fixou olhar no fruto, tentador 735
Só de o ver, e nos tímpanos o som
Ecoava do seu verbo persuasivo,
De razão prenhe, achava, e verdade;

---

[38] "Geraram" está subentendido.

Dementre despertou-lhe o meio-dia[39]
Voraz a fome, erguida pelo cheiro
Saboroso do fruto, que ao desejo,
Propenso agora ao toque e ao sabor,
Solicitou namoro; mas primeiro
Deteve-se, e p'ra si assim pensou.
    Grandes virtudes tens, melhor dos frutos,
Embora à parte de homens, e admiráveis,
Cuja prova, adiada há muito, deu
Voz à primeira aos mudos, e ensinou
À infacunda língua teu louvor.
Teu louvor nem sequer quem te proíbe
Não o esconde de nós, chamando-te árvore
Da ciência, ciência do bem e do mal;
Proíbe-nos a prova, que interdita
Mais te aconselha, enquanto infere o bem
Transmitido por ti, e a nossa míngua:
Que um bem por saber bem não foi, ou sido,
E por saber, é como se não fora.
Em suma, que proíbe ele a não ser
Saber, proíbe o bem, o sermos sábios?
Tais laços não nos prendem. Mas se a morte
Nos prender a nós póstumos, que lucra
A nossa liberdade? Se comermos
Do fruto, nesse dia morreremos.
Como morre a serpente? Comeu e
Vive, sabe, discerne, pensa, fala,
Irracional que então era. P'ra nós

---

[39] Eva prometia estar de volta ao meio-dia.

A morte se inventou? Ou exclusivo
De bestas o manjar intelectivo?
Parece. E no entanto aquela que antes
O provou não o inveja, mas o bem   770
Feliz reparte, autor insuspeitado,
Amistoso, de dolo ou manha longe.
Que temo então, ou antes, que sei eu
De um saber a temer, se desconheço
Bem e mal, Deus ou morte, lei ou pena?   775
De tudo a cura aqui se dá, o fruto
Divino, belo, à prova convidando,
Com virtudes de sábio. Que me impede
De o colher, e ambos nutrir, mente e corpo?
    Dizendo isto, estendendo a mão precípite   780
Em hora má, colheu-o e o comeu.
Sentiu o chão a ferida, e a natura
Do trono suspirando gemeu toda,
Que tudo se perdera. Voltou esquiva
Ao bosque a serpe má, e bem podia,   785
Que entregue Eva ao sabor, de nada mais
Fez caso, tal deleite experimentou
Sem paralelo em fruto, verdadeiro
Ou ficcionado, cheia de promessas
De saber, sem deus fora do horizonte.   790
Voraz ingurgitou-o sem empates,
Não sabendo comer a morte.[40] Farta
Por fim, e como ébria alegrote,
E jucunda a si própria confessou.

---

[40] Ela "não sabia estar a comer a morte", "não conhecia a morte, que devora" e "não experimentou a morte ao comê-la".

Paraíso perdido

Ó suprema, virtuosa, mais preciosa 795
Do Paraíso, agência abençoada
De sapiência,[41] infame e obscura que eras,
E com belos pendentes, frutos feitos
Sem fim! Sim, de futuro meu carinho
A cada manhã, não sem hino ou loas, 800
Meu mimo serás tu, e o fértil fardo
Tomarei dos teus ramos dadivosos,
Até que amadureça eu da dieta
Do saber, como um deus que tudo sabe;
Mesmo que outros invejem o que dar 805
Não podem; porque sendo seu o dom,
Não se dava aqui. Devo-te experiência
Também, mentor melhor. Não te seguira
E ignorante ficara, sábias vias
Abres p'ra acesso, mesmo que se escondam. 810
E eu secreta serei. O Céu é alto,
Alto e longe p'ra ver dali distintas
As coisas chãs. Quiçá outros cuidados
Não terão distraído na vigília
O grão-proibidor, na salvaguarda 815
De espias. Mas a Adão, como surgir,
Como encará-lo? Devo dar já parte
Da mudança, e parte de tão gorda
Felicidade em mim, ou não, mantendo
O avanço do saber na minha posse 820
Sem consócio? E assim pôr o que falta
No sexo feminino, que o atraia

---

[41] Também do latim *sapere*.

Livro IX

E mais igual me faça, e porventura,
E não indesejável é, por vezes
Superior; pois quem é livre inferior?　　　　825
Pode bem ser. Porém, e se Deus viu
E a morte vem? Então mais não serei,
E Adão a outra Eva dado em núpcias
Feliz viverá com ela, que eu morri.
Morrer pensar. Pois nisto me decido　　　　830
Com Adão gozo ou dor partilharei;
Tanto o amo, que com ele as mortes todas[42]
Viveria, morte que é sem ele a vida.

   Dizendo tal, a árvore deixou,
Mas não sem vênia, como a um poder　　　　835
Nela, cuja presença infundira
Na planta seiva sábia derivada
De néctar, o de deuses. Entretanto,
Ansiando-lhe o regresso, Adão tecera
Um diadema de fina-flor p'ra pôr-lhe　　　　840
Nas tranças, e coroar-lhe afãs agrários,
Qual ceifeiro que elege das colheitas
A rainha. Jurou aos pensamentos[43]
Gozo e consolação na sua volta,
Tão tarda já. E amiúde adivinhava-lhe　　　　845
O coração o mal. E ao pulso o ritmo[44]

---

[42] Eva desconhece o peso teologicamente agourento deste plural. A segunda morte é a maldição, ou danação.

[43] Versos 839-43: ver *Il.* XXII, 437 ss., quando Andrômaca entretece flores para Heitor, ignorando-o morto.

[44] O ritmo frásico abrupto dá conta do nervosismo de Adão.

Mal leu: p'lo que ao caminho que bem cedo
Os separou se fez. Buscou-a; p'la árvore
Da ciência ousou passar, e aí não longe
Voltando a custo a viu; na mão trazia 850
P'lo ramo belos frutos rindo púberes
De recente colher, vertendo ambrósia.
Correu-lhe Eva ao encontro, com um prólogo
No rosto por desculpa, e um pretexto
Que lhe ditava as deixas assim dóceis. 855
   Não te custou, Adão, a minha falta?
A tua senti tanta, que saudades,
E tanto tempo foi, aperto novo
De amor, p'ra nunca mais, que nunca mais
Quero provar a dor da tua falta, 860
Que incauta fui provar. Mas o motivo
Foi estranho, e admirável de escutar:
Não é como nos contam esta árvore,
De risco no provar, nem ao ignoto
Mal abre entrada: a agência é divina, 865
Abre olhos, e faz deuses dos que o provam.
E assim provado foi: sábia a serpente,
Ou não tão reprimida, ou acatando
Menos, comeu do fruto, e tornou-se
Não morta, como ameaçam, mas dotada 870
Desde então de sentidos e voz de homem,
Raciocínio notável, e comigo
Tão persuasiva foi, que convencida
Também provei, e os seus correspondentes
Efeitos, olhos turvos mais abertos, 875
Espíritos dilatados, coração
Mais largo, um deus em mim sentindo. Fi-lo

Por ti, o que por ti desprezaria.
Que o gozo só o gozo se o gozares,
Tedioso sem ti é, e logo odioso.   880
Prova pois tu também, que igual fortuna
Nos una, gozo igual, amor igual.
Não se dê que não proves e diferente
Grau nos desuna, e eu já deusa abdique
De mim quando o destino o não permita.   885
   Seu conto assim narrou de rosto lépido;
Mas na face um rubor lhe ardeu de incômodo.
E Adão, do outro lado, mal ouviu
Do trespasse fatal de Eva, aturdido,
Branco, paralisou, e um horror gélido   890
Correu veias, e as juntas lhe afrouxou.
Da lassa mão a tiara que tecera
Caiu, vertendo as rosas fenecidas.[45]
Ficou lívido e mudo, até que enfim
Primeiro p'ra si próprio a voz soltou.   895
   Ó mais belo dos seres, melhor e último,
Das obras de Deus obra-prima, em quem
Se excede o que ao pensar e à vista surja,
Santa, divina, boa, amável, doce!
Como te perdes tu, como tão súbito,   900
Desfeada, desflorada, dada à morte?
Sim, como te rendeste à transgressão
Da estrita interdição, como violaste
O sacro fruto ilícito? Perfídia

---

[45] Versos 892-3: cf. *Il.* XXII, 448, "estremeceu-lhe o corpo e a lançadeira caiu ao chão".

Obscura de inimigo te enganou,[46] 905
E a mim também contigo, pois contigo
A minha decisão leva-me à morte.
Como viver sem ti, como passar
Sem a tua presença, amor, tão queridos,
Voltando à solidão de estranhos bosques? 910
Fizesse Deus segunda Eva, e eu
Costela nova desse, ainda a perda
De ti meu coração não perderia.
Não, não, da natureza o laço prende-me.
Da minha carne carne és, osso de osso, 915
P'ra sempre teu serei, na dor, no gozo.

   Dito isto, como alguém que do desânimo
Se alenta, e após turvos pensamentos
Com o que não parece ter remédio
Se remedeia, calmo de tom disse. 920

   A ação audaz te atreveste, Eva afoita,
E em risco nos puseste, já ousado
Se ao cobiçoso olhar se resumisse
O sacro fruto, sacro p'ra abstinência,
Muito menos provar o intocável. 925
Mas quem pode voltar atrás, ou o feito
Desfazer? Nem Deus, nem destino, ainda
Que não morras quiçá. Quiçá o fato
Não seja tão atroz, já desfrutado,
P'la serpente aviltado previamente, 930
Antes da nossa prova feito ímpio

---

[46] Adão não sabe ainda ao certo a forma da perfídia.

E comum; não mortal, que ainda vive,
Como dizes, e qual homem na vida
Sobe a mais alto grau, forte atração
P'ra nós, em símil prova conseguirmos 935
Proporcional subida, sermos deuses,
Ou anjos semi-deuses, nada menos.
Não creio que Deus, sábio criador,
Embora ameace, vá mesmo abater
O primor do que fez, tão altos seres, 940
Acima dos demais, que, p'ra nós feitos,
Deveriam cair na nossa queda,
Pois dependentes são. Apagaria,
Frustraria, faria, desfaria
O labor Deus? Não é de Deus. Que embora 945
Recriar pudesse ele, de mau grado
Nos baniria, não fosse o adversário
Triunfando dizer: Instável estado
O de quem Deus mais quer; não quer por muito;
Primeiro me destrói, depois aos homens; 950
Quem se segue? Chacota a evitar,
Conquanto a minha sorte vá contigo,
Certo de aguentar fardo igual, se é morte
Minha consorte, a morte é como a vida,
Tão convincente sinto no meu peito 955
O elo da natureza a reclamar-me
Ao meu, que é em ti porque o que és meu é.
Não se pode cortar tal elo, um somos,
Uma carne; soltar-te era prender-me.
   Assim Adão, e assim Eva em troca. 960
Ó insigne evidência, alto exemplo,
Grande prova de amor em demasia!

Levando-me a emular, porém aquém
Da tua perfeição; como alcançar,
Adão, de cujo lado sou jactante, 965
E grata desta união te ouço falar,
De um coração, de uma alma em dois. Comprova-o
O dia de hoje, a tua decisão,
Antes que a morte ou algo mais temível
Nos separe, em amor tão caro unidos, 970
De arcar comigo a culpa, um delito,
Se algum foi, de provar o belo fruto,
Cuja virtude, e o bem do bem direto
Ou indireto vem, foi demonstrar
Esta prova feliz do teu amor, 975
De outro modo jamais tão categórica.
Fosse eu pensar que a morte coroaria
Este ensaio, e a sós suportaria
O pior, não to impingindo, antes só
Morreria, a implicar-te neste crime 980
Arriscando-te a paz, mormente agora
Que te sei tão fiel e verdadeiro
No teu amor sem par. Mas outro sinto
O resultado; morte não, mais vida,
Olhos abertos, esperanças novas, novo 985
Prazer, travo tão excelso, que do que antes
Doce me tocou áspero me parece,
E insulso. Prova, Adão, do que provei,
E o medo de morrer lança-o aos ventos.
   Dizendo-o, abraçou-o, e alegria 990
Chorou, embevecida p'la nobreza
Do seu amor, que livre incorreria
Por ela em dissabor divino ou morte.

Em compensação (pois má complacência
Assim se retribui melhor) do ramo
Deu-lhe do belo fruto sedutor
Com mão liberal. E Adão sem quaisquer escrúpulos
Comeu contra a razão, não enganado,
Mas vencido por charme feminino.
P'las entranhas tremeu de novas cólicas[47]
A terra, e a natura ai segundo
Gemeu; franziu o céu e o trovão, lágrimas
Caíram por cumprir-se ali pecado
Original,[48] enquanto Adão leviano
Comia a sua parte, e Eva antigo
Trespasse não temia repetir,
Qual voz que solidária anima a outra.
Até que intoxicados como se ébrios
Já nadam em folia, a divindade
Já creem incubando asas neles
Com as quais desprezar o chão. Mas falso
O fruto outra ação mostrou primeiro:
Desejo carnal, cio; nela Adão
Esguelhou olhos lascivos, pagou-lhe ela
Olhar igual; arderam em luxúria.
'Té que Adão em falinhas se insinuou.

    Eva, no gosto exata te comprovo,
E fina, de sapiência parte farta,

---

[47] Ver a primeira convulsão da terra nos versos 782-4.

[48] Única ocorrência deste termo teológico em *PL*. O sentido é paulino, concretamente o de *Rm*. 2, 12-21, doutrina que defende o pecado de todos em Adão.

Já que a cada sentido aplicamos
Sabor e ao paladar chamamos árbitro; 1020
Louvada, que hoje bem provido vou.
Muito prazer perdemos na abstinência
Do doce fruto, nem era o bom gosto
Conhecido sabor. Se há tal prazer
Em coisas proibidas, preferível 1025
Proibir dez em vez de uma só árvore.[49]
Mas vem, tão bem refeitos, vem, folguemos,
Como convém, depois de bom repasto.
Pois nunca desde o dia em que primeiro
Te vi e desposei, o teu encanto, 1030
Ornado a perfeições, tanto me ardera
A ponto de te querer assim, mais bela
Que nunca, favor da árvore virtuosa.[50]
 Disse, e não proibiu olhar ou jogos
De intenção amorosa, nem em troca 1035
Eva, ao dardejar chispas contagiantes.
Tomou-lhe a mão, e num recosto umbroso
Sob um teto de denso verde em arco
De bom grado a levou; de flores o leito,
Amores-perfeitos, violetas, asfódelos 1040
E jacinto, o mais suave e fresco colo
Na terra.[51] Aí de amor e seus recreios[52]

---

[49] Talvez com os Dez Mandamentos em vista.

[50] Versos 1029-33: cf. *Il.* III, 442 e XIV, 314-6.

[51] Versos 1037-42: cf. *Il.* III, 346-51.

[52] Cf. *Pv.* 7, 18.

Se saciaram, sinete a dois na culpa,
Consolo do pecado, 'té que rórido
Sono lhes pesou, de artes de amor gastos. 1045
Quando o viço do fruto falacioso,
Que com gás hilariante com seus espíritos
Sensual brincara, e íntimos poderes
Levara a errar, murchou, e com maus sonhos
Culpados o pejado sono, filho 1050
De abortivos vapores, os deixou,
Ergueram-se agitados, e observando-se
Ambos, viram-se de olhos bem abertos
E mentes turvas; fora-se a inocência,
Que qual véu lhes velava o mal, e a justa 1055
Confiança, e a nativa retidão
E a honra no seu meio. Nus se expunham
À vergonha culpada: cobriu,[53] mais
Mostrando o manto. Veio assim o hercúleo
Danita Sansão do colo franqueado 1060
Filisteu de Dalila, e da força
Tosquiado se achou. Nus eles e faltos[54]
De virtude: confusos muito tempo
Se quedaram, e mudos de pavor.
'Té que Adão tão perplexo quanto Eva 1065
Enfim deu voz ao verbo amordaçado.

   Ó Eva, em má hora deste ouvidos
Ao falso verme, aluno de quem quer
Que imite voz humana. Veraz é

---

[53] É a vergonha culpada que cobre.

[54] Para a traição de Dalila ver *Jz*. 16.

Na queda, na ascensão falso. Abertos 1070
Os olhos confirmamos, e sabemos
O bem e o mal, perdido o bem, achado
O mal, do saber mau fruto, se é isto
O saber, que nos despe assim, nus de honra,
De inocência, de fé, de integridade, 1075
Nossos hábitos sujos e manchados,
E evidentes nos rostos os sinais
De vil concupiscência, de vil cópia;
Até vergonha, último dos males;
Do primeiro nem falo. Com que cara 1080
Verei as caras de anjo ou Deus que em êxtase
De gozo dantes via? Essas formas
Celestiais as terrenas cegarão
Com luz insuportável. Oh, selvagem
Solidão pudesse eu viver, em esconsa 1085
Clareira, onde os bosques mais crescidos
Que estrela ou luz não rompem abrem ampla
Sombra espessa qual noite. Vós pinheiros,
E vós cedros, cobri-me, com inúmeros
Ramos, onde jamais as veja mais. 1090
Mas agora, em apuros, descubramos
Qual o modo melhor de esconder partes
Um ao outro, aquelas que à vergonha
Se exponham mais, e se achem indecentes,
Talvez folhas polidas, largas, que unas 1095
Se cosam e nos lombos se nos cinjam,
Cobrindo-nos a cinta, p'ra que este hóspede,
Vergonha, não se hospede ali, qual mancha.
    Assim o aconselhou, e ambos aos bosques
Mais densos foram, logo ali escolhendo 1100

A figueira,[55] não essa que o seu fruto
Afamou, mas aquela que hoje indianos
Conhecem em Decão[56] e Malabar[57]
Por abrir braços tão amplos e longos
Que no chão se enraízam galhos curvos   1105
E à volta crescem filhos da mãe árvore,
Umbroso pilar de alto arco, e áleas
Ecoando no seu seio; à canícula
Foge ali o boieiro hindu, e guarda
Por frinchas ganhas ao espesso a manada.[58]   1110
Juntaram folhas, largas como tarjas
Amazônias, e à cinta as agarraram
Conforme o jeito as soube coser, vãos
Aventais p'ra tapar vergonha à culpa.

---

[55] O baniano (chamado a partir dos comerciantes hindus, ou *banyans*, cunhagem aparentemente portuguesa) ou *ficus benghalensis*. Na mitologia hindu, o baniano também se chama *kalpavrikska*, "a árvore dos desejos". Representa a vida eterna por causa dos seus ramos muito desenvolvidos. A tipicidade desta figueira de raízes aéreas está, na verdade, na dificuldade em distinguir-se a "mãe árvore" dos "filhos", dado que os seus braços mergulham na terra e emergem dela como troncos ou árvores independentes de grandeza semelhante, repetindo por sua vez o processo com as suas próprias ramificações. Dificilmente se ignora nesta poderosa imagem uma referência simbólica ao pecado de todos em Adão, desaparecendo enquanto raiz no emaranhado desta árvore genealógica de pecado.

[56] Sul da Índia.

[57] Costa sudoeste da Índia.

[58] Versos 1107-10: podendo atingir 200 metros de diâmetro, esta portentosa árvore acolhia nas suas áleas ocas os *banyans* à procura de sombra. O boieiro chegava a abrir frinchas de dentro dela, de forma a vigiar o seu gado a partir deste abrigo a salvo do calor abrasador.

Oh, tão diferente a prévia glória nua! 1115
Como essa que Colombo viu cingir
O índio com penas, nu no mais e bravo,
Entre as folhagens de ilhas e roqueiras
Costas. Tapados já, crendo à vergonha
Vedar partes, porém sem paz de espírito, 1120
Sentando-se choraram, e essas bátegas[59]
Dos olhos ventos fortes convocaram
Dentro, paixões em bulha, rancor, ódio,
Apreensão, suspeição, discórdia, que ásperos
Os fustigavam, calma região que era, 1125
Cheia de paz, agora turbulenta.
Deposto o entendimento foi, e surda
Não o ouvia a vontade, ambos súditos
De apetites sensuais já, que debaixo
Usurpando o saber da razão queriam 1130
Sobre a razão reinar. Adão, de tanto
Destempero, de ar vago e tom mudado,
Intermitente assim falou a Eva.

Tivesses tu ouvidos, e ficasses
Solícita aos meus rogos, quando o estranho 1135
Desejo de errar te acordou, aziago,
Por que te possuiu não sei; seríamos
'Inda felizes nós, não como agora,
Pilhados no bem, nus, tristes, demissos.
Que mais ninguém busque azo de provar 1140
A fé que devem; quando honestos buscam
Tal prova, concluída, já falharam.

---

[59] Cf. *Sl.* 137, 1.

Sentiu Eva a vergonha, ao que objetou.
Que palavras, severo Adão, passaram
Teus lábios, imputadas ao meu erro,[60]   1145
Ou vontade de errar, como lhe chamas,
Pois quem nos diz que um mal igual contigo
Ali não se daria ou só contigo?
Contigo aqui ou lá, ninguém daria
Por dolo na serpente quando a ouvisse.   1150
Sem que entre nós houvesse inimizades,
Não havia razões p'ra me querer mal.
Esperar-se-ia que o teu lado o não deixasse?
Mais valia ter sido um lado morto.
Sendo como sou, já que és a cabeça,[61]   1155
Por que não me ordenaste em absoluto
A ficar, já que iria p'ra tal perigo?
Cortês, impugnações não são teu forte,
Não, deixaste, aprovaste e homologaste.
Fosses firme e expedito no dissídio,   1160
Não violaria eu, nem tu comigo.
   Ao que estreando Adão a ira disse.
É este o amor, é esta a recompensa
P'lo que te dei, ingrata, de imutável,
Quando estavas perdida, tu, não eu,   1165
Que podia viver perpétuo gozo,
E de bom grado quis morrer contigo,
A quem na cara lanças como causa

---

[60] Versos 1144-5: cf. *Il.* XIV, 83, "Atrida, que palavra passou além da barreira dos teus dentes?".

[61] *I Co.* 11, 3.

Da tua transgressão? Não tão severo,
Dizes, a refrear-te. Que mais querias? 1170
Avisei-te, exortei-te, preveni-te
Do perigo, do secreto inimigo
Que esperava. Mais, só se fora à força,
E a força aqui não rege livre arbítrio.
Mas a confiança a mais te levou, certa 1175
Ou de não correr riscos, ou de achar
Pretexto p'ra glorioso teste. Foi
Quiçá meu erro, pasmo em demasia
P'lo que em ti vi perfeito, que nenhum
Mal contra ti julgara se atrevesse. 1180
Mas lastimo o meu erro, que é o meu crime,
E tu a acusadora. Assim será
Co'aquele que alta ideia faz e às cegas
Na mulher se confia; cuspirá
Freio, e a si deixada, mal mal tope 1185
Logo lhe há-de acusar a tíbia mão.
   Em acusação mútua assim passavam
Sem culpa própria horas infrutíferas,
E um fim não avistava a pega vã.

Fim do nono livro

Livro X

Argumento

Conhecida a transgressão do homem, os anjos de guarda abandonam o Paraíso e regressam ao Céu para prestarem contas da sua vigília; são aprovados, dizendo-lhes Deus que não poderiam evitar a entrada de Satanás. Envia o seu Filho para julgar os transgressores, que desce e os sentencia apropriadamente; depois compassivo veste-os a ambos e reascende para junto do Pai. Pecado e Morte, até então sentados à porta do inferno, intuem o sucesso de Satanás no mundo novo, e o pecado que nele entrou pelo homem, e resolvem não mais permanecer confinados ao inferno mas sair também ao encontro de Satanás, seu pai, até ao lugar do homem. Para facilitar a passagem e a comunicação entre inferno e o mundo novo, pavimentam uma ampla ponte sobre o caos, de acordo com o caminho que Satanás escolhera. Depois, a caminho da terra, encontram-no ufano dos seus sucessos a caminho do inferno; a congratulação mútua. Satanás chega a Pandemônio, e relata orgulhosamente em assembleia os seus conseguimentos contra o homem; em vez de aplauso recebe uma vaia geral dos assistentes, transformados subitamente, como o próprio Satanás, em serpentes, segundo a maldição recebida no Paraíso; depois, iludidos com uma mostra da árvore proibida brotando diante deles, tentam colher avidamente o fruto, e mastigam pó e cinza amarga. Os procedimentos de Pecado e Morte. Deus prognostica a vitória final do seu Filho sobre eles, e a renovação de todas as coisas, mas no presente ordena aos anjos alterações várias nos céus e nos elementos. Adão cada vez mais se apercebe da sua condição desgraçada, lamenta-se e recusa as condolências de Eva. Ela insiste e finalmente pacifica-o. Depois, de maneira a livrar da maldição os seus descendentes, propõe a Adão saídas violentas, as quais ele não aprova, mas alimentando esperanças lembra-lhe a ela a promessa que lhes fora feita, que a semente dela iria vingar-se da Serpente, e exorta-a a buscar com ele modos de pacificar Deus, através da contrição e da súplica.

De Satã entretanto a abominável
E despeitosa ação no Paraíso,
E como p'la serpente corrompeu
Eva, e esta Adão, à prova fatal
Do fruto soube o Céu; pois o que escapa 5
A Deus que tudo vê, ou onisciente
Lhe ilude o coração, que em tudo sábio
E justo, não poupou ao homem provas
De Satã, com poder cabal armando-o,
E arbítrio livre, a fim de descobrir 10
E repelir ardis de amigo falso.
Pois sempre o soube, e a alta injunção sempre
Deveria guardar, não provar o fruto
Em circunstância alguma, a qual esquecida
Nada menos que à pena o exporia, 15
E à queda merecida, em pecado
Multíplice.[1] Ao Céu ágeis ascenderam
Do Paraíso os anjos, mudos, tristes
P'lo homem, pois sabiam já da queda,
Muito admirando o modo de o maligno 20
Sutil entrada achar. E mal da terra

---

[1] Não só em vários tipos de pecado, mas em pecado multiplicado pela descendência suposta.

Ao Céu eram chegadas as más novas,
Mal-estar houve entre quem o ouviu, que então
Tristeza não poupou celestes rostos,
Embora acrescentada à compaixão 25
Não violasse o bem-estar. Etéreas gentes
Logo se lhes juntaram, p'ra saber
Como tudo se deu. E estes aos pés
Do trono acorreram a dar contas
Com alegações justas da vigília 30
Apertada e facilmente aprovada;
Quando o mais alto Pai da nuvem veio,
E entre trovões assim soltou a voz.

  Ó anjos em conclave, e vós poderes
Que falhados voltais, não receeis, 35
Nem da terra as notícias vos abalem,
Que o desvelo mais sério evitar
Não pôde, já predito, quando o abismo
Do inferno o tentador passou primeiro.
Bem vos dizia então que triunfando 40
Levaria a melhor, que com falinhas
Mansas de tudo o homem privaria,
Crendo em patranhas contra o Criador.
Nenhum decreto meu ao livre arbítrio
De cair o coagiu, nem peso ou ímpeto 45
Que a levasse a inclinar-se, se a balança
Se pôs fiel. Mas caído é, e agora
Que resta senão dar capital pena
P'la sua transgressão, a morte em tempo
Promulgada, que já supõe vã e oca 50
Porque ainda a não viu, como temia,
Sobrevir nele em síncope. Mas tarde

Saldar não é quitar, assim o dia[2]
Cedo o dirá. O saldo da justiça
Não é desdém da oferta. Mas quem mando 55
Por meu juiz? A ti Filho emissário,
A ti que o julgar dei, no Céu, na terra,
No inferno. Fácil crer será que busco
Aliança de clemência com justiça,
Ao enviar-te, avindor, amigo de homem, 60
Por resgate e redentor voluntário,
Posto homem a julgar o homem caído.
  Assim falou o Pai, abrindo o brilho
Sobre a destra da sua glória, o Filho,
Onde incidiu sem nuvem. Ele, pleno, 65
Resplandecente, todo o Pai patente
Expressou, e divino, manso, disse.
  Pai eterno, teu é o decretar,
Meu no Céu e na terra o cumprir-te
A vontade suprema, p'ra que grato 70
Sempre no Filho amado te comprazas.
Vou, julgarei na terra os transgressores,
Mas sabes que quem quer que julgue, o pior
Deve em mim recair em tempo próprio,
Pois a tal me obriguei; e sem remorsos. 75
Devo por justo obter o lenitivo
Da morte inserta em mim, assim tempere
Justiça com clemência, tal que à luz
Da remissão as mostre, e a ti aplaque.
Dispenso comitivas, ou adjuntos, 80

---

[2] Versos 52-3: isto é, não é porque vem tarde a cobrança da dívida que esta se torna satisfeita ou prescreve.

Onde ninguém se quer no julgamento,
A não ser réus, os dois; a ausência culpa
O terceiro de fuga e rebeldia[3]
À lei; convicção não cabe à serpente.
   Com isto, do seu sólio de alta glória 85
Colateral se ergueu.[4] Tronos, poderes,
Principados, domínios ministrantes
Seguiram-no até às portas do Céu,
De onde o Éden e os vizinhos se avistavam.
A pique se lançou; não conta o tempo 90
Divino voo,[5] mesmo alado de ágeis
Minutos. Era agora o sol cadente,
Vindo a oeste do Sul, e já despertos
Sopros que à hora trazem grácil leque
E advertem do relento, quando em ira 95
Mais frio veio em um intercessor
E bom juiz p'ra acórdão. E eis que ouviram
A voz de Deus passeando no jardim,
Que leve brisa trouxe da tardinha,
E da sua presença se esconderam 100
Entre árvores copadas mulher e homem,
'Té que Deus se abeirando Adão chamou.
   Onde estás tu Adão, que ao meu encontro
Costumas vir alegre mal me vês?

---

[3] Satã.

[4] Paralela, modificando glória.

[5] Ou "por mais rápido que o tempo seja nunca é tão rápido quanto a divindade" ou "apesar de se passar em tempo e por isso ser contável em tempo (minutos, horas), o tempo não consegue contar tal velocidade".

Sinto-te a falta, frustras-me a visita, 105
Onde antes teu dever se anteporia.
Chegarei mais discreto, ou te ausenta
Mudança, ou te detém acaso? Mostra-te.
Mostrou-se, e Eva com ele, mais tardando
Quem primeiro pecou, confusos ambos 110
E descompostos; já amor por Deus
Ou um p'lo outro não mostravam, só
Culpa, vergonha, abalo, desespero,
Revolta, pertinácia, ódio, manha.
Após muito hesitar falou Adão. 115
 Ouvi-te no jardim, e a tua voz
Temendo, estando nu, fugi. Ao qual
Sem doestos o juiz gracioso disse.
 Já muito a voz me ouviste e não temias,
Mas sempre te alegravas, como veio 120
A ser voz de terror? Que estás nu, quem
To disse? Porventura o fruto da árvore
Da qual te comandara não comesses?
 Ao que muito oprimido disse Adão.
Ó Céu! Eis-me em mau estreito neste dia 125
Perante o meu juiz, quer p'ra sofrer
Eu próprio o crime, quer p'ra incriminar
Meu outro eu, parceiro de existência,
Cuja falta, enquanto nela creia,
Devo omitir, privando-lhe a vergonha 130
Da acusação. Porém verga-me a estrita
Necessidade, e um peso desastroso
P'ra que crime e castigo não recaiam
Sobre a minha cabeça por inteiro
E apesar do que posso. Se o calasse, 135

Facilmente verias o que escondo.
A mulher que me deste para auxílio,
Teu dom perfeito e bom, tão bom, tão apto,
Tão aceitável, tão divino, tanto,
Que dela mal algum suspeitaria, 140
E o que quer que fizesse abonaria
Em prol do feito o modo como o fez;
Ela deu-me da árvore e eu comi.[6]
   Ao que o porte supremo respondeu.
Era ela teu Deus, que em vez da sua 145
Lhe acatasses a voz, ou guia era,
Superior, ou sequer igual, que a ela
Cedesses varonia e o lugar
Onde Deus te pôs sobre ela, de ti
E por ti feita, cuja perfeição 150
De longe em real brio superava
A dela. Adornada sim, e amável
P'ra chamar-te ao amor, não ao anexo,
E os seus dons eram próprios p'ra servir,
Não p'ra governar, que era o teu papel 155
E personagem,[7] se bem o souberas.
   Tendo dito, poupou estas p'ra Eva.
Pois diz mulher, que é isto que fizeste?
   Ao que Eva triste e plena de vergonha,
Pronta p'ra confissão, mas ante o juiz 160
Nem audaz nem loquaz, respondeu tímida.

---

[6] Versos 137-43: cf. *Gn.* 3, 12. Ao ressentimento natural do texto bíblico Milton adiciona pesada carga irônica.

[7] Versos 155-6: um erro de *casting*, ao que parece.

A serpente enganou-me e eu comi.
Ouviu-o o Senhor, e sem demora
Levou a julgamento a indiciada
Serpente, ainda que bruta, incapaz   165
De a culpa transferir em quem a fez
Instrumento de dano e do propósito
Da criação polutas. Justamente
Maldita porque em vício. Saber mais
Não assistia ao homem (já que mais   170
Não sabia) e ofensas não mudavam.
Mas Deus por fim a mácula primeira
De Satã lhe puniu, em termos místicos,
Como o julgou: e à serpe isto imprecou.

Porque assim o fizeste, és maldita   175
Sobre animais do campo e sobre gado;
Sobre o teu próprio ventre rastearás,
E pó todos os dias comerás.
Porei inimizade entre a mulher
E ti, e entre as sementes dela e tua;   180
Ferir-te-á a cerviz, tu seu calcanhar.

Falou assim o oráculo, cumprido
Quando Jesus, o filho de Maria,
Segunda Eva, viu Satã, do ar príncipe,[8]
Cair do Céu qual raio; vindo então   185
Da tumba principados e poderes
Derrotou, seus troféus, e p'las alturas
Cativo o cativeiro conduziu,[9]

---

[8] Ver *Lc.* 10, 18.

[9] *Sl.* 68, 18.

O reino que Satã esbulhara há muito,
A quem há-de calcar sob nossos pés;[10]
'Té mesmo quem previu agora a morte,
E à mulher a sentença lhe aplicou.

   Multiplicarei muito as tuas dores
Da concepção; darás filhos ao mundo,
Em dores darás, e ao querer do teu marido
O teu sujeitarás, senhor de ti.

   E a Adão estas por último ditou.
Porque inclinaste ouvidos à mulher
E comeste da árvore da qual
Te ordenei: dela tu não comerás,
Maldito seja o chão, seus frutos dores
Serão todos os dias da tua vida.
Dar-te-á contra a vontade espinhos, cardos,
E do campo as ervas comerás,
Comerás do suor do teu rosto o pão,
Até que ao chão regresses, porque ao chão
Foste tomado, sabe de onde vens,
Pois pó tu és, e ao pó regressarás.[11]

   Juiz e salvador julgou o homem,
E esse dia advertiu da morte súbita
Remota. Em seguida amiserando-se
Dos dois nus ao ar livre, ar que agora
Deveria mudar, não o envergonhou
Assumir desde então forma de servo;[12]

---

[10] *Rm.* 16, 20.

[11] Versos 193-208: segue *Gn.* 3, 17-9 quase *verbatim*.

[12] *Fp.* 2, 7.

Como quando lavou os pés dos servos 215
Agora como pai dos seus vestiu
Sua nudez com pele de besta, morta
Ou, como a cobra, paga a capa nova.
Dos rivais não pensou de mais as vestes.
Não só por fora com pele de besta, 220
Mas na nudez de dentro, muito mais
Indigna, com seu manto de inteireza[13]
A cobriu, pondo-o entre eles e o Pai.
Ao Pai subiu veloz, e no seu íntimo
Feliz a glória antiga retomou, 225
E no Pai aplacada toda a ira,
Embora onisciente contou do homem
Com intercessão doce misturada.
Entretanto antes de erro e julgamento
Na terra, estavam frente a frente Morte 230
E Pecado no inferno, cujas portas
Franqueadas vomitavam chamas ávidas
De além caos, desde a altura em que o diabo
Por Pecado passou, que a Morte diz.

Ó filho, mas por que cruzarmos braços 235
Enquanto o nosso grande autor prospera
Noutros mundos, e mais alegre posto
Já nos prepara prole querida? Nada
Que não sucesso o espera. Se revés,
Já teria voltado, conduzido 240
P'los víndices da fúria, que este sítio
É seu par p'ra vingança e castigo.

---

[13] Cf. *Is.* 61, 10.

Creio-me com crescente ardor, crescentes
Asas, e autoridade dada pródiga
Deste pélago além. Seja o que for
Que me induz, simpatia ou qualquer força
Conatural enérgica à distância
Para unir com secreto acordo coisas
Gêmeas por mais secreta comunhão.
E tu virás comigo sombra minha,
Pois de Pecado Morte não aparta
Força. Mas p'ra que o custo do regresso
Não lhe detenha a volta neste impérvio
E ínvio golfo, tentemos denodada
Lida, se bem que ao meu e ao teu poder
Não desprezível; sobre o mar que vai
Do inferno ao mundo onde já Satã
Prospera, abramos via, um monumento
De mérito p'ra toda a hoste aqui,
A alhanar-lhes saída, p'ra comércio
Ou transmigração, como a sorte os dite.
Não errarei no curso, bem traçado
Por esta atração nova e este instinto.
   A quem a emaciada sombra disse.
Vai até onde o instinto forte e a sorte
Te levarem, p'ra trás não ficarei,
Nem me perderei se és fanal, tal travo
Inalo de carnagem, presa inúmera,
E do que vive ali só morte eu provo.
E omisso não serei na tua obra,
Mas porei mãos à obra por igual.
   Dizendo, com prazer fungou da terra
O odor da mortal sorte. Como quando

Um bando de aves ávidas p'lo dia
Da batalha longínquas milhas faz 275
E às acampadas tropas se dirige,
No engodo do odor vivo de carcaças
Que no dia seguinte em sanguinário
Gume hão-de morrer. E isto a forma crua
Que cheirou, e narinas ergueu largas 280
No ar brunal, sentindo presa ao longe.
Então do inferno ambos se dispersam
P'la anarquia deserta e abafada
Do caos, e com poder (grande era o seu)
Pairando sobre as águas. O que viram,[14] 285
Maciço ou lodacento, qual mar rábido
Sacudido aos puxões, o amealharam
De cada lado 'té à boca do inferno.
Como quando dos polos ventos sopram
Contrários no croniano mar,[15] e gelo 290
Amontoam, que entopem a passagem
Suposta para oriente do Pechora[16]
'Té ao rico Catai.[17] A massa Morte
Com seu maço petrífico, a seco[18]
E a frio, qual tridente, castigou, 295

---

[14] Pecado e Morte apresentam a sua versão do Espírito criador que qual pomba no vasto abismo ideava (cf. I, 21). Ver também VII, 235 ss.

[15] O Oceano Ártico. De Cronos, o mais velho e mais frio dos deuses.

[16] Rio na Sibéria.

[17] Norte da China.

[18] Que transforma em pedra.

E esteou o que antes qual Delos boiava;[19]
Ao resto o olhar impôs a rigidez
Gorgônea e a do piche.[20] Tão espraiado
Quanto os portões, tão fundo quanto as bases,
Ao inferno firmaram esse molhe   300
Em arco imenso sobre o pego espúmeo,
Qual ponte infinda ao muro fixo unindo-se
Deste mundo indefeso, pela morte
Arrestado; daqui passagem ampla
Inofensiva, fácil, p'ra o inferno.   305
Assim, se o muito ao pouco se compara,
Xerxes, p'ra subjugar a Grécia livre,[21]
Do palácio memnônio lá em Susa[22]
Veio ao mar, e por ponte abrindo via
Sobre o Helesponto à Ásia trouxe a Europa,   310
E a açoites doutrinou o mar colérico.
Por artes admiráveis veio a obra
Pontifical, um escolho de suspensas
Rochas sobre a voragem procelosa,
Na esteira de Satã, rumo ao lugar   315
Onde do Caos chegado são e salvo

---

[19] Quando Leto engravidou de Júpiter, Netuno criou-lhe esta ilha flutuante como porto de abrigo contra a ira de Juno. Ali deu à luz os gêmeos Apolo e Diana.

[20] Medusa era conhecida pelo seu olhar petrífico.

[21] Xerxes mandou açoitar o mar por este ter destruído a sua ponte naval sobre o Helesponto, estratégia do seu plano para a invasão da Grécia.

[22] Palácio de inverno dos reis persas. Memnônio porque Mêmnon, filho de Aurora, fora o seu primeiro rei. Cf. I, 620n.

Pousou na superfície nua do orbe
Deste mundo. Com cravos de adamante
E grilhões tudo uniram firme e bem
Firme o uniram. E agora em pouco espaço　　　　　　　　320
Se encontram os confins do Céu empíreo
E os deste mundo, e à esquerda o inferno[23]
Interposto à distância; três as vias[24]
À vista, as quais a sítios três levavam.
P'rá terra agora a via vislumbravam,　　　　　　　　325
Direita ao Paraíso, quando olhai!
Satã na semelhança de anjo fúlgido
Seu zênite guiando entre Centauro
E Escorpião quando o sol se erguia em Áries:[25]
Disfarçado chegava, mas seus filhos,　　　　　　　　330
Não obstante, o pai logo discerniram.
Ele, tentada Eva já, discreto
Num bosque entrou cercão, e em forma outra
P'ra saber da sequela o ato pérfido
De Eva viu secundado p'lo marido,　　　　　　　　335
Sem intenção, e o pejo que buscou
Coberturas vãs; quando porém viu
Descer de Deus o Filho p'ra julgá-los

---

[23] O lado "sinistro". Cf. *Mt.* 25, 33.

[24] A escada até ao Céu (III, 510 ss.), a passagem através da esfera exterior opaca do universo até à terra (III, 526 ss.) e a nova ponte.

[25] Versos 328-9: entre Sagitário (Centauro) e Escorpião fica a constelação Anguis, a serpente que Ofiúco leva. Não é só um poderoso efeito visual que leva Milton a situar aqui Satã. A cabeça desta serpente está em Libra, por onde Satã entrou no universo (cf. III, 551-61). Notar que esta entrada é correlativa do seu modo de entrar na serpente.

Aflito fugiu, não que a fuga achasse
Perene, mas furtava ali a culpa 340
Ao mais quente da ira. Regressou
Depois na noite, e ouvindo o par astroso
Lá onde se sentava em triste queixa
Daí inferiu a própria perdição,
Que percebeu não p'ra já, mas a prazo. 345
Radiante e com notícias ao inferno
Voltava agora, e à beira do caos,
Aos pés da ponte egrégia, viu surpreso
Vir quem por ele vinha, a prole querida.
Grande alegria foi ao seu encontro, 350
E à vista da estupenda ponte o gozo
Dobrou. Muito a admirou, 'té que Pecado,
Sua formosa filha, assim rompeu.

Ó pai, estes são teus feitos magníficos,
Teus troféus, que por teus não os vês tu, 355
Tu que és seu autor e único arquiteto.
Pois mal no coração te pressenti,
Meu coração que sempre ao teu se ajusta
Em secreta harmonia, e uno acorde,
Na terra prosperante, e agora vejo-o 360
Nos teus olhos também, senti de pronto,
Mesmo mundos de ti longe, senti
Dever ir após ti com o teu filho,
Tão fatal consequência une os três.
Não nos seguraria mais o inferno, 365
Nem este impraticável golfo obscuro
Nos deteria de ínclito seguir-te.
Deste-nos liberdade, confinados
A infernais portas 'té agora, armaste-nos

374   Paraíso perdido

P'ra nos fortificarmos, e cobrirmos 370
Com portentosa ponte um negro abismo.
Já todo o mundo é teu, tua virtude
Ganhou o que a mão não fez, teu saber
Lucrou com o que a guerra perdeu, plena
Vingança p'lo que foi no Céu. O rei 375
Que ali não foste aqui serás. Governe
Ali o vencedor que a guerra achou,
E se vá deste mundo, já alienado
Na sentença, e o reino se reparta
Por dois reis, do que empíreas raias partem, 380
Seja teu o orbe, e dele a quadratura,[26]
Ou à prova te pondo o trono arrisque.

   E álacre assim o príncipe das trevas.
Bela filha, e tu meu filho e neto[27]
Altas provas me destes da linhagem 385
De Satã[28] (pois no nome me glorio,
Do rei onipotente antagonista),
Dele amplamente sois merecedores,
De impérios infernais, que arco propínquo
Do Céu triunfo é do meu triunfo, 390
Coroando o meu com este, e um reino unindo
De inferno e mundo, um reino, continente
P'ra fáceis ligações. Assim enquanto
P'las trevas desço o cômodo caminho

---

[26] A esfera era considerada mais perfeita que o cubo. Cf. *Ap.* 21, 16, onde a Nova Jerusalém é quadrangular.

[27] Morte é filho do incesto de Satã com a sua filha Pecado.

[28] Primeira e última vez que Satã menciona o seu nome em *PL*.

De encontro aos meus parceiros poderosos
P'ra pô-los ao corrente destes êxitos
E co'eles festejar, na mão contrária,
Vós, entre orbes sem fim, ao Paraíso
Descei. Tomai morada ali, felizes,
E reis tomai impérios sobre ar, terra,
E homem antes do mais, senhor confesso.
Assegurai-lhe um jugo já, que o moa
P'ra matá-lo depois. Por substitutos
Vos mando e na terra armipotência
Sem par vos dou. Da vossa parceria
Depende a possessão do novo reino,
Que de Pecado a Morte fiz possível.
Se unos vos mantiverdes, detrimento[29]
Não teme o inferno, ide e sede fortes.

   Dispensou-os assim, e eles p'lo enxame
Das constelações, ágeis alastravam
Seu veneno; astrosas desmaiavam
Estrelas, planetas sob planetas maus
Sofriam vero eclipse. Por seu turno
P'la ponte ia Satã rumo aos infernos.
Dos lados o diviso caos lotado
Fremia, e em açoites de ondas feria
A barra que troçava da revolta.
Passou Satã p'la porta, ampla e franca,
E vê desolação só; pois aqueles

---

[29] Alude à ordem dada aos dois cônsules em Roma, quando o poder supremo lhes foi conferido temporariamente (e portanto não *de iure*) em tempo de crise: *Videant consules ne quid respublica detrimenti capiat* (Alastair Fowler).

Que ali confiara à guarda, abandonaram-na,
Partindo ao mundo súpero; os demais
Estavam dentro de muros, retirados
Em Pandemônio, urbe e assento ufano
De Lúcifer, chamado por metáfora 425
Da áurea estrela a Satã paragonada.[30]
Vigiavam as legiões ali, enquanto
Se sentavam os grandes em concílio,
Cuidando nas razões que o tardariam:
Tal ordem lhes deixara, tal cumpriram. 430
Como quando ante o russo hostil o tártaro
Pelas planícies níveas de Astracã[31]
Recua, ou ante os cornos do crescente
Turco[32] o báctrio sufi,[33] quando deserta
Do chão além do reino de Aladul,[34] 435
P'ra Tauris[35] ou Kazvin.[36] Assim desertas[37]
Deixaram os que o Céu baniu as raias

---

[30] Comparada. Cf. *Is.* 14, 12.

[31] Reino tártaro e capital junto à foz do Volga. Foi anexado por Ivan, o Terrível, em 1556.

[32] Diz respeito não apenas às suas insígnias, mas também à sua formação em batalha.

[33] O xá persa.

[34] Armênia. Aladul era o nome do último soberano persa antes da conquista pelos turcos.

[35] Ou Tabriz, noroeste da Pérsia.

[36] Norte de Teerã.

[37] Versos 431-6: os tártaros eram afamados por dispararem as suas flechas enquanto simulavam uma retirada.

Do inferno muitas léguas, reduzidos
Em estreita guarda acuados p'la metrópole,
E a toda a hora à espera do herói
Em busca de outros mundos. Entre a plebe
Por plebeu passou, anjo miliciano
De baixa hierarquia. E da porta
Desse salão plutônico invisível[38]
Chegou ao alto trono, sob um pálio
Exibindo soberbo urdume, posto
Cimeiro em régio lustre do outro lado.
Sentou-se um pouco vendo sem ser visto.
Por fim como de nuvem a cabeça
E o vulto de astro fúlgido mais fúlgidos
Surgiram, na possível glória ou brilho
Falso que herdou da queda: estupefata
Com tão súbita luz a gente estígia[39]
Curvou o olhar, e viu o desejado,
Seu líder ímpar. Forte foi o aplauso.
Por ele logo os nobres em consulta
Atroz divã trocaram,[40] e efusivos
Chegaram-se a saudá-lo, o qual com mão
Silêncio e atenção ganhou p'ra estas.

   Domínios, tronos, virtudes, poderes,
Principados, em posse dos quais sois,[41]

---

[38] De Plutão, rei do mundo dos mortos.

[39] Relativo a Estige, o rio do Hades.

[40] Conselho de Estado turco, sendo Satã o sultão.

[41] Versos 460-2: a posse destes títulos é para Satã *de facto*, não meramente *de iure*.

E não só porque é justo o nome, chamo-vos,
Eu que da esperança além regresso próspero,
P'ra vos levar em glória deste inferno
Malíssimo, maldito, lar de dor, 465
Masmorra de tirano. Quais senhores
Possuí um vasto mundo, pouco menos
Que o Céu natal, por árduas aventuras
E grande risco obtido. Longa conta
Daria do que fiz, do que sofri, 470
Do que custou passar p'lo vasto informe,
P'lo pélago sem fim do caos horrível,
O qual Pecado e Morte calcetaram
Com passagem veloz p'ra marcha insigne.
Mas eu a própria via abri p'lo estranho, 475
Forçado à sela de áspero abismo, fundo
No ventre ancião da Noite e no caos bravo,
Que ciosos do que escondem se opuseram
Ao estranho ferozmente, apelando
Com clamor ao supremo fado. Donde 480
Achei o mundo novo, cuja fama
No Céu se adivinhara há muito, excelsa
Estrutura de absoluta perfeição,
Com o homem habitando o paraíso,
Feliz p'lo nosso exílio. Seduzi-o, 485
E p'ra apimentar mais o vosso pasmo,
Só com uma maçã. O outro, disso
Sentido, ride a bom rir, desistiu
De dois, do amado homem e do mundo,
Pilhagem p'ra Pecado e Morte, e deles 490
Nossa, sem riscos, penas, ou alarmes,
Basta chegar, tomar casa, e no homem

Mandar, como mandar este não soube.
É verdade que fui julgado, ou antes,
Eu não, mas a serpente em cuja forma
O homem burlei; a parte que me toca,
Inimizade, ele há-de pôr entre homem
E mim. Cabe-me ferir-lhe o calcanhar,
E ele, quando não sei, deve pisar-me
A cabeça. Um mundo quem não compra
Se o paga a pisadela, ou dor mais funda?
Eis, ó deuses, meus feitos. Que vos resta
Senão: de pé!, entrai no pleno gozo.

 Tendo dito, ficou um pouco à espera
De um brado universal e um alto aplauso
Com que enchesse os ouvidos, quando o oposto
De toda a parte vem, de infindas línguas
Um silvo universal sinistro, o som
De público desdém. Cedeu ao ócio
Do espanto, mas não tanto que não visse
Que espanto era de si: bicudo e esquálido
Se tornava, seus braços às costelas
Já colados, e as pernas uma na outra
'Té cair suplantada a serpe atroz
Sobre o ventre com espasmos, mas em vão,
Que o punia poder maior, na forma
Com que pecou, segundo o seu destino.
Quis falar, mas silvou com língua bífida
Em resposta ao silvar de línguas bífidas,
Que eram todos serpentes já, quais cúmplices
De audaz motim. Sinistra era a chiada
De silvos p'lo recinto, enxameando
Com monstros que a cabeça à cauda atavam:

A anfisbena cruel,[42] o escorpião, a áspide,
A cerasta chifruda,[43] a hidro,[44] a dípsada,[45]   525
O elope[46] (nem tão espesso o chão do sangue
De górgona empapado,[47] ou a ilha
Ofiússa)[48] mas ainda ele, imenso,
Como um dragão no porte,[49] amesquinhando
A que gerou o sol no limo pítico,   530
A imane Píton,[50] e era a sua força
Ainda sobre os seus como que intacta.
Estes rumo à planície o seguiram,
Onde restavam restos de rebeldes
Expulsos do Céu no posto ou em parada,   535
Na expectativa altiva de entrever
Em marcha triunfante o insigne chefe.
Viram, não o que queriam ver, mas serpes
E medonhas. O horror veio sobre eles

---

[42] Cobra mítica com uma cabeça de cada lado.

[43] Serpente com quatro cornos.

[44] Cobra d'água, inimiga do crocodilo. Seu veneno causa hidropisia.

[45] Cuja mordedura causa sede de morrer.

[46] Cobra d'água, confundida com o peixe-espada.

[47] Quando Perseu decapitou Medusa serpentes nasceram do seu sangue que caiu na Líbia.

[48] Grego para "cheio de serpentes", nome antigo atribuído a várias ilhas, incluindo Rodes.

[49] Cf. *Ap.* 12, 9.

[50] A monstruosa serpente, morta por Apolo, nasceu do limo depositado do dilúvio universal (cf. *Met.* I, 438-40).

E horrível simpatia; que o que viam 540
Imitavam-no agora em si. Caíam
Sobre as armas que à esquerda e à direita
Caíam, avivando o silvo vil
E emulando a vil forma por contágio,
Lembrando o crime a pena. Este o aplauso, 545
Em salva de assobios, e esta a glória
Nas vaias que a vergonha às bocas lança.
P'ra ali não longe um bosque se mudara,
Decisão do supremo, p'ra agravar-lhes
A pena, com bons frutos atestado, 550
Como os do Paraíso, que p'ra Eva
Foram por chamariz. Na estranha vista
Fixaram olhos sérios, cogitando
De uma árvore ilícita arvoredo
Sem freio, p'ra vergonha e nova dor. 555
Mas ardendo de sede e fome crua,
E apesar de existirem p'ra ilusão,
Não se abstiveram, antes rumo às árvores
Remoinharam trepando em grossas tranças
Mais do que as de Megera. Os bons frutos 560
Colheram co'avidez, que os que se davam
Junto ao viscoso mar de ígnea Sodoma[51]
Lembravam; estes falsos mais, a prova,
Não o tato, iludiam. Eles, crendo

---

[51] Mar Morto, junto ao qual está Sodoma. Cf. *Dt.* 32, 32-3. Fowler aponta o relato do historiador judeu Flávio Josefo como fonte para esta passagem sobre frutos feitos de cinza. Segundo Josefo, estes frutos são ainda sinais do fogo que consumiu Sodoma. Aparentemente sazonados, e prontos a colher, provam ser apenas cinza e fumo crescendo nas árvores.

Lenir no gosto a fome, em vez de fruta 565
Mascaram cinza amarga, p'lo bom gosto
Espirrada de supetão. Com sede e fome
Tentaram mais, e náuseas sempre mais,
Torcendo-lhes as fauces de mau gosto,
Cheias de tisne e cinza; tantas vezes 570
Caíram na ilusão, não como o homem
Sobre quem triunfaram mal caíra.
Assim eram p'la fome atormentados,
Por silvos sem fim, 'té que a forma antiga,
Concedida, reouveram, dados, dizem, 575
A anual humilhação em certos dias,
P'ra abate de altivez p'la queda do homem.
Contudo um conto foi de boca em boca,
Pagã se propagou a anualidade,
E se efabulou como a serpe, Ofíon 580
De nome, com Eurínome,[52] quiçá
A Eva de amplo saque, inaugurou
Do Olimpo o reino, expulsos por Saturno
E Ops, antes que à luz desse o dicteu Júpiter.[53]
Entretanto o mau par ao Paraíso 585
Chegava já, Pecado outrora atuante
Em potência, em corpo agora, hóspede
P'ra habitar a habitar, e atrás seguindo-a,
Do pálido cavalo apeado ainda,

---

[52] "Serpente" e "de vasto reino", daí "A Eva de amplo saque". Eram o primeiro rei e a primeira rainha do Olimpo, depostos por Saturno (Crono) e Ops (Reia).

[53] De Dicte, a montanha em Creta onde Júpiter foi criado.

Morte bem perto. Disse-lhe Pecado.[54] 590
Segundo de Satã, Morte implacável,
Que pensas tu agora deste império,
Duro de ganhar, sim, mas não compensa,
Em lugar do plantão a umbrais sem luz,
Sem nome, sem temor, e tu sem víveres? 595
　Torna-lhe o monstro nado de Pecado.
P'ra mim, a quem consome eterna fome,
Tanto dá Céu, inferno, ou Paraíso,
Logo que a presa abunde ali, melhor;
Que aqui, embora fértil, à coalheira 600
De carcaça de pele lassa não chega.
　Ao que a mãe incestuosa respondeu.
Pasce estas ervas, flores, frutos, primeiro,
E depois passa a besta, ave, peixe,
Porções não desprezíveis, e o que quer 605
Que à foice ceife o tempo, traga a eito,
'Té que habitando a raça humana ações
Lhe infecte, pensamentos, verbo, olhares,
E ta tempere prato principal.
　Com estas separados prosseguiram, 610
A fim de um fim levarem às espécies
Imortal, fim que tomba de maduro,
Serôdio ou temporão. Viu-o o altíssimo,
E do trono eminente entre santos
Isto proferiu às ordens refulgentes. 615
　Vede os cães infernais, que cio os leva
A assolar e a pilhar aquele mundo

---

[54] Versos 589-90: cf. *Ap.* 6, 8.

Que fiz tão belo e bom, e assim seria
Ainda, não fosse o homem convidar
Por via da estultícia as fúrias nóxias 620
Que estultícia me imputam, e por néscio
Sócios e infernal príncipe me tomam,
Pois tomam-me o lugar celeste e eu calo,
E tão manso pareço conivente
Brindar aos inimigos zombeteiros 625
Que riem, como se eu, arrebatado
Num lance de paixão, abrisse mão
De tudo à toa, dado ao desgoverno;
Não sabem que os chamei, aos cães do inferno,
P'ra que engulam ali restos e esterco 630
Que do homem o pecado vil com mácula
Lançou no puro, até que empanzinados,
Fartos, quase a estourar, chupando restos,
P'la funda do teu braço ovante, ó Filho,[55]
Pecado e Morte enfim, e a tumba hiante, 635
Projetados p'lo caos p'ra sempre a boca
Do inferno fechem e ávidas mandíbulas.
Então de novo puros céu e terra
Serão p'ra santidade imaculados.
'Té lá tem precedência a maldição.[56] 640

    Findou, e trovejante o celso público
Aleluias cantou, como a voz de águas
Em multidões: Em toda a tua obra
Teus modos e decretos justos são,

---

[55] Cf. *I Sm.* 25, 29.

[56] A maldição de Deus tem precedência até à vitória de Cristo.

Quem te desonra? E cantou o Filho, 645
Restaurador a ser de homens, por quem
Céu novo e nova terra se hão-de erguer,
Ou do Céu descer. Isto o que cantavam,
Enquanto o criador chamando os anjos
Valentes p'lo nome ordens lhes confiava 650
De acordo com o interesse do momento.
Ao sol se mandaria arder, mover,
De modo a achar-se a terra quente e fria
Nas raias do sofrível, e do norte
Chamar o inverno sene, e do sul brasa 655
De verão solsticial. À lua pálida
Ditaram-lhe as funções, e aos outros cinco
Seus giros planetários e feições,[57]
Sextil, quartil e trígono, e oposto,[58]
De efeito hostil, e quando em nóxio sínodo[59] 660
Se unirem, e as malignas influências
Às fixas ensinaram,[60] e quais destas
Nascendo com o sol, ou declinando,
Se querem tormentosas. Demarcaram
Cantos aos ventos, quando com rajadas 665
Baterem ar, mar, beira-mar, e o raio
Quando troar de horror p'lo negro éter.
P'ra uns mandou aos anjos inclinarem

---

[57] Posições astrológicas.

[58] Posições de 60°, 90°, 120° e 180°, respectivamente.

[59] Isto é, conjunção astral prejudicial. Atribuía-se a estas quatro posições uma ação nefasta sobre a Terra.

[60] As estrelas fixas.

Da terra os polos dez graus vezes dois,
P'ra mais, do eixo solar: de viés forçaram
A custo o globo cêntrico;[61] p'ra outros
Ao sol se impôs desviar-se do equinócio[62]
Graus iguais, que levasse a Touro as rédeas,
E às Sete Irmãs Atlânticas, e aos Gêmeos
Espartanos 'té ao trópico de Câncer,
E a pique por Leão, Virgem, Balança
Caísse em Capricórnio,[63] p'ra alterar
Estações às várias zonas. Tal não fora
E eterna flor vernal cá sorriria,[64]
De dia à noite igual, exceto além
Dos círculos polares. Lá o dia
Não prenderia a noite, enquanto o sol
Baixo, p'ra compensar o seu desvio,
Sempre à vista andaria no horizonte,
Escondendo este ou oeste, donde a neve
Da fria Estotilândia afastaria,[65]

---

[61] A Terra.

[62] O equador.

[63] Na primavera e no verão o sol passa por Touro, Gêmeos e Câncer, onde atinge o solstício de verão. No outono passa por Leão, Virgem, Balança (Libra), até ao solstício de inverno em Capricórnio.

[64] Versos 668-79: Milton assume que antes da Queda o curso do sol (a eclíptica) coincidia com o equador celeste, dando assim lugar à eterna flor vernal, isto é, a primavera eterna (verso 679). Se o universo é heliocêntrico, a Terra foi inclinada no seu eixo (cerca de 23,5º). Se é geocêntrico, o Sol mudou a sua rota (graus iguais).

[65] Nordeste do Atlântico, perto de Labrador, no Canadá.

E a sul de Magalhães.⁶⁶ Daquele fruto
O sol, como do bodo tiésteo,⁶⁷ os olhos
Com seu curso voltou; de outra maneira
Como, apesar de insonte, evitaria   690
O mundo populoso o frio gélido
E áscia brasa? Tais trocas nos céus, trocas
Iguais no mar, na terra produziram,
Influxo astral,⁶⁸ vapor,⁶⁹ bruma, gás ígneo,
Pestilentos e infectos.⁷⁰ Já do norte   695
De Norumbega⁷¹ e de orlas samoiedas⁷²
Rompendo o brônzeo cárcere,⁷³ com gelo
Granizo e neve, armados em rajadas,
O Bóreas, o Vertumno, o Argestes,
E o Trascias racham bosques e o mar voltam.   700
Com rajadas de sul hostis o Ábrego
E o Noto com descargas de relâmpagos
Da Serra Leoa; tão brutais transversos
Destes vêm do poente e do levante
O Zéfiro e o Euro, com seu estrépito,   705

---

⁶⁶ O estreito abaixo da América do Sul.

⁶⁷ Tiestes seduziu a mulher do seu irmão Atreu. Em vingança, Atreu matou-lhe os filhos e serviu-lhe a carne destes num banquete. Sêneca conta como até o sol se desviou horrorizado.

⁶⁸ Influência maligna dos astros.

⁶⁹ Os meteoros eram tidos como corpos de vapor em ignição.

⁷⁰ Era tradicional pensar-se a bruma como veículo para pestes.

⁷¹ Vagamente Nova Inglaterra e Sudeste do Canadá.

⁷² Siberianas.

⁷³ A gruta onde Éolo prendeu os ventos.

O Siroco, o Libéquio, veio assim[74]
De coisas sem vida a afronta; mas Éris[75]
Filha de Pecado, entre irracionais,
Já Morte apresentara a antipatias:
Declarou guerra à besta a besta, à ave   710
A ave, ao peixe o peixe; o pasto odiando
Entre si se tragaram; evitavam
O homem, não por respeito, mas com cólera
Fixavam-no ao passar: tais as notórias
Transformações crescentes, que Adão viu   715
Em parte já, embora em sombra envolto,
Abandonado à dor. Mas dentro a dor
Era revolto um mar de paixões túrbidas,[76]
P'lo que quis alijar o triste peso.

   Oh, mísero o feliz! É este o fim   720
Do ilustre mundo novo, o meu, de mim,
A glória dessa glória, que é agora
De bênção maldição, esconder-me dele,
A quem contemplar era então meu auge
De ventura? Pois bem, se aqui cessasse   725
A agrura, merecia-a, e arcaria
Co'os meus merecimentos. Mas não chega.

---

[74] Versos 699-706: Milton faz um levantamento de ventos conflituosos, simbólicos do estado turbulento das paixões humanas, e repete em ponto pequeno a incursão hostil de Pecado e Morte sobre o abismo: NNE (Bóreas), ENE (Vertumno), NO (Argestes), NNO (Trascias), Sudoeste (Ábrego), S (Noto), O e E, das direções do pôr e do nascer do sol (poente e levante), O (Zéfiro), ESSE (Euro), SE (Siroco), Sudoeste (Libéquio), Laterais (E. e O.).

[75] Discórdia (Discordia) era irmã de Morte.

[76] Cf. *Is.* 57, 20.

Tudo o que coma, beba, gere, é praga
Propagada. Ó voz outrora ouvida
Com agrado, *Crescei e multiplicai-vos*, 730
Agora morte ouvi-la! Pois que cresce
E no meu espírito se multiplica
A não ser pragas? Quem nas eras pósteras,
Ao sentir nele o mal por mim trazido,
Não me amaldiçoará: Maldito seja 735
O impuro pai, a Adão isto o devemos.
Tal dívida será a execração.
Assim além da minha que a mim pesa,
Todas de mim p'ra mim refluirão
Crespas, voltando a mim, seu centro pátrio, 740
Violentas, naturais conquanto. Ó efêmeros
Gozos do Paraíso, ais eternos
Comprados! Pedi-te eu, Senhor, que ao barro[77]
Por homem me tomasses, roguei-te eu
Das trevas promoção, ou transferência 745
P'ra o jardim das delícias? Já que arbítrio
Livre e meu não me quis, seria apenas
Elementar justiça ao pó voltar,
Ávido de abdicar, e devolver
O que obtive, incapaz de observar termos 750
Tão austeros, p'los quais me cumpriria
O bem que não busquei. E não te chega
A pena de perder, por que lhe juntas
Sentimentos de eterna dor? Obscura
Parece essa justiça. Mas já tarde, 755

---

[77] Cf. *Is.* 45, 9.

Em bom rigor, contesto. Deveria
Ter-me oposto aos teus termos mal propostos:
Aceitaste-os.[78] O bem fruir irias
E os termos cavilar depois? Sim, Deus
Sem licença te fez. E se ao teu filho   760
Reprovando conduta má ouvisses
Por que me trouxeste ao mundo, pedi-te?[79]
Admitirias tu à transgressão
Desculpa assim? Nem escolha foi gerá-lo,
Mas a lei natural do necessário.   765
De livre escolha Deus te quis, e quis-te
P'ra servo, e se a graça foi teu prêmio,
Teu castigo é por isso justo arbítrio.
Pois seja, cedo, justo o julgamento,
E eu pó e ao pó mister é que regresse.   770
Ó hora sê bem-vinda a qualquer hora!
O que lhe atrasa a mão do que o decreto
P'ra hoje aprazou? Eu me sobrevivo,
Por que me troça a morte, e à dor sem morte
Me prolonga? Quão grato acolheria   775
De ser mortal a pena, ser só pó
Insensível, quão grato jazeria
No colo maternal![80] Na paz de um sono
Seguro dormiria; a voz terrível
Não troaria mais nos meus ouvidos,   780

---

[78] Adão dirige-se a si mesmo. Nos versos 743-55, a Deus.

[79] Versos 760-2: cf. *Is*. 45, 10.

[80] Que é o colo da morte, uma vez que a mãe de Adão é a terra.

Nem ânsias de um mal maior sobre mim
E os meus me afligiriam. Uma dúvida
Porém me segue, que eu todo não morra,[81]
Que este sopro vital, do homem o espírito
Inspirado por Deus, finar não possa   785
Co'este torrão corpóreo; lá no túmulo,
Ou noutro lugar lúgubre, quem sabe
Não morra morte viva? Oh, pensamento
Horrendo, se fundado! E em quê? Sopro
Vital pecou; que morre a não ser vida   790
Com pecado? Nenhum o corpo tem.
Todo eu hei-de morrer, baste isto à dúvida,
Posto que humano alcance a mais não chega.
Seguir-se-á infinita ira acaso
De infinito Senhor? Seja, assim o homem   795
Não é, que um fim lhe cumpre. Como irá
Gastar-se no finito um sem fim de ira?
Poderá criar morte imortal? Estranha
Contradição seria, que a Deus mesmo
Se tem por impossível, como prova   800
De tibiez, não de força. Levará,
No ímpeto, o finito ao infinito
No homem a punir, p'ra saciar férula
Jamais saciada? Isso era alargar
A pena além do pó, e além da lei   805
Natural, p'la qual toda a causa age
De acordo com o bojo da matéria,

---

[81] Inteiramente. Heresia mortalista que mitiga a consciência culpada de Adão (verso 831).

Não co'a extensão da sua própria esfera.[82]
Mas digamos que a morte um golpe só
Não é, como supunha, dos sentidos 810
O rapto, mas infinda dor futura,
Que nasceu dentro e fora de mim, pronta
P'ra eternidade; ai, sim, medo, que a esta[83]
Cabeça desvalida recorrente
Desfecha seu trovão. A morte e eu 815
P'ra sempre sou,[84] de dois incorporados,
E um só não sou, em mim toda a progênie
Se amaldiçoa. Belo patrimônio
Vos deixo, filhos meus. Oh, capaz fosse
De o delapidar, nada vos deixando! 820
Tão deserdados como bendiríeis
A maldição que eu sou! Ah, por que paga
P'lo pecador a justa humanidade,
Se justa for? De mim que pode vir

---

[82] Versos 804-8: argumento escolástico para de novo pacificar a sua consciência. A ação de um agente é limitada pela capacidade do recipiente. Assim, se a ira de Deus é infinita, esta, enquanto agente, deve conformar-se à capacidade finita do seu paciente, o homem, que por isso não pode sofrer *ad aeternum*. O emprego deste argumento aqui torce, no entanto, a sua acepção aristotélica ou tomista, que o referia ao modo como as coisas eram apreendidas, e não à lei natural de agentes dependentes da capacidade do seu recipiente.

[83] Versos 782-813: Adão considera três possibilidades: que a alma sobreviva ao corpo (versos 782-89), que corpo e alma morram juntos (versos 789-808), que corpo e alma sobrevivam em uma "infinda dor" (versos 809-16).

[84] Agramatical para a confusão de Adão com a morte.

Se não corrupção, mente e querer corruptos, 825
Não no fazer somente, mas no querer
Ainda a mim afins? Como hão-de ser
Absolvidos perante Deus? Absolto
Só ele nesta arguência. Se dedáleas,
Levam-me 'inda as razões e as evasões 830
À minha convicção: a mim primeiro[85]
E a mim último, a mim, fonte e nascente
De toda a corrupção. Em mim a culpa.
Fora a ira assim. Tolo querer! Tomares
Um fardo mais pesado do que a terra, 835
Do que todo o universo mais pesado,
Embora o dividisse a má mulher?
Teus medos e desejos toda a esperança
Assim frustram, e exemplo de infortúnio
Maior serás p'ra quem vier depois, 840
Só a Satã igual em crime e anátema.
Ó consciência! A que abismo de terrores
E medos me trouxeste, do qual fuga
Não há. Em fundo fundo mais me afundo!
 Assim Adão voz alta se chorava 845
À muda noite, agora não, como antes
Da queda, branda, doce e sã, mas negra
De negro ar, com névoa tenebrosa,
Que à sua má consciência revelava
Imagens ampliadas de terror. 850
Ao chão rendia o corpo, ao chão frio,
E amiúde o ter nascido maldizia,

---

[85] Tanto convencido pelo pecado como provado culpado.

E amiúde a morte tarda, há muito dada
P'ra o dia da ofensa. O que a detém,
Disse ele, de um só golpe triplamente   855
Bem dado? Faltará a verdade a si,
E a pressa de ser justa ao jus divino?
Não chama a morte a voz, e os ais e as súplicas
Não corrigem pés lentos à justiça.
Ó bosques, fontes, vales, montes, pérgulas,   860
Solfejo outro dei às vossas sombras
P'ra treino, e responso de outros cantos.
Assim aflito o viu Eva à distância,
Da dor onde se achava, e acercando-se
Tentou p'ra lume vivo brando verbo,   865
Mas repelida foi por olhos duros.

  Fora daqui, serpente,[86] que esse nome
É próprio dessa aliança, tu tão falsa
E odiosa. Nada falta, a não ser forma
E serpentina cor, que afim te exponha   870
A fraude p'ra futuro, p'ra caução
De viventes, não vá a forma angélica,
Véu de infernal falsídia, surpreendê-los.
Manter-me-ia, ah, por ti feliz, não fossem
Teus ventos e vaidades rejeitarem-me   875
Conselhos quando o mínimo guardávamos
E apoucar-me os cuidados, anelando
Mostrar-te ao próprio diabo, presumindo
Lográ-lo, até que a lábia da serpente

---

[86] Comentadores antigos relacionavam o nome de Eva à etimologia semítica "serpente".

Mais lorpa te logrou a ti, e tu　　　　　　　　　880
A mim, ao crer-te minha, refletida,
Constante, sábia, prova a toda a prova,
Sem ver que em ti a sólida virtude
Era aparência, só uma costela
Torcida por natura, por sinal　　　　　　　　　885
Tomada mais ao meu lado sinistro,[87]
E se tomada bem, que ao justo número
É supranumerário.[88] Oh, por que houve[89]
Deus, sábio criador, que o alto Céu
Com espíritos viris povoou, de à terra　　　　　890
Trazer tal novidade, este defeito
Belo da natureza, e não encheu
De vez o mundo de homens como anjos
Sem fêmeas, e arranjou outra maneira
De gerar homens? Este estrago e outros　　　895
Que hão-de vir se obviaria, e um sem fim
De distúrbios na terra através de artes
Mulheris e união estreita co'este sexo:
Porque ou par apto nunca encontrará,
Salvo o que a má sorte e erro lhe trouxerem,　900
Ou quem mais quer ganhar perdê-la é certo
P'la sua perversão; vê-la-á antes
Ganha por bem pior; ou se ama, prendem-na
Os pais, ou há-de achar tarde de mais

---

[87] Novamente "esquerdo" e "maligno".

[88] Calvino defendia que Eva tinha sido formada a partir de uma costela extra, já que Adão é criado perfeito.

[89] Versos 884-8: mais um passo abertamente misógino.

A certa, já enlaçada em matrimônio 905
Com um cruel rival, seu nojo e ódio,
Seja o que for que cause à vida humana
Infindo mal e abale a paz doméstica.

Mais não somou, voltando costas, e Eva
Sem aversões, com lágrimas copiosas 910
E tranças em motim, a seus pés húmil
Se prostrou e, cingindo-os, implorou-lhe
Perdão, e assim seguiu no seu lamento.

Não me deixes, Adão, pois sabe o Céu
Do meu sincero amor, da reverência 915
Deste coração, que ofendeu sem querer,
Tristemente enganado. Suplicante
Te peço, e te cinjo os joelhos; vivo
Dos teus meigos olhares, não mos leves,
Teu aviso e ajuda neste aperto, 920
Única força e esteio. Só, sem ti,
Aonde ir, existir de quê? Enquanto
Vivermos, quiçá uma curta hora,
Que haja paz entre nós, unindo numa,
Se o dano nos juntou, inimizades 925
Contra um rival que a pena nos ditou,[90]
A serpente cruel. Em mim não gastes
Teu ódio p'la miséria em que caíste,
Em mim perdida já, mais miserável
Que tu. Ambos pecamos, tu porém 930
Apenas contra Deus, eu contra Deus
E ti. E hei-de voltar ao julgamento,

---

[90] A sentença de Cristo nos versos 179-80.

E há-de o meu choro o Céu importunar,
P'ra que mudada a pena de ti caia
Em mim, da tua dor a causa única,
Em mim, em mim só, justo objeto de ira.

   Fechou num choro, e esse estado humilde,
Imóvel 'té que paz lograsse um erro
Sentido e deplorado, condoeu
Adão, e o coração cedo cedeu-lhe,
Há pouco seu prazer de curta vida,
Agora aflita a seus pés e rendida,
Tão belo ser buscando o seu perdão,
O aviso que ignorara, a sua ajuda.
Desarmada por fim, rendeu-se a raiva,
E assim com paz no verbo levantou-a.

   Incauta e querençosa, outra vez,
Como antes, do que ignoras, que desejas
P'ra ti todo o castigo. Ai de mim,
Pesa primeiro o teu, que mal susténs
A soma de ira a parte tão modesta,
Ou mesmo o meu ralhete. Se orações
Mudassem altos éditos, muito antes
Ali me levaria a plena voz,
Que sobre mim chamasse só a vara
E o perdão sobre o sexo fraco e frágil,
Confiado a mim e só por mim exposto.
Mas ergue-te e não mais razões travemos,
Nem a culpa, culpados o bastante
Algures, e empenhemo-nos em préstimos
De amor, em alijarmos do outro o fardo
Na dor comum. Já que hoje a morte certa,
Que eu veja, não vem brusca, antes lenta,

Morte de um longo dia p'ra ampliar-nos
A dor, legada à prole (Oh prole infausta!). 965
    Ao que Eva, com mais ânimo, tornou.
Adão, por triste prova sei quão leves
Estas minhas palavras são p'ra ti,
Quão errôneas, por justa consequência
Quão funestas. Ainda assim, vil sendo, 970
Restaurada por ti no teu perdão,
Esperançosa de reaver o teu amor,
Do meu coração único contento
Vivo ou morto, de ti não vou esconder
Que pensamentos nutre um peito trêfego, 975
Tendendo a uma bonança nestes cabos
Ou a um fim, sofrível, e dos males
O menor, dado os males, mesmo tristes
E agudos. Se afeição nos mói p'la prole
Que há-de nascer p'ra certa dor, moída 980
Enfim na morte, e se é tão deplorável
Ser de outros a autoria da desgraça,
Sendo outros nossos filhos, e dos lombos
Trazê-los a um mundo condenado,
Que após abjeta vida sejam pasto 985
P'ra monstro tão soez, tens tu nas mãos
A prevenção da raça malograda,
Se nados por nascer e ainda nada.
Filhos não tens, sem filhos tem-te:
Assim se frustrará à morte a glutonia,[91] 990

---

[91] Versos 989-90: "Assim" corresponderia ao original "so death", desde as primeiras cinco edições constituinte do verso 990. Alguns editores enxertaram-no no verso 989 para regularizar a métrica, defectiva neste, hi-

Forçada a encher com dois somente a pança.
Mas se achas que conversa, olhares, afeto,
Tornam difícil e árdua a abstinência
Do direito amoroso e doces leis
De núpcias, e sem esperança anseias lânguido 995
Por este objeto que lânguido anseia[92]
Com sede igual sem estanque, que dos males
O menor não será, dos que tememos,
Então p'ra nos livrarmos, nós e os nossos,
Do que a ambos ameaça, atalhemos, 1000
Busquemos morte, ou se a não encontrarmos
Co'as nossas próprias mãos seus fins supramos.
P'ra quê morar em medos, sem propósito
Algum p'ra lá da morte, se há de trilhos
Que a morte segue atalhos mesmo ao pé 1005
Que estragam com seu estrago outro estrago?
  Findou aqui, ou foi a ânsia acesa
A represá-la; tantos pensamentos
De morte acolheu, que um palor nas faces
Avivou. Mas Adão imperturbável 1010
Levara a pensativa mente a esperanças
De melhor, replicando a Eva assim.
  Teu desprezo p'la vida e seus prazeres
Caráter mais sublime em ti denota
E excede o que desdenha a tua mente; 1015

---

permétrica naquele, mas, como Fowler notou, o propósito de Milton pode ser o de mimetizar a deficiência da esterilidade no primeiro e a superabundância da gula no segundo. Pecou a tradução portuguesa por não conseguir assinalar essa distinção em termos de mancha gráfica conveniente.

[92] Eva.

Mas esse auto-extermínio aí implícito
Refuta ao pensamento a excelência
E implica não desdém, mas dor e mágoa
P'la perda de um prazer de mais amado.
Ou se anelas a morte, qual remédio
P'ra males, presumindo desse modo
Evadires-te ao castigo, não duvides
Que a ira vingativa Deus mais sábio
Preventiva a pensou; temo que a morte
Assim aligeirada dor mais certa
Nos traga à punição. Sim, que tais atos
De contumácia ao máximo do acinte
Farão viver a morte em nós. Busquemos
Resoluções mais certas, que eu ter creio
Em vista, recordando com cautela
Parte à sentença: que há-de ferir cabeça
À serpente a semente; triste emenda,
A não ser que se entenda quem suponho,
O adversário, Satã, que na serpente
Forjou tal dolo: pisar-lhe a cabeça
Seria saldo a sério, dissipado
Se sobre nós viesse a morte, ou dias
Sem filhos, como querias; escaparia
Às penas o inimigo assim, e nós
As nossas sobre nós duplicaríamos.
Não mais então se fale de atentados
Contra nós ou de livre maninhez
Que nos subtrai a esperança, e prova apenas
Rancor e orgulho, ultraje e impaciência,
E resistência a Deus e ao justo jugo
Sobre as nossas cervizes. Lembra a calma

E a graça com que ouviu e nos julgou,
Sem fúrias ou injúrias. Esperávamos
Pronta dissolução, a qual pensávamos
Ser morte nesse dia, quando, oh, dores 1050
De parto se previra só p'ra ti,
No fim recompensadas co'alegria,
O fruto do teu ventre.[93] Em mim a praga[94]
Resvalou para o chão, o pão ganhá-lo-ei
Com suor, qual o mal? Pior seria 1055
O ócio; o suor será sustento.
E p'ra que o gelo ou brasa não nos firam
A tempo o zelo achou o que é preciso
E indignos nos vestiu, compadecendo-se
O juiz; quanto mais, se lhe pedirmos, 1060
Ouvidos não dará, a ao dó o peito
Não dobrará, de modo a doutrinar-nos
Contra estações cruéis de chuva, gelo,
Saraiva, nevões, vistas já nas caras
Que o céu faz na montanha, quando afia 1065
Seu gume o vento úmido, espalhando
Às árvores que os ramos espreguiçam
Gentis anéis, instando-nos a abrigo,
Chama, p'ra acalentarmos membros tórpidos,
Antes que o astro diurno ceda à noite,[95] 1070

---

[93] *Lc.* 1, 42.

[94] Versos 1050-3: cf. *Jo.* 16, 20. Adão acaba por profetizar inconscientemente a segunda vinda de Cristo.

[95] O Sol.

Ao modo de excitarmos luz refrata[96]
Em matéria crestada, ou com dois corpos
Atear por atrição o ar, quais nuvens
Que ao chocarem co'a agrura de rajadas
Ateiam raios sesgos, cuja chama   1075
Chama-a de abeto ou pinho a casca víscida,
E emite ao longe um bom calor, que as vezes
Do sol pode fazer: tal fogo usá-lo,
E o que mais de remédio ou cura sirva[97]
P'ra males que infrações nossas tramaram,   1080
Saberemos em preces, e p'la graça
Que lhe implorarmos, p'lo que neste trânsito
Da vida nada há a recear,
Confortados por ele até voltarmos
Ao pó, lar natal e último repouso.   1085
Que fazer, pois, senão lá nos prostrarmos,
Lá onde nos julgou, com reverência
E temor, e os delitos confessarmos
Humildes, implorando-lhe o perdão,
Banhando o chão com choro, e respirando   1090
Suspiros de contritos peitos, prova
De humilhação e lástima sinceras.
Decerto abrandará a sua cólera
E o seu pesar; que havia nos seus olhos

---

[96] Adão descobre o fogo por necessidade de uma desordem macrocósmica. O projeto de Adão é conduzir a luz do sol a combustíveis secos através de um corpo sólido que funcione como lente.

[97] As artes são para Milton reparadoras da Queda. Os anjos eram os garantes na ausência da tecnologia do estado pré-lapsariano (cf. IX, 391-3).

Serenos, quando mais pareciam graves,
Senão graça, favor, misericórdia?
   Assim o nosso pai contrito, e assim
Contrita Eva: lá, pois, se prostraram,
Lá onde ele os julgou, com reverência
E temor, e os delitos confessaram
Humildes, implorando-lhe o perdão,
Banhando o chão com choro, e respirando
Suspiros de contritos peitos, prova
De humilhação e lástima sinceras.[98]

Fim do décimo livro

---

[98] Versos 1086-1104: a repetição dos versos 1086-92 em 1098-1104 é uma fórmula homérica (cf. *Il.* IX, 122-57 e 264-99). Milton não repete os versos 1093-6, deixando a sugestão da dúvida no que para Adão era decerto.

Livro XI

Argumento

O Filho de Deus apresenta ao Pai as orações dos nossos primeiros pais agora arrependidos, e por eles intercede: Deus aceita-as, mas declara a impossibilidade de eles continuarem a habitar o Paraíso; envia Miguel e um grupo de querubins com ordens de despejo; mas antes cabe-lhe revelar a Adão coisas futuras. A descida de Miguel. Adão pressente sinais pouco auspiciosos e comunica-os a Eva. Vê Miguel aproximar-se e vai ao seu encontro. O anjo anuncia a partida deles. O lamento de Eva. Adão contesta, mas submete-se. O anjo condu-lo a um monte alto, e em visões mostra-lhe o que acontecerá até ao Dilúvio.

Em tão contrito e humilde estado oravam,
Pois do propiciatório das alturas[1]
Descera preveniente graça à pedra[2]
Dos corações,[3] e carne restaurada
Enraizara ali, que inexprimíveis 5
Suspiros geme,[4] os quais da prece o espírito
Inspirava, e ao Céu levavam asas
Mais ágeis que oratória a mais sonora:
Mas não era seu porte mendicante,
Nem menos importante a petição, 10
Perante o par ancião das velhas fábulas,
Menos ancião porém, a casta Pirra
E Deucalião,[5] quando ante o altar de Têmis
Pediram p'la submersa humanidade.

---

[1] A cobertura de ouro na Arca da Aliança de *Êx.* 25, 17-22.

[2] Termo teológico para a graça que antecede e possibilita a escolha humana, livre para aceitá-la ou não.

[3] Cf. *Ez.* 11, 19.

[4] Versos 5-6: cf. *Rm.* 8, 26.

[5] O Noé do mito grego. Com Pirra, sua mulher, seguindo o oráculo de Têmis, deusa da justiça, restaurou a humanidade após o Dilúvio, por via

Ao Céu a prece foi, sem ventos ínvidos, 15
Vadios ou frustrados que a afastassem,
E entrou sem dimensões p'las portas célicas;
Depois de incenso ornada, onde ara áurea
Fumeava, junto ao grande intercessor,
Surgiu diante do Pai. Contente o Filho 20
Por ela intercedeu, mediando assim.

 Vês Pai, que frutos já na terra nascem
Da graça que implantaste no homem, súplicas
E suspiros, que neste áureo turíbulo
Com incenso eu te trago sacerdote, 25
De um sabor mais gostoso p'la semente
Da contrição lançada no seu peito
Do que o cultivo à mão no Paraíso
Ainda que inocente lograria
No seu pomar. Agora pois ouvidos 30
Dá à prece, e suspiros ouve, embora
Mudos; não sabe orar, possa ser eu
Seu intérprete, eu seu advogado
E propiciação,[6] boas ou más dele
Em mim enxerta as obras,[7] que o meu mérito 35
As primeiras melhore e a minha morte
As últimas pague. Aceita-me, e em mim
Terás o odor da paz p'ra dar aos homens,

---

de pedras que ia atirando para trás das costas. As pedras tornaram-se homens e mulheres.

 [6] Cf. *I Jo.* 2, 1.

 [7] *Rm.* 11, 16-24.

Deixa que ante ti viva avindo, ao menos
Seus dias numerados, triste embora, 40
'Té que a pena da morte (e só alívio
Peço, não supressão) a melhor vida
O leve, onde ele exulte com remidos,
Sendo um comigo como eu sou contigo.
   A quem o Pai, de nuvens nu, sereno. 45
P'lo homem, Filho aceite, o que me pedes
Obtém, o que me pedes decretara-o.
Mas prolongar-se o lar no Paraíso
A lei que à natureza dei impede-o:
Os elementos puros e imortais 50
Que impuro não conhecem, nem destoante
Proporção, repudiam-no, e expungem-no
Poluto, um mau humor, ar p'ra ar impuro,
E nutrição mortal, que mais lhe assente
À perversão talhada p'lo pecado, 55
Mãe das perturbações que o incorrupto
Corrompeu. No princípio duplamente
O dotei, quer com bem-aventurança
Quer co'imortalidade: se uma estulto
Perdesse, a outra a dor perpetuaria, 60
Não fosse dar-lhe a morte; a morte é pois
Seu remédio final, e após provado
E atribulado em vida, refinada
P'la fé e obras de fé, a nova vida,
No renovo de justos despertado, 65
O traz com novos céus e nova terra.
Mas chamemos a sínodo os benditos
P'la imensidão do Céu; meus julgamentos
Mostrarei, no que toca à humanidade,

409   Livro XI

Como há não muito o fiz quanto a anjos réprobos; 70
E o seu estado, já firme, mais firmaram.
   Findou, e o Filho deu sinal subido
Ao ministro de luz de sentinela,
E a trombeta soou, no Orebe ouvida[8]
Acaso quando Deus desceu, e acaso 75
Mais uma vez no dia do juízo.
Lotou o sopro angélico as regiões,
E dos caramanchéis amarantinos,
Junto a nascente ou fonte, águas de vida,
Onde quer que estivessem irmãos ledos. 80
Lestos foram à grande intimação,
Acorrendo aos lugares; 'té que o altíssimo
Do trono augusto assim se pronunciou.
   Ó filhos, tornou-se um de nós o homem,
Sabendo o bem e o mal, desde que o fruto 85
Proibido provou; dai-lhe a vanglória
Do que já sabe, um bem por mal trocado;
Feliz seria mais, se lhe chegasse
Saber o bem em si, e não o mal.
Chora agora, arrepende-se e ora aflito, 90
A impulsos meus, enquanto impulsos sente,
Conheço-o bem, se entregue a si quão vão
E variável. Por isso e p'ra que a árvore
Da vida a mão afoita não alcance
E dela colha a vida eterna, ou antes 95

---

[8] Monte Horeb, onde soou a trombeta de Deus a assinalar a sua descida no Monte Sinai para dar os Dez Mandamentos a Moisés (cf. *Êx.* 19, 19).

Um tal sonho, decreto o seu despejo,
Que embora do jardim seja levado
A lavrar chão de origem, solo apósito.[9]

Miguel, o meu mandado leva a cabo,
Do escol dos querubins elege flâmeos 100
Guerreiros, p'ra que o espírito maligno
Não vá em nome do homem, ou p'ra posse
Da vaga aberta, alçar novos distúrbios.
Vai já, do Paraíso de Deus limpa
Sem compaixão o par pecaminoso, 105
Do lugar santo o ímpio, e anuncia-lhes
A eles mais à sua descendência
Desterro perenal. Mas p'ra que o ânimo
Não percam no rigor da triste pena,
Pois já os vejo mansos e com lágrimas 110
Chorando o seu delito, o terror esconde-lhes.
Se acatarem longânimes teu mando
Não os mandes sem bálsamo; revela
A Adão o que há-de ser nos dias próximos,
Tal como o saberás de mim, a Aliança 115
De novo na semente da mulher,
E manda-os dor embora, mas em paz.
E a leste do jardim, lá onde a entrada
Do Éden mais fácil sobe, põe querúbica
Vigília e uma espada flamejante 120
Brandindo p'ra alarmar ao longe estranhos
E afastá-los da árvore da vida,
Não vá o Paraíso ser depósito

---

[9] Versos 93-8: cf. *Gn*. 3, 22-3.

De essências más e as árvores seu saque,
Cujo fruto dê azo a novo logro.   125
   Falou; e preparou-se p'ra ágil voo
A arcangélica força co'a coorte
De querubins de guarda: quadrifronte
Cada um, como um Jano duplo,[10] de olhos
Juncando o corpo, mais do que Argo tem,[11]   130
E contra o mole sopor da flauta arcádica
Alerta mais, e os sons pastoris de Hermes[12]
Ou seu bordão opiáceo. Entretanto
A ressaudar o mundo com luz sacra
Leucótea despertou,[13] e com rol fresco   135
Embalsamou a terra, quando Adão
E Eva findando preces nova força
Viram descer sobre eles, nova esperança
Da angústia, gozo, unido ao medo embora;
P'lo que saudou a Eva Adão com estas.   140
   Leva-nos, Eva, a fé a crer que o bem
Que desfrutamos vem do Céu; mas que haja

---

[10] O deus romano das entradas, com duas caras, uma virada para a frente, outra para trás. O duplo, ou Jano Quadrifronte, tinha quatro, orientadas de acordo com os quatro pontos cardeais.

[11] Um gigante com cem olhos que Juno destinou a vigiar Io, por quem Júpiter se apaixonara. Argo seria especialmente competente nesta ordem uma vez que os seus olhos funcionariam por turnos, não fosse a flauta de Mercúrio (Hermes) embalá-los até à morte.

[12] Versos 128-32: cf. *Ez.* 1, 18.

[13] Para salvá-la da ira de Juno, Netuno transformou Ino nesta divindade marítima. Era chamada "Mater Matuta" pelas mulheres que a invocavam, nome que a associou à Aurora, deusa da alvorada.

Em nós prevalecente alguma coisa
Que ao Céu subindo importe à mente santa
Do altíssimo, ou lhe incline o beneplácito, 145
De crer difícil é; mas esta prece,
Ou um suspiro só de humano fôlego,
Eleva-se ao trono de Deus. Pois desde
Que a paz de Deus busquei em prece humilde,
E perante ele ajoelhei meu coração, 150
Sinto que se aplacou e serenados
Ouvidos dobrou; tive enfim certezas
De que o favor me ouvira: ao meu peito
Regressava a paz, e à minha memória
A promessa, quem de ti calcará 155
O inimigo, a qual na dor calada
Agora a morte amarga me assegura
Passada. Viveremos. Donde, ó Eva,[14]
Ave, teu nome é Mãe da Humanidade,[15]
De tudo o que é és Mãe, já que por ti 160
O homem viverá, e tudo o que há por ele.
Ao que Eva com ar grave disse humilde.
Indigna sou e indigna mais se um título
Assim ao transgressor coubesse, a quem
Se deu p'ra apoio e foi ardil; censura 165
Melhor me assenta, dúvida, reparo.
Mas infindo perdão foi meu juiz,
Que a tudo apresentando a morte, honrada

---

[14] Versos 157-8: cf. as palavras de Agag, rei dos amalequitas, em *I Sm.* 15, 32, que também falou cedo demais.

[15] Anagrama de Eva, nome que significa "vida" (cf. *Gn.* 3, 20).

Com fonte vital fosse; e tu benévolo
Também, que distinção assim secundas
A quem merece bem diferente nome.
Agora a lida chama o nosso suor,
Depois da noite em claro; vê a aurora,
Quão indiferente à nossa insônia, lépida
Na sua marcha rósea além; partamos,
Não mais me afastarei de ti, p'ra onde
Quer que o labor diário queira, até
Que o dia tombe, embora agora a custo;
E que há-de haver de custo nestas áleas?
Vivamos cá, caídos mas contentes.
   Assim falou e quis tão húmil Eva,
Mas não o quis o Céu;[16] e a natureza
Estampou-o na ave, besta, ar, ar cedo
Eclipsado após breve cor da aurora;
De Jove a ave à vista cai a pique,[17]
Lançada a duas aves de plumagem
A mais bela, e de um monte o rei da selva,[18]
Novato caçador, um par gentil,
Do bosque o mais gentil, veado e corça,
Acossou rumo às portas orientais.[19]
Viu-o Adão, e com o olhar a caça
Caçou, e não apático rompeu.

---

[16] Imprecisa tradução de *Fate*.

[17] A águia.

[18] O leão.

[19] Presságio da expulsão de Adão e Eva, dois, como as duas aves e como o par veado e corça.

    Ó Eva, mais mudanças nos esperam,
Que o Céu na natureza mostra tácitos
Sinais dos seus propósitos arautos,   195
Ou acaso p'ra aviso, tão confiados
Na exempção de pena, porque livres
Da morte um tempo; quanto, e o que a vida
'Té lá trará quem sabe, ou mais, que somos
Pó e ao pó voltaremos p'ra não mais.   200
Que explicará de duplo par a dupla
Caça pelo ar e chão que o mesmo ponto
De vista à mesma hora expõe? Por que
Antes do dia a meio a treva a leste,
E a luz da manhã mais oriente além[20]   205
Na occídua nuvem que caia o céu cérulo
E lenta desce e traz o Céu consigo?
    Não errou, pois agora a corte célica
De um céu de jaspe apeou no Paraíso,
E num monte fez Alto!, uma visão   210
Gloriosa, não toldasse o medo humano
E a dúvida o espírito de Adão.
Nem tão gloriosa foi quando anjos viram
Jacó em Maanaim,[21] onde um campo
Viu armado com guardas reluzentes;   215
Nem aquele que veio ao monte flâmeo
Em Dotan,[22] num fogoso acampamento,

---

  [20] Brilhante.

  [21] Hebraico para "exércitos" ou "acampamentos". Nome dado por Jacó ao lugar onde viu um exército de anjos (cf. *Gn.* 32, 1-2).

  [22] Cidade estratégica perto de Samaria.

Contra o rei sírio, o qual p'ra surpreender
Um homem, à maneira de assassinos,
Fez guerra sem anúncio.[23] O hierarca[24]
No posto áureo ali deixou às forças
A posse do jardim; a sós rumou
Ao encontro de Adão e seu refúgio,
Que não tardou a vê-lo, nem tardou
Estas p'ra Eva à vinda do seu hóspede.

    Eva, espera notícias porventura
P'ra nós determinantes, ou leis novas
A observar, pois olha aquela ardente
Nuvem que o monte obumbra, dela avisto
Da hoste excelsa alguém, e p'lo seu porte
Dos menores não será, antes um grande
Potentado dos tronos, tal grandeza
Investe a sua marcha; mas temível
Não é, um Rafael tampouco, doce,
Que cordial convide à confidência,
Mas sublime e solene, o qual com vênia
Importa receber, eis meu dever,
O teu é ires-te. Disse e logo o arcanjo
Se acercou, não na forma celestial,
Mas na de homem p'ra homem; sobre os braços
De luz pendia a púrpura da farda

---

[23] Versos 216-20: cf. *II Rs.* 6, 17, quando o rei sírio tentou capturar Eliseu e foi surpreendido por um exército angélico com cavalos e quadrigas de fogo.

[24] Miguel (verso 99).

Garrida, mais do que há em Melibeia[25]
Ou do que a grã de Tiro,[26] usada em tréguas
Por reis e heróis antigos; tingiu Íris[27]
A trama; seu estrelado elmo aberto   245
Mostrava a flor viril da idade adulta;
Do lado o gládio como de um zodíaco[28]
Pendia, p'ra Satã minaz, e a lança
Da mão. Adão fez vênia, e ele, régio,
Nenhuma, e ao que vinha declarou.   250
 Adão, o que o Céu quer dispensa exórdios:
Às preces a audição te baste, e Morte,
Então ditada quando transgrediste,
Privada do seu saque muitos dias
Dados de graça, a fim de te doeres,   255
E um mau ato com muitas ações boas
Poderes cobrir. Bem pode então remir-te
Da pretensão rapaz da morte Deus,
Mas mais no Paraíso não te deixa
Morar; eis-me chegado p'ra mudanças,   260
Para levar-te embora do jardim
A lavrar chão de origem, solo apósito.
 Não disse mais, porquanto Adão chocado
Paralisou de aperto ante as novas,
Tolhido nos sentidos; e Eva, ausente   265

---

[25] Cidade famosa na Antiguidade pela sua tintura púrpura.

[26] Também famosa pela sua tintura. A sua púrpura era a cor dos mantos imperiais romanos.

[27] Deusa do arco-íris.

[28] A esfera celestial contendo as constelações.

Mas ouvinte de tudo, com carpido
Depressa revelou o seu retiro.
   Oh, golpe inesperado, pior que a morte!
Devo deixar-te Paraíso? Devo
Deixar-te chão natal, aos teus passeios 270
E sombras, lar de deuses? Onde esperava
Gastar em paz, mas triste, a detardança
Do dia a vir p'ra nós mortal. Ó flores
Que a nenhum outro clima vos dareis,
A quem primeiro dou bons-dias e último 275
Adeus à tarde, que eu com ternas mãos
Desde botão educo, e nomes dou,[29]
Quem vos soleva ao sol agora, os clãs
Quem vos arranja, quem da fonte ambrósia
Vos rega? Ah, refúgio nupcial, 280
Ornado p'lo que apraz mais aos sentidos;
Não sei partir de ti, não sei errar
Num mundo subterrâneo, ermo, obscuro,
Comparado com este, de ar tão puro,
Acostumada a frutos imortais. 285
   Interrompeu-a aqui o dócil anjo.
Não te lamentes Eva, mas resigna-te
Ao que perdeste e bem; nem tão ardida
Ponhas teu coração no que é não teu;
Sozinha não irás, contigo vai 290

---

[29] Ao confiar a Eva (alma vegetal) a nomeação de plantas, assim como antes atribuíra a Adão (alma animal) a nomeação de animais, Milton revela afinal o seu feminismo, ainda que às custas de uma leitura privada do Gênesis, onde só Adão dá nomes (cf. *Gn.* 2, 19).

Teu marido, segui-lo é teu dever;
Onde ele mora ali faz teu país.
 Adão refeito já do pasmo súbito,
E reunidos espíritos dispersos,
Reflexões prosternou ante Miguel.   295
 Celeste, dentre os tronos, se é que o máximo
Não és entre eles, que essa forma mostra-te
Príncipe sobre príncipes, cortês
Deste à mensagem voz, que doutro modo
Contada fere, e feita mata; tudo   300
O que p'ra lá de angústia, aflição
E lamento consinta a nossa argila
Tu trazes, a partida de um lar doce,
Doce recesso, e único consolo
Aos olhos familiar, que faz inóspitas   305
Todas as outras terras e desertas,
Estrangeiro p'ra estrangeiros; e se a súplicas
Sem fim mudar esperasse o querer daquele
Que tudo pode, não me cansaria
De cansá-lo com súplicas assíduas.   310
Mas contra seu decreto cabal súplicas
Não aproveitam mais que sopro ao vento,
Em bafos regressado a quem soprava;
Assim que me submeta ao que ele ordena.
Mas isto mais me mói: que assim partindo   315
Afasto do seu rosto o meu, privado
Do seu semblante santo; lés a lés
Aqui me permitia andar por sítios
De frequência divina, e aos meus filhos
Contá-lo: olha, aqui o vi, no monte,   320
Debaixo de tal árvore, entre os pinhos

Ouvi-lhe a voz, com ele conversei
Em tal fonte. Far-lhe-ia tantas aras
De tenra relva, a seixos de regatos
Um óbelo formaria p'ra memória, 325
Ou como um monumento p'ra vindouros,
Sagrando aí fragrâncias, flores e frutos.
Nesse ínfero mundo aonde ir por visões
Preclaras, onde achar suas pegadas?
Que embora fuja ao seu furor, lembrando 330
Contudo prolongada a vida, a raça
Prometida, lhe avisto a glória ao menos,
Mesmo distante, e os passos longe adoro.
   Ao que lhe responde Miguel benigno.
Adão, sabes que é dele o Céu e a terra. 335
Não esta pedra só;[30] em tudo habita,
Terra, mar, ar, e em toda a espécie viva,
Fomentados p'la sua agência viva
E seu calor. Da terra deu-te a posse
E o reino, dom de vulto; não o creias 340
Por isso confinado a estreitas raias
De Paraíso ou Éden: talvez fosse
P'ra ser a capital, de onde espalhasses
Gerações que de todos os confins
Da terra aqui chegaram, p'ra louvarem 345
E honrarem o seu grande fundador.
Mas esta preeminência dissipaste,
Com elas chão nivelado ocuparás:
Mas não presumas que outro Deus habita

---

[30] Cf. *Jo.* 4, 21.

Esses vales e chãos, que o mesmo é 350
Presente, e da presença sinais múltiplos
Sempre ao teu lado, sempre à tua volta,
Enchendo-te de bem e amor de pai,
De Deus a face expressam e os seus passos.
E p'ra que o creias, e antes de partires, 355
P'ra que o confirmes, sabe que me enviam
P'ra revelar-te dias que hão-de vir,
Os teus e os dos teus filhos; bom e mau
Conta ouvir, um embate de alta graça
Contra pecado humano; é receita 360
De longanimidade, num tempero
De gozo, medo e pia dor, e afeitos
A igual moderação, de tolerância
P'ra próspero e adverso. Levarás
Mais certa a vida, à morte passarás, 365
Quando chegar, com mais preparo. Sobe
Ao monte; Eva dorme (pois seus olhos
Sedei) enquanto acordas tu p'ra sonhos,
Tal como do teu sono ela acordou.
   Ao que Adão estas deu em troca afável. 370
Sobe e te seguirei, guia seguro,
Por onde quer que vás, p'la mão me entrego,
Apesar de sofrido, volto ao mal
Meu peito exposto, armando-o p'ra vencer
P'las dores e ganhar paz do labor, 375
Se é que a posso alcançar. E eis que assim ambos
Ascendem às visões de Deus: um pico[31]

---

[31] Versos 376-7: cf. *Ez.* 40, 2.

Era do Paraíso o maior, de onde
O hemisfério terrestre claramente
Se abria à envergadura do olhar. 380
Nem mais alta a montanha nem mais limpa
À volta, onde p'ra fim outro levou
Nosso segundo Adão o tentador,
P'ra dar-lhe a ver da terra toda a glória.[32]
De anciã cidade à urbe hodierna ali 385
Tudo se abria aos seus olhos, assentos
De impérios poderosos, desde os muros
A ser de Cambalu,[33] do cão cataio
E Samarcanda do Oxo,[34] do Taimur,[35]
Até Pequim, de reis chineses, e Agra 390
E Laore,[36] depois, do grão-Mogol
Ao áureo Quersoneso,[37] ou onde o persa
Reinava em Ecbatana,[38] ou desde então
Em Ispaão,[39] ou avante p'ra Moscovo

---

[32] Versos 381-4: quando Satanás levou Cristo ao cimo da montanha para tentá-lo (cf. *Mt.* 4, 8).

[33] Capital do Catai, de onde o "cão" (título sucessório a partir de Genghis Khan) "cataio" governou toda a China. "A ser" porque ainda não existente.

[34] Junto ao rio Oxo, no atual Uzbequistão.

[35] Grafia mais aproximada do original para Tamerlão, o rei tártaro.

[36] Capitais mongóis no norte da Índia e no Punjab.

[37] Agora Malaca na Malásia. Identificada com Ofir, abastecedor do ouro de Salomão.

[38] Capital estival de reis persas.

[39] Capital persa desde cerca de 1600.

Do czar russo, ou Bizâncio do sultão[40]
Nado turquestanês;[41] nem deixariam
De ver o Negus,[42] 'té ao mais remoto
Porto de Arquico[43] e menores os reinos
Equóreos Mombaça,[44] Quíloa,[45] Melinde,[46]
Sofala crido Ofir,[47] até aos reinos
Do mais longínquo sul, Congo e Angola;
Ou daí desde o Níger[48] ao Monte Atlas,[49]
Os reinados de Almançor,[50] Fez[51] e Suz,[52]
Marrocos e Argélia, e Tlemcen;[53]

---

[40] Ou Constantinopla, rendida aos turcos em 1453.

[41] Os sultãos remontam ao Turquestão, uma região asiática entre a Mongólia e o Cáspio.

[42] Título do rei da Abissínia.

[43] Porto no Mar Vermelho na atual Etiópia.

[44] No Quênia, mencionada em *Lus.* I, 54, 4.

[45] Tanzânia.

[46] No Quênia, o último porto de Vasco da Gama antes de navegar à Índia.

[47] Porto em Moçambique, associada também a Ofir.

[48] Rio no Mali.

[49] Montanhas no Marrocos.

[50] "Vitorioso". Título de governantes muçulmanos. Aqui especificamente o califa de Córdova (939-1002), rei da Andaluzia, que consolidou e alargou o controle muçulmano na Espanha e no Norte de África.

[51] No Marrocos.

[52] Tunísia.

[53] Na Argélia.

Daí Europa, e onde Roma havia
De dominar o mundo; o rico México
Em espírito quiçá também viu, sólio
De Montezuma,[54] e Cuzco no Peru,
Do de Atahualpa,[55] áureo mais, e a intacta
Guiana à data,[56] cuja capital
A prole de Gérion[57] chama de El Dorado.
Mas em prol de outro olhar privou Miguel
Da fita Adão que o falso fruto dava[58]
Por ser clara e sem grão; depois purgou
Com eufrásia e arruda o nervo óptico,[59]
Que havia muito a ver, e instilou gotas,
Três, da fonte da vida. E tão fundo
Entraram tais virtudes, no mais íntimo
Das visões, que ao torpor Adão levaram,
E levaram-lhe espíritos ao êxtase.
Mas logo o segurou p'la mão o anjo
Gentilmente, e a atenção lhe recobrou.

---

[54] O II, último imperador asteca. Cedeu o seu império a Cortés em 1520.

[55] O último soberano inca, assassinado em 1533 por Pizarro, que lhe saqueou a capital, Cuzco.

[56] Cuja capital, Manoa, o El Dorado, se manteve intacta no meio do saque espanhol.

[57] Os espanhóis. Gérion era um monstro de três cabeças que habitava uma ilha junto à costa espanhola. Matá-lo foi uma das tarefas de Hércules.

[58] Assim Atena aclara a vista a Diomedes (cf. *Il.* V, 127).

[59] Plantas oftálmicas e antídotos parciais para o fruto que Satã prometia clarificador.

Adão, teus olhos abre agora, e vê
Os efeitos do crime original
Em alguns dos teus, quem não conspirou   425
Co'a serpente ou na árvore tocou,
Nem pecou teu pecado,[60] viesse embora
Dele a corrupção que atos trouxe iníquos.
  Seus olhos ele abriu, e viu um campo,
Em parte arável, onde havia feixes   430
Recém-colhidos, e aidos e pastagens
Na outra; e um altar a meio, rústico,
Como um marco de relva. Ali chegava
Da lavra um segador, com os seus frutos
Primeiros, espigas verdes, feixe fulvo,   435
Conforme veio à mão; seguiu-o mais
Manso um pastor, chegado co'as primícias,
O escol dos seus rebanhos, e imolando-os,
Estendeu-lhes a gordura e as entranhas
Incensadas na lenha com seus ritos   440
Próprios. Do céu propício um fogo logo[61]
Desceu sobre a oferta em lance ágil
E em grato odor; no outro não, que puro
Não era; ao que em fúria, e entretendo-o,
Lhe firmou no diafragma uma pedra   445
Que a vida lhe expulsou; caiu, e lívido
A alma expirou com sangue a jorros.

---

[60] Dicção bíblica (cf. *Êx.* 32, 30 e *Jo.* 5, 16).

[61] Ofertas aceitáveis eram frequentemente consumidas por um fogo dos céus (cf. *Lv.* 9, 24 e *I Rs.* 18, 38).

Ao coração de Adão tal cena trouxe
O horror, e ao anjo pronto se chorou.

   Ó mestre, um infortúnio se abateu
Sobre aquele homem bom, que o bom escolheu;
Assim se paga a pia devoção?

   Miguel, também tocado, replicou-lhe.
Estes dois são irmãos, Adão, progênie
Dos teus lombos; matou o injusto o justo,
Por ciúmes do irmão e do holocausto
Que achou no Céu favor; o fratricídio
Será porém vingado, e a fé do outro
Se pagará, conquanto o vejas ir-se
Numa polpa de sangue e pó. E Adão.[62]

   Ai de mim, ai, que ação e que motivo!
Acabei de ver morte? Vai-se assim
De volta ao pó nativo? Ó visão
De horror, chocante e torpe é teu semblante,
Pensar-te horrível é, atroz sentir-te!

   Disse-lhe assim Miguel. Da morte viste
As primeiras feições; mas muitos rostos
De morte e muitas vias vão ao negro
Covil, todos sombrios; aos sentidos,
Porém, horror maior, reside à porta,
Não dentro. Morrerão uns, como viste,
Em mãos brutais, p'lo fogo outros, cheias,
À fome, e imoderados mais, por gula,
Que a terra há-de infectar com pestilências,
Das quais monstruosa amostra tu verás,

---

[62] Versos 429-60: para a história de Abel e Caim, ver *Gn.* 4.

P'ra que saibas o mal que advém aos homens
Da gula de Eva. Logo houve um lugar
Aos seus olhos, medonho, escuro, fétido,
Lembrando um lazareto,[63] onde havia
De enfermos toda a sorte, e enfermidades,   480
Dores cruéis, convulsões, desmaios, náuseas
E agonias, de febres toda a espécie,
Espasmos, gotas-corais, catarro agudo,
Pedra intestina,[64] úlceras, dor de cólicas,
Furor de possessões,[65] melancolias,   485
Demências, consumpções, contabescências,[66]
E pestilências de ampla assolação,[67]
Hidropisias, e asmas, dores reumáticas
Cruciantes. Eram fundos ais e abalos,
Co'afinco se ocupava o desespero   490
De cada cama, e sobre elas a morte
Dardo ovante agitava, mas tardando
O golpe, 'inda que em votos, esperança última
E sumo bem, o invoquem. Quem tão duro
Há que vendo tal cena adie as lágrimas?   495
Não Adão, de mulher não nado embora:

---

[63] Um hospital, especialmente um leprosário, a partir do nome de Lázaro (cf. *Lc.* 16, 20).

[64] Cálculo.

[65] Sobreexcitação maníaca ou pós-epiléptica, frequentemente atribuída à possessão pelos espíritos.

[66] Definhamento lento e progressivo.

[67] Os versos 485-7 foram acrescentados em 1674.

Nele o viril cedeu ao dó, e ao choro
Um pouco o deu, mas cedo soube o excesso
Conter, e recobrou a custo a queixa.

Ó pobre gênero humano, a que ponto 500
Chegaste, e em que estado vil caíste!
Melhor que não nasceras. Se é p'ra furto
Por que da vida a graça? Sim, por que
Impingida assim? Nós próprios, soubéssemos
O que nos dá, ou não lhe aceitaríamos 505
O dom, ou a depô-lo a levaríamos,
Gratos por nos deixar em paz. Admite-se
Que no homem, tão bom que era, e vertical,
Sim, falível depois, se avilte a imagem
De Deus, desfigurada em sofrimentos 510
Secretos e inumanos? Não há-de ele,
Retendo ainda em parte a semelhança
Divina, de amorfias tais escusar-se,
E em nome dessa imagem ver-se isento?

A imagem do criador, tornou Miguel, 515
Deixou-a quando a si só se aviltou
Em nome de apetites sem governo,
E a imagem que servia transformou-a
Mau vício, conducente à falta de Eva.
Daí que seja abjeto o seu castigo, 520
Não afeando de Deus a semelhança,
Mas a sua, ou nele deformando-a
Ao perverter as regras sãs da sábia
Natura torpemente, e merece-o,
Que o espelho de Deus nele não honrou. 525

Concedo-o, disse Adão, e me submeto.
Não há porém além destas passagens

De dor outros caminhos que nos levem
À morte e a misturar no nosso o pó?
  Sim, há, disse Miguel, se bem guardares 530
A lei do não de mais, lição regrada
No que comes e bebes, nela achando
Nutrição comedida, e não gula;
Assim os anos pagam-te à cabeça,
E assim viverás, 'té que de maduro 535
No colo da mãe caias fruto, ou fácil[68]
Te colham sem sacões, p'ra morte próprio:
Velhice é, mas p'ra isso sobrevive
À juventude, à força, à beleza
Que murcharão em cãs; então obtusos, 540
Dos teus sentidos vai-se o gozo ao gosto
De agora, e no lugar do ar juvenil,
Alegre e optimista, reinará
Uma melancolia fria e seca
P'ra te vergar o espírito, e o bálsamo 545
Vital te usar por fim. Falou-lhe Adão.
  Não fugirei à morte então, nem quero
Vida a mais, antes cuido na maneira
Mais fácil de alijar o peso morto
Que devo suportar até ao dia 550
Da entrega, aguardando com paciência
A minha cessação. Miguel tornou-lhe.

---

[68] Versos 535-6: já Cícero havia comparado a morte pacífica com o cair de um fruto de maduro. O ensino é que Adão pode reverter em parte as consequências físicas da sua queda se usar de moderação.

    P'la vida nem amor nem ódio; vive
O que viveres, bem, que ao Céu compete
Se breve ou longa. Agora há mais, prepara-te.   555
    Olhou e viu um plaino amplo, cheio
De tendas variegadas; junto a algumas
Pastava gado; de outras vinham sons
De instrumentos acordes na harmonia,
De órgão e harpa; e viu-se a mão de quem[69]   560
Corria tecla e corda: seu toque ágil
Intuindo proporções de baixo e alto
Fugia e perseguia em fuga de ecos.[70]
Noutra parte surgia quem na forja[71]
Fundira dois montões de bronze e ferro   565
Maciços (quer achados onde em bosque
Fortuito o fogo errou, em vale ou monte,
'Té aos veios da terra, dando em brasa
À boca de uma gruta, quer levados
Por fluxos subterrâneos); o ouro líquido   570
Drenou em moldes próprios, e utensílios
Primeiro fez p'ra si; depois o mais
Que em metal p'ra fundir, esculpir, houvesse.
Opostamente a estes de outra casta[72]
Das montanhas vizinhas, seu lugar,   575

---

[69] Jubal, descendente de Caim e pai da música (cf. *Gn.* 4, 21).

[70] Milton era também organista. Esta "fuga" lembra a raça de Jubal como a raça fugitiva de Caim. Ver *Gn.* 4, 12.

[71] Tubal-Caim, irmão de Jubal, pai da metalurgia (cf. *Gn.* 4, 22).

[72] Descendentes de Set. Vivem opostamente a Caim, que havia migrado para o leste do Éden (cf. *Gn.* 4, 16).

Ao plaino outros vinham: p'la aparência
Pareciam justos, sua aplicação
Louvar a Deus, e as obras conhecer-lhe,[73]
As que à luz deu, e coisas que preservem
A liberdade e a paz dos homens. Pouco   580
Andado haviam, quando, olhai, das tendas
Mulheres belas, vistosas nos ornatos
E vestidos sensuais; vinham dançando,
E maviosas à harpa amor contavam.
Moviam-se com elas olhos graves   585
Viris, sem rédea, até que em rede erótica
Caíam como queriam, com quem queriam;
E amor negociavam 'té que a estrela
Da tarde,[74] precursor do amor, surgisse,
E archotes nupciais chamassem, e Hímen[75]   590
P'la vez primeira a ritos conjugais;
Com festa e canto as tendas ressoavam.
Encontro tão feliz com juventude,
Beleza, amor, canções, grinaldas, flores
E belas sinfonias encantaram   595
Adão, no coração naturalmente
Levado a confessar prazer assim.[76]
   Tu que aclaras meus olhos, de anjos príncipe,
Visão é bem mais grata, e mais esperança

---

[73] Eram tidos como inventores da física e da astronomia.

[74] Vênus.

[75] Deus do casamento.

[76] Versos 556-97: a terceira visão de Adão baseia-se em *Gn.* 4, 19-22.

De paz aos dias traz, mais do que as últimas; 600
De morte e ódio eram, ou pior dor;
Mas aqui seus fins cumpre a natureza.
   Disse Miguel. Não julgues o melhor
P'lo prazer, apesar de a natureza
To fazer crer, criado que és p'ra fins 605
Mais nobres, santo, puro, como Deus.
As tendas do teu mimo tendas eram
De ímpios,[77] onde a raça habitará
Do fratricida; mostram-se aplicados
Nas artes do progresso, inventores 610
Exímios, mas esquecidos do seu mestre
E autor, e os seus dons não os reconhecem.
Mas belos filhos hão-de conceber;
Viste as mulheres, mais parecendo um séquito
De deusas, tão joviais, tão doces e álacres, 615
Tão ocas no que toca ao que honra a dona
De casa e virtuosa a dignifica;
Nutridas e ensinadas só no gosto
Do que é carnal, p'ra dança, canto, roupas,
P'ra requebros de língua e quebros de olhos. 620
A estas estes homens sábios, tidos
Por filhos de Deus,[78] tal a devoção,
Cederão a virtude, e toda a fama

---

[77] *Sl.* 84, 10.

[78] Cf. *Gn.* 6, 2. Este passo particular do texto bíblico originou as leituras heréticas de Filo, Clemente de Alexandria e Tertuliano, ao verem aqui base para um cruzamento de anjos e mulheres. Milton dividiu-se por duas tradições: a que entendia estes "filhos de Deus" como os descendentes de Set, e a que os identificava como sendo os anjos caídos.

Indignamente, a avanços e a enlaces
Destas ateias, já num mar de rosas 625
(Não muito e nadarão ao largo) nadam;
Por isto o mundo um mundo afoga em lágrimas.
 Ao que Adão diz, usado o curto gozo.
Oh, dó, opróbrio, que esses que encetaram
Tão bem a vida agora voltem passos 630
P'ra indiretos caminhos, ou desmaiem
A meio! E já vejo que a dor do homem
Vai dar ao mesmo, nasce da mulher.
 Começa no langor enerve do homem,
Disse o anjo, que as funções p'la sabedoria 635
Deveria manter, superior que lhe é.
Prepara-te porém p'ra novas cenas.
 Olhou e viu um amplo território
Abrir-se, vilas, campo e lavoura,
Cidades de homens de áditos e torres 640
Soberbos, choques de armas, cenhos bélicos,
Gigantes de osso de aço, feitos márcios;[79]
Parte brande armas, parte brida o nervo
De corcéis; cavaleiros ou peões
Em falanges se alinham p'ra revista 645
De guerra; uns ao saque afeitos caçam
Uma manada, belos bois e vacas
De tenro campo, ou rebanhos lanudos,
Ovelhas e cordeiros com balidos
Do saque; escapam sãos poucos pastores, 650
Mas gritam, o que atrai mais sangue à briga;

---

[79] Segundo a tradição que via os Gigantes como sendo descendentes de anjos.

Num torneio cruel esquadrões se encaixam;
E onde antes gado andava, agora jazem
Empapados em sangue armas, carcaças
Esparsas; acampam-se outros sitiando 655
Um centro; escadas, túneis, baterias
São suas armas; de outros amurados
Setas, lanças, calhaus e enxofre em fogo;
De parte a parte açougue e ações de monta.
Do outro lado arautos reais convocam 660
Concílio nos portões do burgo: logo
Com cãs prudentes homens com guerreiros
Se agrupam, e em arengas se debatem,
Discordes nas facções; 'té que por fim
De meia idade alguém ilustre se ergue[80] 665
No douto porte, e fala de equidade,
Retidão, religião, verdade e paz,
E justiça dos céus: imberbe e sene
Por pouco não trocavam por mãos quentes
Apupos, não fosse uma nuvem espessa[81] 670
Raptá-lo ao tropel. E eis que assim seguiram
Fereza e opressão, e a lei da espada
Por toda a parte, e abrigo não se achava.[82]
Adão chorava, lágrimas que ao guia
Levava em palavras: Que é isto, homens 675
Não são, que a morte servem, e inumanos

---

[80] Enoque, descrito mais amplamente a partir do verso 700.

[81] Cf. *Gn.* 5, 24, sem menção a alguma nuvem.

[82] Versos 638-73: a quarta visão de Adão, seguindo *Gn.* 6, 4, lembra a descrição homérica do escudo de Aquiles (cf. *Il.* XVIII, 478-616).

A morte negoceiam, e inflacionam
O pecado daquele que matou
Seu irmão dez mil vezes;[83] pois não matam
Estes os seus irmãos dos homens filhos? 680
Mas quem era aquele homem justo, morto
Por ser reto, não fosse o Céu salvá-lo?
　Miguel respondeu. Estes são produto
Daqueles casamentos vis que viste,
Onde se uniram dois que se aborrecem, 685
O bom e o mau, e em coitos de imprudência
Deram aberrações de mente e corpo.
E eis os gigantes, homens de renome;
Pois então só a força se admirando
Por valor se terá, virtude heroica;[84] 690
Arrasar em combate, subjugar
Nações, depois voltar com os despojos
De chacinas sem fim será da glória
Humana o apogeu, e feita a glória
De conquistas, ser tido por magnífico 695
Conquistador, patrono de homens, deus,
Ou filho de um, alcunhas para algozes.
Assim renome e fama se achará
E ao que os merece mais se negarão.
Mas aquele que ali tu viste, o sétimo[85] 700
De ti, um justo só num mundo de ímpios,

---

[83] Cf. *Jd.* 14 ss.

[84] Versos 689-90: do étimo latino *vir* (homem). A virtude cristã baseia-se em bondade, a satânica, em poder.

[85] Enoque chegou na sétima geração de Adão.

Donde execrado, donde perseguido
Por inimigos só por só ser justo
E expor duras verdades, Deus chegado[86]
Co'os santos p'ra julgá-los: sequestrou-o 705
Do Céu balsâmea nuvem com corcéis[87]
Alados, p'ra acolhê-lo Deus, e andar
Com ele em salvação e em climas claros,
Isento de morrer; p'ra veres o prêmio
Que espera o justo, o resto que castigo; 710
Teus olhos volta agora, assiste a isto.

    Olhou e viu as coisas já mudadas,
Da guerra a gorja ênea seus rugidos
Cessara, tudo pândega, festins,
Luxúria e deboche, regabofe 715
E danças, maridanças, meretrícios,
Violações e adultérios, onde o belo
Passasse ali o passe, e de dois copos
Ao murro um passo só. Por fim dentre eles,
Mostrando-se indignado com tais atos, 720
Ergueu-se um patriarca, condenando-os;
Assíduo aos seus conselhos, e onde havia
Cortejos e festejos, incutia-lhes
Pesar e conversão, como p'ra almas
Que presas cadafalso aguardam célere. 725
Mas tudo em vão. E vendo-o vão, cessada
A luta, p'ra bem longe foi das tendas;

---

[86] "A saber" estará antes subentendido.

[87] Ver *II Rs.* 2, 11 e os cavalos de fogo que levaram Elias, amiúde associado a Enoque.

E abatendo depois toros das serras,
Deu-se à feitura de ampla nave, e os côvados
Mediu-os em comprido, largo e alto,   730
E revestiu-a a pez, e lateral
A entrada fez, e muitas provisões
Deixou p'ra besta e homem: quando pasme-se!
De cada besta, e ave, e inseto miúdo
Aos sete e aos pares vinham ordenados;   735
Por fim o patriarca, e os três filhos
E as quatro esposas; Deus selou a porta.
E então o vento sul inchou pairando
Nas amplas asas mate e aliou as nuvens
Debaixo dos céus; másculos os montes   740
Vapor, e exalação sombria e úmida,
Solícitos supriram; e o céu espesso
Um teto abobadou; precipitou-se
Copiosa a chuva, até que a terra, imersa,
Não mais se viu; a arca flutuava   745
Aprumada, e altiva no seu beque
Vogou por sobre as águas sacudida,
Submerso tudo o resto: sob as águas
Toda a pompa afundou; mar sobre mar,
Só mar sem costa a dar; e eram palácios   750
Onde reinava o luxo, estrebarias
Já p'ra monstros do mar; os homens, tantos
Antes, exígua arca os abarca.[88]
Como choraste então, Adão, ao veres
O fim do teu renovo, fim tão triste,   755

---

[88] Versos 712-53: a visão do Dilúvio segue *Gn.* 6, 9 a 9, 17.

Despovoamento, tu que outro dilúvio
De lágrimas e mágoa te inundou
E ao fundo te levou também, 'té que almo
Anjo te erguesse e em pé te sustentasse,
Embora pesaroso, como um pai   760
No luto filial, que sobre ruínas
Se vê; a custo assim choraste ao anjo.
   Oh previsões funestas! Melhor fora
Ter vivido ignorante do futuro,
Levando o meu quinhão de mal, que o mal   765
O seu tem cada dia; porém este,[89]
Fardo p'ra muitas eras, cai-me a uma,
De visão prematura prematuro
Nascendo, p'ra precoces pensamentos
De dor p'lo que há-de ser. Que de futuro   770
Homem algum p'ra si ou p'ra seus filhos
Intente previsões, que é certo o mal,
P'la sua previsão não prevenido,
Nem menos doloroso na apreensão
Do que em substância quando já doendo.   775
Serôdio é porém esse cuidado,
Que homem não há p'ra aviso, e o punhado
A salvo morrerá à fome e em mágoas
No deserto aguacento. Tinha esperança,
Quando na terra a guerra e a violência   780
Cessaram, que a paz plena coroaria
Com dias de bem-estar a raça humana;
Em muito me enganei; pois a paz está

---

[89] Versos 765-6: cf. *Mt.* 6, 34.

P'ra corrupção assim como p'ra estrago
A guerra. Como vem a ser isto? Insto-te, 785
Diz-me, ó guia, se aqui humanos findam.
Falou Miguel. Os últimos que viste
Em louros e opulência são os que antes
Intrépidos e em feitos eminentes
Achaste, mas vazios de virtude; 790
Os que tendo espalhado muito sangue
E arruinado nações, donde afamados
No mundo, com despojos e altos títulos,
Se renderão à calma, ao gozo, ao ócio,
À gula, à carne, até que alarde e crápula 795
Inimizades cavem de amizades.
Também o conquistado, feito escravo,
Perderá a virtude e o medo a Deus
No cativeiro, Deus que aos pios falsos
Valer não quer no transe da batalha 800
Contra invasores; donde em zelo frios
Tranquilos buscarão viver mundana
E licenciosamente, tanto quanto
Os anos permitirem, pois a terra
Dará mais do que baste, a fim de aferir 805
Da temperança, esquecida co'a verdade,
Justiça e fé num mundo depravado;
Salvo um homem, da luz o filho único
Num tempo umbroso, bom contra a corrente,
Contra atrações, costumes, e um mundo 810
Azedo; sem temer censura, escárnio,
Violência, aos iníquos lembrará
Seus maus caminhos e aos da retidão
Exortará, quão mais seguros, cheios

De paz, pregando a ira que há-de vir
Sobre os impenitentes; e apoucado
Sairá dali, porém p'ra Deus será
O único justo vivo; ao seu mando
Fará aquela arca de prodígios,
Para salvar-se a si e aos seus no meio
De um mundo condenado a naufragar.
E mal aquele e aqueles entre eleitos
De homem e besta na arca se resguardem
Mantendo viva a vida ali, o céu
Soltará cataratas sobre a terra
Noite e dia, e as fontes dos abismos,
Fendidas, ao motim levarão mares
P'ra além dos seus confins, 'té que o dilúvio
Aos altos cumes suba: este monte
Do Paraíso à força de ondas másculas
Deslocar-se-á então, p'los cornos d'água[90]
Colhido no seu tenro lombo verde,
Com lenhos ao sabor do grande rio[91]
Que ao golfo vai,[92] e ali se ilhará estéril,
Foz de orcas, focas, gritos de gaivotas.
P'ra veres que aos lugares Deus não fixa
Piedade, se nenhuma ali levarem
Os homens que ali vão ou que ali moram.
E agora vê, que há mais já a seguir.

---

[90] Os deuses fluviais gregos e romanos eram representados como touros por causa da sua força (cf. *Il.* XXI, 237).

[91] Cf. *Gn.* 15, 18.

[92] Golfo Pérsico.

Olhou e viu a arca sobre as águas, 840
Amainadas já, porque em fuga as nuvens,
Varridas por um vento norte afiado,
Que seco a face às águas enrugou
Como se velhas; e alvo o sol o vidro
Mirou e à sede ardendo um trago largo 845
De fresca onda hauriu, que à baixa-mar
Levou um lago morto e às profundas
Represadas a vaza p'la calada,
Fechadas as janelas já do céu.
Não mais sobre águas a arca vai, mas firme 850
No cume de montanha se afigura.[93]
E agora como rochas surgem cumes;
Ao mar em retirada levam rápidas
Correntes águas rábidas com estrépito.
De pronto um corvo voa arca fora, 855
E arauto mais seguro substitui-o
Uma e outra vez uma pomba, a dar
Com verde arbusto ou chão onde pousar;
Tornada vez segunda, traz no bico
Um ramo de oliveira, bom sinal: 860
Não tarda que se firme o chão, e deixe
O patriarca a arca com seu séquito;
Depois com mãos erguidas, e olhos pios,
E grato ao Céu, vê uma nuvem róscida
Sobre a cabeça, nuvem que alça um arco 865
Distinto com três listras coloridas,[94]

---

[93] Monte Ararat (cf. *Gn.* 8, 4).

[94] As três cores primárias: vermelho, amarelo e azul.

Sinal da paz de Deus e nova aliança.
O coração de Adão antes tão triste
Em muito se alegrou, rompendo em júbilo.
   Ó tu que no presente representas 870
O que é futuro, nesta visão vivo
De novo, pois viverá ainda o homem
E os seres vivos, poupando-se a semente.
Pois menos já me aflige todo um mundo
De iníquos destruído, do que gozo 875
Me traz homem tão justo e perfeito,
A ponto de merecer de Deus um mundo
Nascente, e mitigada a sua ira.
Mas diz, que significam estas faixas
De cor no céu, a celha Deus folgou, 880
Ou servem por canteiro p'ra marcar
As orlas fluidas da áquea nuvem, fosse
De novo dissolver-se sobre a terra?
   Tornou o arcanjo. Hábil conjecturas;
De bom grado quer Deus remir a ira, 885
Embora haja sofrido arrependido[95]
De ter criado o homem quando viu
A terra cheia de ódio, e corrupta
Toda a carne; mas uma vez expulsos,
Um justo só será de graça achado, 890
E a ira assoladora à humanidade
Perdoará, e em Aliança jurará
Não mais trazer dilúvio sobre a terra,
Nem mares sublevar dos seus limites,

---

[95] Cf. *Gn.* 6, 6.

Nem afundar em chuva besta e homem; 895
Quando à terra trouxer porém a nuvem,
Há-de ali pôr de tripla cor seu arco,
Em memória da Aliança: dia e noite,
A ceifa, a seara, a brasa, as cãs do gelo
Serão, até que o fogo o novo traga,[96] 900
Novos céus, nova terra, o lar do justo.

Fim do décimo primeiro livro

---

[96] *II Pe.* 3, 6-7.

Livro XII

Argumento

O anjo Miguel retoma do Dilúvio e relata o que acontece a partir daí; depois, vem gradualmente explicar quem será a semente da mulher; a encarnação dele, e a morte, ressurreição, e ascensão; o estado da Igreja até à sua segunda vinda. Adão satisfeito e reconfortado com estes relatos e promessas desce com Miguel do monte; acorda Eva, todo este tempo adormecida, mas com bons sonhos que lhe trouxeram tranquilidade interior e submissão. Miguel leva-os pela mão para fora do Paraíso, com a espada flamejante brandindo em círculos atrás deles e os querubins tomando os seus postos de guarda do lugar.

Como aquele que o meio-dia para
Na pressa da jornada, aqui o arcanjo
Entre mundos parou, um ido e um vindo,
Como interviesse Adão com novo ponto;
Doce a transição foi seguindo nestas.[1]   5
   Assim de um mundo viste o fim e a gênese;
E um homem de outra cepa viste novo.[2]
Ainda há muito a ver, contudo noto
Falhar-te a vista humana; coisas do alto
Mortais sentidos cansam e enfraquecem.   10
Agora contarei o que há-de vir,
Inclina os teus ouvidos. Estes homens
Renovados, enquanto poucos sejam,
E enquanto do juízo o medo neles
Ainda viva, a Deus e à lei tementes,   15
E observando o que é justo, hão-de viver
E depressa crescer multiplicando-se,
Lavrando o solo, o trigo, o vinho, o óleo
Colhendo com fartura; e de rebanho

---

[1] Versos 1-5: estes versos são adição de 1674, quando o livro X se tornou os livros XI e XII.

[2] Noé.

Sacrificando o anho, o cabrito, 20
De armento o boi castrado, consagrando-os
Festins e libações, em folga os dias
Sem mancha viverão, na paz de tribos
E sob a lei dos pais; até que o orgulho
Um coração sedento erguerá,[3] 25
Que farto de fraternas igualdades
Se arrogará domínios indevidos
Sobre os irmãos, e a terra pilhará
À lei da natureza e da concórdia,
Andando à caça, (caça de homens mais, 30
Não bestas) com embuste hostil e ameaças
Aos que se não sujeitem ao seu jugo:[4]
Poderoso caçador será seu nome
Diante do Senhor, seja porque apouca
O Céu ou porque se acha ao Céu seguir-se; 35
E o nome tomará da rebeldia,
Se bem que a rebeldia aponte a outros.
Com ele os dele, que uma sede igual
Os liga à opressão, mesmo que súditos
Na sede, vindos rumo a oeste do Éden, 40
Hão-de achar um chão, onde do subsolo
Ferve a boca do inferno, um negro vórtice
Viscoso; com tijolo lançam mãos
À obra de urbe e torre, cujo topo
Roce o Céu; e p'ra si hão-de achar nomes,[5] 45

---

[3] Nimrod.

[4] Versos 30-2: cf. *Gn.* 10, 8-10.

[5] Cf. *Gn.* 11, 4.

Não vá perder-se em pátria alheia a fama,
Não importa se boa se má fama.
Mas Deus que amiúde ignoto se passeia
Entre os homens, e as casas lhes visita
A ver seus atos, cedo contemplando-os 50
Desce à sua cidade, antes que a torre
Do Céu as torres tape, e põe por troça
Nas suas línguas espíritos discordes
Que apagam sua língua mãe e em troca
Grulhadas sem sentido disseminam: 55
De súbito uma bulha cresce hedionda
Entre os obreiros; chamam-se uns aos outros
Trocados, 'té que roucos e coléricos
Troçados se exasperam; muito riu
De menosprezo o Céu p'la algaravia 60
E p'lo banzé; caiu pois no ridículo
A obra[6] e se alcunhou de Confusão.[7]
    Valeu tal a Adão crítica de pai.
Ó execrável filho, que ambicionas
Dominar sobre irmãos, que assim usurpas 65
Um governo por Deus não confirmado:
Sobre ave, peixe e besta só nos deu
Domínio absoluto; tal direito
Nos outorgou; porém sobre homem homem
Não fez senhor; p'ra si poupando o título, 70
Deixou de humanos livre o que é humano.
Mas deste usurpador o furto ufano

---

[6] Versos 38-62: cf. *Gn.* 11, 1-9.

[7] Etimologia incorreta de "Babel".

Não se fica p'lo humano; Deus a torre
Quer cercar e afrontar: pobre coitado!
Que provisões lá acima chegarão
P'ra sustentá-lo a ele e às tropas rábidas,
Onde o ar sutil grosseiro o peito abafa
E o mata à fome de ar, se não de pão?
   Ao qual tornou Miguel. Aborreceste
E bem aquele filho, que à paz de homens
Trouxe ânsias tais, co'o fito de jungir
A razão livre; sabe não obstante
Que perdeste na queda a verdadeira
Liberdade, que vive geminada
Co'a razão certa e dela não se aparta;
Mas toldada a razão, ou não ouvida,
Não tarda até que anseios excessivos
E paixões arrivistas a deponham,
À razão, e escravizem o homem livre.
Destarte, já que entrega a lei interna
Da razão livre a forças desprezíveis,
Deus no seu julgamento justo a leis
Alheias o sujeita, a amos brutos,
Que tão amiúde quanto injustamente
Lhe regem liberdade externa; cumpre-lhe
A opressão, ainda que atenuantes
Não logre o opressor. E a decadência
Dos povos, da virtude, que é razão,
Tanto os afastará, que é só justiça,
E acaso execração, o que por fora
Os priva do que dentro já perderam;
Do pai da arca vê o filho néscio,
Que ao afrontar seu pai maldição trouxe,

Servo de servos, sobre a raça ímpia.[8]
Tal como o mundo antigo, o mais recente
Também propenderá do mau ao péssimo,
'Té que agastado Deus por fim de vícios
Sua presença afaste e os olhos santos
De entre eles, resolvendo-se a deixá-los
Daí em diante entregues aos seus modos
Iníquos; e um só povo de entre os povos
Escolhe, particular, que a Deus invoque,
Um povo a nascer de um homem justo:[9]
Ele ainda aleitado a idolatrias[10]
Deste lado do Eufrates; oh, tais homens
(Dá p'ra crer?) cairão em tal estultícia,
Que em vida ainda, a salvo do dilúvio,
O patriarca vê-los-á esquecer[11]
O Deus vivo, louvando pau e pedra[12]
Por deuses! Mas àquele Deus concede
Numa visão chamá-lo do lar pátrio,
Dos seus, dos falsos deuses, a uma terra
Que lhe há-de mostrar, e dele erguerá
Uma nação valente, e nele bênçãos
Derramará, e tantas, que de si

---

[8] Versos 101-4: Cão ou Cam, que viu a nudez de seu pai ébrio. Noé amaldiçoou o filho de Cão, Canaã, e toda a sua descendência (cf. *Gn.* 9, 25).

[9] Abraão.

[10] O pai de Abraão serviu a outros deuses (cf. *Js.* 24, 2). A passagem que se segue é baseada em *Gn.* 11, 27 a 25, 10.

[11] Noé, que viveu mais 350 anos a seguir ao Dilúvio (cf. *Gn.* 9, 28).

[12] Cf. *Jr.* 2, 27.

Toda a nação será abençoada;
P'ra onde não sabendo, mas confiando,[13]
Acata já. Tu não, mas eu bem vejo
A fé que o toma a amigos, deuses, pátria,
De Ur da Caldeia,[14] já passando o vau   130
Para Harã,[15] e atrás dele um longo séquito
De armentos e rebanhos e criados;
Pobre não vai, mas antes a riqueza
Confia a Deus, que em terra estranha o quer.
A Canaã chegou, vejo-lhe as tendas   135
Montadas em Siquém, e no vizinho
Moré; ali recebe o prometido
Da terra que há-de herdar a sua prole;
De Hamate a norte até ao sul desértico
(P'lo nome os chamo, mesmo por chamar),   140
De Hermon a leste ao grande mar a oeste,
Ali o Monte Hermon, o mar além,
Aponto-tos, vê lá: e de Carmelo[16]
Tão certo como a costa o monte, e o duplo
Caudal, vê, do Jordão, limite a leste;   145
Mas a Senir,[17] seus cumes lá, darão[18]

---

[13] Cf. *Hb*. 11, 8.

[14] Cidade na margem ocidental do Eufrates.

[15] A oriente do Eufrates.

[16] Tão certa é a posição do Monte Carmelo que se pode jurá-la (cf. *Jr*. 46, 18).

[17] Um cume no Monte Hermon, não uma cordilheira.

[18] Versos 139-46: a Terra Prometida está delimitada ao norte por Hamate, cidade junto ao rio Orontes (*Nm*. 34, 8) e ao sul pelo deserto de

Seus filhos. E isto pesa, pois benditas
Serão nele as nações, e dele entenda-se
O grande salvador, que há-de pisar
A cabeça à serpente; deste já 150
Verás mais claro. Este patriarca,
Que de Abraão fiel será chamado,
Um filho,[19] e outro deste, o neto,[20] deixa,
Como ele em fé, em nome e em prudência;
O neto com seus doze filhos, deixa 155
Canaã, rumo à terra dividida
P'lo rio Nilo, Egito, de seu nome:
Seu fluxo vê, em bocas sete ao mar
Se unindo. Para curta estada ali
Em tempos de escassez vai a pedido 160
Do seu mais novo,[21] um filho cujos feitos
O levam a segundo no reinado
Do Faraó. Morre e uma raça deixa
Crescendo qual nação, nela crescendo
As suspeitas de um novo rei, que tenta 165
Parar seu crescimento, como hóspedes
A mais; daí que escravos faça de hóspedes,
E aos seus varões infantes tire a vida,[22]
Até que dois irmãos (dois irmãos esses

Zin (*Nm.* 34, 3). A oeste está o Mediterrâneo, "grande mar a oeste" (*Nm.* 34, 6), e a leste o Jordão (*Nm.* 34, 12), ou o Monte Hermon (*Js.* 13, 5).

[19] Isaac.

[20] Jacó.

[21] José.

[22] Cf. *Êx.* 1, 16-22.

Moisés e Aarão) da parte de Deus clamam 170
O fim do cativeiro, e os devolvem
Com saque e glória à terra prometida.
Mas antes o tirano sem lei nega
Ter em conta a mensagem e o seu Deus,
E à força de sinais será moldado; 175
Mudam-se em sangue sem nascente os rios,
Rãs, piolhos, moscas enchem seu palácio,
Intrusos detestáveis, e os chãos cobrem;
De peste morre o gado, de contágios
Na sua carne edemas, chagas gravam-se, 180
E na dos seus; ferirão os céus do Egito
Trovões, chuvas de pedra, pedra em fogo,
E rolarão p'la terra arrasadores;
O que deixarem, erva, fruto ou grão,
Uma nuvem cerrada de locustas 185
Limpará, e o que ao chão sobrar de verde;
As trevas dos cairéis transbordarão,
Trevas palpáveis, três dias de trevas;
E ao dar a meia-noite os primogênitos
Do Egito morrerão. Dez vezes ferido[23] 190
E amansado o dragão do rio já[24]
Consente o adeus aos hóspedes, e dobra
O duro coração, mas como gelo
Mais duro de degelo, pois colérico
E em caça a quem soltou no mar se some 195
Com todo o seu exército, mar que abre

---

[23] As dez pragas de *Êx.* 7-12.

[24] Epíteto para o faraó (cf. *Ez.* 29, 3).

Dois muros cristalinos[25] e um chão seco
Ao bordão de Moisés, e dividido
Jaz obsequente até que os salvos cheguem
À costa: cingirá Deus com tal força   200
Seu santo, apesar de adiante ir deles
Em anjo, transportado numa nuvem
De dia, num pilar de fogo à noite,
P'ra guiá-los à frente e defendê-los
Atrás, enquanto o rei tenaz persista:[26]   205
Persistirá p'la noite fora, noite
Que entrevará avanços 'té à aurora;
Depois de entre o pilar de fogo e a nuvem
Deus confundirá todo o seu exército
E as rodas fenderá às bigas; estende   210
Moisés mais uma vez o seu bordão
Às águas; seu bordão as águas ouvem;
Dos postos ao combate as ondas voltam,
E quebram-se em legiões; na costa a salvo,
A Canaã a raça eleita ruma   215
P'lo ermo agreste, rota mais morosa,[27]
Não fossem cananitas aterrá-los
Com armas, aos novatos, e o temor
Fazê-los regressar, prepondo o Egito
E a vida escrava às glórias; pois que a vida 220
P'ra nobre e ignóbil doce é mais se em armas

---

[25] Cf. *Êx.* 14, 22.

[26] Cf. *Êx.* 14, 23-31.

[27] Mais especificamente, trinta e oito anos de deserto (cf. *Êx.* 13, 17-8).

Bisonha for, e arrojo leis não dite.
Vantagem outra a espera há-de trazer
No vasto ermo, ali decidirão
A forma de governo, e o seu sinédrio[28]
Sairá das doze tribos, leis segundo
As leis sagradas:[29] Deus na trovoada
De trovões e trombetas, descerá
Ao Sinai, abalando o cume cinza
Com suas leis, algumas referindo-se
Ao direito civil, e outras a ritos
De sacrifício sacro, instruindo-os
Por sombras e modelos, da semente
Que há-de ferir a serpente, e por que meios
Há-de remir os homens. Mas de Deus
A voz aturde ouvidos mortais; e instam
A Moisés que o furor lhe aplaque e faça
Mediação; consente em tal Moisés,[30]
Sabendo que ninguém de Deus se acerca
Sem avindor; já sobre si o altíloquo
Ofício põe Moisés, que o leva à vinda
De outro maior e o dia profetiza,
O dia que os profetas cantarão
Ao tempo, o do Messias. Assim firmes
Nas leis e ritos, pleno gozo vem
A Deus, que se permite andar entre eles

---

[28] Os setenta anciãos (cf. Êx. 24, 1-9).

[29] Êx. 19, 16-20.

[30] Moisés é uma espécie de Cristo na sua tarefa de mediador.

E entre eles erigir seu tabernáculo,[31]
Entre mortais morando quem é santo.
E assim como prescrito um santuário
Se esculpe ao cedro, ourado, e uma arca					250
Ali se põe, e nela o testemunho,
As tábuas da Aliança, e sobre elas
De ouro um propiciatório entre as asas
De querubins áureos, dois, e diante sete
Luzes mostrando como num zodíaco[32]					255
Os fogos celestiais; era uma nuvem
Sobre a tenda de dia, à noite um raio,[33]
Exceto quando partam, e enfim cheguem,
Guiados p'lo seu anjo àquela terra
Prometida a Abraão e ao seu renovo.					260
O resto longo é, quantas batalhas,
Quantos reis postos, quantos reinos ganhos,
Ou como todo um dia a meio céu
O sol se quedará, adiando o curso
À noite, ouvindo a voz que diz, sol queda-te					265
Em Gibeão, e tu lua lá no vale
De Aialon, 'té que vença Israel,[34] nome[35]
Do neto de Abraão, filho de Isaac,
E dos que a Canaã hão-de chegar.

---

[31] *Êx.* 25-6.

[32] Segundo Josefo, o candelabro tem "sete Luzes" em imitação dos sete planetas, os "fogos celestiais".

[33] Versos 256-7: cf. *Êx.* 40, 34-8.

[34] "Aquele que luta com Deus" (cf. *Gn.* 32, 28).

[35] Versos 263-7: cf. *Js.* 10, 12-3.

Aqui interpôs Adão. Ó do Céu vindo,   270
Das minhas trevas luz, graciosas coisas
Me revelaste, máxime as que importam
A Abraão e aos seus. Agora vejo
Com olhos de ver, e acho um coração
Em paz, antes temendo p'lo futuro,   275
O meu e o dos mortais. Mas o seu dia[36]
Já avisto, em que todas as nações
Serão benditas, graça que não valho,
Que ilícito saber busquei de ilícitas
Maneiras. Mas ignoro isto ainda: 280
Por que dá Deus àqueles que na terra
Concede vizinhança leis tão várias;
E a tantas correspondem seus pecados;
Como pode então Deus com tais morar?
   Diz-lhe Miguel. Crê nisto, de ti vindo   285
Não reinará senão pecado entre eles;
Por isso fez-se a lei como evidência
Da sua perversão original,
Ao incitarem contra a lei pecado;
E quando concluírem que o pecado   290
Se vê na lei mas nela não se apaga,
Que bode e touro sangue escasso vertem[37]
Na sombra de oblações, verão que sangue
Mais caro pede o homem,[38] o do justo,
A fim de que a justiça imputada   295

---

[36] Adão refere-se ao "dia de Abraão", mas Milton alude a *Jo*. 8, 56.

[37] Versos 291-2: cf. *Hb*. 10, 4.

[38] Versos 293-4: cf. *I Pe*. 1, 18 e 3, 18.

P'la fé diante de Deus os justifique
E lhes traga à consciência paz, que a lei[39]
Por ritos não acalma, nem ao homem
Sub-roga ações morais, e sem tais morre.
A lei surge imperfeita assim, e apenas 300
Com o fim de os confiar em tempo próprio
A uma Aliança melhor, que vai de tipos
À verdade, e conduz da carne ao espírito,
Da servidão da lei à livre oferta
De uma graça maior, de preito súdito 305
Ao filial, de obras da lei às da fé.
Eis porque a Canaã, embora amado
Por Deus, Moisés, da lei ministro apenas,
Seu povo não há-de ele conduzir,
Mas Josué, p'ra gentios de seu nome 310
Jesus, com seus ofícios, que a serpente[40]
Subjugará adversária, e p'lo ermo
Do mundo quem errou trará, o homem,
De volta ao paraíso, são e salvo.
Na Canaã terrena hão-de entretanto 315
Manter-se e prosperar bons dias, exceto
Quando os pecados pátrios a paz pública
Quebrarem, levando Deus a aceder
Aos seus rivais; dos quais repeso os livra
Primeiro por juízes, e mais tarde 320

---

[39] Cf. *Gl.* 2, 16.

[40] Versos 307-11: Moisés não foi autorizado a levar os israelitas a Canaã. Essa incumbência recaiu sobre Josué, prefiguração de Cristo. O nome Jesus é, aliás, o equivalente grego de Josué e significa "Deus, o salvador".

Por reis; tal que o segundo, no fervor
Famoso e no valor, uma promessa
Garantirá sem volta, que o seu trono
Será p'ra sempre; e o mesmo cantarão
Profecias, que desse tronco régio 325
De Davi (eis real o nome) um filho
Virá, semente de mulher predita,
E predita a Abraão, no qual reside
A esperança das nações, e a reis predito,
De reis o derradeiro, pois seu reino 330
Não terá fim. Mas antes cumpre um séquito
De reis, e o sucessor de nome opimo[41]
E sábio, que a nuviosa arca nômada
Das tendas fixará num templo ilustre.
E após este outros, uns bons, outros maus 335
Se arrolarão, num longo rolo os maus,
Cujas idolatrias, e outras faltas,
Adscritas ao total vulgar, a cólera
Trarão a Deus, forçado a abandoná-los
E a dar cidade, terra, templo e arca 340
Sagrada com seus sacros bens, p'ra escárnio
E saque de urbe ufana, cujos muros
Altivos viste abstrusos, Babilônia
Daí chamada. Lá de cativeiro
Setenta anos dá-lhes, depois trá-los,[42] 345
Recordando a mercê, e a Aliança eterna

---

[41] Salomão.

[42] Versos 339-45: para os setenta anos de cativeiro babilônico e a destruição do Templo, ver *II Rs. 25*, *II Cr. 36* e *Jr. 39*.

Com Davi, estabelecida eternamente.
Da Babilônia livres dos senhores
Seus amos,[43] de quem Deus dispôs, à casa
De Deus primeiro lançam mãos obreiras, 350
E um pouco o pouco os farta, até que fartos
De luxo e multidões se insubordinam;
Mas nasce em sacerdotes a discórdia,
Ministros do altar, quem mais devia
A paz prezar: profanam com seus pleitos 355
O próprio templo; deitam mão ao cetro[44]
Por fim, sem que dos filhos de Davi
Fizessem caso, e dão-no a um estranho[45]
A fim de que o Messias, rei ungido,
Nascesse coartado nos direitos; 360
Mas uma estrela estranha ao céu proclama-o,
E guia os sábios reis do oriente, em busca
Do berço, com incenso, ouro, mirra;
As boas novas grave um anjo leva
A pastores acordados em vigília; 365
P'ra lá alegres correm, e escoltados
Por coros de anjos entoando o natal.

---

[43] Os reis persas Ciro, Dario e Artaxerxes (cf. *Ed.* 1-6 e *Ne.* 1-6).

[44] Versos 353-6: Milton alude aos conflitos entre sacerdotes durante o alto sacerdócio do século II a.C. A usurpação do verso 356, que configurou a teocracia judaica num reinado, é de Aristóbolo I, da família sacerdotal dos Asmoneus, que, sucedendo ao seu pai no sacerdócio, tratou de se proclamar rei.

[45] Antipater, o idumeu, governador da Jerusalém romana desde 61 a.C. e procurador da Judeia desde 47 a.C. Jesus nasceu durante o reinado do seu filho Herodes, o Grande.

Sua mãe é uma virgem, mas o pai
A força do mais alto; subirá
Ao trono hereditário, e o seu reino
Marca-o a ampla terra, a glória os Céus.

   Falou, notando um gozo transbordando
De Adão, que como a dor olhos orvalha
E o verbo estrangula. Assim irrompeu.

   Ó profeta das boas novas, fim
Da promessa suprema! Já me é nítido
O que antes reflexões em vão toldavam,
Porque chamar-se à nossa grande esperança
Semente de mulher: ave, Mãe virgem,
Aí no amor do Céu; mas dos meus lombos
Virás, e do teu ventre o Filho altíssimo
De Deus; assim ao homem se une Deus.
Que espere agora a ferida capital[46]
A serpente. Diz-me onde e quando lutam,
Que golpe fere o calcanhar ovante.

   Diz-lhe Miguel. Não penses numa luta
Qual duelo, ou em feridas na cabeça
Ou calcanhar: não une o Filho o homem
A Deus p'ra tal, que a força tem de sobra
Contra o rival; nem tal vence Satã,
A quem cair do Céu, de si letal,
Não privou de te dar da morte a ferida:
P'ra tal teu salvador terá antídoto,
Não ao esmagar Satã, mas os seus atos
Em ti e nos teus filhos: e isto obtém-se

---

[46] Na cabeça e fatal.

Suprindo o que é carência em ti, isto é,
A obediência à lei de Deus, sob pena
De morte, e padecendo essa morte,
A pena respondente aos teus delitos,
E aos que de ti serão: somente assim 400
Se satisfaz a suprema justiça.
A lei de Deus precisa cumprirá
Na sua obediência e amor, 'inda
Que amor só cumpra a lei; o teu castigo
Suportará na própria carne, escárnio 405
Vivo do mundo, até morrer maldito,[47]
Pregando vida a quem na redenção
Creia, p'ra que imputada[48] a obediência
P'la fé se torna dele; e que os seus méritos
O salvam, não os dele, embora acordes 410
Co'a lei. Por isto hão-de odiá-lo, levá-lo
À força com blasfêmias, e julgando-o
À morte o condenarão, vil e abjeta,
Pregado à cruz p'los seus, morrendo o arauto
Da vida. Mas à cruz teus inimigos 415
Consigo prega, a lei que é contra ti,[49]
E os pecados do mundo, ali pregados
Com ele, e nada mais o fere, àquele
Que na satisfação confia.[50] Morre,
Mas logo torna à vida, morte alguma 420

---

[47] Cf. *Gl.* 3, 13.

[48] Termo teológico na doutrina protestante da Justificação pela Fé.

[49] Versos 415-6: cf. *Cl.* 2, 14.

[50] Termo teológico para pagamento da dívida do pecado.

Sobre ele se demora. Antes da alva
Terceira surge, e estrelas da manhã[51]
Vê-lo-ão sair da tumba, qual luz fresca
De alvor, pago o resgate, a sua morte
Que à morte o homem paga, todo aquele   425
Que não descure a dádiva da vida
P'la fé não falha de obras: teu castigo
Divino ato o abole, a morte justa,
Em pecado da vida sempre longe.
Este é o golpe à cabeça de Satã,   430
Que esmagará Pecado e Morte em armas,
E ali ferro mais fundo cravará,
Mais do que temporal a morte ao ferir
O calcanhar ovante, ou seus remidos:
Um sono só, monção p'ra vida eterna.   435
Depois de ressurgir não ficará
Na terra mais que um tempo p'ra surgir
Aos discípulos, homens que o seguiram
Em vida; e uma grande comissão
Lhes dará, de ensinarem às nações   440
A sua salvação. E quem crer nele
Batizarão em cursos de água,[52] símbolo
De pecados lavados, p'ra uma vida
Pura, e preparado no seu espírito
P'ra morrer a morte do redentor.   445
Ensinarão nações; pois desde então
Não apenas aos filhos de Abraão

---

[51] Estrelas literais e anjos.

[52] Milton segue a prática protestante do batismo em água fluente.

Será a salvação pregada, e sim
Aos filhos de Abraão na fé p'lo mundo:
Assim serão benditos nele os povos.[53]   450
E então ao Céu dos Céus ascenderá
Vitorioso p'lo ar sobre inimigos,
Os seus e os teus. Ali do ar o príncipe[54]
Surpreenderá, e a serpe arrastará
Em ferros p'lo seu reino, abandonando-a   455
Perplexa. Subirá depois à glória,
E à destra do Pai trono tomará,
E um nome sobre todo o nome. E quando
Apodrecer o mundo sazonado,
Em glória voltará p'ra julgar vivos   460
E mortos, p'ra julgar infiéis de entre estes,
E fiéis recompensá-los, recebendo-os
Na ventura do Céu ou terra, que outra
Será o paraíso então, feliz
Mais que o Éden, em mais felizes dias.   465
  Assim falou Miguel, depois deteve-se,
Como a um ponto final de grande mundo.
Tornou-lhe o nosso pai alegre e atônito.
  Oh bondade infinita, oh bem imenso!
Que resulte do mal tamanho bem,   470
E esse mude em bem. Mais admirável[55]

---

[53] Cf. *Gn.* 12, 3.

[54] Satanás é o "príncipe das potestades do ar" (cf. *Ef.* 2, 2).

[55] Versos 469-71: a *felix culpa*, ou o paradoxo da Queda afortunada, que Deus usa em prol de um bem maior, incluindo a via de mediação messiânica, sua encarnação e ressurreição.

Do que o que à criação primeiro trouxe
A luz às trevas! Cheio estou de dúvidas,
Se me arrependa agora do pecado
Que cometi e trouxe, ou mais me alegre,   475
Que um bem bem melhor vem daqui, e a Deus
Mais glória, e de Deus boa vontade
Aos homens mais, mais graça sobre a cólera.[56]
Mas diz, se ao redentor lhe cumpre ao Céu
Voltar, o que será dos teus fiéis   480
Deixados a um rebanho de infiéis,
Da verdade inimigos; quem guiará
Seu povo, quem o livra? Com discípulos
Não serão mais cruéis do que com mestres?

   Decerto, disse o anjo; mas aos seus   485
Um Consolador há-de enviar do Céu,
Promete-o o Pai, que em Espírito será
No seu meio, e a lei da fé em obras
De amor nos corações lhes gravará,
Guiando-os em verdade, e revestindo-os   490
Da couraça do espírito,[57] à prova
Das cargas de Satã, e de ígneos dardos,
Não temendo o que possam contra si[58]
Os homens, ou a morte, contra as dores
Consolados em si e no seu íntimo   495
Amparados, a ponto de espantar
O opressor mais ufano: porque o Espírito

---

[56] Cf. *Rm.* 5, 20.

[57] Cf. *Ef.* 6, 11-7.

[58] *Sl.* 56, 11.

Primeiro sobre apóstolos desceu,
Os quais manda às nações com o evangelho,
Depois aos batizados, revestindo-os
De dons raros de línguas e milagres,[59]
Como o seu Senhor antes deles. Ganham
Assim às nações muitos, que recebem
Com gozo as novas vindas do Céu. Findo
Enfim seu ministério, e corrida
A carreira,[60] doutrina e história escritas,
Morrem. No seu lugar, como predito,
Lobos sucederão a mestres, lobos[61]
Vorazes, que do Céu os sacros ritos
Convertem em seu próprio benefício,
De ambição torpe e lucro, e a verdade[62]
Maculam com crendices e costumes,
Apenas nos anais escritos pura,
E pura só se lida pelo Espírito.
E nomes buscarão então, e títulos
E postos, e com estes se unirão
Ao poder secular, fingindo causas
Espirituais, p'ra si mesmos se arrogando
O Espírito de Deus, a todo o crente
Dado igualmente; e dessa pretensão
Imporão leis carnais quais leis do espírito

---

[59] Cf. *Mc.* 16, 17.

[60] Metáfora paulina (*I Co.* 9, 24).

[61] Cf. *At.* 20, 29.

[62] Versos 510-1: cf. *I Pe.* 5, 2.

Nas consciências; leis que escritas nunca
As vira alguém, em letra ou em Espírito
Nos corações. Que intentos são senão
Os de jungir o espírito da graça, 525
E a liberdade, o cônjuge; e por terra
Deitar os templos vivos,[63] na fé firmes,
Na sua, não na de outro: pois na terra
Quem há que contra a fé e a consciência
Se acha infalível? Muitos todavia.[64] 530
Donde perseguições serão lançadas
Ao que perseverar na adoração
Em espírito e verdade; os demais,
De longe mais, vão crer que em aparências
E ritos se compraz a religião. 535
Arredada a verdade, será ferida
De injúrias, e as ações da fé mais raras:
O mundo assim, p'ra bons mau, p'ra maus bom,
Gemendo sob a própria bossa até[65]
Ao dia do refrigério do justo, 540
De vingança sobre ímpios, no regresso
Daquele que p'ra auxílio obscuramente
Se anunciara, semente de mulher,
E agora a claro vês, teu salvador
E Senhor, que há-de vir do Céu na glória 545

---

[63] Cf. *I Co.* 3, 16.

[64] Versos 529-30: Milton ataca aqui as pretensões de infalibilidade papal sobre a consciência e as escrituras.

[65] Cf. *Rm.* 8, 22.

Do Pai, p'ra dissolver Satã e o mundo[66]
Perverso, e em seguida erguer da massa
Em chamas novos céus e nova terra,
Purgados, refinados, e eras de eras[67]
Fundadas em justiça, paz e amor 550
Que gozo e bem-estar eterno colham.
    Falou; e replicou Adão p'ra fecho.
Quão cedo o que previste, ó vate bento,
Mediu o mundo lábil, e a corrida
Do tempo até que o tempo pare. Além 555
O abismo só, o eterno, cujo fim
Olho algum vê. Irei daqui instruído
Na maior das lições, e em paz de espírito,
De ciência levo a soma deste vaso;[68]
A mais foi estultícia aspirar. 560
Doravante é melhor obedecer,
E amar temendo a Deus sem par, andar
Mais perto dele e dele depender,
P'ra sempre ater-me à sua providência,
Clemente que é p'ra tudo o que criou, 565
Com bem vencendo o mal, e p'lo pequeno
Logrando o grande, e o forte p'ra terrenos
Quebrando com o fraco, com o humilde
Do mundo o sábio; que em prol da verdade[69]

---

[66] Destruir o seu poder, já que a aniquilação de Satã seria um golpe de misericórdia (cf. II, 155-9).

[67] Versos 548-9: cf. *II Pe.* 3, 6-13.

[68] A natureza humana, corpo e alma.

[69] Versos 566-9: cf. *I Co.* 1, 27.

Sofrer é um torreão p'ra alta vitória, 570
E a morte é p'ra fiéis da vida o átrio;
Isto me diz o exemplo de quem hoje
Afirmo redentor sempre bendito.
 Ao que também tornou por fim o anjo.
Sabendo tal, somaste a sabedoria; 575
Não esperes mais, conquanto das estrelas
Os nomes saibas, e de etéreas forças,[70]
E os véus dos fundos, obras da natura,
Ou as de Deus, no Céu, ar, terra, mar,
E toda a ostentação do mundo gozes, 580
Rei sol do teu império; toma apenas
Ações correspondentes ao que sabes,
Fé, virtude, paciência, temperança,
Amor que há-de chamar-se Caridade,[71]
A alma dos demais; e então avesso 585
Não sejas a deixar o Paraíso,
Pois um terás em ti, bem mais feliz.[72]
Desçamos pois agora deste cume
Da especulação,[73] pois precisa a hora
Impõe-nos a partida; vê os guardas 590
Acampados naquele monte, esperam
Ordem de marcha, diante dos quais flâmea
A espada brande em voltas p'ra partida.

---

[70] Versos 576-7: cf. *Sl.* 147, 4.

[71] Versos 581-4: cf. *II Pe.* 1, 5-7.

[72] O inferno Satã levava-o em si (cf. IV, 20-1).

[73] Tanto o cume físico como o cume filosófico que possibilitam a qualidade da visão.

Não nos tardemos mais: acorda Eva.
Também com sonhos bons de bons augúrios 595
A serenei, e espíritos temperei-lhe
P'ra dócil submissão. No tempo certo
Partilharás com ela o que me ouviste,
Mormente o que saber lhe importa à fé,
A grande remissão que dela nasce 600
(Semente de mulher) na humanidade.
P'ra que vivais, e muito vivereis,[74]
Unânimes na fé, e embora tristes
Dos males do passado, otimistas,
Com pensamentos num final feliz. 605
 Findou, e ambos desceram a colina.
Ao caramanchel onde Eva dormia
Correu Adão, e viu-a já desperta,[75]
E palavras não tristes receberam-no.
 De onde voltas, e aonde foste eu sei, 610
Pois Deus no sono é,[76] e instrui em sonhos,
E os meus quis favoráveis, pressagiando
O bem, desde que exausta adormeci
P'lo peso que vergou meu coração.
Conduz-me então. Estou pronta. Ir contigo 615
É como aqui ficar. Sem ti ficar
É ir-me a contragosto. Tu p'ra mim
És tudo sob o Céu, todo o lugar,[77]

---

[74] Adão viveu até aos 930 anos (cf. *Gn.* 5, 5).

[75] O argumento diz que Adão acorda Eva.

[76] Ver *Nm.* 12, 6.

[77] Versos 615-8: cf. *Rt.* 1, 16.

Banido p'lo meu crime voluntário.
E esta consolação contudo salvo: 620
Que apesar de ser mãe de toda a perda,
E indigna de favor, serei por certo
Mediante a raça a mãe de todo o ganho.
   Assim a nossa mãe. E Adão mais grato
Ouviu, mas sem resposta; pois bem perto 625
O arcanjo se quedara e do outro monte
Em formação fulgente aos postos fixos
Desciam querubins; fosforescentes
Deslizavam no chão, como o vapor
Da noite que de um rio sobre o pântano 630
Desliza e se prende aos calcanhares
Do trabalhador quando a casa torna.[78]
À frente a espada, atroz como um cometa,
Cegante luz brandia; a qual, com brasa
E vapor como o líbio ar adusto, 635
Começava a crestar o clima ameno;
P'lo que tomou em cada mão com pressa[79]
O anjo os pais passeiros, e ao portão
Do oriente os dirigiu e escarpa abaixo
Até ao baixo chão. Depois deixou-os. 640
P'ra trás olhando viram o levante
Do Paraíso, lar feliz de há pouco,
Varrendo-o o gládio ígneo, e apinhada
A porta com terríveis faces e armas.

---

[78] Adão é agora um trabalhador.

[79] Ver *Gn.* 19, 16, quando o anjo guia a família de Ló.

Verteram naturais algumas lágrimas 645
Logo enxugadas. Era à frente o mundo,
Onde escolher seu lar, e a providência:
Mão na mão com pés tímidos e errantes
P'lo Éden solitário curso ousaram.[80]

Fim

---

[80] Versos 648-9: cf. *Sl.* 107, 4.

Posfácio

Daniel Jonas

Paradise Lost é o Adão de uma árvore genealógica muito peculiar. A sua indisputabilidade canônica resulta de uma posteridade crítica particularmente violenta, marcada por confrontos entre proponentes fervorosos e oponentes ansiosos.

Em 1914, este belicismo achou o seu *full metal jacket* em Ezra Pound, para quem Milton era "*the worst sort of poison*".[1] A frase seguinte revelava o seu nervosismo, ao insistir em *worst*: "*He is a thorough-going decadent in the worst sense of the term*". E a seguir: "*If he had stopped after writing the short poems one might respect him*". Quanto a esta concessão, Harold Bloom saberia bem explicá-la. E, de facto, explicações eram necessárias, pois em 1917, e sem armistícios à vista, Pound queixa-se da sua "*asinine bigotry, his beastly hebraism, the coarseness of his mentality*".[2] Febril o *miglior fabbro*.

---

[1] "Um veneno da pior espécie". Cf. "The Renaissance", em Ezra Pound, *Literary Essays*, Nova York, New Directions, 1968, p. 216.

[2] Em "Notes on Elizabethan Classicists": "Ele é um decadente radical no pior sentido do termo [...] Se tivesse parado nos poemas menores ainda seria respeitável [...] fanatismo asinino, o seu hebraísmo bestial, a grosseria da sua mentalidade" (*Literary Essays*, cit., p. 238).

T. S. Eliot, mais fleumático, aponta Milton como o principal responsável por aquilo a que chamou dissociação de sensibilidade operada no século XVII. Tal significa que o paraíso de saborear Espinosa e compreender um vinho se perdera, por via da influência da dicção artificial de Milton.[3] Para Eliot, Donne e os metafísicos da geração anterior poderiam gabar-se de escrever tratados e cheirar flores como quem faz uma e a mesma atividade e as inscreve de igual maneira no seu conhecimento de mundo. O pensamento era como uma experiência sensorial, modificava os sentidos, e deveria ser imediatamente sentido como o perfume de uma rosa. Quer com isto, no fundo, Eliot dizer que Milton nos embotou o olfato.

E realmente foi um argumento determinante ao tempo, uma vez que precipitou o temível Dr. Leavis a assinar, em 1936, o repúdio oficial da guilda dos críticos modernistas a Milton, destronando-o do cânone feliz de dois séculos. O Dr. Leavis era cabal: *"we dislike his verse"*. *Nós não gostamos do seu verso* quer aqui

---

[3] Refiro-me ao seu artigo de 1921, "The Metaphysical Poets", incluído três anos mais tarde em *Homage to John Dryden: Three Essays on Poetry of the Seventeenth Century* (Londres, Hogarth Press, 1924). Esta dicção artificial consistiria no divórcio entre linguagem e uso cotidiano, problema que se tornou um incômodo para o grande leitor setecentista de Milton, Dr. Johnson, ao verificar em *Paradise Lost* a união de abstrato e concreto, a fusão de corpo e espírito, sintomas, no fundo, da tentativa de descrever a ação de espíritos. Esta materialidade linguística cedo se tornou uma imputação de materialidade herética. Tal característica denotava, no entanto, um tipo de sublime, qualidade, aliás, comumente atribuída a Milton, desde Addison a Coleridge, ainda que variável no seu entendimento. Para o Dr. Johnson, o sublime em Milton sobrelotava o espaço imaginativo tanto ao leitor como ao crítico, que deveriam "afundar-se em admiração".

dizer *nós não gostamos do* inglês *que Arnold diz que Milton é.*[4] Mas o Dr. Leavis acabou eventualmente por ficar só num modernismo muito seu, já que a palinódia ulterior de Eliot foi convincente e acabou por resgatar Milton a esse revisionismo de duas guerras.

Na segunda metade do século XX, *New Critics* e Humanistas Cristãos puderam então dar as mãos num movimento mais ou menos unânime, preparando desse modo a chegada gloriosa de uma tríade que viria a marcar decisivamente a crítica miltoniana atual. Refiro-me à crítica viril de William Empson, ao romance familiar do supracitado Bloom, e ao neopragmatismo interpretativo de Stanley Fish.

Empson reatualizou a herança crítica dos românticos Shelley e Blake, para quem "Milton era do partido do diabo sem o saber". Aliás, essa era já a queixa do contemporâneo de Milton e poeta laureado Dryden. Para Dryden, e apesar da sua exaltação de Milton como síntese *natural* de Homero e Virgílio, *Paradise Lost* tinha a particularidade constrangedora de fazer de Satã o seu herói. Precisamente, na perversa esteira deste, Satã era para Shelley, enquanto ser moral, "de longe superior a Deus". Empson vai pôr Deus na barra do tribunal, apoiado, de resto, na proposição do próprio poema, que pretende justificar os caminhos de Deus ao Homem, argumentação assente num princípio narrativo insólito: o falso fala falso. Isto é dizer que todo o caso de Satã assenta em perjúrio. Sendo assim, e posto que o réu é a mais fidedigna das testemunhas, a sua defesa afigura-se desnecessária, a menos que o mensageiro se debata com estupefações geradas de dentro do seu cristianismo. Uma das estupefações decorre ne-

---

[4] Matthew Arnold (1822-1888) desabafara euforicamente: "Milton is English".

cessariamente da evidência de que o plano de Deus na criação apenas se realiza e aperfeiçoa na culpa afortunada do Homem, condição necessária para a promoção gloriosa do Filho. Neste ponto, Empson é fulgurante: qualquer que seja o plano de Satã, malvado ou não, é igual ao plano de Deus.

Por seu turno, na sua leitura psicanalítica Bloom estabelece Milton como um pai intimidatório e deriva todo um complexo edipiano de uma leitura errônea pós-lapsária, uma vez que pós-miltoniana, em que Milton surge como um *Querubim Protetor* asfixiante e terrivelmente bloqueador para o poeta efebo, agonicamente coarctado na sua possibilidade criadora.[5] Aliás, uma das leituras de *Paradise Lost* passará por um *Satã enquanto jovem poeta* angustiado pela pressão sufocante de um pai castrador. Nesta construção, a desobediência de Satã resultaria em grande medida da sua predisposição para arguir. Ele seria intelectualmente infeliz com Deus, limitado na sua iniciativa empreendedora, e enquanto criador falido desejaria corrigir a determinação fatal de Deus para anjos e humanos e o seu correspondente e defectivo livre-arbítrio, uma vez que, neste caso, autodeterminação e subsequente rejeição da coabitação com Deus implicam uma severa punição (realmente nenhuma relação amorosa suportaria esta pequena peculiaridade, a de desamores e desquites acabarem

---

[5] Bloom cita Blake, que o diz especialmente bem: "[...] *the Male-Females, the Dragon Forms,/ Religion hid in War, a Dragon red & hidden Harlot./ All these are seen in Milton's Shadow, who is the Covering/ Cherub*" ("[...] os Machos-Fêmeas, as Formas de Dragão,/ Religião oculta em Guerra, um Dragão rubro & velada Meretriz./ Todos estes surgem na Sombra de Milton, que é o Querubim/ Protetor"). Em Harold Bloom, *The Anxiety of Influence*, Nova York/Oxford, Oxford University Press, 2ª ed., 1997, p. 29 (ed. portuguesa: Lisboa, Cotovia, 1991, trad. Miguel Tamen).

invariavelmente punidos). O mal seria, deste modo, um labéu necessário, e quer tão somente dizer que se foi para um passeio peripatético num jardim de delícias estáticas. Frutos deste mal estão bem visíveis no texto, e não são menores, por exemplo, o solilóquio (primo direito da loucura) e o uso de trocadilhos entre os anjos.[6]

Finalmente, Fish, com uma naturalidade estonteante, divide as comunidades entre os incapazes de serem persuadidos porque não passíveis de ensino e os crentes membros da irmandade da "verdade prévia". Em certo sentido, e nos termos de Fish, o poeta já escreveu no seu poema toda a crítica posterior de um modo eminentemente condensado, e não há nada que dele resulte que não estivesse já inscrito nos seus próprios modos de dizer. A crítica não logra assim o novo, apenas possibilita uma leitura do que subjazia superiormente cifrado nas formulações do seu objeto. Este poema é uma escritura, e nessa medida precisa só de si mesmo, rejeitando sem cólicas a ignorância dos seus adversários e admitindo apenas o leitor eleito, aquele que já tinha em si a possibilidade de ser leitor de Milton. Esta espécie de hermenêutica calvinista diz-nos que o conhecimento é, contra-intuitivamente, prévio à sua manifestação e as nossas aplicações teóricas resultam da jurisprudência das nossas práticas interpretativas. Isto é dizer que devemos conhecer alguma coisa antes de a vermos manifestada ou, de outro modo, ignorando o seu sentido *a priori*, não a veremos manifestar-se, uma vez que o seu sentido estará escondido e indisponível ao nosso escrutínio no momento em que o pudéssemos encontrar. Os pressupostos desta crítica são,

---

[6] Uma das especialidades de Milton é realmente o solilóquio, herdado da tragédia isabelina e normalmente evadido da épica clássica. Satã, por exemplo, tem cinco: IV, 32-113, 358-92, 505-35; IX, 99-178, 472-93.

assim, os mesmos do poema. Nas palavras de Fish, o *verdadeiro poema* apenas pode ser escrito por aquele que é um *verdadeiro poema*, sendo unicamente acessível a um leitor igualmente *verdadeiro*, que não louvará o louvador *"unlesse he have in himselfe the experience and practice of all that which is praiseworthy"*.[7] O poema já escolheu, pois, os seus leitores. A partir desse momento, os eleitos serão distribuídos por subdivisões de apuro expiatório, devendo rejeitar aquilo que nele é tentação da forma exterior, desnecessária para a desejável revelação só disponível através da visão interior. A verdade aparecerá, deste modo, súbita, mas levará o tempo necessário de cada um, dado que a cada um assistirá o seu próprio passo na procura da verdade. O esforço dispendido neste ponto tem como desiderato libertar a mente de preocupações com os sensíveis, esforço que depende do quão presa aquela esteja à percepção terrena, sendo o seu corolário a felicidade hermenêutica, totalidade gloriosa que consiste num movimento retroativo verificador de que a experiência da leitura é o sentido do texto, e o poema a forma dessa experiência. Só depois de o poema, na sua dificuldade gramática e retórica, ter didaticamente levado o leitor a repetir a Queda, poderá este atingir, enfim, a verdade, cuja essência é surpreendentemente *"plainnesse and brightness"*.[8]

A leitura de *Paradise Lost* é, nesta acepção, exclusivista. Contudo, isso não quer dizer que as dificuldades sejam sinal da nossa má sorte calvinista, admoestando-nos inapelavelmente à

---

[7] A frase de Milton ("A menos que em si possua a experiência e a prática de tudo o que é digno de louvor") é citada por Stanley Fish no livro *How Milton Works*, Cambridge, Belknap/Harvard University Press, 2001.

[8] "Simplicidade e esplendor" (Milton, *Of Reformation*).

resignação dos abatidos. Apenas que o nosso caminho será mais árduo e a nossa regeneração uma jornada espiritual marcada por avanços e retrocessos. Mas a revelação com sorte chegará, conquanto percebamos que o requisito agostiniano de "morrer para o mundo" é, afinal, proporção dos treinados em *orações*.

Cronologia de John Milton

1608   John Milton nasce a 9 de dezembro na casa do pai, em Bread Street, Londres.

1620   É admitido na St. Paul's School.

1625   Em fevereiro é admitido em Cambridge, no Christ's College. Em virtude da sua estranheza, experimenta algumas dificuldades na relação com os colegas. Os seus traços delicados e os seus gostos refinados valem-lhe a alcunha de "The Lady of Christ's". Responde-lhes com o orador Hortênsio, quando, depois de provocado com a alcunha de "Dionísia, a tocadora de lira", replica a Torquato: "Antes ser Dionísia do que um homem sem gosto, cultura ou urbanidade, como tu, Torquato" (Barbara K. Lewalski, *The Life of John Milton*). Em março morre Jaime VI. Carlos I sobe ao trono.

1629   Obtém o título de Bachelor of Arts em Cambridge. Na madrugada de 25 de dezembro compõe *On the Morning of Christ's Nativity*.

1632   Obtém o título de Master of Arts em Cambridge. Retira-se para o campo, em Hammersmith, a fim de se dedicar aos estudos. Publica *On Shakespeare*.

1634   *Comus* é levado à cena.

1635   Muda-se com os pais para Horton.

1637   Morre a mãe.

1638   *Lycidas* integra o volume *Justa Edouardo King Naufrago* em honra do seu amigo Edward King, que morrera afogado. Viaja, passeia pela França e demora-se na Itália de Dante, Tasso e Ariosto. Visita Galileu. Vai à biblioteca do Vaticano e frequenta academias onde lê poemas.

1639   Recebe notícias da morte do seu grande amigo Charles Diodati e da guerra civil na Inglaterra (primeira Guerra dos Bispos). Decide regressar e juntar-se à luta dos concidadãos.

1640   Muda-se para St. Bride's. Dá aulas particulares, sendo tutor dos próprios sobrinhos. Toma as terras dos Powell por hipoteca.

1641   Publica *Of Reformation, Of Prelatical Episcopacy, Animadversions* e *The Reason of Church Government*.

1642   Publica *Apology against a Pamphlet*. Casa-se com Mary Powell, de 16 anos, que o abandona dois meses depois, regressando a casa dos pais. Rebenta a Guerra Civil. Seu irmão Christopher (nascido em 1615) junta-se à causa realista.

1643   O cunhado Richard Powell é um agente de informações realista. Publica *The Doctrine and Discipline of Divorce*.

1644   Segunda edição de *The Doctrine*. Publica *Of Education, The Judgement of Martin Bucer Concerning Divorce* e *Areopagitica*. A batalha de Marston Moor marca a viragem na guerra. Sente deteriorar-se-lhe a vista. É ouvido brevemente pela *House of Lords*.

1645   Considera casar com uma das filhas de um tal Dr. Davis, uma "very handsome and witty gentlewoman", mas entretanto a esposa Mary Powell regressa. Publica *Tetrachordon* e *Colasterion*. Muda-se para uma casa maior em Barbican.

1646 Publica *Poems of Mr. John Milton, both English and Latin, and, A Maske of the Same Author [1645]*. Nasce a sua filha Anne, do casamento com Mary Powell.

1647 Pai e sogro morrem. Apesar de herdar alguns bens, muda-se para uma casa mais pequena onde leva uma vida pacata e privada, prosseguindo os estudos. Toma posse da propriedade dos Powell.

1648 Nasce a sua filha Mary.

1649 A Revolução Puritana é vitoriosa, a República (Commonwealth) é instaurada e Carlos I é julgado e executado. Publica *The Tenure of Kings and Magistrates*. Aí defende o regicídio contra a crítica presbiteriana. É convidado a assumir funções de "Appointed Secretary for the Foreign Tongues". Publica *Observations on the Articles of Peace* e *Eikonoklastes*.

1650 É ordenado pelo Conselho de Estado (Commonwealth Council) a responder à *Defensio Regia* de Claudius Salmasius.

1651 Publica *Pro Populo Anglicano Defensio*. Nasce o seu filho John. Por motivos de saúde muda-se para uma casa com jardim em Petty France, Westminster, com vista para o St. James's Park. A visão condiciona-lhe o trabalho.

1652 Totalmente cego por esta altura. Inicia-se na aprendizagem do holandês e prossegue o seu trabalho para o Council. Nasce a sua filha Deborah. Morre a mulher. Morre o filho John. Continuam os ataques à sua *Defensio*. O Council exige-lhe resposta.

1653 Oliver Cromwell dissolve o "Long Parliament" e instala uma ditadura militar. Cromwell empossado Protetor.

1654 Publica *Defensio Secunda*, incluindo o apoio à ditadura de Oliver Cromwell.

1655 Retoma os estudos privados. Publica *Pro Se Defensio*.
1656 Casa-se com Katherine Woodcock.
1657 Nasce a sua filha Katherine.
1658 Começa a trabalhar em *Paradise Lost*. Morre a mulher. Morre a filha Katherine. Regista *The Cabinet Council*. Ponto sensível no Protetorado. Oliver Cromwell morre, sucedido por Richard Cromwell.
1659 O Protetor dissolve o Parlamento. O governo republicano é restaurado. Richard Cromwell abdica. Regista *A Treatise of Civil Power*. Publica *The Likeliest Means to Remove Hirelings out of the Church*. Lambert esmaga a insurreição realista. Milton dita as *Proposals* advogando um senado permanente e sem a regência de uma só pessoa. O "Rump Parliament" é restaurado.
1660 Publica *The Ready and Easy Way to Establish a Free Commonwealth* e *Brief Notes upon a Late Sermon*. Esconde-se na casa de um amigo a fim de escapar a perseguições por ter apoiado o regicídio. Carlos II sobe ao trono. Os amigos intercedem por ele e o seu nome é retirado da lista dos vinte considerados pelos Comuns para a pena de morte. Proclamações contra *Pro Populo Anglicano Defensio* e *Eikonoklastes*. Milton não escapa ao *Act of Indemnity*. Cópias dos seus livros são queimadas. Aluga casa em Holborn, nas imediações de Red Lion Fields, mas logo se muda para Jewin Street, perto de Redcross Street. É detido e encarcerado. À luz da *Indemnity Bill* o Parlamento decide-se em prol da sua libertação. Andrew Marvell questiona o Parlamento sobre a elevada fiança imposta a Milton.
1662 *Act of Uniformity*, requerendo o uso da liturgia da Igreja estabelecida.

1663   A relação com as suas filhas se deteriora. Casa-se com Elizabeth Minshull.

1665   Muda-se para a vila de Chalfont St. Giles (hoje a única casa do poeta conservada e aberta ao público), a fim de evitar a peste. O manuscrito de *Paradise Lost* é enviado.

1666   O grande incêndio de Londres. Sua casa em Bread Street é destruída.

1667   Publica *Paradise Lost: A Poem Written in Ten Books*.

1669   Vende a biblioteca e muda-se para uma casa em Artillery Walk. Publica *Accidence Commenced Grammar*.

1670   Dryden é nomeado "Poet Laureate". Milton publica *History of Britain*.

1671   Publica *Paradise Regained* e *Samson Agonistes*.

1672   Publica *Artis Logicae*.

1673   Publica *Of True Religion* e *Poems... upon Several Occasions*.

1674   Publica *Epistolae Familiares* e *Prolusions*. Vem a público *Paradise Lost: A Poem in Twelve Books*. Dryden registra *The Fall of Angels, and Man in Innocence*, ópera inspirada em *Paradise Lost*. John Milton morre na sua casa de Bunhill a 8 de novembro, "in a fit of the gout, but with so little pain or emotion that the time of his expiring was not perceived by those in the room" (J. Milton French, *The Life Records of John Milton*). É enterrado a 12 de novembro em St. Giles Cripplegate.

Sobre o tradutor

Nascido em 1973 no Porto, Daniel Jonas é hoje reconhecido como um dos nomes mais inovadores da poesia portuguesa contemporânea, sendo ainda autor de diversas traduções, de Shakespeare a Auden, incluindo esta elogiada versão do *Paraíso perdido*, de John Milton, lançada em 2006 (fruto de seu mestrado em Teoria da Literatura pela Universidade de Lisboa). Em 1997 publicou o seu primeiro livro de poemas, *O corpo está com o rei*, ao qual se seguiram *Moça formosa, lençóis de veludo* (2002), *Os fantasmas inquilinos* (2005), *Sonótono* (2007, Prêmio Pen Clube de Poesia), *Nenhures* (2008), *Passageiro frequente* (2013), *Nó* (2014, Grande Prêmio Teixeira de Pascoaes, da Associação Portuguesa de Escritores), *Bisonte* (2016), *Canícula* (2017) e *Oblívio* (2018, Grande Prêmio de Literatura DST). Em 2019 foi publicada no Brasil a antologia *Os fantasmas inquilinos*, organizada por Mariano Marovatto, reunindo poemas de 2005 a 2017. Estreou na dramaturgia com a peça *Nenhures* (2008), seguida por *Reféns* (2009), *Still Frank* (2010) e *Estocolmo* (2011), todas elas criadas para a companhia Teatro Bruto. Em 2013 recebeu o Prêmio Europa, concedido pela Cátedra David Mourão-Ferreira da Universidade de Bari, na Itália, e em 2015 foi um dos finalistas do prêmio Poeta Europeu da Liberdade. Vive na cidade do Porto.

Sobre o *Paraíso perdido*

Otto Maria Carpeaux

Depois de Shakespeare, é o *Paraíso perdido* a maior obra da literatura inglesa do século XVII. Sendo este século o maior da história literária inglesa, aquela afirmação define o lugar de John Milton: é o maior poeta inglês depois de Shakespeare.

Mesmo antes de falar das tentativas modernas para destroná-lo, convém observar que Milton nem sempre foi apreciado assim. Os contemporâneos da sua velhice, os poetas e escritores da Restauração, desrespeitaram o puritano e republicano; e no começo do século XVIII a sua poesia renascentista já não foi compreendida; Samuel Johnson ainda lhe censurou a arte do verso, preferindo Abraham Cowley. Mas nem mesmo os inimigos mais apaixonados de Milton aprovariam hoje esse disparate. O *Paraíso perdido* é um monumento. Uma epopeia pelo menos igual à *Jerusalém libertada* e a *Os Lusíadas*, uma das poucas epopeias que ainda se leem com admiração sincera.

O assunto é, segundo conceitos de um poeta cristão e de leitores cristãos, o mais importante de todos: a criação do homem, a queda de Adão e Eva, a expulsão do Paraíso, e o panorama visionário da história humana inteira, com a visão da Redenção nos confins do horizonte histórico. Mas o *Paraíso perdido* distingue-se de todas as outras epopeias por mais uma qualidade especial: a força dramática da caracterização das personagens; sobretudo o Satã de Milton é um dos maiores personagens dramáticos da literatura universal. E essas figuras sobrenaturais, de tamanho sobre-humano, movimentam-se em paisagens inesquecíveis — céu, inferno, paraíso terrestre —, transfigurações impressionantes da paisagem inglesa.

Milton é o Dante do protestantismo; e o público ledor dos séculos XVIII e XIX apreciou Milton assim, conseguindo vencer a hostilidade da crítica. Mas será que a grandeza dantesca do poeta e da sua obra foi realmente compreendida? Não teria sido ele, porventura, reduzido ao nível do seu público, leitores burgueses e puritanos? A evolução da glória do poeta corresponde à protestantização mais ou menos completa da Igreja anglicana no século XVIII, e às vitórias sucessivas da burguesia, particularmente ao aburguesamento da literatura. Milton passa, ou passava, por muitíssimo ortodoxo.

Só quando em 1825 foi descoberto um livro seu inédito, *De Doctrina Christiana*, cheio de opiniões heréticas, não apenas a respeito do catolicismo, o que se entende num puritano, mas também heréticas a respeito do credo protestante e cristão em geral, só então Thomas Macaulay chamou a atenção para a presença das mesmas heresias na epopeia: com efeito, Milton não acreditava na criação do mundo *ex nihilo*, nem na divindade de Jesus Cristo; o poeta de uma epopeia sobre o pecado original acreditava até na liberdade absoluta da vontade humana. E só então os críticos perceberam a simpatia inconfundível com que no *Paraíso perdido* é caracterizado Satanás.

A poesia de Milton é síntese de classicismo aristocrático e puritanismo burguês. Pelos recursos usuais da expressão barroca o conflito não pôde ser resolvido, porque não é um conflito estético nem um conflito religioso, e sim um conflito moral. Dele nasceu um estilo *sui generis*, que, evidentemente, não podia fugir às influências do ambiente, mas que é um Barroco todo especial, exclusivamente miltoniano.

> (extraído de *História da literatura ocidental*,
> parte V, "Barroco e classicismo", capítulo IV,
> Rio de Janeiro, Edições O Cruzeiro, 1959)

Este livro foi composto em Sabon e Rotis, pela Bracher & Malta,
com CTP e impressão da Edições Loyola
em papel Alta Alvura 70 g/m² da Cia. Suzano de Papel
e Celulose para a Editora 34, em julho de 2020.